LE CHIOCCIOLE

Ursula Poznanski
Arno Strobel

L'estraneo

Traduzione di
Lucia Ferrantini

GIUNTI

Titolo originale:
Fremd

www.giunti.it

Via Bolognese 165 – 50139 Firenze – Italia
Via G. B. Pirelli 30 – 20124 Milano – Italia

Prima edizione: gennaio 2017
Prima edizione collana "Le chiocciole": gennaio 2018
Quarta ristampa: gennaio 2022

1

Un bagliore in giardino. Me ne accorgo per caso, soltanto perché, mentre mi sto asciugando i capelli, il mio sguardo cade sulla finestra del bagno. Quella luce, là fuori, non dovrebbe esserci.

Qualcuno deve aver fatto scattare i sensori di movimento. Ma chi? Non aspetto nessuno e, cascasse il mondo, quando suoneranno non aprirò. Per carità, non ho niente contro le visite a sorpresa, ma l'ultima cosa di cui ho voglia oggi è che Ela si presenti qui con un paio di bottiglie di rosso, attaccando un monologo di due ore e giurando che lascerà Richard. Per davvero, stavolta.

No. Oggi dovrà cavarsela da sola. Forse sono i testimoni di Geova... Ma a quest'ora?

Alzo il phon al massimo, così non sarà una bugia quando dirò di non aver sentito suonare. Decido anche di ignorare il malessere che pian piano mi si diffonde dentro. Certi rapinatori prima di entrare vanno al campanello, per essere sicuri che in casa non ci sia nessuno. Qualcuno - non ricordo chi - mi ha detto che sono in Germania da troppo poco tempo per sapere che è una prassi consolidata, qui. La lingua ormai la padroneggio bene, ma nella vita quotidiana ci sono ancora molte cose che mi risultano estranee.

Certo, è da paranoici pensare subito a qualcosa di brutto quando suonano al campanello di casa.

Santo cielo, di solito non sono così.

La luce si spegne.

Metto via il phon, scosto un po' la tendina e do un'occhiata di sotto. Tutto tranquillo: nessuna visita a sorpresa, e nemmeno scocciatori alla porta o vicini curiosi che sbirciano dalle finestre.

Se papà sapesse che vivo da sola in una casa senza allarme mi strozzerebbe con le sue stesse mani. Nella nostra tenuta, a Melbourne, ci sono più telecamere che al Pentagono. Un altro motivo per cui sono felice di essermene andata.

Passano alcuni minuti e non succede nulla. La morsa che sento allo stomaco si allenta e lascia il posto alla gioia dell'attesa: niente m'impedirà di passare una tranquilla serata sul divano. Non vedo l'ora! Una tazza di tè, una copertina e un buon libro. Non chiedo di meglio, a parte forse qualcuno disposto a farmi un massaggio alla schiena: avverto una certa tensione tra le scapole, chissà perché.

Tè alla vaniglia... Il solo pensiero mi scalda. Infilo l'accappatoio e apro la porta che dà sul corridoio, inizio a scendere le scale. A metà, mi fermo.

Un rumore. Una specie di tintinnio. Viene dall'interno, non da fuori. Che qualcuno abbia dato un pugno alla finestra per rompere il vetro? No, sarebbe stato più forte.

Torna la morsa allo stomaco, più intensa di prima. Mi aggrappo al corrimano, respiro, cerco di farmi coraggio, scendo un altro gradino. È ridicolo, mi dico, un rapinatore farebbe molto più chiasso. Cercherebbe di arraffare quello che gli capita e di svignarsela il più in fretta possibile...

Un altro rumore. Non un tintinnio, stavolta, ma una specie di raschio. Come un cassetto che si apre e poi si richiude.

Torna di sopra, mi dice l'istinto. Scappa in camera da letto e chiama la polizia. Nasconditi.

Invece no. Combatto contro l'impulso e resto immobile. Mi accorgo che l'unica opzione ragionevole – telefonare per dare l'allarme – purtroppo è inattuabile. Il mio cellulare è in cucina, con la batteria quasi a zero. L'ho poggiato sopra la macchina del caffè, ben in vista, per non dimenticarmi di metterlo in carica.

È proprio da lì che vengono i rumori, dal salotto e dalla cucina.

Scendo altri due gradini e dallo spiraglio della porta del soggiorno vedo filtrare una lama di luce.

Respiro a fondo per controllare la paura, forse sto esagerando. Sì, il lampadario è acceso, ma con tutte le volte che mi dimentico di spegnerlo... sai che novità. Non c'è motivo di farmi prendere dal panico. E poi la porta d'ingresso è proprio davanti a me: in una manciata di secondi potrei essere fuori e chiamare aiuto. Chissenefrega se sono in accappatoio.

Trattengo il fiato e tendo le orecchie, concentratissima. Di nuovo silenzio totale. Mi sono sbagliata? Possibile che quei rumori fossero frutto della mia immaginazione? Certo, dal punto di vista razionale è un'ipotesi da tenere in considerazione, ma il mio cuore manifesta il suo dissenso continuando a battere all'impazzata. E se c'è una cosa che proprio non riesco a sopportare è l'incertezza.

Sul mobiletto dell'ingresso c'è il fermacarte che Ela mi ha regalato un paio di settimane fa. Un dado di vetro azzurro che pesa almeno due chili. Lo afferro, ignoro i volantini e le buste che planano sul pavimento e mi affaccio in salotto.

Niente. Nessuno. Almeno qui. Il soggiorno e la porta della veranda sono esattamente come li ho lasciati.

Non resta che controllare la cucina, ma da qui non riesco a vedere bene, c'è troppa poca luce.

Ho la mano sudata e per poco il fermacarte non mi scivola via; lo stringo più forte ed entro in salotto, senza fare rumore. Conquisto il centro della stanza.

Proprio nel momento in cui inizio a sentirmi ridicola, dal buio della cucina sbuca fuori un'ombra.

Il grido che vorrebbe uscirmi si smorza in gola, è come se

all'improvviso non ci trovassi più aria. Sono un blocco di ghiaccio.

Scappa!, è l'unico pensiero che riesce a partorire il mio cervello, ma non sono in grado di tradurlo in azione. Le gambe non rispondono.

Sotto il lampadario c'è un uomo, ha i capelli scuri e le spalle larghe. Dice qualcosa, le sue labbra si muovono, ma io non riesco a capire nulla, tutti i suoni sembrano provenire da un mondo lontanissimo, solo il rombo del mio cuore è spaventosamente vicino e forte. È per lo shock? Ho un attacco di panico?

L'uomo dice qualcos'altro, ma è come se all'improvviso avessi dimenticato il tedesco. La stanza si mette a girare. Oddio, ci manca solo che svengo.

Lui inclina la testa di lato, esita. Poi si avvicina. Idiota, è il nuovo pensiero che prende a vorticarmi in testa, sei un'idiota! Perché non sei rimasta di sopra?

Esco dallo stato di trance solo quando l'intruso è così vicino che riesco a percepire il leggero sentore del suo dopobarba. Inizio a indietreggiare, ma verso la parete, non verso la porta. Quando cerco di correggere la mia direzione è troppo tardi, lui mi è già quasi di fronte.

«Se ne vada!» urlo, sperando che perlomeno smetta di avvicinarsi. E lui, con mio grande stupore, si ferma. Si ferma davvero.

«Se ne vada subito o chiamo la polizia!» Se grido ancora un po' più forte forse mi sentiranno anche i vicini.

Un rapinatore a questo punto scapperebbe. L'estraneo, invece, non lo fa. Ma lui non è entrato per rubare, questo l'ho capito da un pezzo. I ladri non s'intrufolano certo nelle case altrui in giacca e cravatta. Il che significa che il motivo è un altro, che quest'uomo ha altre intenzioni... Un pensiero che all'improvviso scatena in me un tipo diverso di paura. Indietreggio ancora, sento la lampada a stelo cadere, io resto in piedi per miracolo.

«La prego» sussurro. «La prego, non mi faccia del male.»

Ci separano al massimo cinque passi. L'uomo continua a fissarmi, non mi scolla gli occhi di dosso.

«Per carità di Dio!» dice. «Ma che succede?»

Fa un altro passo verso di me. Mi rannicchio, come se potesse aiutarmi, come per nascondermi dentro me stessa.

«Ho dei soldi, in casa, non sono tanti ma le dirò dove si trovano. Glieli darò tutti, okay? Prenda quello che vuole, ma la prego, la scongiuro... non mi faccia del male.»

«È uno scherzo?» Alza le braccia e mi mostra i palmi delle mani. Vuoti.

«Non stai bene? Chiamo il dottore?»

Non si è avvicinato, è questa la cosa più importante. Torno in piedi, lentamente. Il fermacarte, certo! Potrebbe essere il momento giusto per tirarglielo addosso...

«Per favore, se ne vada. Non chiamerò la polizia, glielo prometto.»

Lui socchiude gli occhi, fa un paio di respiri profondi e mi fissa. «Ma che cosa stai blaterando? Perché dici queste cose? Per quale motivo mi dai del lei?»

Sta esitando, allora forse ho qualche possibilità. Sì, proverò a parlarci. E alla prima occasione buona me la darò a gambe.

«Perché... Perché ho paura... Non lo capisce?»

«Paura... di me?»

«Sì. Mi ha spaventata, mi ha spaventata a morte.»

Allarga le braccia, avanza ancora. «Joanna...»

Sa come mi chiamo... Indietreggio ancora... Forse è uno stalker, oppure ha solo visto il mio nome sulle lettere poggiate sul mobiletto dell'ingresso.

Lo guardo meglio. Occhi azzurri incorniciati da sopracciglia folte. Tratti marcati, una faccia che se avessi già visto mi sarei senz'altro ricordata. Non sembra aggressivo, o pericoloso, eppure mi fissa sconvolto, scioccato, e io proprio non capisco perché.

Sento la parete alle spalle. Fine della corsa, sono in trappola. Rovescio il polso, sollevo il fermacarte. «Vada fuori da qui. Subito.»

«Senti, Joanna, non ho la più pallida idea di che cosa ti stia passando per la mente, ma ti prego... smettila.»

«La smetta lei!» Dovrebbe uscirmi in tono deciso, invece è un lamento. «La smetta di far finta che ci conosciamo! E se ne vada, per favore.»

A quanto pare il fatto che abbia paura gli piace, visto che fa un altro passo nella mia direzione. Io scivolo lungo la parete cercando di guadagnare la porta.

«Ora basta, certo che ci conosciamo.» Adesso nella sua voce c'è impazienza. Non ancora rabbia, ma potrebbe arrivare da un momento all'altro, lo sento. Solo un paio di metri alla porta: ce la posso fare, ce la devo fare.

«Si sta sbagliando, dico sul serio...» A ogni frase prendo tempo. «Ma sentiamo, secondo lei perché dovremmo conoscerci?»

Lui scuote la testa. «Senti, Jo, non so a che gioco stai giocando, ma non è divertente... O forse non scherzi, e in tal caso devo portarti di corsa in ospedale.» Si passa una mano tra i capelli. «Jo, noi siamo fidanzati. Viviamo insieme.»

Resto ammutolita. Quello che ha appena detto è talmente lontano da ciò che mi ero aspettata che ho bisogno di qualche secondo per realizzare.

Siamo fidanzati.

Quindi non è solo uno stalker, no, molto peggio... È pazzo! Uno di quelli che vivono in un mondo tutto loro, che soffrono di allucinazioni.

Ma con milioni di persone che ci sono sulla terra, perché proprio io?

Domanda irrilevante. Tanto con un malato di mente non ci si può parlare, convincerlo con argomenti ragionevoli è inutile. E hanno anche forti sbalzi d'umore: per ora mi sembra pacifico, ma non si sa mai, una parola sbagliata e potrebbe perdere il controllo. Non dimentichiamo che si è introdotto con la forza in una casa sconosciuta.

Mi viene in mente un'unica via di scampo, ma devo agire subito.

Il fermacarte disegna una parabola azzurra luccicante. Ho mirato bene, ma lui si scansa, così lo prendo alla spalla invece che in testa. Pazienza. Scappo fuori dal salotto, corro su per le scale e mi infilo in camera da letto. Mi chiudo dentro e do due mandate.

Mi lascio cadere sul pavimento: la porta alle spalle e il letto davanti. Un cuscino, un piumone singolo. Nient'altro. Il letto di una donna che vive da sola. Ma se è davvero malato, il suo cervello potrebbe trovare una giustificazione anche a questo, per esempio che ultimamente sta dormendo sul divano.

Fuori tutto tace. Per un attimo chiudo gli occhi. Al sicuro. Si spera.

Certo che ci conosciamo, ha detto, con un'ovvietà quasi sconcertante. Scandaglio ogni angolo della mia memoria, senza alcun successo. Forse è venuto in studio? Che sia un cliente?

No, impossibile. Non dimentico mai una faccia che ho fotografato.

Un rumore. Trasalisco. Un tonfo sordo, come un battente che si chiude.

Poggio l'orecchio contro la porta della camera. Adesso è tutto calmo. Forse il fermacarte lo ha ferito al punto da costringerlo a scappare.

Continuo a origliare, gli occhi chiusi e il respiro mozzato. La mia speranza dura una manciata di secondi, poi sento dei passi sulle scale, lenti e pesanti.

Sta salendo. Mi ha seguito. E adesso non sarà più così conciliante.

E io sono senza cellulare: non posso nemmeno chiedere aiuto.

2

Il cacatua. Non c'è più, è sparito.

Me ne accorgo appena parcheggio. Scendo dalla macchina, la luce del giardino si accende. Lo avevo regalato a Joanna per il compleanno, un bestione di ottanta centimetri. Per farla sentire a casa. Una volta mi ha detto che Melbourne è piena di cacatua.

Passo vicino al rododendro, dove sta di solito, e mi chiedo dove sia finito. Apro la porta ed entro. L'ingresso è buio, ma da sopra arriva un rumore ovattato. Il phon. Joanna. Una sensazione di calore sostituisce lo stupore provocato dalla scomparsa del cacatua.

Attraverso l'ingresso senza accendere la luce. Per orientarmi mi basta il chiarore dei lampioni che filtra dalla finestrella. Apro la porta del salotto. È illuminato, come la cucina. Non posso fare a meno di sorridere. Ah, la mia Joanna... Quando è sola in casa dimentica sempre tutto acceso. Per la gioia del nostro fornitore di energia elettrica.

Lascio cadere il mazzo di chiavi sul ripiano, ma lo manco, così finisce sul pavimento con un sonoro tintinnio. Colpa della stanchezza. E forse anche degli strascichi di questa giornata assurda. Anzi, diciamo pure di merda. È come se tutti, al lavoro, mi avessero preso di mira.

Sospiro, raccolgo le chiavi e le metto al loro posto.

In frigo c'è ancora la bottiglia del bianco di Borgogna che abbiamo aperto ieri sera. Non ho voglia di bere, non ancora. Magari dopo, insieme a Joanna, quando ci saremo messi comodi sul divano.

Prendo il cartone del succo d'arancia. È quasi vuoto, ma per un bicchiere basta.

Il cassettone per la raccolta differenziata fa fatica ad aprirsi, non scorre, produce rumori strani. Probabilmente si è allentata una vite, nel weekend devo darci un'occhiata.

Spengo la luce e vado verso il salotto, poi mi ricordo di avere il cellulare scarico. Torno indietro e lo attacco al cavo, che è sul mobiletto dell'ingresso. Mi giro... E quasi mi prende un colpo. Joanna è al centro del salotto, non l'ho nemmeno sentita entrare. Il solo vederla mi suscita un'altra ondata di calore: in un secondo la stanchezza e la rabbia sono evaporate.

Ma lei a quanto pare non mi ha visto. Ne approfitto per osservarla dal buio della cucina. È in accappatoio. Non l'ha allacciato stretto, e lascia intravedere la curva dei seni, piccoli e sodi. Altra ondata di calore, più intensa, e all'improvviso mi sento un guardone colto in fallo.

Esco dalla penombra e le vado incontro. Lei sente i miei passi, si volta e... resta impietrita. Il saluto mi muore in gola.

Non capisco perché sia così agitata. «Ciao tesoro» dico con un filo di voce. «Cos'hai? Non stai bene? È successo qualcosa?»

Joanna non reagisce, continua a fissarmi immobile, come se le avessi parlato in una lingua che non capisce. Non l'ho mai vista così. Mio Dio, sembra terrorizzata, nel panico totale. Spaventa anche me, deve essere successo qualcosa di brutto...

«Tesoro» ripeto nel tono più comprensivo possibile. Faccio un altro lento passo verso di lei, ormai siamo a un braccio di distanza. All'improvviso sembra riscuotersi, sgrana gli occhi. Indietreggia, cercando di allontanarsi da me.

«Tesoro, ti prego...» Mi accorgo che sto sussurrando. Provo a riaccorciare le distanze, con la massima cautela. D'un tratto l'espressione sul suo volto cambia, i tratti si contraggono.

«Se ne vada!» si mette a gridare, con una tale veemenza che resto impietrito. «Se ne vada subito o chiamo la polizia!»

Se ne... *vada*? Ma cosa diavolo le è preso? Sembra fuori di sé. Nella mia testa iniziano a vorticare migliaia di ipotesi, cerco di fare un po' di ordine. Invano.

Droghe, alcol, una rapina, un qualche shock... Che sia morto qualcuno? Joanna fa un altro passo indietro, finisce contro la lampada a stelo, facendola cadere. Il vetro va in frantumi, tintinnando.

«La prego» supplica, con un filo di voce. «La prego, non mi faccia del male.»

«Per carità di Dio! Ma che succede?»

Lei si rannicchia, la testa incassata fra le spalle. «Ho dei soldi, in casa, non sono tanti ma le dirò dove si trovano. Glieli darò tutti, okay? Prenda quello che vuole, ma la prego, la scongiuro... non mi faccia del male.»

Sono sconvolto, ma sento una fiammata di rabbia. «È uno scherzo?» La voce mi esce più brusca di quanto avrei voluto, allora alzo le braccia per farle capire che non ha nulla da temere. «Non stai bene? Chiamo il dottore?»

Lei scuote la testa. «Per favore, se ne vada. Non chiamerò la polizia, glielo prometto.»

Resisto all'istinto di prenderla per le spalle e gridarle di tornare in sé e smetterla con questa pagliacciata. Ma devo stare calmo, è importante, è fondamentale che almeno io resti lucido. Faccio un paio di respiri profondi e la guardo negli occhi. «Ma che cosa stai blaterando? Perché dici queste cose? Per quale motivo mi dai del lei?»

«Perché... Perché ho paura... Non lo capisce?»

«Paura... di me?»

«Sì. Mi ha spaventata, mi ha spaventata a morte.»

«Joanna...»

Appena pronuncio il suo nome fa un'espressione strana. È come se stesse cercando di leggermi in volto.

«Vada fuori da qui. Subito.» Si sta sforzando di dare alla sua voce un tono deciso, ma non ci riesce. Solleva un braccio, ha in mano qualcosa. Cerco di capire cos'è. Ah, il dado fermacarte dell'ingresso... La situazione si fa sempre più surreale. La guardo di nuovo dritto negli occhi, cerco di farle capire che non ha alcun motivo di avere paura di me. «Senti, Joanna, non ho la più pallida idea di che cosa ti stia passando per la mente, ma ti prego... smettila.»

«La smetta lei!» replica con una vocina stridula da bambina viziata. «La smetta di far finta che ci conosciamo! E se ne vada, per favore.»

No, non può essere vero. Dentro di me sento crescere il terrore che Joanna abbia perso completamente la testa.

Sempre più incerto, faccio un altro lentissimo passo verso di lei. Devo cercare di tenere i nervi saldi. «Ora basta, certo che ci conosciamo.»

«Si sta sbagliando, dico sul serio...» Scuote la testa. «Ma sentiamo, secondo lei perché dovremmo conoscerci?»

Maledizione, non è possibile! «Senti, Jo, non so a che gioco stai giocando, ma non è divertente... O forse non scherzi, e in tal caso devo portarti di corsa in ospedale. Jo, noi siamo fidanzati. Viviamo insieme.»

Il suo viso diventa una maschera di paura. Non è un gioco. Davvero non mi riconosce.

All'improvviso la sua mano scatta verso l'alto, mi lancia addosso qualcosa, cerco di scansarmi, ma è troppo tardi. Il grosso fermacarte di vetro mi colpisce alla spalla e un dolore lancinante inizia a propagarsi nel resto del corpo. Tiro un sospiro, mi sento cedere le gambe, come se qualcuno mi avesse colpito nell'incavo dietro le ginocchia. Cado. Joanna schizza via come un'ombra scura e in un attimo scompare dalla mia vista.

Mi tocco la spalla, piano.

Credevo di conoscerla bene, Joanna, eppure adesso mi sembra un'estranea, come se dentro al suo corpo ci fosse un'altra donna.

Il dolore alla spalla pian piano si attutisce. Faccio leva sul pavimento e mi tiro su. Il salotto vacilla, azzardo un paio di passi per arrivare a una poltrona, ho bisogno di sedermi. Lo sguardo scivola verso la porta della stanza, è aperta. Forse Joanna è corsa fuori, in strada? Starà chiamando la polizia?

È malata, su questo non ho più alcun dubbio. Forse lo è sempre stata. Magari lo sapeva da un pezzo e non mi ha detto nulla. Già, forse finora non ho mai conosciuto la vera Joanna. No, non è possibile, non può essere. Mi sollevo per guardarmi intorno. Le pareti hanno smesso di muoversi, mi reggo in piedi.

Dovrei chiamarla io, la polizia? Ma che idiozia, che cosa c'entra? Mica c'è stata una rapina. La mia fidanzata è andata fuori di testa: qui ci vuole un medico, altro che polizia. Uno psichiatra, magari. Sì, dovrei chiamare un'ambulanza. Però, se la vedessero in questo stato, la porterebbero subito in una clinica. Senza contare che essendo straniera e con un permesso di soggiorno temporaneo, probabilmente finirebbe nei guai... No, prima le devo riparlare. Cosa può esserle successo? Forse è solo confusa. Ma per quale motivo?

Accendo la luce dell'ingresso e sento un'altra fitta lancinante alla spalla. Faccio un respiro profondo e mi guardo intorno. La porta di casa è chiusa. Se Joanna fosse scappata fuori, nello stato in cui si trovava l'avrebbe lasciata aperta, o al limite l'avrebbe sbattuta. Avrei sentito il rumore.

Quindi deve essere ancora in casa. Vado verso le scale, alzo gli occhi, poi però mi fermo. C'è qualcosa che non torna. Lentamente mi volto e do un'altra occhiata all'ingresso. La porta, il mobiletto, le carte per terra, il guardaroba... Il guardaroba. Un pugno allo stomaco. Le mie cose non ci sono. I ganci a cui di solito appendo le giacche sono vuoti. Sotto, sul ripiano... Le sue scarpe da ginnastica, altre due paia da passeggio di colori sgargianti, non c'è altro: ci sono solo le cose di Joanna. Che diavolo sta succedendo qui?

Mi riscuoto, voglio capire. Senza più indugi vado verso la porta dell'ingresso, la apro e guardo fuori. Calma piatta. La richiudo. Meglio dare una mandata di chiave, la prudenza non è mai troppa. Poi inizio a salire le scale con passo pesante. Che mi senta pure, nessun problema, deve sapere che sto andando da lei. È ora di chiarirsi.

In bagno non c'è nessuno. In un moto di stizza mi avvicino alla camera da letto, poggio una mano sulla maniglia e la abbasso. È chiusa a chiave. Ah.

«Joanna.» Il tono non è rabbioso, ma deciso: deve sentire che sono serio. «Joanna, adesso piantala, dai. Apri questa maledetta porta, così parliamo. Dio santo, non ti faccio nulla!»

Silenzio. Aspetto. Dieci secondi, quindici... Niente. «Joanna, per favore, rifletti. Se volessi farti del male, credi davvero che questa ridicola serratura riuscirebbe a impedirmi di entrare? Basterebbe un calcio per buttar giù questa dannata porta. Ma io non voglio sfondarla, perché è anche la *mia* porta, capisci? Noi viviamo in questa casa insieme. E se a te non risulta, allora... Un attimo... Joanna, mi stai ascoltando?»

Mi rendo conto di aver parlato molto in fretta. Mi capita sempre quando sono agitato e devo dire una cosa con urgenza.

«Jo, ci sei? Senti, mi è venuta un'idea. Fammi una domanda... Qualcosa che *non posso* non sapere se viviamo insieme. Okay? Dai, spara, una cosa qualunque...»

Di nuovo silenzio, ma poi mi sembra di sentire armeggiare

intorno alla serratura. *Clac.* La maniglia si abbassa, la porta si apre, lenta. Dio sia lodato.

Joanna è davanti a me, girata di lato, però mi guarda, tiene ancora la mano sulla maniglia. I miei occhi superano il suo sguardo impaurito e si spingono verso il letto. Una morsa di ghiaccio mi stringe il petto... Forse non è Joanna ad aver perso la ragione, ma io.

Il mio piumone, il mio cuscino, il mio armadio... Non c'è più niente.

3

Mi sono comportata da idiota, lo capisco solo adesso. Adesso che l'estraneo sta armeggiando con la maniglia.

Sono in un vicolo cieco, senza alcuna via di scampo. Perché non sono corsa in strada, invece di rinchiudermi io stessa? Perché nella mia camera da letto mi sento più protetta? Sbagliato, Joanna. Sono in trappola. A meno che non decida di saltar giù dalla finestra.

«Joanna.»

Chiudo gli occhi, mi ci premo contro le mani serrate a pugno. Vattene!, penso, vattene e basta!

«Joanna, adesso piantala, dai. Apri questa maledetta porta, così parliamo. Dio santo, non ti faccio nulla!»

Già, perché noi siamo fidanzati.

Mi viene da ridere. Deve trattarsi di una reazione isterica, se inizio non smetterò più. Faccio un respiro profondo e mi conficco le unghie nei palmi finché non mi passa la voglia di ridere.

Come ci si comporta con le persone che soffrono di allucinazioni? Che diavolo ne so io! Forse però bisogna assecondarle, per non farle innervosire.

«Joanna, per favore, rifletti. Se volessi farti del male, credi davvero che questa ridicola serratura riuscirebbe a impedirmi di entrare? Basterebbe un calcio per buttar giù questa dannata porta.»

Mi sposto verso il letto. Lui intanto continua a blaterare, qualcosa tipo che la porta è anche sua e quindi non vuole sfondarla, ma io capisco che presto o tardi lo farà comunque, quindi è meglio se apro.

Mi guardo intorno in cerca di un'arma, qualcosa di pesante. Questa volta lo colpirò come si deve, lo metterò k.o. Ma qui non c'è niente di adatto. Dovrei smontare l'asta delle tende, ma non ho abbastanza tempo, è evidente.

«Jo, ci sei? Senti, mi è venuta un'idea. Fammi una domanda... Qualcosa che *non posso* non sapere se viviamo insieme. Okay?»

Devo recuperare il mio cellulare, oppure correre in strada. Peccato che per fare entrambe le cose debba aprire la porta. E correre il rischio di trovarmi di fronte questo tizio, con tutto ciò che potrebbe conseguirne.

Mi sento svenire.

«Dai, spara, una cosa qualunque...» Sembra fiducioso di riuscire a convincermi.

In teoria dovrebbe essere ferito. Il fermacarte lo ha colpito, ne sono sicura, gliel'ho scagliato addosso con tutta la forza che avevo in corpo. Forse qualche chance ce l'ho.

Okay. Se deve succedere qualcosa, che succeda in fretta, almeno. Come quando ti strappano via un cerotto. Giro la chiave e apro la porta, e solo allora mi rendo conto di essere ancora in accappatoio... Che cretina, Joanna sei proprio cretina.

Per un momento l'uomo mi sorride, poi i suoi occhi mi superano, puntano al letto. E in un attimo il sorriso svanisce, cancellato da... dall'incredulità. Sì, sembra sconvolto.

Chissà cosa vede, cosa gli sta proiettando nella testa la malattia. Forse ha preso qualche droga.

L'occasione è troppo ghiotta per lasciarsela scappare. Mi avvicino alla porta e scivolo via rasentando il muro, sono quasi alle scale, e poi...

Nemmeno due passi e mi è addosso, mi afferra un braccio.

«Dove vai, resta qui.» Più che una minaccia sembra un'implorazione, ma la presa non si allenta. «Adesso parliamo, okay? Jo! Ti prego, parliamo.»

Cerco di divincolarmi. Se solo potessi arrivare al mio cellulare e chiudermi nel bagno di sotto...

La realtà è che anche se la spalla sembra fargli male, contro di lui non ho alcuna possibilità. Mi trascina di nuovo in camera da letto, chiude la porta e ci si piazza davanti.

Mi torna la paura, accompagnata da una vampata di rabbia. Potrei sempre cercare di aprire la finestra e sgusciare fuori. Sì, avrei dovuto farlo subito. Invece di spalancare la porta. Un altro errore.

L'estraneo continua a fissarmi. Scuote la testa, piano. Respira, tremando. «Proprio non mi riconosci, eh?»

«No, davvero.»

Una breve risata, tutt'altro che euforica. «Quindi immagino che tu non abbia nemmeno la più pallida idea di dove siano finite le mie cose, giusto?»

Come, scusa? Le sue cose?

Mi legge la perplessità in faccia, indica il letto.

«Il mio piumone, il cuscino... Oggi quando mi sono alzato erano ancora qui. Per non parlare del mio armadio. E le giacche e le scarpe nel guardaroba di sotto...» Fa un passo verso di me, ma io mi scanso, e lui si ferma.

«Se andassi in bagno, non troverei il mio spazzolino... E nemmeno il dopobarba o il bagnoschiuma...»

Accidenti, la sua follia deve aver partorito un intero mondo, una vita che non esiste.

E se stessi al gioco? Se facessi finta che le cose assurde che dice pian piano mi stessero tornando in mente? Mi crederebbe?

Lo fisso dritto negli occhi, ma è uno sguardo difficile da sostenere. C'è qualcosa in lui che mi fa rimpiangere di non avere un coltello. Lo pugnalerei. E non una volta sola, ma ancora e ancora.

Mio Dio, ma cosa diavolo mi prende?

Mi premo le mani contro la fronte e la tentazione di ricorrere a una soluzione violenta passa. Vivo in questa casa da sola da quando l'ho presa in affitto. Non c'è nessun secondo cuscino, nessun altro piumone. E di sicuro nessun dopobarba in bagno.

«Maledizione, Joanna.» Accenna una specie di sorriso. «Cosa devo fare con te?»

La domanda mi fa allontanare ancora di più. Niente, con me non deve fare proprio niente. Se ne deve andare e basta.

«La sua idea, prima, mi sembrava buona» dico con voce un po' tremante. «Facciamo come ha detto lei. Le farò delle domande alle quali sarà in grado di rispondere solo se è vero che vive qui. E se mi conosce bene come dice.»

Lui annuisce, lo sguardo che si perde tra il letto, le pareti e il pavimento. Poi torna su di me.

«Okay.» Scavo tra i ricordi, in cerca di qualcosa che perfino il più abile degli stalker non potrebbe riuscire a scoprire. Fatti che non sono né su Facebook né sul mio sito internet.

Ma lo stress inizia a farsi sentire e mi vengono in mente solo domande banali. Niente con cui potrebbe convincermi di conoscermi davvero.

Così inizio con una cosa a caso, giusto per rompere il ghiaccio. È una mia vecchia abitudine. «Immagino abbia scoperto che lavoro faccio.»

«Fotografa.» Lo dice lentamente, ma senza esitare. «Stai facendo un apprendistato da Manuel Helfrich, perché lo ammiri moltissimo, ed è anche uno dei motivi per cui sei venuta in Germania. Fai delle foto stupende, adoro i tuoi scatti. Mi hai ritratto spesso...»

Vorrei replicare qualcosa, ma lui non mi lascia il tempo. «Ce n'era uno, il tuo preferito, di me...» prosegue «lo hai fatto incorniciare e fino a stamattina era appeso lì, proprio in quell'angolo.» Indica un punto della parete, sopra il comò.

«Ma tu sei pazzo! E comunque questo non te l'avevo chiesto, sono io a fare le domande, qui.» Mentre lo dico mi accorgo di quanto sia stata imprudente la mia reazione. Anche se finora non mi ha fatto del male non vuol dire che non possa farlo. Innervosirlo è una pessima idea.

«Scusi» mormoro. «Ma adesso, se non le spiace, vorrei farle qualche altra domanda.»

Lui annuisce, poi mi esorta a continuare con un gesto scoraggiato.

«Quando le persone che devo fotografare sono nervose e non si sentono a loro agio davanti all'obiettivo, prima di iniziare il servizio canto sempre una canzone. Una in particolare. Quale?»

Spalanca la bocca. La richiude. «Eh, questo non lo so. Sono stato nel tuo studio un paio di volte, ma appena arrivavano i clienti mi hai sempre buttato fuori. Perché gli spettatori in un servizio fotografico sono come il terzo incomodo durante un appuntamento, dici sempre così.»

Sento una stretta allo stomaco. Non sa qual è la canzone, come avevo previsto... Ma il resto è tutto vero. Mi ha addirittura citata alla lettera. Non significa nulla, però.

Altra domanda. Veloce.

«Qual è il mio secondo nome?»

Se mi conosce, sa anche questo. Perché gli avrò senz'altro chiesto di indovinarlo, lo faccio con tutti i nuovi conoscenti, al terzo o quarto bicchiere di vino. E lui non ci sarà riuscito, come da copione. E alla fine io lo dico. Sempre.

L'estraneo mi lancia un'occhiata obliqua, come se non potesse credere alla domanda che gli ho appena fatto. Per un momento ho la sensazione che stia per scoppiare a ridere. Poi riprende a parlare, piano. «Non me lo hai mai detto. Volevi che lo indovinassi, ma non ci sono ancora riuscito.»

Ho la bocca secca, cosa non darei per un bicchiere d'acqua. Anche stavolta non è stato in grado di rispondere, ma in quello che ha detto c'è qualcosa di vero.

Volevi che lo indovinassi.

Questo non può averlo trovato su internet, e non può nemmeno averlo scoperto spiandomi. Deve aver parlato con qualcuno che mi conosce, per forza. Perciò sa quali sono le mie fissazioni, cosa mi piace e cosa no...

La porta è ancora bloccata. I suoi occhi mi scrutano, come se stessero cercando qualcosa nel mio viso, qualcosa che è andato perduto.

«Fammi un'altra domanda» dice. «Chiedimi una cosa che abbia a che fare con te, con la tua storia, con questa casa, con la nostra vita.»

«Senta, io le ho già fatto due domande e lei non è stato in grado di rispondere a nessuna delle due.»

Chiude gli occhi, sembra sopraffatto da una fitta di dolore. «Per favore» aggiunge, «smettila di parlarmi in questo modo. Piantala di darmi del lei. Non puoi immaginare quanto...» Si interrompe. «Un attimo, ma tu non sai più nemmeno come mi chiamo, vero?»

Incrocio le braccia davanti al petto. «Non l'ho mai saputo.»

«Non è possibile, non ti credo.» È allibito.

«Mi dispiace... Forse per cambiare potrei provare a indovinare io.» L'estraneo adesso ha un aspetto vulnerabile, sto assumendo il controllo della situazione. Mi accontenterei anche solo di riuscire a scappare da questa stanza.

La mia proposta gli fa luccicare gli occhi. «Sì, buona idea! Forse il tuo inconscio ha memorizzato l'informazione, e partendo da lì troveremo anche tutto il resto.» Fa un passo verso di me. «Di' semplicemente il primo nome che ti viene in mente.» Ha un tono da congiura. «Senza pensarci.»

Faccio come vuole lui, e il risultato è incredibilmente rapido e inequivocabile.

«Ben.»

Sbagliato. La sua faccia non lascia dubbi. In qualunque altra situazione la sua delusione susciterebbe la mia compassione. In questo caso, invece, mi dà un vantaggio di cui non posso non approfittare.

«Okay, non è Ben. Le farò ancora un'altra... Ah, scusa... Ti farò un'altra domanda. L'ultima, d'accordo?»

Lui annuisce, rassegnato, anche se non aspettava altro.

«Lì, nel muro, sopra l'armadio... C'è un buco, lo vedi? Quel piccolo buco lassù...»

Faccio un passo indietro per far sì che osservi meglio. Un passo, poi un altro verso la porta. Quando si accorgerà che non c'è niente dovrò essere già fuori e aver messo tra noi una distanza sufficiente perché non possa più riacciuffarmi.

«Ma lì prima...» lo sento dire quando ormai ho già spalancato la porta. Schizzo in corridoio e infilo le scale, veloce, due gradini per volta, Dio, ti prego fa che non cada.

«Joanna!»

Inizia a inseguirmi, ma io sono quasi di sotto, a un passo dalla porta...

Che però è chiusa.

Il mio mazzo è appeso al solito gancio. Lo prendo, mi sfugge di mano, finisce sul pavimento.

«Jo, ti prego! Non puoi piantarmi così!»

Raccolgo le chiavi, ho ancora tempo. Centro la serratura al primo tentativo, giro, due scatti e abbasso la maniglia, il fresco della sera mi sbatte contro la faccia.

Poi una scossa. Mi tira a sé con una tale foga che cado a terra. Un attimo dopo la porta sbatte con un tonfo.

Scatto in piedi. Lo devo superare mentre richiude, ma lui mi prende ancora per un braccio, la sua morsa è così stretta che inizio a urlare.

«Davvero vuoi che tutti ti vedano in questo stato?» sbotta. «Vuoi farti rinchiudere in un manicomio?»

Cerco di divincolarmi con tutte le mie forze, ma non ci riesco. E crollo.

Lui non lo aveva previsto, perde l'equilibrio e cade. Per un pelo riesce a non finirmi addosso, spostandosi di lato, ma senza mollare il mio polso.

E in quel momento mi accorgo che sto piangendo.

Anche lui se ne accorge. Poggia la sua fronte contro la mia, il respiro affannato. «Jo, tu hai bisogno di aiuto.»

Sì, su questo ha maledettamente ragione. E appena mi mollerà...

«Guardami» mi ordina. La sua voce sembra incrinata dalla commozione.

Obbedisco. I nostri visi sono così vicini che per un attimo ho il terrore che voglia baciarmi.

«Mi lasci... Lasciami.»

Scuote la testa. «Erik» dice. «Io mi chiamo Erik.» Aspetta, come se credesse davvero che questo nome possa dirmi qualcosa.

«Erik» ripeto, obbediente, per poi accorgermi che la morsa si è attenuata, come se il suo nome avesse fatto scattare in me qualcosa.

Mi divincolo e balzo in piedi, cerco di spingerlo via ma un attimo dopo mi ributta a terra. Sento il suo respiro caldo proprio sopra il viso.

«Non farlo, Jo. Io ti voglio solo aiutare. E ti aiuterò.»

La sua ultima parola all'improvviso viene coperta da un sonoro *din-don*. C'è qualcuno alla porta.

4

Sussulto. Il campanello non mi era mai sembrato così forte come in questo momento. Le resistenze di Joanna si smorzano all'istante, la sento irrigidirsi sotto di me.

Nei suoi occhi si accende una speranza: la persona alla porta potrebbe aiutarla. I miei pensieri invece iniziano ad accavallarsi. Non aspettavamo nessuno.

Per chissà quale motivo mi sento la coscienza sporca, anzi, quello che provo è puro e semplice panico. Come se fossi davvero un rapinatore o un maniaco colto in flagrante.

Scaccio via quest'idea assurda e ridicola. Ma non voglio che qualcuno veda Joanna in questo stato. Che abbia davvero chiamato la polizia?

«Aiuto! Per favore mi aiuti!» Le sue labbra sono a pochi centimetri dal mio orecchio, un'eco potente e dolorosa mi rintrona la testa.

«Maledizione, vuoi stare zitta?» sibilo reprimendo l'istinto di tapparle la bocca. Nello stesso istante mi rendo conto di dover agire in fretta se non voglio che la situazione degeneri. Mi sposto e lascio libero il corpo di Joanna. Prima ancora che sia in piedi, lei si divincola e va verso la porta. «Meno male che è arrivato! Quest'uomo... Quest'uomo è entrato in casa e sta cercando di rapinarmi!»

Sento il cuore rimbombarmi in gola. La porta aperta mi ostacola la visuale. Faccio due passi di lato e mi ritrovo davanti Bernhard

Morbach che mi guarda sorpreso, Joanna si è nascosta dietro di lui.

Bernhard è caporeparto alla Gabor Energy Engineering. Non era mai venuto a casa nostra, dalla borsa per pc che ha a tracolla credo di intuire il motivo di questa visita. Proprio adesso doveva arrivare? Come se la giornata non fosse già stata abbastanza pesante, anche se non saprei spiegarne bene il motivo. E domani lui potrebbe raccontare a tutti quello che sta vedendo...

«Erik...» Bernhard si volta irritato verso Joanna, che si stringe l'accappatoio intorno al collo. La squadra da capo a piedi, poi si gira verso di me. «Non capisco. Ma cosa sta succedendo?»

Appena Joanna sente il mio nome sgrana gli occhi. Confusa, fa un passo indietro, so già cos'ha in mente... Non mi resta altra scelta. Mentre lei scatta in avanti, con un paio di falcate supero Bernhard. E, da dietro, le cingo il busto e un braccio. «Jo, per favore» le sussurro mentre lei cerca di divincolarsi. «Dai, torna dentro.»

«Se lo scordi! Ho capito... quest'uomo... è suo complice! Mi lasci!» Joanna fa un respiro profondo, ma prima che possa mettersi a gridare le copro la bocca con una mano. Mi guardo intorno agitato e noto l'espressione incredula di Bernhard, ma non è il momento per le spiegazioni dettagliate.

«Vieni» le dico, ansimando. Mentre la trascino di peso in casa, Joanna continua a contorcersi e a scalciare con tutte le sue forze. Poi la lascio, schizzo verso la porta e la chiudo. Giro la chiave e la sfilo, mentre dietro di me da qualche parte sento sbattere un'altra porta. Mi volto lentamente e respiro.

«È lì, lì dentro» dice Bernhard indicando la cucina. «Senti... Erik, mi spieghi cosa diavolo sta succedendo? Lei è Joanna? La ragazza di cui ci hai tanto parlato, giusto?»

Con la mano gli faccio cenno di avere pazienza.

In cucina non c'è nessuno. Quindi è tornata in salotto o si è nascosta nel ripostiglio. Un paio di passi e raggiungo la porta, poggio la mano sulla maniglia. Chiuso. Deve essere davvero fuori di testa se si è andata a infilare nell'unica stanza senza finestre del piano terra.

Mi volto e ritorno verso Bernhard, che mi aspetta nervoso all'ingresso.

«Si è chiusa nel ripostiglio.» Mi fermo. «Non capisco cosa le sia preso, non è in sé. Sono tornato a casa, stasera... e non mi ha riconosciuto. Nessuno deve vederla in questo stato, non voglio...» Esito, e di colpo mi accorgo di quanto possano sembrare assurdi i miei tentativi di spiegare la situazione. Bernhard, infatti, continua a guardarmi allibito.

Scuoto la testa. «Mi spiace che tu abbia conosciuto Jo proprio oggi. Di solito è diversa, tutta un'altra persona. Davvero, non capisco. È australiana, questo ve lo avevo detto, no? In teoria presto dovrebbe tornare a casa, ma non vuole, perché noi... Io voglio che resti, a tutti i costi. Ma se qualcuno la vedesse in queste condizioni la prenderebbe per matta. E dopo sarà tutto più complicato, capisci? Per questo prima non volevo che corresse fuori gridando come un'ossessa.»

Finalmente Bernhard si toglie la borsa e la poggia vicino alla parete. «Sì, Erik, capisco...» Peccato che la sua faccia dica l'esatto contrario. «Le era già capitato?»

«No, non l'avevo mai vista in queste condizioni.» Guardo verso la cucina, dalla mia posizione riesco a tenere d'occhio un pezzo della porta del ripostiglio. Cosa starà facendo lì dentro? Cosa le passerà per la testa? Sarà seduta per terra, tremante di paura, a scervellarsi su come fuggire al pazzo che le è entrato in casa convinto di essere il suo compagno?

Mi giro, mi passo una mano sulla fronte per asciugarmi il sudore e guardo di nuovo Bernhard. «Stamattina era un giorno come gli altri. Quando sono uscito era di buon umore. Nel corso della giornata deve essere successo qualcosa... qualcosa che le ha provocato questo stato confusionale. Spero le passi in fretta, altrimenti proprio non so cosa fare.» Cerco di mantenere la calma, certi pensieri in questo momento non giovano a nessuno. Il mio sguardo si posa sulla borsa del pc sul pavimento. «È per questo che sei passato?»

«Cosa? Ah, sì. Domattina presto ho il volo per Londra e non riesco più a trovare la presentazione, oggi pomeriggio uno dei tuoi ragazzi me l'ha spostata dal computer fisso al portatile...» Si ferma e dà un'occhiata verso la cucina. «Ma vedo che non è un buon momento... Non preoccuparti, chiederò ad Alex.»

Sì, ha ragione. Non è affatto un buon momento. Ma non permetterò che anche Alex sappia cosa sta succedendo a Joanna. «No, ma che dici» lo rassicuro indicando il salotto. «Dai, vieni.»

Ci sediamo sul divano e avvio il computer. Bernhard guarda lo schermo e fa finta che i messaggi comparsi durante l'accensione gli dicano qualcosa.

«Come mai Londra?» domando nell'attesa. Lui esita.

«Mah, niente, è per quel nuovo progetto... te ne hanno parlato, no?» Abbassa lo sguardo.

«Ah, quello. Mi hanno detto che è quasi pronto. Ma, come tu ben sai, l'ho saputo per caso.» Sento riaffiorare la rabbia.

Per Bernhard è senza dubbio una questione poco piacevole. Cerco di tornare a concentrarmi sul portatile, lui invece guarda verso la cucina. Sta cercando un appiglio per cambiare argomento.

«Senti, so che la cosa non mi riguarda, ma ho assistito alla scena e... non ho potuto fare a meno di pensare a una mia conoscente alla quale è successa più o meno la stessa cosa. Poi le è passato, ma per diversi giorni non ha riconosciuto nessuno. Lei è diventata anche violenta, verso se stessa e gli altri. Joanna? Insomma... Hai detto che sostiene di non sapere chi sei... Ti ha aggredito?»

Che domanda curiosa, mi dico, ma del resto le situazioni strane suscitano strani interrogativi. E il siparietto di cui è stato testimone Bernhard quando è comparso alla porta non poteva non sollevare simili dubbi. In più la storia del nuovo progetto lo mette a disagio, si vede. Devo essere contento per come ha reagito, per fortuna non se n'è andato prima che avessi modo di spiegarmi.

«Mi ha lanciato addosso un fermacarte, ma direi che è stata una reazione normale dettata dalla paura. Insomma, lei è convinta che io sia un estraneo che si è introdotto in casa sua. Solo questo, il fermacarte... Però direi che basta e avanza.»

«Be'» ribatte Bernhard, annuendo, «mi sembra una cosa diversa rispetto alla mia conoscente. Chissà, magari domattina si sarà già ripresa.»

«Lo spero.» Mi rendo conto di fissare lo schermo del portatile senza vedere nulla.

In meno di dieci secondi trovo comunque la presentazione. Era nel cestino, qualcuno l'aveva trascinata lì. Sarà sicuramente stato lui stesso, ma se glielo dicessi non lo ammetterebbe mai, ovvio. È sempre così con le persone che usano il computer senza esserne pratiche: fanno casini e nemmeno se ne accorgono. Comunque meglio così, se ne andrà e io potrò tornare a occuparmi di Joanna.

Sposto il file sul desktop e lo apro. «È questa?»

Un paio di *clic*, poi Bernhard annuisce sollevato. «Sì, è questa, sia ringraziato il cielo. Dov'era?»

«Da solo non l'avresti mai trovata.» La solita risposta diplomatica.

Richiudo il portatile e mi alzo. Bernhard resta seduto. «Senti, se c'è qualcosa che posso fare per aiutarti... Per te e Joanna, intendo...»

«No, grazie. Adesso proverò a parlarle con calma. Sono sicuro che presto starà meglio. Ha un sacco di appuntamenti e scartoffie burocratiche che l'aspettano, forse è solo stressata.»

Spero che lui non colga quanto io stesso sia poco convinto di quello che ho detto. Ad ogni modo, Bernhard infila il computer nella borsa e si alza. «Bene, fossi in te, magari domani non andrei al lavoro, me ne starei a casa.»

Non ci avevo ancora pensato. E se le condizioni di Joanna domattina non saranno migliorate? Se sarà ancora dell'idea che io sia un pazzo maniaco?

«Vediamo, ma credo che verrò.»

Lo accompagno alla porta. Arrivato all'ingresso, si ferma e si volta di nuovo verso la cucina. «E se ci provassi *io*? Se le parlassi? Le dirò che è vero che vivete qui insieme, magari si convince...»

Lo ha detto senz'altro in buona fede, ma non voglio che nello stato in cui si trova Joanna le parli qualcuno che per lei è davvero un estraneo. E comunque si è già espressa su Bernhard, è convinta che sia in combutta con me. No, l'unica persona che può riuscire a risvegliare i suoi ricordi sono io.

«Grazie, è molto gentile da parte tua, ma credo sia meglio che lo faccia io.»

Bernhard alza le spalle, poi va verso la porta. «Okay, allora buona fortuna, insomma... auguri.»

«Grazie.»

Aspetto che si sia allontanato e torno dentro. Per un po' resto fermo davanti alla porta della cucina e fisso il ripostiglio. Nessun rumore. Probabilmente sta origliando, come me. La mia Joanna.

Mi avvicino e alzo un braccio. Esito. Poi busso, piano.

«Jo?» dico quasi in un sussurro, è impossibile che mi abbia sentito. Mi schiarisco la voce e ritento, più forte: «Jo, ci sei? Per favore, ti devo parlare».

5

È buio, e l'interruttore è fuori. Al di là di questa porta chiusa. Sento delle voci. Quella dell'uomo che dice di chiamarsi Erik e quella del tizio che era lì e ha visto come il suo complice mi ha trascinato in casa con la forza.

Parlano, ma non molto forte. Mi aspetto di sentire una risata, una di quelle da cattivo dei film, ma non succede. Le voci restano ovattate. Sembrano serie.

Qui dentro quasi non si respira. È una stanza piccola, piena di roba. Con la mano destra tocco qualcosa di familiare, duro e rotondo. Un barattolo di conserva, probabilmente passata di pomodoro. Bene. È pur sempre un'arma che potrebbe farmi sopravvivere: sapere che c'è un po' mi rassicura.

Per qualche minuto cerco di carpire scampoli di conversazione, poi ci rinuncio.

Erik. L'uomo con la borsa per il pc lo ha chiamato con quel nome in maniera del tutto naturale. E non ha mostrato il minimo stupore vedendo questo estraneo in casa mia... Anzi, se qualcosa lo ha stranito sono stata io con il mio comportamento.

Il che può significare una cosa sola, che questo... Erik deve avergli propinato la stessa assurda storiella che ha usato con me. Ovvero che lui vive qui e che noi stiamo insieme.

Forse alla fine non è un suo complice... Nessuno dei miei pensieri sembra più avere senso. Mi rimbomba la testa, ricordo solo di averlo aggredito e di aver provato a scappare.

Quanto meno so ancora dove tengo le bottiglie d'acqua minerale. Bere aiuta, il mal di testa si attenua.

Poco dopo sento la porta d'ingresso chiudersi. L'uomo con la borsa se n'è andato, suppongo, quindi non alzerà un dito per difendermi.

Mi rannicchio in un angolo. La tregua sta per finire, presto si riapriranno le danze. Aspetto la prossima mossa di Erik, ma il colpo alla porta mi fa comunque sussultare.

«Jo?» Un filo di voce, ma insistente. «Jo, ci sei? Per favore, ti devo parlare.»

Eccolo. Stavolta da parte mia non riceverà alcuna risposta. Silenzio. Come se fossi morta.

«Jo? Mi senti?» Altri colpi. «Stai bene? È tutto okay?»

Perché altrimenti tu cosa faresti, bastardo che non sei altro?

La risposta non si fa attendere a lungo. Sento un tintinnio, evidentemente sta frugando tra i cassetti della cucina. Ancora silenzio, poi un rumore di metallo contro metallo, molto vicino.

Ha trovato qualcosa per forzare la serratura.

«Sto bene.» La mia voce trasuda ripugnanza, ma perlomeno il fantomatico Erik smette di armeggiare.

«Dio sia lodato» dice. «Mi dispiace per prima, di averti afferrata in quel modo, ma...» Si ferma.

D'un tratto sento montare la rabbia, così potente che scaccia la paura. Quasi inizio a sperare che quel maniaco sfondi la porta così da potermi scagliare contro di lui con tutte le mie forze. Vorrei picchiarlo fino a lasciarlo esanime sul pavimento. O pugnalarlo, se riesco a trovare il coltello da cucina, quello grande...

La scena è chiara nella mia testa, diventa quasi tangibile, e la cosa mi piace... Oh, mio Dio, è terribile. Non immaginavo che l'impotenza e le fantasie violente fossero tanto legate.

Finora i miei tentativi di resistenza non hanno sortito alcun risultato. È arrivato il momento di cambiare strategia.

«Erik?» Lo dico come se stessi per piangere.

«Sì?»

«Potresti accendermi la luce, per favore?»

«Cosa? Ah, sì, certo, non sapevo che fossi al buio.»

La lampada a basso consumo dentro il paralume bianco latte del soffitto si accende, gli scaffali strapieni sono investiti da un bagliore opaco.

Stringo ancora il barattolo, è una passata di pomodoro. Avevo ragione.

«Meglio?»

«Sì, grazie.»

Una piccola pausa. Quando riattacca a parlare, la sua voce è alla stessa altezza della mia testa. Probabilmente è seduto per terra, o in ginocchio.

«Jo, ascoltami. È una situazione da cui non possiamo uscire da soli, abbiamo bisogno di aiuto.» Sembra sfinito. Bene, vuol dire che prima o poi si addormenterà.

«Domani vorrei portarti da un medico, per capire cosa è successo... Forse lo stress delle ultime settimane, oppure...»

La frase resta in sospeso.

«Da un medico?» chiedo io con un filo di voce.

«Sì, Jo. Prima che le tue condizioni si aggravino. Se non ci fossi stato io, saresti corsa fuori in strada urlando mezza nuda. Non voglio che ti ricoverino in un reparto psichiatrico, la nostra situazione è già abbastanza complicata così com'è.»

Parla in un tono allo stesso tempo implorante e dolce, ma ho capito benissimo le sue vere intenzioni: vuole che inizi a dubitare del mio senno, invece che del suo.

«Non puoi immaginare quanto mi abbia fatto male quello che è appena successo» continua. «Ieri hai detto che mi amavi, oggi non ricordi nemmeno chi sono.»

La sua voce è sempre più flebile. O lui crede davvero a quello che sta dicendo, oppure è proprio un bravo attore.

«Jo?»

«Sì?»

«Io ti amo, e quello che sto per dirti è terribile... stanotte non posso lasciarti uscire da qui. Non posso rischiare che salti fuori da una finestra urlando o che cerchi di nuovo di scappare.»

Non fosse così triste, quasi mi verrebbe da ridere. E pensare che la mia cella me la sono scelta da sola... mi sono chiusa nel posto in cui do meno fastidio.

Non c'è niente da dire, sono una vittima estremamente collaborativa.

«Ma io resterò qui» aggiunge. «Rimarrò davanti alla porta, non ti lascerò sola. Di qualunque cosa tu abbia bisogno...»

Resto ancora zitta. Già sapevo che mi avrebbe sbarrato qualsiasi via di fuga.

Sugli scaffali ci sono le mie pile di stracci per la polvere puliti, li prendo e me li metto sotto la testa. La porta è chiusa dall'interno, quindi lui non può entrare. Potrei quasi azzardarmi a dormire, ma i pensieri non si acquietano. Continuano a vorticare intorno ai fatti accaduti in questa terribile serata, la ripercorrono attimo per attimo. Non riesco a scacciarli via...

Sono passate almeno due ore, quando di colpo il quadro si chiarisce, trasparente e logico, in ogni dettaglio.

Più di ogni altra cosa, Erik vuole che io gli creda. Vuole persuadermi che in me c'è qualcosa che non va. Per questo ha fatto venire qui il suo complice, per convincermi che la sua presenza in questa casa fosse scontata. È probabile che nei prossimi giorni venga altra gente.

E poi la storia del medico è il passo successivo, quello in cui mi sentirò dire da un professionista che mi manca qualche rotella. Scommettiamo?

Perlomeno su una cosa, adesso, posso anche smettere di arrovellarmi il cervello. Sul movente. Se il mio amorevole fidanzato sa come mi chiamo, sicuramente avrà scoperto chi sono. E soprattutto, chi è mio padre. E questa idea assurda che stiamo insieme... Cavolo, ne ha di fantasia. Forse un giorno io finirò per crederci e... Tombola! Si ritroverà imparentato con la terza famiglia più ricca dell'Australia.

Già, ma il caro Erik ha scelto la persona sbagliata.

Mi giro su un lato alla ricerca di una posizione comoda per dormire e chiudo gli occhi. Per fortuna non devo temere che mi tagli la gola mentre dormo. Le figlie dei miliardari da morte non valgono poi molto.

«Jo?» Un colpo alla porta. «Sono quasi le otto, tra un'ora abbiamo appuntamento dal dottor Dussmann. Gli ho appena parlato al telefono, ci riceverà subito.»

Scaffali, conserve, detersivi. Per una manciata di secondi non ricordo più dove sono, poi gli eventi di ieri sera mi travolgono con violenza.

«Jo? Sei sveglia?»

«Sì.» Mi fa male tutto per la nottata sul pavimento, quasi non riesco ad alzarmi.

«Ti ho preso dei vestiti. Se apri te li passo.»

«Vorrei fare una doccia.» Non è un pretesto per scappare, è la verità. Ogni fibra del mio corpo reclama sapone e acqua calda.

Erik non risponde. Mentre lui esita, io apro.

È proprio davanti a me con in mano i miei jeans neri, una maglietta verde e della biancheria intima pulita. Ha un aspetto stanco, ma gli occhi sembrano svegli. Appena azzarderò un movimento brusco mi sarà di nuovo addosso, come ieri.

«Non scappo, giuro» dico. «E verrò con te da questo medico... Come hai detto che si chiama?»

«Dussmann.» Non si fida della mia proposta di armistizio, è evidente.

«Okay, Dussmann. Prima però voglio andare in bagno e farmi una doccia. Da sola, spero capirai. Ti prometto che non scapperò e non chiederò aiuto.»

Non è difficile intuire cosa sta pensando, basta guardarlo. Sta valutando se correre questo rischio. Ho avuto un'intera notte di tempo per elaborare un piano, e il mio comportamento pacifico potrebbe essere sospetto.

Mi sforzo di sorridere. «Sì, penso che andare dal medico sia una buona idea. Perché in un certo senso mi sento... strana. E poi...» Faccio finta di esitare, di non sapere se sia il caso di dirgli quello che ho sulla punta della lingua. «E poi stanotte ho avuto una specie di ricordo... un ricordo su di te. Breve, e molto sfocato. Ma se non era un parto della mia immaginazione» corrugo la fronte, come se stessi riflettendo, «allora forse è vero, in me c'è qualcosa che non va. E se è così lo voglio sapere.»

Ho fatto centro! D'un tratto non sembra più stanco.

«Oh, Jo... Davvero? Davvero ti sei ricordata di me? Ma è fantastico!» Fa un passo verso di me e io mi costringo a non scansarmi. «Allora senti, facciamo così. Tu vai a farti una doccia, ma io chiudo a chiave e ti aspetto fuori. Ti prego, non cercare di fregarmi, perché in quel caso entrerei. Lo faccio per il tuo bene. Lo sai, vero?»

Annuisco, sorrido e dico di sì a tutto. Mi concede venti minuti ed entrambi teniamo fede alle nostre promesse. Quando siamo sull'uscio di casa, lui con una mano gira la chiave nella toppa e con l'altra mi tiene per un braccio.

«Non è necessario.» La mia voce suona quasi dolce. «Dico sul serio, Erik. Ma vorrei portare con me il cellulare. Se davvero non sto bene voglio poter chiamare i miei.»

Mi scruta. Solleva la mano ad accarezzarmi la guancia, ma a metà movimento si blocca e mi riafferra il braccio. «Appena sapremo cosa ti è successo riavrai il tuo cellulare, avrai tutto quello che vuoi. Te lo prometto.»

Quindi dopo che il dottor Dussmann avrà recitato la parte che gli compete. Chiaro, era prevedibile.

«Forse hai ragione» rispondo. «Okay.»

Mi spinge fuori, reggendomi come se avesse paura che possa cadere. Nel vialetto, vicino alla mia Golf di seconda mano, c'è un'Audi grigio-metallizzato, uno di quei macchinoni da manager. Linda e luccicante, neanche una macchiolina sul parafango.

Non posso fare a meno di ghignare. Guardandoci, si potrebbe pensare che tra noi due quello con i soldi sia Erik.

Mi apre la portiera del passeggero e aspetta che mi sia allacciata la cintura, poi richiude. Cinque secondi dopo ha già preso posto al volante e accende il motore.

«Vedrai, si sistemerà tutto.» E parte.

6

Esco dal vialetto e giro a destra. Guardo Joanna per un momento, lei mi sorride impacciata. Tiene entrambe le mani sulla cintura di sicurezza, allentandola, quasi avesse paura di non riuscire a respirare.

Prima di svoltare, vedo un uomo nel nostro giardino. Guarda verso di noi. Ci sta osservando? Sciocchezze. Ci manca solo che inizi a vedere i fantasmi.

Le facciate delle case, con le macchine parcheggiate davanti, iniziano a scorrerci sui lati. Ogni tanto sbuca il manifesto di questo o quel partito: le elezioni sono ormai imminenti. Sul marciapiede qualcuno ha già piazzato i bidoni della spazzatura, anche se passeranno a ritirarli solo domani. Sulla nostra strada sembra un giorno come un altro, un giorno normale.

Ma è solo un'illusione.

I miei pensieri divagano. Ho chiamato in azienda per prendermi un giorno libero. Non è un problema se non c'è un progetto IT nella fase critica.

Grazie al cielo Bernhard è a Londra. Spero che non chiami nessuno in ufficio per raccontargli quello che ha visto ieri sera da noi.

Ma alla fine, se lo ha fatto, pazienza, ormai è troppo tardi. Joanna ha detto di essersi ricordata di me, e sul momento ho provato un tale sollievo da crederle senza la minima esitazione. Mi sono aggrappato alle sue parole perché non riesco ad accettare l'idea che lei, il mio tesoro, possa avere un disturbo psichico.

Ma ora non ne sono più così certo. Nel ripostiglio ha avuto un sacco di tempo per riflettere. Forse se l'è inventato per tranquillizzarmi.

Almeno, però, ha acconsentito a venire con me dal dottor Dussmann. Non sono mai stato nel suo studio, ma era un vecchio amico dei miei genitori. L'ho visto l'ultima volta due anni e mezzo fa, al funerale di mio padre. Spero che il suo legame con la mia famiglia gli faccia prendere a cuore il problema di Joanna e non si limiti a sbatterla in una clinica.

«Quanto bene lo conosci, questo medico?» mi chiede Joanna riallacciandosi ai miei pensieri con incredibile consequenzialità, come se li avessi pronunciati a voce alta.

Un'alzata di spalle. «Solo di vista, era un amico dei miei.»

Mi giro a guardarla, ha inarcato un sopracciglio. «Era?»

«Sì, i miei genitori sono morti.» Faccio una fatica immane a reprimere l'istinto di prenderla e scuoterla con tutta la forza che ho in corpo. *Lo sai benissimo, cazzo. Tumore. Prima mia madre, tre anni dopo mio padre. Te l'ho raccontato, ti ho raccontato ogni dettaglio.*

Non può averlo dimenticato!

Eppure il suo viso dice il contrario.

Scatta il rosso. Freno e mi sento gli occhi di Joanna addosso. Perché proprio in questi momenti mi rendo conto di quanto è bella?

«Erik... Se credi davvero che quello che mi hai raccontato...»

Si ferma, come se non fosse sicura di ciò che sta per dirmi. Poi si dà una scossa. «Insomma, hai mai pensato che forse quello che si sbaglia sei *tu*?»

Non capisco. «In che senso?»

Lei annuisce, piano. «Tu sostieni che in me c'è qualcosa che non va. Che ho rimosso tutto, compreso te.»

«Infatti è così.»

«Questo è ciò che pensi tu. Ma forse sei tu che ti sei inventato di conoscermi e di vivere con me...»

«Cosa? Davvero credi...?» Ora mi è tutto più chiaro. Il suo cervello sta cercando disperatamente una spiegazione che confermi che è tutto a posto. In fondo anch'io farei la stessa cosa, no? Eppure... «Ma sono entrato in casa con le mie chiavi! Devi ammettere che...»

«Be', esistono i duplicati.»

«E come ti spieghi il fatto che conoscessi così bene la casa? E Bernhard? Perché sarebbe venuto a casa *tua* se stava cercando me? No, Jo, sono sicuro al cento per cento che viviamo insieme.»

«D'accordo, ciò che voglio dire è che questo non dimostra che sia vero. Rifletti... Perché a casa non c'è niente di tuo? Vestiti, mobili, piumone... Insomma, nemmeno un calzino!»

Sì, questo neanch'io so come spiegarlo. «Hai ragione, ma...» Vengo interrotto da clacson rabbiosi. Il semaforo è verde. Riparto.

«Tu dici di essere certo al cento per cento che viviamo insieme.» Joanna parla a voce così bassa che a malapena la capisco. «E io sono altrettanto sicura che non siamo né fidanzati né innamorati. E che ieri sera è stata la prima volta che ti ho visto in vita mia.»

«Ma avevi detto che ti eri ricordata!» Mi accorgo di essere sbottato come un bambino offeso, e mi arrabbio.

«Erik, ognuno di noi ha la sua versione» risponde lei evitando la domanda. «E la mia potrebbe essere autentica quanto la tua. Come fai a essere così convinto che sia io quella che ha qualche rotella fuori posto?»

C'è traffico. Mi giro verso di lei. «Lo so e basta, maledizione.» Mi esce più forte e piccato di quanto volessi.

Mi chiedo se la mia rabbia sia dovuta alla testardaggine di Joanna o al fatto che quello che dice potrebbe essere vero.

Entrambi siamo certi di avere ragione, ma uno di noi vive in un mondo immaginario, che non esiste.

Pian piano ci avviciniamo al centro. Altro semaforo. Joanna si è tirata su, il corpo teso come una corda di violino. Ovvio.

«Mi spiace, non volevo essere così brusco.»

Siamo fermi. «Sai, tutto questo anche per me non è proprio...» *Clic.* Il rumore da cui sono interrotto mi risulta innaturalmente forte. Mi giro di scatto. La frazione di secondo che serve al mio cervello per capire cosa sta succedendo basta a Joanna per liberarsi dalla cintura e aprire la portiera. Riesco a sfiorarle un braccio con la punta delle dita, ma lei scivola via.

«No, Jo!» le grido dietro. «Cazzo, Jo, torna qui!»

Lei mi ignora e si mette a correre. Sul marciapiede, per alcuni metri, poi a destra, in una traversa. Esce dal mio campo visivo.

Devo seguirla. Non può andarsene in giro da sola per la città. Non in questo stato. Ma sono incolonnato nel traffico... Chissenefrega. Che suonino pure.

Cerco di sganciarmi ma non ci riesco. Armeggio come un indemoniato, impreco, grido, sfogo tutta la mia rabbia contro questo maledetto pulsante rosso, mentre alle mie spalle inizia un concerto di clacson. Finalmente la cintura si slaccia. Apro la portiera e... resto impietrito. Cosa diavolo sto facendo?

Se scendo e la inseguo alla cieca non la troverò mai, questo è poco ma sicuro. La mia macchina invece resterebbe qui a intralciare il traffico. La polizia arriverebbe in meno di due minuti. Inizieranno a fare domande. No, non è il caso. Non adesso.

Richiudo la portiera e do un'occhiata allo specchietto. L'uomo al volante della macchina dietro continua a suonare, mi mostra il dito medio. Ma vaffanculo tu, stronzo.

Sgaso. Inizia la snervante serie di *bip-bip-bip* a ricordarmi che devo cortesemente allacciarmi la cintura, subito. Mi serve un posto in cui accostare senza che una banda di idioti riattacchi con i clacson. Cinquecento metri e vedo un buco libero, davanti a una farmacia. Meno male.

Spengo il motore e scendo. È folle, ma mi guardo intorno in cerca di Joanna. Che ovviamente non c'è. Mi appoggio alla portiera, mi strofino il viso con le mani e cerco di fare ordine nella mia testa. Sono un informatico, in fondo sono abituato a pensare in maniera logica. Allora: Joanna è in giro da sola. Cosa farà? Ha bisogno di qualcuno con cui parlare. A chi si rivolgerà? Andrà alla polizia?

Forse. Ma non è più così fuori di testa come ieri sera. Anche se continua a opporre resistenza, deve per forza aver preso in considerazione la possibilità che potrei aver ragione, che potrebbe esserci qualcosa che non va in lei. E, a prescindere da quello che sta succedendo nella sua testa, è abbastanza intelligente da immaginarsi come reagirebbe la polizia.

No, andrà da una persona che conosce. Di cui si fida. Per accertarsi di non aver perso il senno.

Ma certo: Ela! È la sua migliore amica, forse la sua unica, vera amica.

Lavora in ospedale come tecnico di laboratorio, a meno di cinque minuti in auto da qui. Per Joanna, a piedi, forse un quarto d'ora. È lì che sta andando. Se mi do una mossa forse arriveremo insieme.

Risalendo in macchina mi chiedo perché non mi è venuto in mente di portarla da Ela, prima di trascinarla da uno psichiatra. Ma è una situazione di emergenza anche per me, e il raziocinio in certi casi s'inceppa.

Devo chiamare Ela per avvisarla?

No, non ha senso. Se telefono in ospedale mi metterebbero in attesa, mi rimbalzerebbero da un interno all'altro, e io in tutto quel tempo probabilmente starei già parcheggiando. Meglio andare diretto.

Maledizione, ma perché questi idioti non si danno una mossa? È come se tutti si divertissero a rallentarmi.

Un altro semaforo rosso. Picchietto con le dita sul volante, ho nella testa un vortice che mescola le vecchie immagini all'atmosfera surreale di questa mattina.

Un mercato delle pulci. *Quel* mercato. Non avevo mai creduto alle storielle da romanzo rosa sui colpi di fulmine. Fino a quel giorno...

Non so se fosse già amore, ciò che ho provato la prima volta che ho visto Joanna. Ma era senz'altro qualcosa che mi ha toccato nel profondo, che mi ha quasi ribaltato il cuore. L'ho vista e non ho potuto fare a meno di avvicinarmi. Lei non mi aveva notato, stava guardando una scatolina piena di arabeschi, così kitsch da sembrare quasi bella. L'uomo del banco voleva due euro in più di quello che lei era disposta a pagare. Per un po' ho seguito le inutili contrattazioni, poi ho tirato fuori i soldi, il prezzo pieno.

Ancora la vedo davanti a me, il modo in cui mi ha guardato, allibita. Ecco, al più tardi è stato quello il momento in cui mi sono innamorato di lei. Senza possibilità di ritorno.

Joanna si è girata dall'altra parte, arrabbiatissima, e io le sono corso dietro. Poi le ho tagliato la strada, mi sono parato davanti a lei. Ho temuto che stesse per mollarmi un ceffone, tanto era furiosa. Ma poi le ho porto la scatolina. Mi ha guardato incredula mentre le dicevo che l'avevo comprata per lei. Infine ha cercato...

Alle mie spalle riattaccano i clacson. Diavolo, non li sopporto più. Affondo il piede sul pedale, la macchina sobbalza in avanti. Qualche minuto dopo sono in ospedale. Trovo un parcheggio vicino all'ingresso. Mi avvio spedito verso la porta girevole e do un'occhiata all'orologio. Joanna è scappata una ventina di minuti fa. Forse è già qui.

So come si arriva al laboratorio. Un pezzo di corridoio, si superano gli ascensori, poi la porta a sinistra. Le scale, un'altra porta, un'altra svolta e ci sono, il polso accelera... E adesso cosa succederà?

Busso ed entro. La ragazza dell'accettazione dai capelli scuri alza gli occhi dal suo monitor e mi guarda amichevole. «Buongiorno.»

«Buongiorno» le rispondo con voce roca, «stavo cercando Ela Weisfels.»

Il sorriso gentile si vela di rammarico. «Mi spiace, è già andata via, ha fatto la notte.»

«Okay, grazie» rispondo. Sto per girarmi quando mi viene in mente una cosa.

«In realtà dovevo incontrarmi qui con la mia fidanzata, volevamo fare una sorpresa a Ela. Che lei sappia è già passata?»

Il sorriso, adesso, si spegne del tutto. «Sì, più o meno cinque minuti fa è venuta una ragazza, anche lei stava cercando Ela.» Armeggia con vari oggetti sulla scrivania, poi solleva il viso e mi lancia un'occhiata strana.

«So che non sono affari miei, ma la sua fidanzata... sta bene? Perché sembrava un po'... un po' fuori fase, ecco.»

7

Mi metto a correre come non ho mai fatto in vita mia, ma non per il panico: è la sensazione di libertà a mettermi le ali ai piedi. La prima a destra, subito dopo a sinistra. Un'occhiata indietro... No, non mi sta seguendo, però non rallento, è la mia grande occasione e non posso bruciarmela.

Solo quando mi sento mancare il fiato mi blocco davanti all'ingresso di una casa. Ignoro gli sguardi sconcertati di due madri che mi sfilano davanti spingendo i passeggini. Non manca molto alla zona pedonale, la centrale di polizia è proprio sull'angolo.

Sto per entrare ma mi accorgo che non ho nemmeno un documento con me. Le mie carte, il permesso di soggiorno... è tutto a casa, e io non ho più neanche le chiavi.

Poi mi viene in mente l'espressione ferita di Erik, poco fa, quando ha parlato dei suoi genitori. Quello sguardo pieno di delusione, mio malgrado, mi ha commossa.

Ma lo denuncerò comunque, non ho altra scelta. Se rivoglio indietro la mia vita lui deve sparire.

Tuttavia, al mio fianco dovrebbe esserci qualcuno in grado di confermare la mia storia.

L'improvvisa consapevolezza di quanto potrebbe essere facile tirarmi fuori da questo incubo, se solo avessi con me il cellulare, per la rabbia mi fa quasi finire tra le braccia di un poliziotto. Calma, mi dico, devi stare calma. Due minuti in più o in meno non cambiano nulla, e l'ospedale in cui lavora Ela dista al massimo un paio di chilometri.

Evito le vie più trafficate, ma ho comunque un tuffo al cuore ogni volta che scorgo una macchina grigia.

Erik potrebbe inchiodare in mezzo alla strada e costringermi con la forza a salire a bordo? Ne sarebbe capace?

Be', dovrebbe agire con una certa destrezza, perché io ovviamente mi metterei a chiamare aiuto. E mi opporrei con tutte le mie forze.

Ha qualche asso nella manica per poter correre un rischio del genere?

Cinque minuti dopo le mie speranze sono andate in fumo. La ragazza dell'accettazione mi dice che Ela ha fatto il turno di notte e alle sette è tornata a casa. La delusione, unita allo stress delle ultime ore, mi fa salire le lacrime agli occhi.

«Qualcosa non va? Ha bisogno di aiuto?» La compassione dell'impiegata non fa che peggiorare le cose. Scuoto la testa in silenzio, rifiuto un bicchiere d'acqua e me ne torno da dove sono venuta.

Solo quando mi trovo fuori, in strada, mi rendo conto di quanto sono stata stupida. Potevo almeno fare una telefonata, potrei non avere altre chance, visto che non so il numero di Ela a memoria. Probabilmente lei me lo avrebbe anche dato, se solo mi fossi comportata in maniera un tantino più normale.

Ma forse Ela si è messa a dormire con il telefono silenzioso, e non avrebbe risposto comunque.

Il citofono però lo sentirà, per forza.

Non lo farei mai, ma oggi, se necessario, mi ci attaccherò finché non si sarà svegliata.

Per raggiungere il suo appartamento devo attraversare l'intera città. Non ho un centesimo in tasca, niente carte o bancomat, niente di niente. Non posso permettermi nemmeno un autobus, figuriamoci un taxi. Fa quasi ridere, se uno pensa che con il patrimonio di cui dispongo in condizioni normali potrei comprarmi l'intera azienda dei servizi di trasporto pubblico.

Pazienza, vuol dire che questa volta andrò senza biglietto. Eccolo, è proprio l'autobus che porta da Ela, arriva mentre passo vicino alla fermata davanti all'ospedale. Una semplice coincidenza, ma il mio umore migliora. Forse le cose sono cambiate, stanno iniziando a girare a mio favore...

Venticinque minuti di tragitto. Appoggio la fronte contro il finestrino e guardo fuori. E se Ela non è a casa? Se nonostante i continui litigi degli ultimi tempi fosse andata a dormire da Richard?

Mmm... Difficile. Lui fa orario da ufficio, a quest'ora non avrebbe avuto tempo per lei.

Eppure quando scendo sono un po' nervosa, e lo sono ancora di più quando arrivo davanti al portone del suo palazzo.

E se non apre? Quali alternative mi restano? La polizia è la mia ultima spiaggia, certo, ma per il momento non mi sento pronta, non senza un sostegno.

Indugiare non ha senso: mi attacco al citofono per dieci, quindici secondi.

Ela risponde, sembra sveglia come un grillo. Meno male.

«Sì, chi è?»

«Sono io, Joanna.» La mia voce quasi trema per il sollievo. «Posso salire?»

Un ronzio, apro la porta e me la richiudo alle spalle. Faccio di corsa i tre piani, non ho la pazienza per aspettare l'ascensore.

Ela è sulla porta, in pantaloni da jogging e maglietta. I ricci scuri legati in una coda di cavallo, lo sguardo è un enorme punto interrogativo.

«Scusami se sono venuta così all'improvviso.» La abbraccio

e sento un profumo di sapone. Deve essere appena uscita dalla doccia. «Ti avrei chiamata, ma... non potevo.»

«Vieni, entra.» Mi indica l'interno. «Che ne dici di un bel caffè? Dall'aspetto mi sembra che tu ne abbia bisogno.»

«No, grazie.» Oh, sono così felice di vederla. I suoi modi pratici e calmi hanno un effetto tranquillizzante.

In salotto mi spinge verso il divano, si siede accanto a me e mi prende la mano. «Dimmi, cos'è successo?»

All'inizio faccio fatica, ma poi le parole mi escono quasi da sole: l'estraneo che mi è piombato in casa e dice di chiamarsi Erik e di essere il mio fidanzato, la notte di reclusione nel mio ripostiglio, la fuga...

Ela non mi interrompe nemmeno una volta, ogni tanto però sgrana gli occhi; sopra il naso le si crea una ruga profonda.

«Ma tutto questo è assurdo...» mormora quando ho finito. «Dammi due minuti per digerire la cosa, okay?» Scuote la testa, poi all'improvviso si ferma. «Oh, cavolo, quasi me ne dimenticavo.» Prende il cellulare, tocca un paio di tasti.

«Lavoro» dice, come per scusarsi. «Che sbadata... Pronto, Sandra?»

Ela è una donna in gamba, quando non c'è di mezzo Richard, ma il modo in cui sta reagendo alla mia storia mi lascia esterrefatta. Compreso il fatto che debba chiamare la sua collega proprio adesso.

«Sandra, scusami, nel cambio di turno mi sono dimenticata di dirti che stamattina passa il tecnico per la centrifuga. Come dici? Sì, va bene. Okay, ciao.» Mette via il telefono. «Fatto.» Si passa entrambe le mani sul viso. «Davvero non vuoi un caffè?»

Inizio ad avere difficoltà a nascondere la mia inquietudine. «No, voglio andare alla polizia... Speravo che tu potessi accompagnarmi.»

Lei fissa il tappeto sotto i suoi piedi. «Jo, non credo che sia una buona idea.»

Un brivido di gelo mi corre lungo la schiena. «Perché no?»

Finalmente alza il viso e mi guarda. «Perché quello che mi hai appena raccontato non ha senso. Tu ed Erik *siete* una coppia, e che coppia...»

Il gelo m'invade tutto il corpo. No, per favore, vorrei dire, per favore non puoi farmi questo.

«Ma ieri è stata la prima volta che l'ho visto, te lo giuro» sussurro, leggendole il disagio negli occhi.

«Io vivo da sola, dovresti saperlo... Sei venuta così spesso da me! E nella mia vita c'è solo Matthew, e anche lui ormai è acqua passata.»

Ela si stringe la coda più in alto. È il gesto che fa quando è imbarazzata. «Sono mesi che non parli di lui.»

«Be' sì... Perché dovrei? Io sto bene da sola. Me la cavo alla grande, adoro il mio lavoro, è tutto perfetto. O meglio lo era, fino a ieri...»

Una smorfia sul suo viso. Mi prende la mano, gelida rispetto alla sua. «Ascolta, ti faccio una proposta. Invece di andare alla polizia andiamo da un medico. Probabilmente non è niente di grave, torniamo in ospedale, conosco un neurologo bravissimo...»

Mi bruciano gli occhi. Ritraggo la mano dalla presa di Ela per asciugarmi le lacrime. «Quindi anche tu credi che io sia pazza.» Solo pronunciare la parola «pazza» mi costa una fatica enorme, perché è come se all'improvviso fosse diventata una possibilità reale. Pazzia. O una malattia grave: i sintomi di un tumore al cervello sono imprevedibili...

D'istinto mi prendo la testa tra le mani. Per favore no, Dio fa' che non sia niente del genere.

No. Ovvio che non può trattarsi di una cosa simile. Non avrebbe senso. Io sto bene, non ho problemi alla vista, né mal di testa o vertigini. Nella mia vita c'è una persona di troppo, tutto qui.

«Cerca di ricordare» dice Ela accarezzandomi un braccio. «Per esempio: sai quando e dove ci siamo conosciute noi due?»

Certo, non ci devo riflettere neanche un secondo. «Da Lorenzo, al bancone. Eri accanto a me e stavamo aspettando i nostri cocktail. Io una Caipiriña, tu un Mojito, e mi hai detto che il barman era fico.»

Si morde un labbro, annuendo quasi a ogni parola. «Sì, esatto. Ma questo è stato il nostro secondo incontro. La prima volta ci siamo viste al circolo di squash... Io ed Erik avevamo giocato, tu sei venuta a prenderlo e lui ci ha presentate.» Sorride, allo stesso tempo incoraggiante e nervosa. «Ti ricordi? Vi conoscevate da appena tre settimane ed eravate pazzi l'uno dell'altra, era così evidente.» Ha intrecciato le mani e si guarda le dita. «A dir la verità lo siete ancora. Jo, tu lo ami. E anche tanto.» I nostri occhi si incrociano. «Come puoi essertene dimenticata?»

Inizio ad ansimare. Rivedo il volto dell'estraneo, ovvero l'uomo che dovrei amare. Non provo nulla, solo paura, paura di averlo di nuovo vicino.

Ela continua a fissarmi, sembra addolorata. Mio Dio è assurdo, ma cosa ci guadagnerebbe la mia amica a mentirmi?

Mi premo le nocche sugli occhi chiusi, fin quando non fanno più male.

Joanna, rifletti. Se è come dice lei, allora...

«Provamelo» sussurro, cercando di reprimere l'ondata di panico che mi sta assalendo. Se anche fosse in grado di provarlo cosa succederà? Dovrò accettare il fatto che in me c'è qualcosa che non va, qualcosa di grosso?

Riflette qualche secondo, poi annuisce. Si alza e va verso un tavolino, sopra c'è un computer portatile. «Ho delle foto, le ho salvate qui, possiamo guardarle insieme e...» Il trillo del citofono. La interrompe a metà frase e lei si gira di scatto. Con uno sguardo che è diventato un miscuglio di sollievo e senso di colpa.

Non capisco subito, mi ci vuole qualche istante. «Lo hai chiamato.» La bocca così secca che quasi non riesco ad articolare le parole. «Io ti dico quanto sono felice di essere riuscita a scappare e tu... tu lo fai venire qui?»

Fa una faccia triste, ma forse mente di nuovo, come quando ha telefonato alla collega.

«Ma è preoccupatissimo per te» dice piano. «Dai, forse in tre riusciremo a rimettere a posto le cose.»

Sta già andando alla porta quando si gira verso di me. «Jo, io ti voglio aiutare, mi devi credere.»

No, per favore, vorrei dirle, ti prego non farlo entrare, nascondimi.

Ma lei ha già schiacciato il tasto per aprire.

8

La porta scatta con un *clic* secco. Ela ha aperto senza nemmeno chiedere chi è. Entro nell'ascensore, anche se odio quelli troppo claustrofobici.

Nella mia testa continuano ad accavallarsi pensieri. Joanna è di sopra, spero. Sa che Ela mi ha chiamato e che sto salendo? Cosa succederà adesso?

Ho detto a Ela che non doveva lasciarla andare via, per nessun motivo. È riuscita a convincerla che è meglio smettere di scappare? Che ha bisogno di aiuto, e con urgenza?

Ma soprattutto: cosa diavolo le è capitato? Non ha perso davvero la memoria. Di Ela, che ha conosciuto tramite me, si ricorda. Se mi ha cancellato, come ha fatto il suo cervello a farle sembrare plausibile quest'amicizia?

Oppure di testa sta benissimo ed è solo una messa in scena nei miei confronti. Ma non avrebbe senso.

L'ascensore si ferma, aprendosi silenzioso al terzo piano.

Il mio cuore accelera a ogni passo e, quando Ela si affaccia sulla soglia, entra in tachicardia. Sembra preoccupata.

«È ancora qui?»

I miei battiti ormai sono assordanti.

Ela annuisce e per un attimo chiude gli occhi, poi si sposta di lato e mi lascia entrare.

Appena compaio in salotto Joanna salta su e si strofina le mani sulle cosce. Fa sempre così quando è nervosa, o molto arrabbiata.

Però è bellissima... perfino in questo momento.

«Jo, io...» inizio, ma lei alza le mani come per difendersi e scuote la testa decisa.

«No, basta così. Non ho nessuna voglia di riascoltare la sua storia: che ci conosciamo, che viviamo insieme e *bla bla bla*. La può ripetere all'infinito, tanto non cambia nulla. Io non la conosco.»

Ancora quel pugno che mi spappola lo stomaco.

Stanotte ho avuto una specie di ricordo... un ricordo su di te. Breve, e molto sfocato. Ha detto così quando era nel ripostiglio, testuali parole. E io da stupido mi ci sono attaccato come un bambino cui hanno appena detto che Babbo Natale esiste davvero. Era una bugia, mi ha mentito solo per riuscire a scappare.

«Quindi non era vero, quando hai detto che stanotte ti eri ricordata di me?» Domanda ingenua e del tutto superflua.

Joanna scoppia in una breve risata sardonica. «Certo che non era vero. Come posso ricordarmi di lei se non la conosco? Qualunque cosa abbia architettato, sappia che non funzionerà. Quindi ora la pianti, per favore.»

Guarda oltre le mie spalle e la sua espressione cambia. «Chiunque sia quest'uomo» dice rivolta alla nostra amica, «avrà i suoi motivi egoistici, il suo tornaconto per fare quello che sta facendo. Ma ecco, Ela, il fatto che tu lo stia aiutando... Quanto ti ha promesso per farti collaborare ai suoi giochetti psicologici? Quanto costa convincere una persona a tradire la sua migliore amica?» D'un tratto Joanna sgrana gli occhi. «Un attimo... forse anche la nostra amicizia faceva parte del piano? In modo che qualcuno confermasse la versione di questo pazzo? È così?»

«Jo, non è possibile... non penserai davvero che...» Con un paio di passi Ela mi supera e si lascia cadere su una delle due poltrone azzurre. Prende il portatile e inizia a picchiettare sulla tastiera.

«Non ho la più pallida idea di cosa ti stia succedendo, ma io posso dimostrarti che stai con Erik. Ecco, qui ho delle foto in cui siete insieme. Solo un secondo...»

Foto, ma certo. Dentro di me riaffiora la speranza di trovare un interruttore che possa riaccendere in lei il ricordo di me, di noi.

«Siete stati in vacanza ad Antigua e mi avete mandato almeno un centinaio di scatti via mail» dice Ela aggrottando la fronte.

«Be', esistono i fotomontaggi» osserva Joanna sprezzante.

Ela si ferma e alza gli occhi. «Fai la fotografa, no? Capirai se uno scatto è vero o ritoccato.» Ancora una volta mi ritrovo ad ammirare Ela per la sua calma, perfino adesso che la sua migliore amica sembra avere seri problemi psichici.

Un ultimo *clic* e finalmente gira il portatile. «Ecco, Jo, guarda... Ti sembra forse un fotomontaggio?»

Joanna osserva. Si avvicina, si china in avanti, aggrotta la fronte. Nessun commento. Tre, cinque, dieci secondi...

Non resisto più e in pochi passi sono accanto a lei, guardo anch'io l'immagine. Non è delle vacanze, l'ha fatta Ela poco tempo fa. Al suo compleanno, proprio qui nel salotto. C'erano anche due colleghe dell'ospedale e un'altra coppia che non conoscevo. Un ritratto di gruppo. Io e Joanna siamo seduti proprio al centro. Non ne capisco granché, ma credo che questo renda più difficile, se non impossibile, che si tratti di un fotomontaggio. Un pezzo di Jo è coperto da una collega di Ela, dall'altra parte ci sono io. Che le tengo un braccio intorno alla vita, mentre ridiamo spensierati verso l'obiettivo.

Le luci, le ombre... È tutto credibile. Guardo Joanna in attesa di una reazione. A un certo punto lei si tira su, forse si è accorta che la sto fissando, ma mi ignora e si rivolge all'amica.

«Sì, è fatto bene.»

«Cosa?» Ela mi guarda esterrefatta.

«Il fotomontaggio. È opera di un professionista. È praticamente perfetto.»

«Santo Dio, Jo!» sbotto, più brusco di quanto volessi. Lei ha un sussulto e si allontana. «Scusa, ma qui c'è da diventare matti. Vuoi perlomeno prendere in considerazione l'ipotesi che stiamo dicendo la verità? Non puoi screditare tutto solo perché non rientra nella tua visione della realtà.»

Guardo di nuovo il ritratto. Le due ragazze che lavorano con Ela in ospedale. Potrei proporre di chiamarle perché confermino che la foto è vera, che eravamo tutti qui a festeggiare in salotto. Ma ci rinuncio in partenza. Joanna obietterebbe che anche loro sono mie complici.

Maledizione.

Ma la vacanza... Joanna non può aver dimenticato anche la vacanza. «Davvero non ti ricordi di Antigua? Nella tua macchina fotografica avrai migliaia di scatti.»

La bocca di Joanna si piega in una smorfia di derisione. «Sì, come no.»

«Jo.» Ela ha messo via il computer e si alza dalla poltrona. «Ripensa a tutto quello che abbiamo fatto insieme. I nostri discorsi... Sai così tanto di me, e io di te. Davvero credi che possa essere tutto un'unica, grande bugia?»

Sul viso di Joanna affiora una traccia di insicurezza. Abbassa gli occhi. «Non lo so.» All'improvviso dalla sua voce è scomparsa qualunque nota di aggressività, e ora suona solo flebile e incerta. Quando rialza lo sguardo verso Ela vedo che le luccicano gli occhi. Lacrime. «Io vorrei crederti, ma allora dovrei credere anche a tutto quello che sta dicendo quest'uomo, e non posso. Come fai a non capirlo?»

Ancora una volta, reprimere il desiderio di prenderla tra le braccia, stringerla, accarezzarle i capelli e dirle che tutto si sistemerà mi costa una fatica immane.

«Se di punto in bianco mi sono dimenticata dell'uomo con cui convivo e che amo... Be', vuol dire che nella mia testa c'è davvero qualcosa che non va.»

«Jo, tesoro...» Ela le si avvicina. Si guardano negli occhi. Le mani dell'una trovano quelle dell'altra, le afferrano, le stringono.

«Sì, forse nella tua testa c'è qualcosa che non va, ma lo rimetteremo a posto. Per questo, però, è importante che tu ti faccia aiutare, che prenda delle medicine... Sono preoccupata per te, da morire... lo capisci?»

Stupidamente, in questo momento mi sento geloso di Ela. È vicino a Joanna come vorrei tornare a esserlo anch'io, il prima possibile. Sì, sono pazzo. Come posso pensare una cosa del genere? L'importante adesso è che acconsenta a farsi aiutare. Ed Ela sembra essere sulla strada giusta...

«Io...» Joanna è combattuta.

Vorrei dirle che la amo e che le resterò sempre accanto, qualunque cosa succeda. Ma l'istinto mi suggerisce che non è il momento di immischiarsi. Perché sembra che Joanna stia davvero riflettendo se accettare o meno la proposta.

«Jo, per favore.» La voce di Ela è dolce e insistente al tempo stesso. «Fatti visitare. Poi farai quello che vuoi, ti prometto che ti lascerò in pace. Ma per favore, va' da un medico.»

Le osservo ancora per qualche istante, poi Joanna si gira verso di me e mi scruta. Il suo sguardo mi fa male perché è quello che si rivolge a un estraneo che ti implora di fare una cosa che tu non vuoi.

«E lei? Anche lei mi lascerà in pace quando verrà fuori che nella mia testa non c'è niente che non va? Perché se così fosse potrei accettarlo.»

Ho un attimo di esitazione, poi annuisco. «Okay, te lo prometto.»

Una bugia, ovvio. Di cui spero non si sia accorta.

9

Non sapevo che la paura avesse tante sfumature. Angoscia violenta, immediata, enorme come quella di ieri sera quando ho temuto che l'estraneo mi volesse violentare o uccidere. È stato brutto, ma più sopportabile rispetto a quello che provo adesso: una paura sotterranea, strisciante, che però si è insinuata in ogni fibra del mio corpo.

Perché qualunque logica si nasconda dietro l'assurda situazione in cui mi trovo, sicuramente non è una cosa da poco. Ormai non basterebbe che quest'uomo scomparisse per rimettere tutto a posto. Non più.

La reazione di Ela ha cambiato ogni cosa, ha ridotto il numero delle possibilità a due, entrambe terribili. O non posso più fidarmi della mia percezione, o la mia migliore amica mi sta ingannando. Il suo portatile è ancora aperto e girato, la foto a schermo pieno. L'estraneo con il braccio intorno alla vita di una donna che sembro io e che senza ombra di dubbio è stata seduta accanto a lui sul divano, sempre ammesso che la mia testa non sia stata inserita con un fotomontaggio. Nel suo corpo non c'è niente che non torni, ma è seduta, e quindi le proporzioni non si vedono bene. E il vestito che porta, un tubino nero corto, è appeso nell'armadio di tutte le donne del mondo. Io ne ho due, praticamente uguali.

Hanno scelto bene, non c'è che dire.

«Allora?» Ela parla a bassa voce, una cosa che non fa mai. Come se non volesse spaventarmi. «Andiamo?»

Mi giro verso di lei. No, verso di loro. Ela ed Erik adesso sono vicini, le loro spalle quasi si toccano. Come due alleati. Una squadra.

«Dal dottor Dussmann?» La mia domanda è per Erik, che annuisce e sta quasi per dire qualcosa, ma non gli lascio il tempo di ribattere. «No, grazie. Lo scelgo io.»

I loro sguardi si incrociano, sbalorditi, affranti. Già, è brutto quando qualcuno ti fa saltare i piani, eh?

«Ne conosci uno di cui ti fidi?» chiede Ela esitante.

Prendo il portatile e mi siedo sul divano. È già connesso a internet, fantastico.

La ricerca della combinazione psichiatra-neurologo sputa fuori sei risultati in questa zona. Scelgo la dottoressa Verena Schattauer, non solo perché ha una faccia simpatica e stamattina riceve: la sua scheda dice che non lavora nello stesso ospedale di Ela.

«Chi mi presta il cellulare?»

Erik, che negli ultimi minuti non ha spiccicato una sillaba, blocca Ela che sta per allungarmi il suo. «Preferirei chiamare io» dice.

C'era da scommetterci. «Ha paura che possa chiamare la polizia?»

«No, Jo... È che potresti fare qualcosa di stupido.» Si siede accanto a me, troppo vicino per i miei gusti, ma non mi scanso. E faccio male, perché lui lo interpreta come un incoraggiamento. Infatti mi prende una mano.

Mi tiro indietro di scatto. Sulla sua faccia si dipinge di nuovo quell'espressione ferita. «Scusa» mi sussurra per poi tirare fuori il telefono dalla tasca. Digita il numero che compare sul sito della dottoressa e mi passa il cellulare solo quando inizia a squillare.

«Studio della dottoressa Schattauer, buongiorno.»

«Salve.» La voce roca per il nervosismo. «Mi chiamo Joanna Berrigan. Non sono mai venuta da voi ma avrei bisogno di un appuntamento, il prima possibile. La prego...» Non capisco perché proprio adesso mi venga da piangere, non posso farci nulla.

«In realtà siamo...» inizia a rispondere la segretaria, ma poi si ferma. «Riesce a essere qui tra un'ora? Le darò il nostro appuntamento per le emergenze.»

Il respiro a singhiozzi, convulso. «Tra un'ora? Va bene...»

«Potrebbe descrivermi i sintomi?» Più che preoccupata, la donna sembra efficiente. Aspetta con pazienza che mi riprenda. «C'è qualcuno con lei?» domanda. «Potrebbe farmici parlare?»

Lui o lei? La decisione è facile, le passo Ela. Non perché mi fidi, ma almeno la conosco.

«Sì» le sento dire. «Mmm... La mia impressione? Joanna sembra molto confusa, ha improvvisi... vuoti di memoria. Disorientata? No, questo no. Come dice? Sì, sì, l'accompagno io.»

Ela chiude e ripassa il cellulare a Erik. «Prendiamo due macchine» dice, «Joanna sceglierà con chi salire. Se la cosa dovesse andare per le lunghe, mi dispiace, io a un certo punto dovrò tornare a casa a dormire.» Sbadiglia, come per enfatizzare ciò che ha appena detto.

Bell'amica, quindi sarebbe anche capace di lasciarmi da sola con lui... per andare a dormire!

Non ho alcuna possibilità di fuga: né quando usciamo dall'ascensore, né per strada. Erik da un lato, Ela dall'altro, mi stanno così vicino che, se anche cercassi di scappare, mi riacciufferebbero subito.

«Vado con Ela.»

La sua piccola Honda blu è parcheggiata dietro l'angolo, ancora non ha fatto risistemare l'ammaccatura sulla fiancata. Mi ricordo la storia di come è successo. Mi ricordo tutto, santo cielo, non ho niente che non va.

È un pensiero che rinfranca, continuo a ripetermelo. *Io sto bene.*

Mentre salgo in macchina vedo Erik fare un cenno in direzione di Ela. Ruota il polso... Chiudila dentro, significa.

Certo, ormai non si fida più di me, non si fida più nemmeno della terra su cui cammina. Ela si sforza di premere il pulsante della sicura con più nonchalance possibile, ma ovviamente si accorge che ho capito.

Durante il tragitto restiamo entrambe in silenzio. L'Audi sempre in vista, di fianco o davanti, la sua ombra grigio-metallizzato.

Poi, poco prima di arrivare, all'improvviso nella testa mi schizza un altro pensiero, peggiore di tutti i precedenti.

E se il vero responsabile di questi ultimi eventi non fosse Erik, ma Ela? Mi conosce da più di sei mesi, sa dei miei. Ogni tanto abbiamo parlato di soldi, io so che lei non ne ha molti e che Richard ha cercato un capitale di partenza per mettersi in proprio, ma non ci è riuscito.

Io mi sono offerta di aiutarlo, ma loro hanno rifiutato... forse per questo? Perché puntavano a un gruzzolo molto più consistente?

Erik potrebbe essere un attore che Ela ha ingaggiato e istruito. Cosa che spiegherebbe anche le sue lacrime ogni volta che lo respingo. Tecnica.

Peccato che se raccontassi questa storia a un medico, lui la troverebbe folle, sicuro al cento per cento.

Ela ha parcheggiato. «Jo, tutto bene?»

Annuisco e cerco di scendere, ma la mia portiera è ancora bloccata. Tiro un pugno, con una violenza che sorprende anche me. Picchio le nocche contro la portiera, una volta, due, mi faccio male, ma non riesco a smettere.

«Ma cosa diavolo stai facendo?» Ela mi prende il braccio, lo blocca. «Jo! Ti prego!»

La mano destra pulsa, brucia. Mi piacerebbe tanto sbatterci

la testa, contro questa maledetta portiera, la tentazione è quasi irresistibile.

Poi, dopo un paio di respiri profondi, passa.

Ela ha una faccia inequivocabile. Non lascia spazio a dubbi.

«Portami da questa dottoressa» dico. «Subito.»

La sala d'attesa è quasi vuota: un'anziana e un ragazzo. E noi tre. Erik s'informa con la segretaria dei costi, ha con sé il mio passaporto e la mia tessera sanitaria, ovvero i documenti di cui vorrei tanto rientrare in possesso.

L'anziana viene chiamata poco dopo. Io mi preparo a un'attesa lunga, siamo arrivati in anticipo, ma meglio stare seduti qui che nell'appartamento di Ela.

Sul pavimento di mattonelle bianco candido c'è un solo puntino nero. Inizio a fissarlo. Conto i miei respiri. Il polso mi fa sempre più male, probabilmente è anche gonfio, e la cosa che non capisco è che la trovo una bella sensazione.

Mi sembra una cosa giusta.

Chiudo la mano destra a pugno e sento nuove fitte di dolore. Se non sto attenta tra poco scoppierò a ridere.

Spero solo che il medico sappia il fatto suo.

La dottoressa Verena Schattauer va per la sessantina, proprio come avevo immaginato, e si oppone subito al fatto che Erik o Ela assistano alla visita. Il che me la rende subito simpatica.

Riassumerle quello che è successo la sera prima mi viene facile. Santo cielo, non è nemmeno un giorno che la mia vita è deragliata.

Sono più sincera possibile. Tralascio solo la vicenda della macchina di poco fa, questa specie di bisogno inconscio di ferirmi.

«Non c'è modo di convincerlo, e adesso anche la mia migliore amica è dalla sua parte. Eppure da me non c'è un solo oggetto che gli appartenga. Un libro, un vestito... nemmeno lo spazzolino. Ma questo lui lo ignora, entrambi lo ignorano.»

La dottoressa mi osserva con un'espressione seria. Ha preso qualche appunto, ma mi ha soprattutto ascoltata, con un'attenzione quasi palpabile.

«È come se mi trovassi davanti a una parete rossa e tutti cercassero di convincermi che è azzurra. Posso impegnarmi al massimo, ma per me resta rossa. Non vedo altri colori. *So* che è rossa, ma non posso dimostrarlo a nessuno.»

La dottoressa Schattauer annuisce. «Sì, capisco benissimo cosa intende. Proviamo a riassumerlo insieme: lei dice di ricordarsi tutto, sia del passato recente sia di quello più lontano... l'unico tassello mancante è quest'uomo di nome Erik.»

«Esatto.» All'improvviso mi rendo conto di che impressione debba fare il tutto. «E so anche che, se Erik dice il vero, allora sono proprio malata, non ci sarebbero altre spiegazioni...» Le mie parole sono troppo rapide, inciampano, si accavallano.

«Non è detto.» La dottoressa ha congiunto la punta delle dita e mi sorride. «Dobbiamo fare ulteriori indagini, ovvio. Ma mi creda, per il fenomeno che ha appena descritto esistono altre spiegazioni.» Mi guarda pensierosa. «Amnesia sistematizzata, per esempio. Cioè una perdita di memoria limitata a specifici ambiti, ben definiti, che può riguardare anche determinate persone.» Vede che sto per intervenire e mi ferma con un movimento della mano. «Non vuol dire che la sua diagnosi sia per forza questa, ma è possibile. Tanto per cominciare, dobbiamo escludere tutte le possibili cause fisiche.» Prende l'agenda, la sfoglia. «Posso fissarle un appuntamento per sottoporla a un elettroencefalogramma giovedì prossimo, poi la manderò in ospedale per una tac al cranio.» Deve aver notato il mio sussulto. «Anche se io non credo che il suo problema abbia cause fisiche» si affretta ad aggiungere.

«Amnesia sistematizzata. Si può perdere la memoria, così di punto in bianco?» chiedo.

Lei scuote la testa. «No, deve esserci stata una causa scatenante. Un episodio molto stressante, un trauma che può essere ricollegato alla cosa o alla persona.»

Ho la bocca così secca che devo fare due tentativi per articolare la domanda successiva. «Significa che ho rimosso l'esistenza di Erik... perché lui mi ha traumatizzato? O ha abusato di me?»

La dottoressa scuote la testa ancora più decisa. «Assolutamente no... Questa è solo una delle molte possibilità da valutare. Se vuole l'aiuterò.»

L'idea che la mia testa possa aver oscurato Erik per difendersi dal ricordo di qualcosa di terribile mi sembra d'un tratto la più plausibile delle spiegazioni. Giustificherebbe anche il comportamento di Ela. E a pensarci bene pure quello dello stesso Erik: il modo in cui mi guarda per poi distogliere gli occhi, quanto si stia occupando di me... può essere solo frutto di una coscienza sporca. E poi ogni tanto questi improvvisi momenti in cui perde il controllo...

«Allora la segno per giovedì? Va bene?» dice la Schattauer interrompendo i miei pensieri.

«Sì sì, certo.» Le porgo la mano ed esco. C'è solo Erik, che appena mi vede salta in piedi.

«Ela è andata via, stava morendo di sonno. Le ho detto di tornare a casa, ti chiama oggi pomeriggio.»

Ed ecco di nuovo quel suo sguardo indagatore che mi scruta. Senso di colpa? Possibile.

«Com'è andata?»

Sorrido, o faccio una cosa simile. Mostro i denti, insomma. «Oh, benissimo.»

La dottoressa Schattauer, che mi ha seguita, si mette tra noi due. Lo scruta, poi si gira verso di me. «Se vuole per i prossimi giorni posso farla ricoverare in una clinica privata. Si troverebbe in un ambiente tranquillo e sarebbe circondata da persone che si prendono cura di lei. A volte stare da soli aiuta.»

Fino a mezz'ora prima lo avrei preso in seria considerazione. Adesso invece scuoto la testa. «No, grazie, voglio andare a casa. I miei dati ce li ha, giusto? Indirizzo eccetera...»

«Sì, certo.» Ma il mio rifiuto l'ha spiazzata, si vede.

«Anche i suoi?» Indico Erik, il volto ancora stupito per la mia decisione.

«Sì, ha esibito anche i suoi documenti.»

Addirittura. In pratica la dottoressa Schattauer e la sua segretaria sanno più cose di me sul conto di quest'uomo. Il suo cognome, per esempio. E l'indirizzo?

Faccio un passo verso il banco delle registrazioni per dare un'occhiata a quello che hanno segnato, ma Erik mi si piazza davanti. Ha il portafoglio in mano e tira fuori la patente. Me la passa in silenzio.

Erik Fabian Thieben. Nella foto è più giovane, ma è lui, non ci sono dubbi. Aveva i capelli lunghi fino alle spalle, il sorriso sincero e la barba incolta.

Tuttavia, sulla patente non compare alcun indirizzo. Forse dovrei chiedergli di vedere il libretto di circolazione.

Gli riconsegno il documento. «Grazie.»

«Davvero tornerai a casa con me?» mi chiede con un filo di voce mentre mi tiene aperta la porta. «Di tua volontà?»

«Sì.» Rispondo in un tono inequivocabilmente ostile.

Se nella teoria dell'amnesia dovuta a un trauma c'è qualcosa di vero, l'unico modo per scoprirlo è restare nelle immediate vicinanze di Erik. Ma dubito che oserà farmi qualcosa, ora come ora.

Se c'è stato un trauma, prima o poi me ne ricorderò, devo ricordarmene.

E se scoprirò che la colpa è davvero di Erik... be', che Dio abbia pietà di lui.

10

Usciamo dall'edificio e procediamo in silenzio, fianco a fianco. Vorrei dirle tantissime cose, farle un mucchio di domande. Cosa ha raccontato durante la seduta, per esempio, e cosa le ha detto la dottoressa. Ma in questo momento non ne ho il coraggio. La disponibilità di Joanna a tornare a casa con me mi sembra un nuovo filo che ci lega, ma così fragile che una parola sbagliata basterebbe a spezzarlo. No, non correrò questo rischio.

Siamo quasi alla macchina. Tiro fuori il telecomando, apro dal lato di Joanna e mi ci fermo davanti. Il suo sguardo passa dalla portiera al mio viso, s'incolla ai miei occhi. «Hai ancora paura che possa scappare?»

Mi stringo nelle spalle e, anche se può sembrare folle, mi sento in colpa per non aver risposto subito di no.

Lei incrocia le braccia sul petto. «Sono venuta con voi dalla dottoressa perché anch'io voglio sapere se in me c'è qualcosa che non va. Sto tornando a casa con lei... cioè con te, volontariamente. Ma mettiamo in chiaro una cosa: tu non mi rinchiuderai più da nessuna parte. Promettimelo, altrimenti io su questa macchina non ci salgo.»

«Promesso» rispondo senza esitare. Non perché sia davvero convinto che lei non cercherà più di scappare, ma perché so che comunque non potrò tenerla d'occhio ventiquattro ore su ventiquattro. Se ha ancora intenzione di andare alla polizia, io non potrò impedirglielo. Posso solo sperare che non lo faccia.

«Allora, sali?» domando cauto.

«Dopo di te.»

Mi sta mettendo alla prova. Vuole capire se sono disposto a lasciarla sola, se mi fido.

Aspetterà che abbia preso posto al volante per schizzare di nuovo via? No, sale. Mi accomodo sul sedile e tiro un sospiro di sollievo. Lei si mette la cintura di sicurezza e guarda davanti. «Andiamo.»

La sua voce ha un suono così impersonale da sembrarmi quella di un'estranea. È terribile.

Parto, guardo la strada, ma non riesco a smettere di pensare a noi. A me e a Joanna. Ci sarà ancora un *noi*? Quello che è accaduto ieri, di qualunque cosa si tratti, è revocabile? Si potrà mai tornare indietro? E se tutto quello che ci ha unito fosse irrimediabilmente perduto?

«Hai voglia di raccontarmi di cosa avete parlato, tu e la dottoressa?»

«Le ho detto tutto, tutto quello che è successo da ieri sera. Dal mio punto di vista.»

«E lei che valutazioni ha fatto?»

«Mi ha risposto che ci sono diverse possibilità.»

«Ovvero?»

Sembra riflettere. «Ancora non posso dirtelo. Forse dopo, quando saprò più cose sul tuo conto.» Quando saprà più cose sul mio conto? Anche se siamo fidanzati da meno di un anno, nessuno mi conosce meglio di lei. Sento il vuoto ritirarsi dentro di me per lasciare spazio a un'altra sensazione, una sensazione nuova. Esito, poi do una rapida occhiata di lato e vedo i familiari, aristocratici tratti del viso di Joanna, che non posso più accarezzare né baciare, e questa sensazione si espande come un'onda calda.

Orgoglio. Rifiuto. Rabbia. Nei confronti di un destino che ha deciso di rovinarci la vita.

No, non mi rassegnerò così facilmente, qualunque cosa accada. Amo questa donna, e lei ama me. Anche se l'ha dimenticato.

Le racconterò tutto. Le descriverò ogni singolo giorno che abbiamo trascorso insieme. Ogni singola ora, se serve. Le dirò...

«A cos'è che pensi?» mi chiede lei all'improvviso. Lo fa spesso. E a volte mi viene difficile risponderle. Adesso invece è semplice, la guardo per un attimo, i nostri occhi si incrociano.

«Stavo pensando che ti racconterò di noi. Tutto, dal primo giorno. Forse ti aiuterà a ricordare.»

«Tutto tutto?» mi chiede con un tono strano.

«Sì, tutto quello che ricordo.»

«Bene, non vedo l'ora.»

Quanto vorrei sapere cosa le sta passando per la testa in questo momento. Ma forse è quello che sta pensando anche lei.

A un certo punto svolto nel vialetto di casa e spengo il motore. Scendiamo e andiamo alla porta. È quasi come ogni volta che siamo tornati a casa. Se solo non ci fosse in me questa perenne, martellante sensazione di paura, che nemmeno l'orgoglio è in grado di scacciare.

Camminando, lo sguardo torna al trespolo vuoto del cacatua. Resisto alla tentazione di andare a controllare se nel terreno è rimasta qualche traccia.

Entriamo. Presto attenzione a ripetere i movimenti che faccio di solito. Le chiavi sull'apposito ripiano, al loro posto. Le scarpe a sinistra, vicino al mobiletto, dove fino a ieri c'erano anche le mie scarpe da ginnastica nere. Rituali. Magari aiutano.

Joanna va in cucina, è la prima cosa che fa ogni volta che torna a casa. Aspetto il ronzio della macchina del caffè accesa, che arriva puntuale pochi secondi dopo.

La raggiungo, mi siedo al piccolo bancone dove facciamo colazione ogni mattina. La osservo e mi sento come lo spettatore di un film in cui non recito più nessuna parte. Il silenzio mentre siamo in cucina è così... strano, quasi estraneo. Di solito lei non riesce a stare zitta nemmeno un minuto.

«Ci siamo incontrati in un mercatino delle pulci.» Davvero ho parlato così forte? Joanna prende la tazza piena e si siede accanto a me. Non di fronte.

«Ah» fa, e beve un sorso di caffè fumante.

Il suo interesse è così scarso che devo costringermi a continuare. «Sì, ti ho soffiato una scatolina sotto il naso. Tu ti sei arrabbiata, e parecchio.»

«Sì, perlomeno questo riesco a immaginarmelo.»

«Poi però te l'ho regalata. All'inizio non volevi accettarla, finché non ti ho detto che l'avevo comprata per te.»

Un altro sorso dalla tazza, che ora Joanna tiene con due mani, come se volesse scaldarsele. «Quando è stato?»

«Circa nove mesi fa.»

«Ed è da allora che vivremmo insieme?»

Vivremmo... «No, da sei mesi. Tu stavi in un monolocale e il mio appartamento era troppo piccolo per due persone. Così ci siamo messi a cercare qualcos'altro e alla fine abbiamo trovato questa casa.» Mentre pronuncio l'ultima frase mi viene in mente un'altra cosa. «Il contratto! Il contratto d'affitto! Joanna, quello lo abbiamo firmato entrambi. È nel faldone verde, con le altre carte, nell'armadio del salotto.»

Senza attendere la sua reazione salto giù dallo sgabello e corro in soggiorno. Il cuore mi batte all'impazzata. Se Joanna vede che ci sono entrambe le firme...

Un attimo... E se anche il contratto fosse scomparso?

Apro l'anta superiore, quella di destra. Il faldone verde, eccolo. Joanna ha scritto IMPORTANTE sull'etichetta bianca lungo il dorso. Lo prendo e lo estraggo, mi trema la mano. Il contratto dovrebbe essere più o meno a metà, tra gli altri documenti. Sfoglio le carte, agitato, già temo di non trovarlo quando finalmente eccolo lì, c'è ancora. Lo sfilo dalla cartellina, lo giro e tiro un lungo sospiro di sollievo. Nell'ultima pagina, in fondo, vicino alla data, ci sono le nostre due firme.

Porgo i fogli a Joanna, che mi guarda scettica. «Osserva» le dico senza riuscire a nascondere un tono di trionfo. Poggio tutto sul bancone davanti a lei e indico le firme. «Vedi?»

Lei lo studia per un momento, poi si volta di nuovo verso di me. «Le firme sono state fatte con due penne diverse.»

Non ci credo, non può essere vero. «Santo Dio, Jo, vuol dire che avevamo due penne diverse. Cosa c'è di strano?»

«Devo proprio dirtelo? Che la tua potresti averla aggiunta dopo...»

C'è da diventare matti sul serio. La mia mano atterra sul bancone con un rumore sordo. «Certo, si può mettere in dubbio tutto, quando uno vede il mondo a modo suo. Però rifletti, se è tutto falsato, un'unica grande bugia, le foto, i contratti, un collega che passa a casa nostra, perfino la tua amicizia con Ela... Diamine, quanta gente avrei dovuto coinvolgere? E per quale motivo? Dimmi, Jo, perché avrei dovuto metter su tutta questa pagliacciata?»

Di nuovo una di quelle sue frecciatine strane. Piene di diffidenza, mista a rabbia. Adesso però i suoi occhi nascondono dell'altro, qualcosa che non riesco a interpretare. Come se ne sapesse più di me, come se si sentisse superiore.

Un atteggiamento che deve aver preso da suo padre. Da quel che mi ha raccontato, lui... All'improvviso mi viene in mente un'idea... come ho fatto a non pensarci prima? «Tuo padre!»

«Cosa... che c'entra adesso mio padre?» È visibilmente irritata.

«Jo, tu mi hai parlato di lui. Dopo parecchio tempo, ma... Chiamalo, ti prego, chiamalo. Lui confermerà tutto.»

Ancora quel suo sguardo strano, che m'innervosisce. Mi sta nascondendo qualcosa, lo sento. Ma adesso è più importante che parli con il padre. A lui crederà.

«Va bene.» Salta su. «Adesso lo chiamo.»

Mi verrebbe da baciarla. «Grazie.»

Si gira per prendere il cellulare, è ancora sulla mensola dietro di lei, e io sono tentato di impedirglielo, ma poi la lascio fare. Lo afferra e qualche secondo dopo lo rimette giù.

«Batteria scarica. Posso usare il tuo?»

«Ma certo.» Pesco il mio smartphone dalla tasca dei pantaloni e glielo porgo.

Mentre digita riprende posto sullo sgabello, cosa che mi sorprende. Credevo che per chiamare sarebbe andata in un'altra stanza. Come al solito.

Aspetto che risponda, sono nervoso, potrebbe essere la svolta... Se anche suo padre le confermerà che viviamo insieme lei non avrà più dubbi. Certo, c'è ancora il problema che lei non si ricorda di me, ma una volta che avrà smesso di essere così diffidente nei miei confronti sarà tutto diverso. Ce la faremo, me lo sento.

«*Hi Dad*, sono io, Jo!» La sua voce è più dura del solito. È perché sta parlando con il padre?

«Bene, grazie, e tu?» Sorride Joanna.

«Okay, quindi tutto come al solito... Ah, grazie, anch'io lo saluto... No, non si è fatto vivo, ma va bene così.» Una pausa più lunga, in cui si limita ad ascoltare. «*Dad*, non lo so.» Guarda verso di me. «Devo prima parlarne con Erik.»

Il mio cuore sta per esplodere. La guardo con attenzione. Di nuovo quell'espressione strana, poi si alza ed esce dalla cucina. La seguo sbalordito. Perché se ne sta andando?

Si chiude la porta dell'ingresso alle spalle. Se adesso esce di casa... Scaccio questo pensiero, cerco di calmarmi, di convincermi che il padre deve averle detto qualcosa su di me e che lei voleva discuterne con lui in privato. Forse vuole che torni in Australia. Dove c'è questo Matthew che la aspetta.

Ma quanto è lunga questa conversazione? Valuto se raggiungerla, ma ci ripenso. Deve sentire che ho fiducia in lei.

Finalmente la porta si riapre. Il modo in cui mi guarda fa crollare il mondo prima ancora che possa aprire bocca.

«Quando gli ho fatto il tuo nome, mio padre non aveva la più pallida idea di chi fossi. Non conosce nessun Erik.»

11

A Melbourne è sera, sono le nove passate, e papà risponde al settimo o all'ottavo squillo. Significa che ha ospiti, e mio padre odia andare al telefono quando ha gente in casa.

«*Hi Dad*, sono io, Jo!» esordisco tutta pimpante per nascondere la mia tensione.

«Jo, tesoro...» Voci in sottofondo, risate. Avevo ragione. «Come stai?»

«Bene, grazie, e tu?»

Si schiarisce la voce. «Tutto bene. Qui da noi stasera ci sono i McAllister, e Max Cahill con la sua nuova moglie... ti ricordi di Max?»

Come potrei dimenticarlo? Max Cahill, un avvocato pelato, con i denti da coniglio e che sputacchia quando ride. «La mamma non c'è, è partita per un paio di giorni» prosegue. «Sai, la sua charity... Le dispiacerà essersi persa la tua chiamata, sai benissimo quanto le piaccia farsi raccontare cosa stai combinando nella sua patria. Per il resto, Paul ha litigato con Liza, ma hanno già fatto pace, e poi...»

«Okay, quindi tutto come al solito...» lo interrompo.

«Sì, e Matthew ti saluta.»

«Ah, grazie, anch'io lo saluto...» Matthew, il fidanzato di cui mi ricordo, fin troppo bene forse. Per il quale la vita è solo una serie infinita di desideri da realizzare e per il quale io, su questo sono tutti d'accordo, sarei il partito perfetto: due imperi che si fondono, come secoli fa. Il fatto che abbia sentito il bisogno di mettere tra noi un paio di continenti non lo ha spaventato, tanto lui mi avrà per un'intera vita, mi ha detto quando ci siamo salutati.

Papà ci tiene molto a questa storia, purtroppo. «Lo hai sentito?» s'informa.

«No, non si è fatto vivo, ma va bene così.» Erik continua a fissarmi. Sta seguendo la nostra conversazione, non c'è dubbio. È un esperto d'informatica, il suo inglese deve essere superiore alla media.

«Be', ogni tanto potresti anche chiamarlo tu.» Un rimprovero, è evidente. «O magari fargli una sorpresa e... tornare! Anzi, potresti tornare proprio definitivamente... Dico sul serio, Jo, questa pagliacciata dell'Europa è durata anche troppo. Non mi fraintendere, trovo giusto che tu voglia fare le tue esperienze, ma ecco, non devi perdere di vista la tua vera vita.» Ormai ha assunto il suo tono da uomo d'affari, quel tono da George-Arthur-Berrigan che è meglio non contraddire. «Allora ti mando il nostro jet privato. Quando?»

Questa sì che sarebbe una buona mossa per lasciarmi tutto alle spalle... Se gli cedo le redini della faccenda, in due ore al massimo sarò fuori da questa assurda situazione. Ma non capirò mai. E tornerò a essere la *sua* Jo, senza possibilità d'appello: figlia, erede, capitale umano in età da marito.

«*Dad*, non lo so.» Guardo l'estraneo seduto al bancone della cucina. Prendo il coraggio a due mani e dico: «Devo prima parlarne con Erik».

Silenzio. Uno, due secondi al massimo. Poi di nuovo la voce di mio padre, pericolosamente bassa. «Con chi?»

Riesco a trattenere un sorriso, mentre scivolo giù dallo sgabello ed esco dalla cucina. Chiudo la porta e mi metto nell'ingresso. Il fermacarte è di nuovo al suo posto.

«Erik... Ti ho raccontato di lui, no?» Mio padre è l'ultimo uomo sulla faccia della terra che potrebbe mentire, a me o a chiunque altro. Sarebbe un'offesa per la sua dignità. Così resto in attesa della sua risposta come di una sentenza divina.

«No, non mi hai mai detto nulla. Altrimenti me ne ricorderei. Insomma, chi è questo maledetto Erik?»

Eh, se solo lo sapessi, vorrei mettermi a strillare nel telefono. Non ne ho la più pallida idea, ma lui è qui nella mia cucina e ha firmato il mio contratto d'affitto, e la mia migliore amica sostiene che io e lui ci amiamo.

Ormai la frittata è fatta, è troppo tardi per tornare indietro. «Un ragazzo che ho conosciuto un po' di tempo fa.»

«Maledizione, Jo!» Non grida, ma abbassa la voce a un tono così profondo che sembra un tuono. «Ti ricordi quali erano gli accordi, no? Che tu vivessi la tua vita e ti divertissi, ma a patto di non mettere a rischio il tuo rapporto con Matthew.»

Ah sì, questo discorso me lo ricordo eccome. Una conversazione a dir poco penosa.

«Davvero non ti ho mai detto di Erik?»

Adesso invece alza la voce. «No, e non voglio sentirne parlare mai più! Chiudi questa maledetta storia, chiarisci le cose e torna a casa una volta per tutte! Senza cagnolini tedeschi al seguito che puntano solo ai nostri soldi!»

Riattacca prima che riesca a salutarlo.

Per un momento resto con il telefono di Erik in mano, indecisa, poi apro la sua rubrica. C'è il mio numero, quello di Ela. Quello dello studio fotografico. Per il resto solo nomi che non conosco, tranne il cinese della zona pedonale e la mia pizzeria preferita.

Torno in cucina. Solo quando apro la porta e vedo l'espressione piena di aspettative di Erik mi rendo conto che avrei dovuto guardare i messaggi, non i contatti... sarebbe stato molto più utile.

Pazienza. Resto a distanza di sicurezza e lo guardo negli occhi.

«Quando gli ho fatto il tuo nome, mio padre non aveva la più pallida idea di chi fossi. Non conosce nessun Erik.»

Non sembra sorpreso, forse aveva intuito qualcosa. Per un attimo chiude gli occhi, come se fosse esausto, e quando li riapre non c'è più traccia di senso di colpa. Solo rabbia.

«Me lo avevi promesso... So quanto avevi paura di affrontare questo discorso, ma ero certo che lo avessi fatto, che ci avessi parlato.» Gira la testa di lato, colpisce il bancone a mano aperta. I cucchiaini nelle tazze tintinnano.

«Perlomeno così mi avevi detto... Hai detto che per tuo padre sarebbe stato difficile, ma che alla fine lo avrebbe accettato. Malvolentieri, ma lo avrebbe accettato.» Ride. «Ma hai anche aggiunto che la strada era ancora lunga. Ecco, forse avrei dovuto chiederti di specificare in che senso.»

Apro la bocca per replicare qualcosa, ma lui non mi lascia parlare. «Vuol dire che mi hai mentito quando la tua memoria era ancora intatta. Su una cosa così importante. Ma chissà... forse stai solo simulando. Guarda, non c'è bisogno che ti sbatti tanto, se ti vuoi liberare di me basta che me lo dici.» Salta giù dallo sgabello e allunga un braccio nella mia direzione, quasi in segno di sfida. Rivuole indietro il telefono, e io glielo do. E all'improvviso mi torna in mente il coltello da cucina, lungo, luccicante, affilato... Questa volta ce l'ho quasi a portata di mano. Solo cinque passi e potrei tirarlo fuori dal ceppo, con la sua lama di trenta centimetri in acciaio giapponese, e piantarlo dritto nel corpo dell'estraneo.

Invece retrocedo verso la porta, Erik scuote la testa rassegnato. «Tranquilla, non ti faccio nulla. Chissà quando lo capirai.» Mette via lo smartphone e solleva le mani in un gesto di sconforto. «Vuoi scappare? Scappa. Vuoi chiamare la polizia? Chiamala. Fa' come ti pare. Io farò un salto in ufficio, lì ho un cambio di vestiti...» Si indica il corpo. «Non ho più niente da mettermi, nemmeno un paio di mutande pulite. Poi andrò a fare un po' di compere, starò via almeno un paio d'ore. Se quando torno ci sarai ancora ne sarò molto felice, altrimenti...» Fa un passo verso di me, con cautela, e mi accarezza una guancia. «Altrimenti addio, Joanna.»

Se ne va senza chiudere la porta. Mi lascia anche il cellulare, lo attacco al filo e lo accendo.

Sette chiamate senza risposta. Appena è sufficientemente carico ascolto la segreteria telefonica. Cinque messaggi di Manuel, uno più minaccioso dell'altro. Come mi è venuto in mente di non presentarmi in studio quando ho un appuntamento? Forse non mi rendo conto che perdere potenziali clienti danneggia i suoi affari e soprattutto la sua fama? Gli ultimi due sono di Darja, l'assistente di Manuel, e sono ancora più preoccupati. Chiede se va tutto bene, di solito sono l'affidabilità fatta persona.

Decido di richiamare lei, non Manuel. Le dico che mi sono svegliata con un terribile mal di testa, così forte che non sono riuscita né ad alzarmi dal letto né a telefonare.

«E adesso stai meglio?»

«Sì. Per favore di' a Manuel che mi dispiace da morire. E che domani ci sarò, puntuale.»

Nelle due ore successive metto a soqquadro la casa alla disperata ricerca di indizi che non vivo da sola. Sul mio cellulare non trovo un solo sms di Erik, tantomeno mail sul computer. Niente foto, su nessun dispositivo, neanche sulle memory card, zero tracce della famosa Antigua. In compenso, almeno cinquanta foto di Matthew: mentre gioca a polo, al timone del suo maledetto yacht, in quel pacchianissimo parco acquatico che lui chiama piscina. Sono tentata di cancellarle, ma resisto. A quanto pare la mia memoria è un territorio instabile, meglio non eliminare nulla che prima o poi potrei dimenticare.

Dopo aver rivoltato come un calzino tutte le stanze sono madida di sudore. Tre cose ho trovato che non riconosco: sotto il letto, un cavo usb verde che io non ho mai usato, e di sicuro neanche comprato; in un cassetto del comodino, un pettine nero e sottile decisamente da uomo, del tutto inutile per capelli lunghi e intricati come i miei; terza cosa, appallottolata in un angolo della cantina, una maglietta grigia con macchie di olio che non è né della mia taglia né nel mio stile.

Niente di che, potrebbero essere lasciti degli inquilini precedenti. Ma io la casa l'ho presa vuota, non ammobiliata, quindi nel caso del cavo e del pettine...

Alzo gli occhi verso l'orologio della cucina. Erik tornerà a momenti. Si sbrigherà, su questo non ci sono dubbi. E per allora voglio essermi fatta la doccia e cambiata.

Gli occhi tornano al famoso coltello da cucina, lo tiro fuori, continuo a pensarci costantemente. Questa lama dal luccichio opaco, così seducente...

E all'improvviso mi viene un'idea che potrebbe avere senso, ma allo stesso tempo è così terribile che ho paura a formularla.

L'amnesia sistematizzata, ha detto la dottoressa Schattauer, presuppone un trauma. Che probabilmente ha a che fare con la cosa, o in questo caso la persona, che il mio cervello ha rimosso.

Il coltello che non riesco a togliermi dalla testa... Potrebbe essere che Erik mi abbia minacciato, o addirittura ferito, con questo? O magari me l'ha puntato alla gola mentre facevamo sesso perché vedere la paura negli occhi della sua partner lo eccita?

Mi sforzo di ritrovare un ricordo, di estorcerlo alla mia memoria, ma niente. Rimetto a posto il coltello, salgo le scale di corsa e vado in camera da letto. Mi spoglio completamente e cerco ferite sul mio corpo. Tagli, cicatrici...

Zero. Solo lividi, uno sul braccio, due sulla coscia sinistra. E un'escoriazione sul ginocchio destro.

Non ho idea di come possa essermeli procurati. Forse nella zuffa di ieri, quando ho cercato di scappare?

Do una rapida occhiata fuori dalla finestra: dell'Audi grigia ancora nessuna traccia. Decido che farò comunque una doccia veloce.

Di norma l'acqua che mi scroscia sul corpo mi schiarisce le idee, ma da ieri non ho più alcuna certezza. Dopo appena dieci minuti inizia a pesarmi la testa, come all'inizio di una brutta influenza. Ci mancherebbe solo questo. È bastato dire una bugia per giustificare gli appuntamenti di lavoro mancati che il mio corpo già sente il bisogno di adeguarsi alla storia che ho inventato.

Faccio un respiro profondo, ma l'unico risultato è che mi viene la nausea.

All'improvviso.

Una nausea violenta.

E poi diventa tutto nero.

12

La sede della Gabor Energy Engineering si trova un po' fuori dalla città. Ci vuole una mezz'oretta prima che mi spunti davanti l'edificio moderno a otto piani. Cerco di ricordarmi qualche dettaglio del tragitto, invano, penso soltanto a Joanna.

Inserisco il pass e la sbarra del garage sotterraneo si alza. Parcheggio, dieci metri fino all'ascensore, di nuovo il pass, quarto piano. Sarebbe semplice routine se la mia testa non fosse nel caos più totale.

Esco dall'ascensore e incontro Nadine. Tra tutti, proprio lei. Si ferma e inarca un sopracciglio. «Ciao Erik. Tutto bene?»

«Sì, grazie» rispondo con la maggiore naturalezza possibile. «Avevo solo delle cose un po' urgenti da sbrigare...»

«Qualche problema?»

«No.» Perlomeno nessuno di cui voglia parlare con la mia ex fidanzata.

Non mi crede, è palese, ma spero che non insista.

«Il capo ha detto che vuole vederti.»

Hans-Peter Geiger, direttore generale del reparto IT, delle risorse umane e della contabilità, in fondo è un uomo sopportabile. Tuttavia, dopo la giornata di merda di ieri, ho comunque paura di quello che potrebbe volere da me...

«Il padrino...» Nadine interrompe i miei pensieri.

È così che chiamiamo il proprietario, il capo supremo della

GEE. «Gabor?» chiedo incredulo avvertendo qualcosa che tira dalle parti dello stomaco. La prospettiva di dover incontrare Gabor, infatti, dirotta subito la mia mente in posti che non mi piacciono affatto. Lui sì che è un tipo difficile, con idee molto particolari. «Sai cosa vuole?»

Un'alzata di spalle. «No, la Schultheiß ha chiamato da te verso le dieci. Non trovandoti ha provato al mio interno e io le ho detto che non c'eri e che saresti arrivato più tardi.»

Cerco di non farle notare quanto mi scocci il fatto che tutti continuino a rivolgersi a lei quando non riescono a trovarmi. Quello che mi chiedo è semplice: lei sta al gioco perché è la segretaria del reparto IT o perché siamo stati una coppia per molto tempo?

«Cinque minuti dopo» prosegue lei, «ha richiamato dicendo che al tuo arrivo dovevi andare subito da Gabor.»

Subito... La stretta allo stomaco aumenta.

Forse è perché sono arrivato così tardi? No, non credo. Gabor ha centinaia di sottoposti, non può badare a simili piccolezze. Deve essere qualcos'altro. E lo scoprirò presto.

Una volta nel mio ufficio tiro fuori la valigetta dall'armadio. Il mio bagaglio di emergenza. Sempre pronto, con tutto il necessario per l'eventualità che all'improvviso debba partire per lavoro e star via due o tre giorni. Beauty case, biancheria pulita e una camicia di riserva.

Vado in bagno, mi do una rinfrescata e mi cambio la camicia. Venti minuti dopo, sto già salendo all'ottavo piano, nell'ufficio di Gabor.

Appena varco la soglia dell'anticamera, Eva Schultheiß mi lancia un'occhiataccia, come se la mia sola presenza la offendesse. Sa perché Gabor mi vuole parlare?

«È arrivato, finalmente» afferma indignata. «Dovrà aspettare, il capo ha visite.»

«Nessun problema» rispondo, sforzandomi di sorridere. So benissimo che con la segretaria di Gabor non si scherza.

Lei prende il telefono, avverte del mio arrivo e indica le due poltrone di pelle sulla parete opposta. «Si sieda, prego.»

Annuisco e mi accomodo. La guardo mentre digita qualcosa al computer con espressione serissima.

Merda, cosa cazzo sta succedendo alla mia vita? Sono circa due mesi che ho la sensazione che Gabor voglia mettermi i bastoni tra le ruote. Per esempio, ho scoperto per puro caso di essere stato tagliato fuori da un contratto importantissimo.

Gabor aveva avuto dei problemi con il suo portatile privato. Che era morto. Invece di chiamare qualcuno del First-Level-Support ha chiamato me, il responsabile del reparto IT.

Era una stupidaggine: per via di un guasto, la modalità a basso consumo aveva fatto oscurare il display.

Ho avuto la mail sotto gli occhi solo per pochi secondi, prima che Gabor richiudesse tutto. Abbastanza a lungo, però, per avere la sensazione che ci fosse qualcosa in corso di cui non dovevo sapere nulla.

Il mittente era un criptico HvR. L'oggetto: *Chiusura Phoenix*.

Poche righe:

Stazione centrale di Monaco di Baviera, 18 ottobre, ore 13.10.
Maggiori dettagli a seguire.
Contratto base: minimo 100. Attendo conferma entro il 15 settembre.

Il 18 ottobre, il giorno del mio compleanno.

Lì per lì ci ho addirittura scherzato sopra chiedendo a Gabor se Phoenix fosse un nome in codice per il mio regalo a sorpresa. Ma dalla sua reazione ho capito che era turbato per il fatto che avessi visto quella strana mail. E il motivo poteva essere uno solo: voleva tenermi fuori da quell'affare, perché non c'erano dubbi che si trattasse di un grosso affare... Anzi, con un contratto base di minimo cento software era il più grosso mai concluso dalla GEE in Germania.

E in questi affari io di solito sono sempre della partita, perché ogni grande progetto implica nuove sfide per il reparto IT. Invece non ero stato informato di nulla...

Il telefono inizia a squillare, quasi contemporaneamente si apre la porta e dall'ufficio di Gabor esce un uomo. Anziano, di certo oltre gli ottant'anni. Capelli bianchi ancora folti e ben pettinati, completo scuro perfetto. Confezionato su misura. Il braccio destro, piegato ad angolo retto, regge un bastone di legno scuro.

Lo sguardo dell'uomo mi sfiora con la stessa attenzione che si darebbe a un vaso di piante contro una parete.

Accenna un inchino alla segretaria e poi esce dall'anticamera.

Io guardo la Schultheiß, che ha appena preso in mano la cornetta del telefono. «Prego.»

Qualche secondo dopo entro nell'ufficio.

La stanza è enorme, le pareti esterne sono in vetro e hanno una vista magnifica sulla foresta circostante.

Al centro della sala sei poltroncine di pelle nera circondano un tavolo in legno scuro.

Gabor è seduto dietro la sua grande scrivania moderna e mi sorride con calore. Davanti a lui ha il famoso portatile. «Oh, Erik, sono così contento di vederla.» Si alza e fa il giro del tavolo per accogliermi. Strano. La stretta dalle parti dello stomaco diventa quasi una morsa.

«Prego, si accomodi.» Mi indica le poltroncine al centro. Scelgo quella più vicina.

Gabor torna a sedersi, accavalla le gambe e mi guarda. Amichevole, ma pensieroso. Sembra sia incerto su come iniziare il discorso.

Proprio nel momento in cui il silenzio sta diventando imbarazzante, si raddrizza e punta i gomiti sul tavolo. «Erik, come lei ben sa, la filosofia della GEE è che i dipendenti non sono solo dei numeri. Io voglio che stiano bene, ci tengo. Ovviamente non si tratta di altruismo: sappiamo tutti che le persone rendono di più se sono felici e soddisfatte, mentre se hanno problemi sono meno efficienti.»

Di nuovo quell'espressione pensierosa. Quattro, cinque secondi... Non so cosa dire, mi limito ad annuire. Sta per sganciare la bomba?

«Erik, sarò sincero. Stamattina il suo collega, il dottor Morbach, mi ha chiamato dall'aeroporto di Londra. Era molto preoccupato per quello che è successo ieri sera a casa sua.»

Ah, allora è per questo. Bernhard. Ma come gli è venuto in mente di parlare a Gabor delle mie questioni private? Non c'entra niente con il lavoro. Sento montare la rabbia, ma per fortuna riesco a mantenere il controllo.

«Ah, capisco.» Cerco di sembrare il più rilassato possibile anche se in realtà sto per sbottare. «La mia compagna, Jo, ieri sera era molto confusa. Niente di grave, comunque, sta già meglio.»

Lui tace. Poi aggiunge: «Bene, mi fa piacere, e sono anche più tranquillo. Mi era sembrata una questione piuttosto delicata. Morbach mi ha detto che la sua fidanzata ha cercato di scappare via di casa in accappatoio. Addirittura che non la riconosceva più».

Che stronzo, Bernhard. «Sì, come le ho detto, ieri era parecchio confusa. Ma per fortuna la cosa si è risolta, adesso è a casa a riposare.»

«Ottimo. Ciò non toglie che...» Si piega in avanti come se fosse sul punto di rivelarmi un segreto. «Insomma, lei nella mia azienda ricopre una posizione dirigenziale, quindi per me è importante che stia bene anche nella sua sfera privata. Perciò, qualunque cosa possa fare per lei, per favore non esiti a farmelo sapere.»

«Certo, lo farò senz'altro, grazie. Ma credo che ce la caveremo da soli.»

Ancora quell'espressione indecifrabile. «Perché non si prende un paio di giorni di vacanza? Risolva i suoi problemi a casa e si riposi. Fra poco è anche il suo compleanno, dico bene? Una bella vacanza cadrebbe a pennello, non crede?»

«Ah già, il mio compleanno» non posso evitare di commentare. «Stavolta ci sono anche altri motivi per festeggiare, non è vero? Anche se non certo per me...»

Lo dico, è più forte di me, non posso starmene zitto. Lo faccio perché continuo ad avere il sospetto che voglia silurarmi e non avermi tra i piedi al momento della chiusura del contratto. Molto probabilmente userà questa scusa della «vacanza» per preparare i dettagli del mio licenziamento e scegliere chi mi farà da sostituto.

«Signor Thieben.» Adesso assume un tono quasi paterno. «Lei è sotto stress, si vede. Altrimenti non avrebbe mai reagito in questo modo. Sa una cosa? Le do una settimana di ferie a stipendio pieno.»

«Grazie, è davvero molto generoso da parte sua, ma non credo sia necessario. Io a lavorare mi diverto, mi piace. Stare a casa peggiorerebbe solo le cose...»

«Va bene, Erik.» Gabor si alza e si aggiusta la cravatta. Mi tiro su anch'io. «Mi saluti la sua compagna, anche se non la conosco. E se ha bisogno d'aiuto... si ricordi che la mia porta è sempre aperta.»

«Grazie» dico, e gli stringo la mano. Esco e mi avvio verso l'ascensore. Una settimana di ferie pagate. Se Gabor pensa che ci voglia così poco per dirottarmi su un binario morto, be' si sbaglia di grosso.

Una volta tornato nel mio ufficio mi loggo nel computer e controllo le mail: richieste di appuntamenti, messaggi di collaboratori esterni, offerte da parte di diverse aziende. Le solite cose. I miei colleghi nella stanza a fianco sono tutti al lavoro, nessun problema. Per fortuna Nadine evita di chiedermi davanti a tutti cosa volesse Gabor.

Rispondo alle mail più importanti, ma concentrarmi mi costa fatica. I miei pensieri continuano a oscillare tra Gabor e Joanna. Mi piacerebbe chiamarla e chiederle come sta, ma lascio perdere. Non deve pensare che la controllo.

Ho bisogno di comprarmi qualche vestito. Intanto mi porto dietro la valigetta con il beauty case e la roba sporca.

Nel giro di un'oretta ho due nuovi paia di jeans, tre polo e due camicie. In un altro negozio prendo un paio di confezioni da tre di mutande e cinque paia di calzini scuri. Così almeno per i prossimi giorni sarò a posto.

La strada per tornare a casa è trafficatissima e troppo lunga per i miei gusti. A ogni metro il mio nervosismo cresce. Come starà Joanna? Soprattutto, ci sarà ancora? Da sola? Oppure mi starà aspettando insieme a due poliziotti che non vedono l'ora di capirci qualcosa della storia assurda che lei avrà raccontato?

Quando parcheggio sono le cinque e mezza; mentre mi avvicino alla porta, mi tremano le ginocchia.

Nell'ingresso mi fermo e tendo le orecchie. Niente, solo il mio battito del cuore.

«Jo?» Non so perché ho pronunciato il suo nome con tanta esitazione, riprovo più forte.

«Jo, ci sei?»

Niente.

Se n'è andata, quindi. Nonostante tutto quello che è successo, era una possibilità che non avevo mai seriamente considerato. È scappata. A piedi, per giunta, visto che la sua macchina è qui fuori.

Dentro di me avverto un senso di perdita enorme. Come se qualcuno o qualcosa mi stesse risucchiando via tutte le energie. Inizio a barcollare, vorrei solo sdraiarmi a terra e non muovermi più.

Un attimo, però... Di sopra non ho ancora guardato. Forse sta dormendo... Con quello che sta passando, deve essere stanca morta.

Salgo le scale due gradini alla volta. Arrivato in cima per un attimo mi fermo, poi proseguo facendo meno rumore possibile. Non voglio spaventarla.

La porta della camera da letto è solo accostata. La spingo, piano. Appena scorgo il letto vuoto sento un tonfo. Proviene dal bagno, credo. E mi accorgo anche dello scroscio in sottofondo. La doccia.

Cinque rapidi passi, sei. La porta del bagno non è chiusa a chiave, meno male.

Vengo avvolto da una nuvola di vapore caldo. Lo specchio grande è appannato, la parete in plexiglas del box solo in parte... Joanna è riversa sul piatto della doccia.

«Jo!» grido. Apro lo sportello. L'acqua mi schizza in faccia, pochi secondi e sono già zuppo. «Oh, mio Dio, Jo!»

Con una serie di movimenti frenetici chiudo l'acqua, mi chino su di lei, le mani scivolano sul suo corpo bagnato, cerco di puntare i gomiti sulle pareti del box. Finalmente riesco a tirarla un po' su. Il mio sguardo percorre il suo corpo. Nessuna ferita visibile. Gli occhi chiusi. La sollevo di peso, mi viene la nausea. Mi rimbomba la testa. Che diavolo succede? Gli occhi iniziano a vagare per il bagno: box doccia, armadietto, boiler... Il boiler? Cerco di tirarmi su ma scivolo sul pavimento bagnato. Mi rialzo, raggiungo la finestra e la spalanco. Non devo vomitare. Non adesso.

Mi sporgo fuori, respiro profondamente, ancora, poi mi giro e mi guardo intorno. Devo assolutamente portarla fuori da qui. La afferro per i polsi e la trascino sul pavimento. Lungo il corridoio, fino in camera. Prima di tutto apro la finestra, poi la metto sul letto.

Ansimante, le poggio un orecchio sul petto. Il battito è regolare. Poi controllo il respiro: è debole, ma c'è grazie a Dio.

Vorrei accasciarmi accanto a lei sul letto, ma prima devo tornare in bagno. Trattengo il fiato e chiudo la valvola del boiler.

Torno in camera barcollando, devo reggermi alla parete. Poi mi fiondo sul letto accanto a Joanna. Che devo fare? Un'ambulanza, devo chiamare un'ambulanza. Mi tiro su a fatica, in cerca del telefono.

Nello stesso istante la mia testa è invasa da un altro pensiero. Il boiler del bagno. L'avevamo fatto controllare tre settimane fa. Eppure oggi ha quasi ucciso Joanna.

Cosa sta succedendo in questa casa?

13

Luce.

Una parete. Una finestra. È tutto sfocato. Tenere gli occhi aperti è un'impresa.

Un'impresa colossale.

Qualcuno mi tocca la spalla, mi scuote.

«No, Jo, non riaddormentarti! Devi restare sveglia... Guardami!»

Una sagoma scura su di me. Un volto. Estraneo.

Anzi no... Non estraneo. Peggio.

Una mano mi accarezza la testa, la guancia. «L'ambulanza sta arrivando, saranno qui a momenti. Hai la nausea? Riesci a respirare?»

Torno in me. La risposta è sì a entrambe le domande. La sagoma che mi sovrasta si sfuma, la stanza inizia a girare. Sì, respiro, ma è come se dentro i miei polmoni ci fosse troppa poca aria.

«Jo!» Mi scuotono di nuovo. Poi addirittura uno schiaffo. «Ti prego guardami, guardami!»

Pian piano il quadro si schiarisce. Erik, chino sopra di me. «Ecco brava, così. Guardami negli occhi. Ci sono qua io, andrà tutto bene.»

Ansima. Nella mano destra ha una specie di fagotto... di stoffa, che adesso infila nel mio cassetto della biancheria da notte.

«Jo, sei stata tu?» Mi prende tra le braccia, mi stringe a sé. La camicia che ha addosso è bagnata, io anche, e lentamente mi torna il ricordo di quello che è successo. La doccia. Le vertigini. Lo svenimento.

Erik continua a stringermi. Per un attimo penso di sottrarmi, ma demordo quasi subito. Mi mancano le forze. Mi manca l'aria.

Sento il suo torace che si alza e si abbassa a fatica, la mano che affonda nei miei capelli bagnati. Il suo respiro sul collo.

Poi mi lascia. Si appoggia al letto per non crollare. Va verso il mio armadio con passo incerto.

«Presto saranno qui, è meglio che ti vesti.»

Mutande, maglietta. Vorrei tanto farlo da sola, ma ogni movimento peggiora il senso di nausea e le difficoltà di respirazione, così lascio che mi vesta lui, come se fossi una bambola.

Ecco le sirene, sempre più vicine, poi si spengono. Erik si avvicina alla finestra. «È aperto!» grida, si siede a un angolo del letto e mi prende una mano.

All'improvviso la camera è piena di gente, tutti con le mascherine. Voci da ogni direzione. Viavai. Qualcuno fa allontanare Erik, mi controlla le pupille con una specie di torcia, mi sente il polso.

Monossido di carbonio, sono queste le parole più ricorrenti. Mi mettono una mascherina sulla bocca, e all'improvviso respirare mi riesce molto più facile.

Giro la testa, vedo Erik seduto per terra, anche lui ha la mascherina. Cerca i miei occhi, annuisce.

Mi caricano su una barella, mi coprono, chiudo gli occhi.

«È sua la casa?» sento qualcuno dire. «Il boiler è vecchissimo, quando è stato controllato l'ultima volta? Ah okay... Comunque anche lei deve venire in ospedale.»

Scendendo i gradini la barella s'inclina un po', poi un colpo di vento, siamo fuori. Apro gli occhi sotto il cielo buio della sera. Stelle.

Forse adesso potrò riaddormentarmi, finalmente.

Un'enorme oggetto a forma di tubo. Una camera iperbarica, mi spiega il dottore. «Non vorrà altre complicazioni?»

Scuoto la testa, spossata. L'unica cosa che desidero è tornare indietro nel tempo, a quando la mia vita mi era ancora familiare, e non uno stato di paura costante.

Dalle pareti del tubo esce una fila di manichette, che finiscono con delle mascherine blu. Me ne infilano una. «Deve solo respirare» dice il medico, e mi lascia da sola.

Mi sforzo di ricordare. Ho rivoltato casa come un calzino, poi mi sono fatta la doccia e... sono crollata. Erik deve avermi trovata e trascinata fuori, ecco perché aveva la camicia bagnata.

Jo, sei stata tu? Mi ha chiesto.

Dopo circa un'ora mi tirano fuori dal tubo, mi sento molto meglio, ma non mi lasciano comunque tornare a casa. «Ci sono ancora i pompieri, e lei deve restare sotto osservazione.»

Mi ricoverano, grazie alla mia assicurazione aggiuntiva mi danno una stanza singola, almeno questo. Sempre con la maschera dell'ossigeno e la bombola al seguito, un'ottima scusa per starmene zitta. Fisso la parete cercando di evitare l'allegra dottoressa che mi sta riempiendo il torace di elettrodi per l'elettrocardiogramma. «I boiler a gas sono terribili» cerca di attaccare bottone. «È stata fortunata che suo marito sia intervenuto così in fretta, fosse arrivato solo qualche minuto più tardi...»

Lascia la frase incompiuta, ma cosa volesse dire è chiarissimo.

Mio marito.

Sì, Erik mi ha tirato fuori dalla doccia, mi ha salvata... Ma cosa sarebbe successo se avessi fatto la doccia mezz'ora prima? Sarebbe arrivato comunque? Ha aspettato il momento giusto per poter fare la parte dell'eroe?

Sarei morta?

Resto a fissare i grafici disegnati dai battiti del mio cuore sul monitor.

Jo, sei stata tu?

Il dolore al polso è diminuito un po' rispetto a stamattina, in compenso è più esteso, dalla spalla fino alla punta delle dita. Ricordo benissimo la sensazione di euforia che ho provato picchiando il pugno contro la macchina di Ela. Faceva un male cane, eppure era bello... Sì, bello.

In me c'è qualcosa che non va, forse pian piano dovrei accettare questo dato di fatto. E se sento questo assurdo bisogno di farmi del male, forse potrei aver manomesso io stessa il boiler...

Peccato che non abbia la più pallida idea di come si faccia, non ricordo nemmeno di essermici mai avvicinata, a quel coso. Come se i buchi di memoria dovessero ancora stupirmi...

Oppure sì. Forse è tutta una messinscena per farmi giungere alle conclusioni che sto traendo ora.

Ma come può qualcun altro simulare questo mio nuovo istinto autolesionistico?

Magari è stato solo un incidente, un errore di manutenzione, una cosa che sarebbe potuta capitare a chiunque. Peccato che mi sembri l'eventualità meno credibile.

Chiudo gli occhi, decido di tagliare fuori il mondo. Di concentrarmi solo sull'ossigeno che fluisce dentro il mio corpo.

Il mattino dopo, prima che mi arrivi la tristissima colazione dell'ospedale, qualcuno bussa alla porta. Ela. È pallida, scuote la testa e si siede accanto a me sul letto.

«Ma cosa diavolo state combinando, voi due?» dice, e mi prende la mano. «Jo, ti rendi conto di quanto hai rischiato? Nelle intossicazioni da monossido di carbonio bastano due minuti... Due minuti fanno la differenza tra la vita e la morte. A volte anche meno.»

Io ho ancora la mascherina. Non devo dire nulla, ma ricambio la stretta alla mano di Ela.

«Per fortuna è arrivato Erik...» aggiunge. «È stato bravissimo.»

Interpreta bene il mio sguardo interrogativo. «Sì, ci ho parlato, anche lui è ricoverato qui. Non aveva la mascherina, quindi si è intossicato pure lui.» Era un rimprovero? «Ma meno di te, lo faranno uscire oggi.» Sorride. Lo fa per incoraggiarmi, credo. «Ti posso aiutare in qualche modo?»

Sì, eccome. Mi scosto un po' la mascherina dalla bocca. «Chiama lo studio. Per favore, di' che...»

«Che non vai, certo.»

Mi accarezza un braccio, si morde un labbro. È evidente che deve dirmi qualcos'altro, ma non sa come.

Poi si dà una scossa. «Sai, forse dovresti restare in ospedale, anche dopo che ti è passata l'intossicazione... farti ricoverare... ci hai pensato?» Cerca i miei occhi. «Non in questo reparto, ovvio. In psichiatria. Per sicurezza, capisci?»

Ritraggo subito il braccio e mi giro dall'altra parte. Non perché sia un'idea stupida, anzi. Ci ho riflettuto anch'io durante la notte. Ma le parole di Ela la trasformano in una possibilità reale, e l'ultima cosa che vorrei è essere rinchiusa in ospedale, imbottita di farmaci e con una diagnosi ad hoc.

Fuori dai giochi.

«Scusa» sento dire a Ela. «Non voglio convincerti a fare nulla, ma ti ricordi l'attacco che hai avuto ieri, prima di scendere dalla macchina? Quella non sei tu.» Sospira, e io chiudo gli occhi.

Vattene, penso.

Lei si alza, come se mi avesse sentita. «Ho solo paura che tu possa diventare pericolosa per te stessa. Forse già lo sei... Per te e per Erik.»

La sua mano mi accarezza la testa. Non mi oppongo, resto ferma, come addormentata.

«Tu sei mia amica. Per me sei importante, lo siete entrambi. E io non voglio che vi succeda qualcosa di brutto...»

Dopo pochi minuti arriva Erik. Prende una sedia e per un po' non dice nulla, nemmeno mi tocca. Ha i gomiti puntati sulle ginocchia, le mani davanti alla bocca. Aspetta.

Se spera che il silenzio mi diventi insopportabile e che io dica qualcosa, allora può attendere in eterno. La mascherina è la mia arma di difesa migliore.

No, alla fine è lui a parlare, pianissimo. «Jo, ho avuto così tanta paura per te. Sono felice che tu stia di nuovo bene.»

Mi sforzo di guardarlo negli occhi. La mia vita è sempre stata così delirante? Dovrei mettermi in ginocchio e ringraziare quest'uomo, per aver messo in pericolo la sua salute pur di salvarmi. E lo farei, subito.

Se non vedessi anche l'altra possibilità. Ovvero che non avrei avuto alcun bisogno di essere salvata, se lui non fosse esistito. Che potrebbe avermi messo in pericolo di proposito, proprio per estorcermi questa gratitudine.

Alla fine decido di togliermi la mascherina. «Cosa dicono, è stato per il boiler?»

Erik ha un attimo di esitazione, poi annuisce. «Non è che lo dicono, è sicuro. E... Jo» Affonda la faccia tra le mani, se la strofina, alza di nuovo gli occhi.

«Ho trovato lo scialle.»

Non capisco. «Che scialle?»

«Il tubo di scarico del boiler era stato tappato con uno scialle. Quello grande, che ti piace tanto. Per questo...»

Per questo...

Il boiler funziona benissimo. Non è stato un problema di manutenzione. Qualcuno ha preso il mio scialle dal cassetto e mi ha teso una trappola, una trappola letale.

«L'ho tirato fuori prima che arrivassero i pompieri. Che adesso ovviamente non sanno cosa pensare, visto che lo scarico tira benissimo. Sì, hanno detto che può succedere anche se il tubo non è otturato, ma solo quando fuori è umido, perché la bassa pressione spinge di nuovo il monossido di carbonio verso l'interno.»

Non aggiunge altro, ma mi è chiarissimo cosa sta pensando. Ieri non era una giornata umida, e io sono rimasta a casa da sola per ore. Dio solo sa cosa ho potuto combinare.

Probabilmente ne ha già parlato con Ela. Ecco perché ha tirato fuori l'idea del ricovero.

«Non sono stata io» dico, rendendomi conto di quanto sono stanca, spossata e poco credibile.

Mi schiarisco la voce e riprovo, mi sforzo di parlare con un tono più deciso. «Erik, mi devi credere. Io non c'entro niente. Non ho la più pallida idea di come si faccia, non ne capisco niente di boiler e scarichi...» Mi manca l'aria, mi premo di nuovo la mascherina contro il viso, per tre, quattro respiri. «Non voglio uccidermi» aggiungo poco dopo. «Non voglio uccidere né me né te.»

Lui non sorride. Guarda per terra. «Lo scialle, l'ho nascosto... Forse è stata una cosa stupida, ma non volevo che avessi problemi con la polizia o che ti ricoverassero.» Poi alza gli occhi, e io per la prima volta sento il bisogno di prendere la sua mano. Di stringerla.

Non lo faccio, però quando lui prende la mia, come se mi avesse letto nel pensiero, non oppongo resistenza.

«Io... io sono ancora convinto che ce la faremo» dice. «Però, Jo, devi volerlo anche tu. In questo momento mi stai rendendo tutto così difficile. Io farò il possibile, ma tu mi devi aiutare. Ti scongiuro.»

Non so perché, ma annuisco. Probabilmente perché vorrei tanto credere a ciò che dice, perché ho bisogno di qualcosa, o di qualcuno, a cui aggrapparmi.

Forse era quello che stava aspettando, il suo unico scopo fin dall'inizio. E adesso l'ha raggiunto.

14

«Ha avuto fortuna.» Il medico alza gli occhi dalla mia cartella clinica e la poggia ai piedi del letto, io sono già vestito e pronto per uscire. Sono contento di tornare a casa? Mah, dopo il caos degli ultimi giorni la situazione mi fa quasi ridere.

«I suoi valori del sangue sono di nuovo nella norma. Stanno preparando le carte per le dimissioni, poi potrà andare. Le prescrivo due giorni di malattia. Cerchi di riposare.»

Mi stringe la mano ed esce. Sono di nuovo solo.

Posso andare. Fuori da questa stanza con le pareti di un bianco quasi accecante. Nelle ore trascorse qui le ho fissate a lungo in cerca di risposte, ma non hanno fatto altro che restituirmi i miei pensieri, come un'eco. Finalmente.

Poi però sento qualcosa che mi fa passare la voglia di lasciare l'ospedale. Joanna giace a poche stanze da me. Se me ne vado non potrò più proteggerla. Da chi? Sì, è proprio questa la domanda giusta, da chi: da se stessa? Da me?

E se non fosse lei ad avere un problema psichico, ma io? Come posso essere certo che sia la sua, di testa, a essere uscita di strada, e non la mia? Joanna continua a non accettare l'idea di avere qualcosa che non va, e io sto facendo altrettanto. È così. E se fossi stato io a tappare lo scarico del boiler e ora l'avessi completamente rimosso? Quel che è certo è che io sapevo dov'era lo scialle.

«Ecco, signor Thieben, qui ci sono il certificato di malattia e la lettera per il suo medico di base.»

Un'infermiera grassoccia mi porge una busta. Mi alzo e la prendo. «Grazie» dico. Provo davvero gratitudine nei suoi confronti: è arrivata giusto in tempo per strapparmi da quei pensieri inquietanti.

«È tutto, può andare. Le auguro una pronta guarigione.» Un sorriso di incoraggiamento e in un attimo è già passata oltre. Avanti il prossimo: altro paziente, altro sorriso.

Esco dalla stanza, vado a sinistra. Cinque porte più avanti mi fermo. Apro delicatamente senza bussare.

Joanna sta dormendo. Richiudo la porta alle mie spalle cercando di fare il minor rumore possibile, poi mi avvicino. La mascherina sul viso pallido, i cavi, il monitor vicino al letto: tre linee dentellate una sopra l'altra. Verde, azzurra, bianca. E dei numeri. Pressione sanguigna, saturazione d'ossigeno, ECG, frequenze cardiache. Ha un aspetto così indifeso, così fragile. Dentro di me caccio un grido, vorrei stringerla tra le braccia, forte, sussurrarle nell'orecchio che andrà tutto bene, che la amo, la amo più di quanto riesca a esprimere a parole, e che insieme supereremo tutto. Tutto.

Se solo potessi prenderle la mano.

No, deve riposare.

Guarisci in fretta, penso. *Io torno tra un pochino.* Esco in punta di piedi. Il corridoio, l'ascensore, l'atrio dell'accettazione. Registro tutto come il set di un film dell'orrore in cui il protagonista, ahimè, sono io.

Salgo su un taxi e do al conducente il mio indirizzo.

Guardo fisso fuori dal finestrino mentre ci lasciamo l'ospedale alle spalle, non dico una sola parola.

I palazzoni di cemento della periferia mi restituiscono uno sguardo altrettanto gelido.

Potrei restare a casa due giorni, ma non voglio: non adesso che al lavoro le cose sono così complicate.

D'altra parte, però, questo mi permetterebbe di stare vicino a Joanna senza dovermi inventare storie che offrirebbero a Gabor un nuovo pretesto per speculare. O a Bernhard.

«È lì che devo entrare?» L'autista indica il vialetto di casa.

«Sì, grazie.»

Pago, scendo e mi fermo davanti al buco in cui fino a due giorni prima si trovava il famoso cacatua. Mi sembra passata un'eternità da quando il mio mondo era ancora tutto intero. Un mondo che ho sempre dato per scontato, senza prendere nemmeno in considerazione l'ipotesi che, da un momento all'altro, potesse andare in frantumi.

Mi chiudo la porta alle spalle, mi ci appoggio contro. La casa mi sembra vuota, quasi estranea. Joanna c'era spesso quando io rientravo. E le rare volte che non la trovavo sapevo che di lì a poco la porta si sarebbe aperta e avrei sentito il suo gioioso «*Hi, darling*, sono tornata».

Lo sentirò di nuovo?

La signora Schwickerath dell'ufficio personale alla GEE mi spiega per telefono che basta che le porti il certificato medico al mio rientro. In fondo si tratta solo di due giorni. Poi mi augura una pronta guarigione.

Mi faccio un caffè e mi siedo al tavolo della cucina, la tazza mi fuma davanti. Continuo a ripercorrere gli ultimi eventi cercando uno straccio di spiegazione, nessuna che sia sensata.

Poi, a un certo punto la mia mente torna alla GEE e a Gabor. Altro tema poco piacevole, in questo momento, ma decido di seguire comunque il filo dei miei pensieri. Perlomeno smetto di arrovellarmi su quello che è successo a Jo.

Cosa può aver spinto Gabor a tagliarmi fuori da questo grosso affare? Tutti i progetti di cui mi sono occupato negli ultimi anni sono andati bene. Sì, ogni tanto ci sono stati dei ritardi, ma di quelli impossibili da prevedere. Insomma, i normali contrattempi che possono capitare in ogni grande commessa. Non sono certo un motivo valido per voltarmi le spalle, adesso che c'è in ballo un affare di queste dimensioni.

Forse c'entra Bernhard? Be', in effetti, lui lo ha chiamato dall'aeroporto per raccontargli, a caldo, quello che era capitato.

Fossi in te magari domani non andrei al lavoro, me ne starei a casa, mi aveva anche detto tutto preoccupato. Che stronzo.

Ormai il caffè è diventato una brodaglia tiepida. A quanto pare ho perso anche il senso del tempo.

Mi sposto in salotto, ma appena ci metto piede mi chiedo cosa ci sono venuto a fare. Così torno in cucina, poi nell'ingresso. Ah, giusto, il boiler, e inizio a salire le scale con il cuore a mille.

In bagno sembra che sia appena scoppiata una bomba: asciugamani sparsi a terra, trucchi e creme di Joanna ovunque; sul ripiano accanto al lavandino sono cadute tutte le boccette e i flaconcini; un groviglio di fili di rame, allacci e cavi che pare un corpo squarciato, già pronto per l'autopsia.

È entrato qualcuno in casa, o per lo scialle nello scarico del boiler c'è un'altra spiegazione? E chi voleva colpire, questo qualcuno? Joanna? Me? Entrambi?

E di nuovo la domanda decisiva: perché tutto questo? Scendo le scale e mi fermo nell'ingresso. Fisso la porta. Un estraneo potrebbe essersi introdotto in casa, violando la nostra sfera più intima... Forse è stato anche in camera da letto, ha toccato le coperte che ci eravamo tirati sopra i corpi nudi dopo... No, non è possibile. Comunque, in caso, ha toccato solo il piumone di Joanna, visto che il mio non c'è più.

Torno in cucina. L'inquietudine mi sta facendo perdere il senno. Guardo l'orologio e calcolo quanto tempo è passato da quando sono sceso dal taxi. Non posso non sapere che ore erano quando sono arrivato. Eppure non mi ricordo.

«Ma anche se fosse, chissenefrega, cazzo!»

L'ho detto davvero? Sì, l'ho detto. Vuol dire che sono già allo stadio *Io parlo da solo*? È il primo segno della capitolazione definitiva del mio intelletto?

No, non ce la faccio più a restare in questa casa. Mi sembra una cosa sbagliata, io qui mentre Joanna è in ospedale intossicata. Abbandonata, sola con le sue paure.

Avrà bisogno di biancheria pulita. Mutande, calze, asciugamani...

Mezz'ora dopo sono al volante e sto tornando da lei.

Il pomeriggio e i due giorni successivi li passo quasi tutti da Joanna. Lascio l'ospedale solo di sera e un'oretta durante il giorno, per andare a mangiare qualcosa.

Le racconto di noi. Tutte le mie frasi iniziano con: «Ti ricordi quella volta che...?».

E lei puntualmente scuote la testa, muta. Così a un certo punto rinuncio a questa dolorosa domanda introduttiva.

Oppure me ne sto in silenzio ai piedi del letto e la guardo dormire. O fare finta. Lo capisco da come ammicca con gli occhi, ma non dico nulla, le lascio questa sua unica possibilità di ritirata.

Lei parla poco, tranne una volta in cui racconta dell'Australia, della sua infanzia e dei suoi amici. Il padre non lo nomina quasi mai. Non la interrompo, ascolto.

Il pomeriggio del secondo giorno, tornando da una passeggiata nel parchetto vicino all'ospedale, la trovo vestita sulla sedia in cui ho trascorso decine e decine di ore.

«Posso andare» dice. Non: *Posso andare a casa.*

Non resisto, faccio un passo verso di lei e la abbraccio. Mi aspetto che lei mi respinga, invece non succede. Non ricambia la stretta, ma non oppone resistenza. Chiudo gli occhi. Quando tutte le certezze sono crollate, basta pochissimo per assaporare un attimo di felicità.

In macchina non parliamo molto. Joanna guarda fuori dal finestrino, e io ho paura che una sola parola avventata possa distruggere questa piccola gioia che mi è stata concessa.

Finalmente siamo a casa. Prendo la sua borsa e, mentre cammina, involontariamente le poggio la mano libera sulla schiena. Lei non si ribella nemmeno stavolta, ma si irrigidisce, e io tolgo subito il braccio.

Mi dice che è stanca, che vorrebbe stendersi un po'. Mezz'ora dopo però è di nuovo in cucina, davanti a me: non è riuscita a prendere sonno.

Mi offro di prepararle qualcosa di buono. «Sei un bravo cuoco?» chiede lei.

«Be', diciamo che le cose migliori escono quando ci mettiamo insieme ai fornelli.»

«No, per favore... pensaci tu, cucina per me.» Si siede scuotendo la testa. «Io guardo.»

Okay. Il fatto che voglia che prepari da mangiare per lei mi sembra un buon passo avanti.

Nel ripostiglio c'è un congelatore. Entro e prendo un pacco di scampi surgelati... Poi all'improvviso suonano alla porta.

Esco dal ripostiglio, lei si è alzata dalla sedia, sul suo volto vedo paura. «Chi può essere?»

«Non ne ho idea, forse un altro collega incapace che ha cancellato un file importante dal suo computer.»

Vado a vedere, lei mi segue ma resta nell'ingresso, si aggrappa all'intelaiatura della porta, come se temesse di cadere.

Apro e per un attimo sgrano gli occhi. Ci metto un po' per ritrovare la facoltà di parola.

Davanti a me c'è il dottor Bartsch, lo psicologo aziendale della

Gabor Energy Engineering. Lo saluto, ma sono fuori di me dalla rabbia. È così che hanno deciso di silurarmi?

«Buonasera, signor Thieben» dice, con un ghigno che si allarga. «Sono solo passato a controllare che sia tutto a posto. Mi fa entrare?»

15

È un uomo di statura media, in forma. Erik non lo sopporta, lo capisco subito. Prende due respiri profondi poi, svogliato, gli fa cenno di entrare. «Dottor Bartsch... a cosa dobbiamo il piacere della sua visita?»

Un altro medico? Involontariamente faccio due passi indietro, verso la cucina.

L'uomo si passa una mano sulla barba curata. «Mi manda il signor Gabor, per vedere come se la cava... Ovviamente ha saputo del pericolo che ha corso e...»

Adesso è me che guarda. Con palese interesse. «E lei deve essere... Joanna, dico bene?»

Che stanchezza, non ho nessuna voglia di fare conversazione, è così difficile da capire? Prima che possa rispondere, Erik è già al mio fianco. «Jo, questo è il dottor Bartsch, il nostro psicologo aziendale. Non l'ho chiamato io... sapevo che oggi avevi bisogno di riposo.»

Forse è perché mi sento fiacca, ma fatico a ricollegare il tutto. Quindi questo Bartsch è venuto per me? Cosa c'entro io con il lavoro di Erik? Sì, negli ultimi giorni mi ha raccontato qualcosa. Si occupa di energie rinnovabili... Il mercato del futuro, direbbe mio padre.

«No.» Adesso il dottor Bartsch ha assunto un'espressione serissima. «No, non è stato Erik a chiedermi di venire, è vero, è stato il nostro capo. Ha pensato fosse opportuno che facessi un salto. Se c'è qualcosa che posso fare per voi... ecco, sono a vostra completa disposizione.»

Erik sta per sbottare, è impossibile non vederlo. «Sappiamo benissimo perché è venuto» dice piano. «Sta cercando un motivo che permetta a Gabor di farmi fuori.»

Lo guardo con la coda dell'occhio. Questo non me l'aveva raccontato, non mi aveva detto di avere problemi in azienda.

«Santi numi» replica Bartsch scuotendo la testa, «e perché il signor Gabor dovrebbe volere una cosa del genere? Signor Thieben, lei è un impiegato eccellente... E mi creda, questo lo sa anche il nostro capo.» Un cenno della testa verso il soggiorno. «Perché non ci sediamo un attimo? Non mi tratterrò molto, promesso.»

Non ne ho nessuna voglia, ma annuisco. Un altro estraneo nel mio salotto.

Bartsch si accomoda sul divano e accavalla le gambe. Ci guarda, aspetta.

«Posso offrirle qualcosa da bere?» dico cercando di riprendermi.

Il suo volto s'illumina. «Oh, magari... Va benissimo un bicchiere d'acqua.»

Vado in cucina, la confezione di scampi è vicino ai fornelli e si sta scongelando. Il fatto che Erik voglia che se ne vada lo capisco benissimo, anch'io la penso allo stesso modo. Bartsch ha uno sguardo penetrante che sembra possa spiarti dentro... E arrivare a sapere sul tuo conto più cose di quante ne sappia tu.

Oddio, non che in questo periodo sia particolarmente difficile, con me.

Sento affiorare una specie di risatina in gola e mi affretto ad aprire la credenza, tirare fuori un bicchiere e riempirlo d'acqua.

«Grazie» dice lui quando torno in salotto e lo poggio sul tavolino davanti al divano. Beve un sorso, continuando a fissarmi, poi si tira indietro. «Joanna, mi sembra che abbia superato bene la cosa, mi fa piacere... Come si sente?»

Non è solo lo sguardo... è anche la voce. Non che sia spiacevole, ma mi fa comunque venire voglia di scappare via e andarmi a rintanare da qualche parte.

«La lasci in pace» risponde Erik al mio posto. Mi prende una mano e incrocia le sue dita alle mie. «Se volete scaricarmi fatelo pure, ma lasciate Joanna fuori da questa storia.»

Un altro scuotimento di capo. «Signor Thieben, proprio non capisco chi le abbia messo in testa quest'idea.» Poi, senza aspettare una risposta, si volta verso di me. «Da quant'è che vivete in questa casa?»

Da... Mi devo concentrare. «Da circa sei mesi.»

Bartsch osserva i quadri alle pareti con espressione ammirata. «Questi arredi, li avete scelti insieme?»

No, li ho scelti da sola. Involontariamente mi viene da sfilare via la mano dalla presa di Erik... E adesso cosa devo dire?

Lo sguardo dello psicologo torna su di me, ovvio, si starà chiedendo perché ci metto così tanto a rispondere a una domanda così banale. «Sì» dico in un sussurro.

«Che gusto, complimenti.» Si riallunga verso il bicchiere, se lo rigira tra le mani. «Joanna, mi spiace conoscerla in circostanze così poco piacevoli. Perché non ha mai accompagnato Erik a una delle nostre feste aziendali? Sono molto meno noiose di quanto s'immagini, quasi tutti i dipendenti ci vengono accompagnati.»

Perché lo conosco solo da cinque giorni? Mi resta sulla punta della lingua, ma non va oltre. Erik intanto ha ripreso la mia mano e stretto la presa.

«Ho sempre avuto altro da fare» rispondo, odiandomi per il tono flebile. «Spesso la sera lavoro fino a tardi» aggiungo alzando un po' la voce.

«Certo, capisco.» Bartsch beve un grosso sorso.

Il mio cuore sta battendo troppo velocemente, non so se dipenda dalla voce dello psicologo o dall'indizio che mi ha appena dato: se stessi con Erik, mi sarebbe capitato di accompagnarlo, no? Sono un tipo curioso per natura, avrei voluto vedere con chi lavora.

«Come ho già detto, non voglio disturbarvi troppo» riprende la parola Bartsch. «E credo capiate benissimo perché sono venuto. Joanna... Bernhard Morbach, che è stato qui di recente, ha raccontato che lei ha cercato di scappare da Erik.»

Ah, l'uomo con la borsa per pc. La presa di Erik diventa così forte da farmi quasi male.

«È stato... è stato solo un equivoco» balbetto.

Lo psicologo mi trapassa con lo sguardo. «Ha detto che sembrava avere una paura folle...»

Erik, fuori di sé, mi molla la mano e scatta in piedi. «Ah, Bernhard ha detto così, davvero? Interessante. E se era tanto preoccupato, come mai se n'è andato e mi ha lasciato solo con Joanna?»

Bartsch lo guarda con indifferenza. «Signor Thieben, non era una recriminazione nei suoi confronti, non le stiamo rimproverando nulla... Ma dopo quello che ci ha raccontato il signor Morbach sembrava perlomeno una situazione strana... E alla luce degli ultimi eventi...»

Erik sbianca. È a due passi di distanza dallo psicologo, tiene le mani serrate a pugno. «Senta dottor Bartsch, perché non parla chiaro e ci dice cosa pensa... alla luce degli ultimi eventi?»

Lo psicologo, però, non guarda Erik: guarda me. «Be', diciamo che si tratta di un inusuale accumulo di problemi. Almeno su questo sarete d'accordo.» Si china verso di me, accentuando un approccio rilassato. «Joanna, le andrebbe di rispondere a un paio di domande? Solo se le va, chiaro, ma forse riusciamo a capire come mai avesse tanta paura...»

Cerco un contatto visivo con Erik, ma lui proprio non mi considera. È ancora di fronte a Bartsch e sembra che lo stia per azzannare. «Lei si sta immischiando nella mia vita privata.»

«Questione di punti di vista, signor Thieben.» La sua voce è perfettamente calma. «Le stiamo soltanto offrendo aiuto, e io le prometto che ogni cosa che dirà rimarrà tra queste quattro mura.»

Una risata sprezzante. «Non ci crede nemmeno lei.»

È per lo stress degli ultimi giorni, o sul lavoro è sempre così poco diplomatico? Mi asciugo le mani sudate sui pantaloni, cercando di non farmi vedere. Non capisco se sono tanto nervosa a causa di Bartsch o per la rabbia di Erik, so solo che voglio che finisca il prima possibile. Probabilmente il modo più rapido è fare questo piacere al dottore e parlare con lui; potrei dire qualcosa che metta Erik in una luce migliore di quella in cui sta emergendo in questo momento. Chiunque lui sia, e qualunque rapporto ci leghi... ecco, si è occupato molto di me in questi giorni di ospedale. È stato molto premuroso. Potrei cercare di sdebitarmi.

«Dottor Bartsch, chieda pure.»

«Non starai dicendo sul serio!» sbotta Erik girandosi di scatto. Poi sprofonda nel divano al mio fianco. «Jo, tesoro, stai già molto meglio. Non hai bisogno di lui, abbiamo già l'aiuto di cui...»

Gli sorrido. Oddio quanto sono stanca. «Sono solo un paio di domande, mica una seduta di psicoterapia!»

«Esatto» interviene Bartsch, mentre tira fuori dalla giacca blocchetto e penna. «Lei non riconosceva Erik, è così che ha detto Bernhard Morbach. È vero?»

L'inizio è diverso da come mi fossi immaginata. Un po' troppo diretto per i miei gusti, ma annuisco. «Sì, è vero.»

Bartsch scrive qualcosa. «Adesso però sa di nuovo chi è, giusto?»

No, affatto. Di tutto quello che Erik mi ha raccontato negli ultimi giorni nei miei ricordi non ho trovato niente. Non c'è stata nessuna improvvisa illuminazione su cose che abbiamo fatto insieme. Ma non importa, adesso non è questo il punto.

«Sì» mento. «Adesso è tutto a posto.»

Mi guarda un po' troppo a lungo prima di annotare la risposta. Come se non mi credesse.

«Potrebbe dirmi cos'è successo prima di quella sera? La sera in cui ha reagito in maniera così strana alla presenza di Erik?»

Mi stringo nelle spalle. Mi sembra tutto lontano anni luce. «Ho lavorato, credo. Sistemato un po' casa e poi fatto una doccia. Volevo prepararmi un tè e mettermi a leggere.»

Sul divano, proprio dov'è seduto Bartsch adesso.

«Nient'altro?»

«No, non mi pare.»

Scrive di nuovo. «E l'incidente del boiler? Si ricorda cos'ha fatto prima?»

Erik mi poggia una mano sul braccio. «Dove vuole arrivare? Sta forse insinuando che sia stata Joanna...?»

«Non sto insinuando proprio niente» lo interrompe Bartsch. «È una semplice domanda... e francamente, signor Thieben, proprio non capisco questa sua ostilità. Perché si sta opponendo con tanta veemenza alla mia offerta d'aiuto? Lei stesso ha detto che la sua fidanzata era confusa... Sia al signor Morbach sia al signor Gabor.»

Non so perché, ma l'ultima frase mi tocca nel profondo, mi penetra nelle ossa. Fino a questo momento ero convinta che lo psicologo fosse qui perché Bernhard Morbach mi aveva visto scappare fuori di casa in accappatoio, invece adesso viene fuori che Erik ha parlato della nostra situazione con i colleghi. Quindi io sarei *confusa*...

Chissà con quante altre persone ne ha parlato. Be', se siamo davvero una coppia, questo è un tradimento di fiducia imperdonabile. È assurdo, ma non posso fare a meno di pensarlo.

Mi premo le mani contro gli occhi. Se adesso mi metto a strillare, poi posso dare la colpa alla stanchezza?

Un braccio si posa intorno alle mie spalle. «Dottor Bartsch, adesso per favore se ne vada» sento dire a Erik. «Come vede, Joanna non si è ancora ripresa.»

Mi tiro su. Mi volto verso di lui. «Con chi altro hai parlato di me?»

All'attaccatura del suo naso si crea, quasi all'istante, una ruga profonda. «In che senso?»

«Voglio sapere a chi altro hai detto che sono confusa.» Il mio tono più che arrabbiato è isterico. E poco dopo, infatti, gli occhi mi si riempiono di lacrime, come se l'immagine che sto dando di me non fosse già abbastanza penosa. Mi giro, mi sottraggo all'abbraccio di Erik, cerco di asciugarmi gli occhi.

«Jo... Io non ho detto nulla che non avesse già raccontato Bernhard. Credimi, se non fosse venuto, nessuno saprebbe niente.»

Dall'altra parte del tavolino il dottore si schiarisce la voce. «Sì, Joanna, non ha alcun motivo di prendersela con Erik. Non ha detto niente di male su di lei, è parso solo molto preoccupato...»

Erik scatta in piedi, stavolta sembra proprio al limite della sopportazione. «Lei non si immischi, chiaro? Non ho bisogno della sua intermediazione, né delle sue competenze professionali. A differenza di Joanna, io so benissimo perché è venuto, ma non starò al vostro gioco.»

Bartsch aspetta che abbia finito con una calma da manuale. Poi si gira verso di me. «Joanna, io sono qui soprattutto per lei e per la sua sicurezza. Lei lo vuole, il mio aiuto?»

Se adesso rispondessi di sì, sarebbe una dichiarazione di guerra contro Erik. Eppure lo farei, se questo Bartsch potesse promettermi qualche risultato. E se il mio stomaco non avesse già iniziato ad attorcigliarsi. È sempre per l'intossicazione e la carenza di ossigeno? I miei valori del sangue però erano rientrati nella norma. Cosa diavolo mi sta succedendo?

«Joanna? Mi ascolti, ci rifletta... Si prenda il suo tempo.»

Sono entrambi in attesa, lo sento. Bartsch chiuso nella sua calma serafica, Erik bollente d'impazienza. Come se ci fosse qualcosa che devo fare. Con urgenza.

E io mi rendo conto dell'immagine che sto dando di me.

Confusa.

«No, dottor Bartsch» dico attingendo a tutto il mio coraggio, «la ringrazio ma credo che lei non sia la persona giusta per me. Se avrò bisogno d'aiuto mi rivolgerò a qualcun altro.»

Sento il sospiro di sollievo di Erik al mio fianco. Bartsch invece sembra rabbuiarsi, ma ancora non accenna ad alzarsi.

«Questa volta posso farle una domanda io?» Le parole sono già fuori dalla bocca prima che abbia realizzato di averle formulate.

Il dottore inclina la testa. «Prego.»

Stavolta so esattamente cosa voglio chiedere, ma non ne conosco la ragione. E i due uomini qui con me in questo salotto penseranno la stessa cosa, ci scommetto.

«Lei si chiama Ben?»

Bartsch sbatte le palpebre, ma è solo un attimo. Domina il suo stupore in maniera impeccabile. «No, mi spiace, il mio nome è Christoph.»

«Ah, okay.»

Mi pento di non essermi presa anch'io un bicchiere d'acqua, prima. Ho la bocca secchissima, e un martellio alle tempie che annuncia un'imminente emicrania.

«Joanna, senta...» riattacca Bartsch, ma stavolta Erik non lo lascia parlare.

«Adesso basta. Per favore se ne vada. A Gabor racconti quello che vuole, ma ci lasci in pace.»

«Signor Thieben...»

«Mi ha sentito? Le ho detto che deve uscire da casa mia.» Erik lo prende per un braccio e lo fa alzare dal divano, poi lo spinge fuori dal salotto. «Insomma, gliel'ho chiesto almeno tre volte con le buone maniere, e lei mi ha ignorato. Se adesso non se ne va giuro che la sbatto fuori a calci. Se ne vada! Ma che razza di medico è? È senza cuore!»

Ha alzato la voce, troppo. Resisto alla tentazione di tapparmi le orecchie, ma non posso impedire alle mie mani di tremare.

«Arrivederci, Joanna» sento dire a Bartsch dall'ingresso. La porta si apre e poco dopo si chiude con un botto micidiale.

Siamo di nuovo soli.

16

Il tuono della porta continua a rimbombarmi in testa, insieme ai battiti martellanti del cuore, mentre la mente non riesce a formulare un solo pensiero chiaro.

Ho le interiora corrose dalla rabbia, come un incendio, e la consapevolezza che quello stronzo sia riuscito nell'intento di farmi sbottare getta altra benzina sul fuoco.

«Ma cosa diavolo ti è preso?» La voce di Joanna mi arriva come da una distanza di chilometri e chilometri, anche se lei è a pochi metri da me.

«Come scusa?» dico girandomi di scatto verso di lei. Sì, sono stato molto duro, ma non sono dispiaciuto. La guardo, nei suoi occhi vedo paura, disperazione, impotenza. Dovrei sentirmi in colpa, ma non è così.

Amo questa donna come non ho mai amato nessuno in vita mia, però... cazzo, non trovo le parole per spiegare nemmeno a me stesso cosa mi sta passando per la testa... Deflagrazioni, deflagrazioni di pensieri a catena. Che non si placano, infatti sono nero di rabbia. E l'espressione che sta facendo Joanna in questo momento non fa che peggiorare le cose.

«Perché hai raccontato in azienda che sono confusa? Se siamo davvero una coppia, allora hai tradito la mia fiducia.»

«In che senso *raccontato a tutti*?» sbotto, e lei ha un sussulto. «Non ho detto proprio un bel niente, Jo, non ce n'è stato bisogno...

Appena sono arrivato il capo mi ha convocato nel suo ufficio per chiedermi cosa diavolo stesse succedendo a casa mia. Visto che Bernhard, che era stato qui la sera prima, aveva già fatto la spia.»

«Be', ma non è comunque un buon motivo per...»

«Eccome se lo è» la interrompo di nuovo, e nemmeno stavolta sono dispiaciuto. Anzi, a ogni parola sento una sorta di soddisfazione. È liberatorio, come se si fosse aperta una valvola. «Eccome se è un buon motivo, Jo. È un buon motivo praticamente per tutto. Ti ricordi? No? Sai che novità... Lascia che ti aiuti: il mio collega Bernhard era qui, davanti alla nostra porta di casa e tu sei corsa fuori urlando mezza nuda, con addosso solo l'accappatoio. Ti sei nascosta dietro di lui e lo hai implorato di proteggerti. Di proteggerti da me, Jo, ovvero dall'estraneo che si era introdotto in casa tua. Credi davvero che dopo questo spettacolo da circo sia stato necessario che *io* raccontassi qualcosa? Maledizione, il fatto che abbia detto che sei confusa non è stato nessun tradimento di fiducia, ma un tentativo di limitare i danni. Il tuo comportamento da pazza è la causa di tutto ciò che è successo negli ultimi giorni.»

Sempre peggio. Da qualche parte, nella mia testa, una vocina mi sussurra di smetterla. Altrimenti impazzirò anch'io.

«Il mio... *comportamento da pazza*?»

Il contrasto tra i suoi bisbigli e le mie grida mi dà un tale fastidio che potrei esplodere da un momento all'altro, lo sento.

Joanna ci sta mettendo il carico da novanta. Come fa a sentirsi trattata in maniera poco corretta, dopo tutto quello che mi ha fatto passare? Non è possibile.

Attingo alle mie ultime risorse di calma interiore e cerco di moderare i toni. Ma sto ancora ansimando e sono ben lontano dall'aver riacquistato il controllo. «Jo, non capisci che è proprio questo che voleva Bartsch? Quello stronzo è stato spedito qui da Gabor per creare ancora più problemi. Per avere un motivo per darmi il benservito e licenziarmi. Non capisci? Voleva usarti, aizzarti contro di me. Ti prego, dimmi che lo capisci, altrimenti impazzisco.»

«Erik... Il mio *comportamento da pazza*?» ripete lei stoica provocando dentro di me un'ulteriore, definitiva esplosione. *È finita*, sento dire alla vocina. *Sembri la brutta copia di te stesso.*

«Sì, esatto. Il tuo comportamento da pazza furiosa!» le grido contro. «Ma sentiamo, tu invece come lo definiresti?»

«Erik... ti rendi conto di quanto sei ingiusto?»

Santo Dio, ho capito bene? Davvero ha detto quello che le ho appena sentito dire? Sta recitando la parte della vittima in questa situazione di merda? La mia testa è sul punto di scoppiare. Ho solo voglia di urlare fino a farmi saltare fuori i polmoni dalla gola.

Accanto a me, per terra, c'è il portaombrelli... Lo raggiungo con due falcate e gli sferro un calcio, con una forza tale che il vaso spicca il volo per diversi metri e si ferma solo davanti alla porta di casa. Joanna lancia un grido soffocato, io mi giro verso di lei di scatto, la prendo per un braccio e stringo. Lei sgrana gli occhi. «Ahia... Mi stai facendo male!»

Le sue parole mi rimbalzano addosso. Stringo più forte. Vorrei ringhiarle in faccia ma, al contrario, la mia voce diventa calma. «Joanna, io sono tornato a casa ignaro di tutto. Dopo una giornata di merda al lavoro. Non stavo per niente bene e l'unica cosa che volevo, l'unica cosa di cui avevo bisogno, era il tuo abbraccio... La tua vicinanza, le tue parole di conforto. Invece mi hai fatto quella scenata, così assurda che... Scusami, ma non posso fare a meno di definirla folle. Hai sostenuto di non conoscermi. Mi hai tirato contro un fermacarte, volevi cacciarmi da casa nostra. Sei scappata e ti sei chiusa nello sgabuzzino per una notte. Poi davanti a Bernhard mi hai reso lo zimbello di tutta l'azienda. Con questo tuo comportamento stai distruggendo tutto, tutto! Forse hai addirittura cercato di ucciderti. Prima te e poi me, perché volevo salvarti di nuovo. Cinque giorni, Jo. Da cinque giorni la mia vita è un inferno. Io stesso non mi riconosco più, mi sembra di vivere la vita di qualcun altro... Eppure, malgrado il male che mi stai facendo, ti sono rimasto accanto, ti ho difesa contro tutto e contro tutti.»

All'improvviso mi viene da piangere. Non vorrei, ma *devo*.

«E adesso mi rinfacci di aver tradito la tua fiducia?» Grido così forte che mi si strozza la voce. Senza rendermene conto ho iniziato a scuoterla, con violenza, troppa... quando me ne accorgo, è tardi. La rabbia, le grida, gli strattoni. Mi rilasso e perdo le forze. Zero energie.

Joanna piange, incrocia le braccia davanti al petto, si tocca i punti in cui l'ho stretta. Sono già arrossati. Non mi guarda, si allontana fino a quando non è con la schiena contro la parete. Poi, come a velocità rallentata, scivola per terra, le ginocchia contro il petto, e fissa qualcosa oltre le mie spalle.

Ecco.

Il mio grande amore è accasciato a terra, qui davanti a me. Come un mucchietto di stracci, annientato dal mio comportamento. Ferito nel corpo e nello spirito.

Ho ancora dentro una rabbia feroce, ma mi rendo conto di aver passato il segno. Mi abbasso alla sua altezza, le poggio una mano sul braccio. «Jo, ti prego... volevo solo...»

Lei mi scaccia la mano. Uno scatto selvaggio.

«Non volevo lasciarmi andare in questo modo» ritento. «Jo, mi dispiace, scusami...»

«No!» Scivola di lato, si mette in piedi e si allontana. «Vattene.»

Mi alzo anch'io con uno scatto altrettanto felino.

«Ah, me ne devo andare? Io? Be', se è questo che vuoi...»

Mi giro e abbasso la maniglia, la mia faccia viene sferzata da un vento gelido. La porta si richiude alle mie spalle. Piano. Non l'ho sbattuta, ma accompagnata. Perché sono allo stremo delle forze.

Il vialetto, la strada.

Me ne vado davvero. Come un automa, senza meta.

Le punte delle scarpe come due grandi coleotteri marroni che spuntano, a turno, sotto di me. Osservo la loro gara, i loro continui sorpassi...

Due incroci più avanti mi siedo su un muretto che mi arriva più o meno alla vita. Mi ascolto... ma cosa ho fatto? Ho urlato contro la donna che amo, le ho detto cose terribili, l'ho ferita. Mi sono saltati i nervi.

E lei? Probabilmente è malata e non ha nessuna colpa per quello che è successo.

Come ho potuto comportarmi in questo modo assurdo? Proprio con lei? Mi era già capitato? No, non credo.

Invece di affrontare una situazione così difficile mi sono fatto prendere dalla collera, ho agito come un irresponsabile.

Mi vergogno.

Le chiederò scusa. Ma prima devo dare a me stesso il tempo di ricaricare le batterie. Di riflettere. Su di lei, su di me. Sulle cose che ci sono capitate. Gabor, Bartsch, Bernhard...

Sono ancora seduto, ma è come se stessi camminando in un campo minato senza sapere in quale direzione muovere il prossimo passo.

Ho freddo. Mi alzo, proseguo e mi strofino le braccia. Avrei dovuto prendere una giacca.

Dopo un paio di metri svolto in una stradina laterale. È un po' che viviamo qui, ma in questo vicolo non ci sono mai stato, anche se non dista più di duecento metri da casa nostra.

Finora avevamo fatto poco caso alla zona in cui ci eravamo trasferiti. Eravamo così presi da noi, così fissati l'uno con l'altra da non aver bisogno di nient'altro. Nessuno doveva disturbare la nostra piccola oasi di felicità.

Sto piangendo, me ne rendo conto solo adesso. Chissenefrega. Non cerco nemmeno di asciugarmi le lacrime, o di nasconderle. Che mi vedano tutti, tanto non mi conoscono. Non sono mai stato qui. E se qualcuno dovesse riconoscermi, pazienza. Del resto, probabilmente non ci resteremo ancora per molto. Forse...

Mi fermo. Che stia ancora fissando la parete dell'ingresso?

Oppure se n'è andata? E se il mio comportamento non avesse fatto altro che consolidare il suo sospetto che io non sia la persona che sostengo di essere?

Be', non potrei certo volergliene per questo. Anzi, capirei. Un uomo che dice di amarti tanto quanto io ho sostenuto di amarla negli ultimi giorni si comporterebbe in questo modo? Urla, calci, strattoni... E poi la fuga, proprio quando la persona amata è più indifesa?

Devo tornare a casa. Subito. Forse Joanna è ancora lì, forse, nonostante tutto, mi crede ancora, crede che io sia la persona che dico di essere.

I miei passi si fanno via via più rapidi fin quando a un certo punto inizio a correre. Giro l'angolo, nella nostra strada, veloce, più veloce che posso. Perché un solo secondo potrebbe fare la differenza.

Ancora un paio di metri. Poi all'improvviso rallento. Mi fermo.

Vattene.

Joanna voleva che me ne andassi. Quando ho cercato di scusarmi, lei mi ha scacciato.

Mi ascolto, e mi rendo conto di essere ancora agitato.

E se lei mi respingesse di nuovo? Come reagirei? Dopo quel che è capitato non sono in grado di dirlo con certezza. Potrei farle del male se ciò che dicesse mi facesse arrabbiare? O fare cose peggiori di quelle che ho già fatto?

No, non posso tornare da lei.

Non adesso.

17

La porta si richiude, ma piano. Come un contrappunto rispetto alla scena che ha appena avuto luogo. Erik se n'è andato e io lentamente scivolo lungo la parete, sprofondo a terra.

Dovrei essere contenta. Mi ha urlato contro, mi ha strattonata, mi ha dato della pazza. Da quando l'ho visto non ho desiderato che questo. Eppure, adesso che non c'è, qualcosa dentro di me si ribella.

L'ennesima dimostrazione, se mai ce ne fosse bisogno, che non sono in me. Asciugo le lacrime, poi mi tocco le braccia, piano. Fanno male. Domani mi verranno dei lividi terribili, e qualunque poliziotto non potrà che prendere in seria considerazione un'eventuale denuncia.

Ma non sono le braccia la cosa che mi fa più male. È... Non lo so nemmeno io. In quale parte del corpo si annidano i sentimenti?

È stato il modo in cui mi ha guardata. La sua frustrazione, la sua vulnerabilità, tutto quello che ha appena lasciato trasparire è stato più convincente delle dieci, venti volte in cui negli ultimi giorni mi ha detto «Ti amo». Perché certe cose non si possono simulare. A prescindere dal fatto che mi stia o meno mentendo, che siamo o non siamo fidanzati: Erik prova qualcosa per me, qualcosa di forte.

E io? Io non sono più sicura dei miei sentimenti. La sua scenata violenta è stata imperdonabile e ha aumentato la distanza tra noi, ma prima, in quel momento confuso, quando mi ha abbracciato per difendermi da Bartsch, io... io ho dovuto resistere alla tentazione di rannicchiarmi contro il suo petto. Di abbandonarmi al suo abbraccio.

Sarebbe stato così facile. Mi avrebbe fatto così bene.

Ma la parte di me che mi ha impedito di farlo forse aveva ragione. Visto che dopo una manciata di minuti Erik si è mostrato per quello che è: collerico, fuori controllo, violento.

Il fatto che pochi istanti dopo sia sembrato più spaventato di me non è una giustificazione. E nemmeno il suo pietoso tentativo di scusarsi.

Meglio che lo prenda come indizio. Forse non è la prima volta che alza le mani. La spiegazione della dottoressa Schattauer mi sembra sempre più plausibile: io conosco Erik, ma l'ho rimosso perché mi ha traumatizzata. Amnesia sistematizzata.

Quanto deve essere stato grave quello che mi ha fatto? E se il dottor Bartsch avesse intuito qualcosa? *Io sono qui soprattutto per lei e per la sua sicurezza*, ha detto, mi ha offerto chiaramente il suo aiuto.

E se i problemi di Erik sul lavoro fossero dovuti al fatto che non riesce a controllare la rabbia?

Be', se così fosse non mi sorprenderebbe la rapidità con cui ha cercato di liberarsi dello psicologo aziendale, il fatto che quasi non lo abbia lasciato parlare.

Sì, ha senso... Ma con qualche fronzolo di troppo, purtroppo. Lentamente mi alzo e vado verso la finestra. L'Audi grigia è ancora qui, Erik è andato via a piedi, tornerà. Stasera, prima o poi.

La sua macchina c'è, ma è quasi l'unica cosa sua. Il resto... Le scarpe, i libri, i suoi piccoli oggetti quotidiani... ho rimosso anche quelli? No, semplicemente non ci sono. Come posso credere che viviamo insieme? È assurdo.

D'altra parte, però, in me ci sono sensazioni che non capisco. La delusione che ho provato per il fatto che avesse parlato del mio disturbo ai colleghi. Se fosse stato un perfetto estraneo, la cosa mi sarebbe stata indifferente, no? E prima, quando ha urlato e mi ha strattonato... Mi sono spaventata, certo. Ma riflettendoci bene non ho mai avuto davvero paura che potesse farmi del male. A differenza della prima volta in cui è spuntato in questa casa, quando ho provato solo terrore. Puro terrore che ha cancellato qualunque altra percezione.

È successo cinque giorni fa, e forse sono stati i più terribili della mia vita. Com'è possibile che proprio in questi cinque giorni abbia maturato una sorta di fiducia nei confronti della persona all'origine del mio incubo? Solo per le ore che è rimasto al mio capezzale in ospedale? Bastano?

Non lo so.

Sul serio.

E non so nemmeno cosa devo fare quando tornerà. Cacciarlo via? Parlarci? Chiudermi in camera e rimandare tutti i problemi a domani? Levare le tende e cercarmi un hotel?

Guardo di nuovo fuori, ancora nessuna traccia di Erik. Cosa che mi lascia tempo per riflettere, per escogitare un piano.

In salotto c'è ancora il bicchiere mezzo pieno del dottor Bartsch, si sente ancora la scia del suo dopobarba.

È una fragranza che conosco, anche se non mi viene in mente il nome. Troppo dolce per i miei gusti, e con una nota di tabacco che un po' mi disgusta.

Porto il bicchiere in cucina e lo lavo, gesti normali che mi fanno bene. Mi concentro sulle mie azioni, l'effetto calmante è immediato.

La dottoressa Schattauer... Ecco, forse domani potrei chiamare lei. Ah, no, domani è sabato. Non fa niente, sopravvivrò al fine settimana e poi mi darò da fare per trovare il bandolo di questa maledetta matassa. Avere pazienza, aspettare di vedere cosa succede in realtà non è nel mio stile, e infatti basta, da lunedì mi attivo sul serio.

Vicino ai fornelli ci sono ancora gli scampi, sotto la confezione si è formata una pozza d'acqua. Credo siano già quasi completamente scongelati.

Già, gli scampi... Prima, quando Erik si è offerto di cucinare per me, è stata la prima volta in questi cinque giorni in cui mi sono sentita rilassata. Non vedevo l'ora di mangiare qualcosa di buono e di... chiacchierare con lui? Ero felice della sua compagnia?

Forse. Non lo so. Eppure la vista degli scampi mi suscita una sensazione di malinconia. Forse è la stanchezza, anzi l'esaurimento, perché anche se non lo voglio ammettere è così, mi sento esaurita.

Potrei buttarmi per un paio di minuti sul divano. Con una rivista... per un libro in questo momento mi mancherebbe la concentrazione.

E se mi addormento e lui intanto torna?

Il pensiero mi agita, però non mi fa paura, no. Quell'uomo mi ha tirato fuori dalla doccia quando ero svenuta e ha messo a repentaglio la sua vita. Mi ha...

Ho deciso. Quando tornerà ci parlerò, gli dirò cosa penso, fin nei minimi dettagli.

Spengo la luce della cucina. Fa freddo, mi strofino le braccia. Sì, parleremo anche di questo, della sua scenata.

Il dolore arriva così veloce e inaspettato che quando me ne rendo conto sono già a terra.

Mi rimbomba la testa, ho gli occhi pieni di lacrime, ma non c'è bisogno che mi giri per capire chi mi ha aggredito.

Sono stata io. Sono stata io a picchiare la testa contro lo stipite della porta. Più forte che potevo. E quando mi sono resa conto di quello che stavo facendo era già troppo tardi per bloccare il movimento.

Punto i gomiti, mi tiro su, ma mi accascio a terra di nuovo. Il salotto si annebbia e inizia a girare. Mi porto una mano alla tempia destra, c'è già il bernoccolo.

Altre lacrime. Dolore, ma anche disperazione. Cosa diavolo mi è preso? E perché? Come mai non riesco a controllarmi?

Provo di nuovo a tirarmi su. Devo arrivare in salotto, lì sarò più al sicuro, non so perché ma so che è vero.

Mi tremano le braccia, la casa non smette di vorticare e perdo l'equilibrio.

Crollo. È successo, stavolta proprio non era mia intenzione. Il fatto che volti la testa, e quindi sia di nuovo la tempia destra a sbattere contro il pavimento, invece è voluto... da una piccolissima, folle parte di me che se la ride sotto i baffi.

Il dolore esplode in un lampo biancastro. Si aggiunge, moltiplica quello che già provavo. Il grido che mi arriva alle orecchie, come rivestito di ovatta, deve essere il mio.

Ferma, resta giù. Non ti muovere.

È l'unico pensiero che riesco a formulare appena il dolore mi permette di nuovo di ragionare. Ferma, resta giù. Non ti muovere.

Mi concentro. Devo assolutamente impedire che accada di nuovo. La prossima volta potrei procurarmi una commozione cerebrale, se non ne ho già una. Oppure una frattura del cranio.

Anche in questo caso, quel qualcosa dentro di me la trova una buona idea.

Mi porto le mani alla testa, come per sentire le fitte, ma anche per proteggerla.

Aspetto. Non riesco a smettere di piangere. Erik ha ragione. Tutto sommato ci è andato anche leggero. Il mio *comportamento da pazza*, ha ragione da vendere.

E non sa nemmeno quanto. Sono un pericolo per me stessa, su questo non c'è dubbio. Forse anche per gli altri, per lui.

D'un tratto la possibilità che potrei essere stata io, con le mie mani, a manomettere il boiler non mi sembra più così assurda, anzi. Era il mio scialle. Anche se non ho la più pallida idea di come funzioni una caldaia e di come la si intasi... Forse il mio inconscio invece lo sa.

Serro i denti. Non succederà più, non deve. Mi concentro con tutte le mie forze, lentamente mi metto carponi ed esco dalla cucina. Senza scollare gli occhi dallo stipite che allo stesso tempo mi attira e mi fa venire il panico. Barcollo ancora, cado di nuovo, ma riesco a girare la testa e a picchiare contro lo spigolo stavolta è la mia spalla. Fa male anche lì, certo, ma è pur sempre un piccolo successo, mi sono opposta alla tentazione di farmi del male. Ho limitato i danni.

In salotto va meglio, ma non oso ancora alzarmi. Non mi fido, non più.

Cerco di rimettermi in piedi solo una volta, per prendere uno dei cuscini del divano. Tengo d'occhio gli spigoli del tavolino, anche se mi fanno molta meno paura dello stipite della porta della cucina.

Poggiare la testa sul cuscino ha un che di liberatorio. Anche se dovesse venirmi voglia di sbatterla per terra, perlomeno atterrerei sul morbido.

Lo sistemo, e vedo una macchia rossa sulla stoffa gialla. Sangue, non molto ma c'è. Quella vista mi provoca di nuovo una sorta di gioia inquietante.

Mi aggrappo al cuscino e stringo gli occhi. Conto i respiri e spero che Erik si sbrighi. Che torni presto.

Di noi due, lui è sicuramente il pericolo minore, per me.

18

Non riesco a ricordarmi quand'è stata l'ultima volta che sono venuto in questo parchetto. I miei pensieri sono tutti rivolti a Joanna e agli ultimi giorni.

E il mio inconscio, a quanto pare, ha assunto il controllo delle mie gambe e ora funge anche da navigatore.

Sono seduto su una panchina, chiudo gli occhi. Il mondo come tagliato fuori, ma non mi fa sentire meglio.

Nadine! All'improvviso nella mia testa si forma il suo nome. Perché mi viene in mente proprio ora? Perché mi sento oppresso da quello che è successo? Dalle cose che ho detto? Perché ho urgente bisogno di parlare con qualcuno che mi conosce bene? È assurdo, in un momento simile, ripensare alla propria ex?

No, non credo. Il fatto è che, nonostante le sue tante pecche, Nadine è sempre stata brava ad ascoltare. E a trovare le parole giuste per rincuorarmi, quando ne avevo bisogno.

Al lavoro l'altro giorno mi ha chiesto se avessi dei problemi. L'ha capito subito. La cosa non mi sorprende: siamo stati insieme quasi cinque anni, e dopo tutto questo tempo certe cose si capiscono al volo.

«Si sente bene?»

Un sussulto. Alzo gli occhi e trovo quelli di una signora con i capelli bianchi. Gli anni le hanno scavato rughe nella pelle, profonde sulla fronte e intorno alla bocca, più clementi vicino agli occhi. Lo sguardo preoccupato.

«Sì, grazie, sono solo...» In realtà non ho nessuna voglia di parlare con lei, nonostante le sue buone intenzioni. «Sono solo molto stanco, ma è tutto a posto.»

Lei ha qualche attimo di esitazione. Poi annuisce e se ne va.

I miei pensieri tornano a Nadine.

L'ho lasciata perché non sopportavo più la sua gelosia. Il fatto che mi controllasse, che le dovessi render conto di tutte le cose che avvenivano in sua assenza, dalle telefonate ai bicchieri di vino.

Stavamo quasi sempre insieme: di giorno al lavoro, di sera e di notte a casa. Mi mancava l'aria.

Lei all'inizio non l'ha presa bene, non riusciva ad accettarlo. Ha continuato a ripetermi quanto mi amasse, ha promesso di cambiare. Ma ormai era troppo tardi.

Poi ha capito, e per un po' si è tenuta a distanza.

Dopo un paio di mesi, un giorno me la sono ritrovata davanti nel parcheggio, in azienda, stavo tornando a casa. Mi ha chiesto se avevo mezz'ora per parlare con lei. Per un bicchiere nella birreria dietro l'angolo. Non mi andava, ma dopo che lei mi ha assicurato che non avrebbe cercato di convincermi a tornare con lei ho acconsentito.

Ho fatto tanti errori, lo so, per cui non c'è ritorno, ha esordito. Però potremmo essere amici, cinque anni mica si possono cancellare via così.

Una vera amicizia non potevo promettergliela, ma un rapporto cordiale senz'altro. Forse un bicchiere ogni tanto, quattro chiacchiere.

Sì, perché no. Cinque anni sono tanti, è vero.

L'immagine del parco si sfoca, le diverse sfumature di verde si fondono l'una nell'altra. Mi spunta una lacrima, scivola lenta sulla guancia, fino al collo.

Ho il cellulare in tasca, con il numero di Nadine memorizzato. Due squilli, poi risponde.

«Erik! Santo cielo, meno male che hai chiamato! Come stai? Ho saputo dell'incidente... del boiler, ma che è successo?»

Merda. Non ci avevo pensato. Che idiota. È ovvio che mi chieda della caldaia. In azienda lo avranno saputo tutti. E adesso cosa le dico?

«Ancora non si sa bene. I pompieri non sono sicuri. Hanno detto che forse è colpa del tempo, una questione di pressione: quando è umido il monossido di carbonio viene spinto verso l'interno. Un incidente, insomma.»

La mia voce è insicura, flebile.

«E la tua fidanzata? Lei come sta? È tornata a casa?»

«Sì, sì, ora sta meglio... Ha avuto, o meglio, *abbiamo* avuto fortuna.»

La pausa si crea senza preavviso, ma Nadine è in attesa, lo sento, è una sensazione quasi fisica. Aspetta che le riveli il motivo della mia chiamata. Con lei non mi farei mai vivo tanto per, è da più di un anno che non succede.

Poi non resiste e me lo chiede. «Perché mi hai telefonato?»

«Perché volevo parlare con qualcuno.»

«È bello che tu abbia pensato a me. Dove sei? A casa?»

«No, in un parco.»

«Vuoi che ti raggiunga?»

«No, meglio fare due chiacchiere al telefono.»

E adesso? *Da dove* comincio?

«Sicuramente avrai saputo che a casa mia ho dei problemi.»

«A parte l'incidente del boiler, intendi?»

«Sì, immagino che Bernhard lo avrà sbandierato ai quattro venti.»

«No, non lo ha fatto. Perlomeno a me non ha detto nulla. A cosa ti riferisci di preciso?»

È la verità?

«Si tratta di Jo. Io... Santo cielo, è da pazzi pensare di poter parlare con te dei problemi che ho con lei.»

«No, non lo è. Te l'ho detto, sono contenta che tu mi abbia chiamato. Vuol dire qualcosa, non credi? Ho sempre saputo che il tempo che abbiamo passato insieme aveva lasciato qualcosa. Più di un'amicizia superficiale.»

Ecco, la conversazione sta prendendo una piega che non mi piace.

«Ascolta Nadine, non è questo il punto. Jo ha dei... vuoti di memoria. Non si ricorda più una serie di cose. Cose che riguardano noi, me e lei.»

Sto sminuendo, e parecchio, ma qualcosa in me non vuole che le racconti tutta la verità. Perché in questo modo le consegnerei Joanna, la tradirei, e proprio con Nadine, dalla cui gelosia ho sempre cercato di proteggerla. Alle feste aziendali ci sono andato da solo proprio per evitare che si incrociassero: la conosco fin troppo bene per sapere che un incontro avrebbe senz'altro creato problemi.

«Be', Erik, a me una cosa del genere non sarebbe mai successa. Io di noi non ho dimenticato neanche un secondo.»

«Nadine...» Maledizione. Lo sapevo, è stato un errore.

«Ma comunque... E quindi? È già stata da uno psichiatra? È evidente che nella sua testa c'è qualcosa che non va.»

Il primo istinto è arrabbiarmi per la sua insolenza. La cosa terribile, però, è che probabilmente ha ragione.

«La dottoressa ci ha tranquillizzato dicendo che potrebbero esserci più motivi. Ma la situazione non è facile, perché le cose che Jo ha dimenticato non sono dettagli, ma... cose fondamentali. Lei... Sì, diciamo che sono abbastanza disperato. Abbiamo litigato e io me ne sono andato.»

«In che senso te ne sei andato? L'hai lasciata?»

«Lasciata? No, no. Io... me ne sono andato perché avevo bisogno di stare da solo.»

«Cavolo, che situazione... Non sembra promettere niente di buono. Ma io lo avevo previsto, ricordi? Te lo confesso, lo avevo capito fin dal primo istante che voi due, insieme, non sareste andati da nessuna parte. Anche solo per il fatto che tu, Erik, provi ancora qualcosa per me. Non lo ammetterai mai, ovvio, perché dovresti ammettere che anche la storia con Joanna è stata un errore...»

«No, Nadine, ti sbagli. Avevo solo bisogno di parlare con qualcuno.»

Breve pausa.

«Erik?»

«Sì?»

«La mia porta per te sarà sempre aperta. Voglio solo che tu lo sappia.»

«Oddio, adesso ricominci? Nadine, io amo Jo, in questo non è cambiato nulla.»

La sua voce diventa più tagliente. «No, tu *credi* di amarla, ma non è così. Stai solo rinviando la cosa nella speranza di smettere di pensare a noi. Ma non funzionerà. E comunque, Erik, lei non ti ama. Non quanto me. *Io* non ti dimenticherei mai, non dimenticherei nulla che abbia a che fare con te. Neanche un secondo del tempo trascorso insieme.»

«Okay, lasciamo perdere. Me ne torno a casa.»

«Aspetta» si affretta a replicare lei. «Non riattaccare. Se mi hai chiamato un motivo ci sarà, no? Hai ripensato a quando stavamo insieme... sbaglio? A quanto è stato bello, a quanto ci amavamo...»

«Nadine, adesso smettila...»

«No, non la smetto. Stammi a sentire, ascoltami. È da più di un anno che mi trattengo. Ti vedo ogni giorno in ufficio, e tutte le volte è come una stilettata al cuore. E l'unica cosa che mi fa sopportare questa situazione, che mi fa tirare avanti, è la certezza che prima o poi capirai quanto è forte il legame che ancora ci unisce. E adesso mi chiami perché la tua Joanna si è dimenticata cose che vi riguardano. Qual è la punizione più terribile per un fidanzato se non il voler dimenticare ciò che si ha in comune?»

Sì, questa telefonata è stata decisamente un errore.

«Per favore Erik, pensaci. Davvero credi che sia la persona giusta per te? Secondo me no.»

«Secondo me sì» rispondo, e riattacco.

Perlomeno *lo spero*, penso.

Per tornare ci metto un quarto d'ora buono. Davanti alla porta faccio un respiro profondo, poi entro. Attraverso l'ingresso e mi dirigo verso la cucina. Prima ancora di raggiungere la porta del salotto vedo Joanna a terra. Resto impietrito un secondo, poi sono subito da lei. Ha la testa su un cuscino, gli occhi chiusi.

«Jo! Cos'hai?»

Mi inginocchio, la vedo riaprire gli occhi e ammiccare.

«Oh, mio Dio. Meno male, temevo che fosse successo qualcosa.» Le poggio una mano sulla testa, vorrei carezzarle i capelli, ma lei sospira, si scansa. «No, per favore...»

Si tira un po' su e si gira verso di me. Soltanto ora vedo il gonfiore che dalla tempia destra arriva oltre l'occhio e le deforma il viso.

«Santo cielo! Ma che è successo!»

«Sono inciampata» spiega, e si tira su seduta con una smorfia di dolore. «Lo stipite della porta... sono inciampata e ci sono finita contro, con la tempia.»

«Hai già messo il ghiaccio? Te lo vado a prendere?»

«No, mi fa troppo male, non la voglio nemmeno sfiorare.»

Abbassa lo sguardo. «Sai... credo di averlo fatto di proposito.»

Non capisco. «Scusa, come hai detto? In che senso... di proposito?»

I suoi occhi si sgranano nella mia direzione. Ha un aspetto terribile. «Ecco... è possibile che abbia cercato di ferirmi... di proposito.»

Adesso capisco. Oh, no. Ci mancava solo questo.

«Ma... ma se tu...» Scuoto la testa. «Come può essere possibile?»

«Non lo so.»

Un'idea mi schizza nel cervello. La scruto. «Jo, lo hai fatto perché avevamo litigato? Per punirti? Una cosa del genere?»

«Non lo so» ripete lei, con una voce così flebile che, più che sentire, immagino quello che dice.

Dentro di me l'istinto di abbracciarla combatte con la voce che mi esorta a chiamare immediatamente un'ambulanza e farla ricoverare in una clinica psichiatrica.

«È... è difficile» dico io sentendo quanto è debole anche la mia voce. Dovrei dirle che tutto si sistemerà e che io resterò al suo fianco. Che insieme supereremo ogni cosa.

Ma non ne sono più così sicuro. Non solo nella mia testa, anche nel mio cuore al momento regna il caos più totale. Niente è più come sei giorni fa. La amo. *Voglio* amarla. Nonostante tutto. Ma non so se ne ho la forza, non so per quanto posso ancora sopportare questa situazione. E se fosse la mia presenza a spingerla a fare queste cose, allora...

«E se per un paio di giorni mi prendessi una camera d'albergo? Che ne dici? In modo che tu possa fare chiarezza dentro di te? Forse se non mi hai sempre intorno ti ricorderai...»

So che è una proposta folle, ma in questo momento non mi viene in mente nient'altro. Il suo sguardo cambia, ma a causa della botta non è facile interpretare l'espressione.

«No, per favore, non te ne andare. Non adesso.»

«È che al momento ho la sensazione di renderti le cose più difficili.»

«No, non è vero. Cioè, quando sei spuntato, cinque giorni fa, ho avuto paura, ma al momento... con te a fianco mi sento più sicura.»

«Io... io non sono spuntato qui... io vivo qui da più di sei mesi, insieme a te.»

«D'accordo, ma per me ci sei soltanto da cinque giorni. Non posso farci nulla. Erik...»

«Jo, ma cosa ti aspetti che faccia? Non hai fatto altro che dirmi che me ne dovevo andare... e adesso, quando capisco anch'io che forse è la cosa giusta da fare, dici che mi vuoi qui. Jo, non so quanto reggerò ancora con questi continui tira e molla...»

Joanna mi prende la mano. È la prima volta che lo fa da quando è iniziato questo incubo. Lo ha fatto perché vuole davvero la mia vicinanza? O c'è un altro motivo?

«Per favore, resta. Parliamo... ti va?»

«Sì, ma... quanto ci metterai a cambiare idea, a ridirmi che me ne devo andare? Jo, una cosa ti assicuro: la prossima volta che me lo chiederai lo farò. Me ne andrò per sempre.»

19

Lui resta. E, se devo essere del tutto sincera con me stessa, se se ne fosse andato, proprio non saprei cosa avrei potuto fare. A parte, forse, chiamare un'ambulanza e farmi ricoverare. Ma solo all'idea inizio a tremare. Non voglio guarire a forza di pillole, voglio sapere cosa mi sta succedendo.

Nella mia testa imperversa il dolore. Se mi viene la nausea, dice Erik, dobbiamo andare subito in ospedale, perché vuol dire che si tratta di una commozione cerebrale. Ma all'idea di rimettere piede in una struttura sanitaria, quasi mi si capovolge lo stomaco.

Erik mi convince a prendere due aspirine, e soprattutto a lasciargli tamponare la tempia con del ghiaccio secco. Se avessi un briciolo di voglia di scherzare, gli butterei lì di prendere gli scampi, giusto per non sprecarli. Ma non mi va nemmeno di parlare. Continuo a cercare la sua mano e a stringerla. Perché al momento non c'è niente di cui abbia più paura che rimanere sola con me stessa.

Forse Erik ha capito che è soprattutto questa paura che mi sta avvicinando a lui, ciò nonostante la mia improvvisa fiducia non sembra dispiacergli, anzi. Si occupa di me, mi cambia il ghiaccio, risponde alla stretta della mia mano... Ma la sua mente è altrove.

Dopo una mezz'oretta va meglio, perlomeno quanto basta per far sì che io mi alzi e salga in camera da letto.

Erik mi aiuta a svestirmi, mi copre, avvicina una sedia al letto e si piazza lì, accanto a me. Come un padre con la propria figlia.

«Volevo dirti che mi dispiace per come mi sono comportato prima» dice. «Non avrei dovuto alzare la voce, né strattonarti. È che all'improvviso è stato troppo... Non ce l'ho fatta. So che non è una giustificazione, però...» La frase resta in sospeso. Guarda a terra.

Se non mi facesse così male annuirei con la testa. Perciò dico solo: «Okay».

«Allora buonanotte.» Fa per alzarsi, ma io gli riprendo la mano. «No, per favore...»

Il volto incredulo. «Davvero? Vuoi che dorma qui?»

Sì... Cioè no. Soprattutto, non voglio restare da sola, non voglio che il mio inconscio riprenda il sopravvento su di me e mi spinga a buttarmi dalla finestra o a fare un'altra follia del genere.

«Voglio che resti con me» dico in un sussurro.

Lui mi guarda, a lungo. Mi carezza la testa, piano, vicino al rigonfiamento. «Jo, sai quanto lo vorrei anch'io... Ma te lo ripeto, è ora di smetterla con i tira e molla, perché fanno male... Te lo dico sinceramente, io sono allo stremo delle forze.»

«Va bene.» Mi sforzo di sorridere. «Nella cassapanca di là c'è una coperta...»

«So dove sono le nostre cose» m'interrompe. «Ma comunque grazie.»

Cinque minuti dopo si distende accanto a me. A una distanza tale da non potermi toccare, neanche per sbaglio, nemmeno una volta. Tuttavia, nella notte, a un certo punto mi sveglio e sento il braccio di Erik intorno alla mia vita, il suo respiro calmo nella schiena, e per una manciata di secondi spero che nella mia testa rispunti qualcosa. Invece niente. Niente di niente.

Il giorno dopo sto meglio. Il dolore è diminuito, e anche la paura di perdere il controllo sulle mie azioni.

Appena si accorge che sono sveglia, Erik si alza. «Vado a preparare la colazione.» Bagno, la doccia che scroscia. Dentro di me qualcosa si rattrappisce, ma ormai lo scialle non c'è più, il tubo è libero.

Qualche minuto dopo lo sento scendere i gradini e mi alzo anch'io.

Vedere la mia faccia nello specchio del bagno è uno shock: il lato destro non è più tanto gonfio, in compenso è blu-violaceo, dalla fronte fino al mento. Mi basta sfiorarlo perché sussulti. I getti dell'acqua, anche se al minimo, sono come spilli.

Forse dovrei nasconderlo con del trucco? Decido di no. Perlomeno fino a quando non dovrò uscire e rispondere a domande per cui non avrei risposta. *Sono caduta dalle scale.* Un classico delle mogli maltrattate.

Però mi spazzolerò i capelli e cercherò di coprire i lividi con quelli, in modo che Erik non debba avere continuamente davanti agli occhi il mio *comportamento da pazza.*

Dalla cucina sale un buon profumo di caffè, e mi rendo conto di avere una gran fame. Una bella sensazione, una sensazione normale.

«Siediti» dice Erik indicando con la schiumarola la tavola apparecchiata. «Uova e prosciutto... ti vanno? Vuoi del succo d'arancia?»

La mia tazza preferita, la schiuma del latte che quasi trabocca, prosciutto, un piattino di formaggi... Sì, è tutto come piace a me. Allora mi conosce... mi conosce sul serio?

Stiamo per iniziare a far colazione quando suona il campanello, il mio cuore accelera all'istante. Maledizione, siamo al punto che qualsiasi rumore mi fa entrare nel panico?

«Forse è il postino» dice Erik con un sospiro. «Pazienza, chiunque sia me ne sbarazzo subito. Tu inizia a mangiare altrimenti si raffredda tutto.»

Annuisco, ma non appena Erik esce dalla cucina poso la forchetta.

E se fosse di nuovo quello psicologo?

«Buongiorno!» Una voce di donna. «Sì, lo so che non mi aspettavate, ma ho pensato di passare a vedere come state. Ho portato panini e croissant!»

Ci vogliono diversi secondi prima che Erik replichi qualcosa. E poi: «Credevo di essere stato chiaro».

«Sì, ma che non ve la passaste bene era evidente, quindi...»

Ticchettio di tacchi sulle mattonelle dell'ingresso. «Mmm... che profumino!»

È già sulla porta della cucina. Ricci scuri, minigonna, scarpe alte e un entusiasmo quasi aggressivo. Mi guarda, sgambetta verso di me e mi porge la mano. «Lei deve essere Joanna, giusto? Ci diamo del tu, che dici? In Australia non badate a queste formalità, vero? Felice di conoscerti, sono Nadine.»

Lascio che mi scuota la mano, sopraffatta da tanta energia. Vedo i suoi occhi indugiare sulla metà destra del mio viso e poi, come colti in fallo, spostarsi altrove.

Dietro di lei spunta Erik, con i panini in mano. «Sì, Jo... lei è Nadine.»

Come se questo dovesse dirmi qualcosa... Dalla mia espressione capisce subito che non è così. «Una mia collega e...»

«E un tempo, come sicuramente già saprai, stavamo insieme» interviene Nadine. Si gira verso Erik. «Non è che potresti fare un caffè anche a me? Sarebbe fantastico, grazie.»

Lui fa una faccia da cui si capisce benissimo che vorrebbe porre fine a questa visita su due piedi, ma che non potrà usare gli stessi metodi utilizzati il giorno precedente con Bartsch.

«Latte?» chiede. «Zucchero?»

Il sorriso di Nadine si allarga. «Sai benissimo come mi piace.»

Come se intendesse tutt'altro. Se i miei problemi non oscurassero tutto il resto, compresa la mia vanità, in questo momento inizierei di sicuro a farmi paranoie sull'abissale differenza tra il suo aspetto e il mio. Lei si è data da fare, è evidente: trucco perfetto e tailleur impeccabile, un corpo modellato ad arte. Forse troppo per passare da un buon amico il sabato mattina a portargli la colazione.

Quanto a me, di certo non si può dire che mi sia impegnata: indosso una maglietta scolorita e un vecchio paio di pantaloni da jogging, in più ho la faccia coperta di lividi... sembra che Erik mi abbia appena raccattata per strada, peggio di una barbona.

Ma non me ne importa un bel niente, constato con un certo divertimento.

L'unica cosa che conta in questo momento è guardare lo stipite della porta senza provare la voglia di sbatterci la testa contro.

Erik poggia una tazza piena di caffè davanti alla sua ex, con un po' troppo slancio, qualche goccia trabocca.

Ma facciamo tutti finta di niente. «Sono contenta che andiate di nuovo d'accordo» dice Nadine guardandomi. «Erik odia litigare.» Beve un sorso del caffè, scuro come i suoi capelli. «Davvero, mi sono preoccupata, ieri sera era sembrato così disperato.»

«Nadine!» Una sola parola, che però tuona come un monito di avvertimento e di disprezzo.

«Che c'è?» fa lei girandosi verso di lui e accavallando le gambe. «È la verità. Mi hai chiamato, di tua spontanea volontà.»

L'ha chiamata? Ha parlato di me con una perfetta estranea, le ha aperto il cuore descrivendole il mio *comportamento da pazza*? Serro i denti, evito lo sguardo di Erik e allo stesso tempo mi dico che è una reazione idiota. Cosa pensi di me la sua ex infighettata non mi deve neanche sfiorare. Ieri Erik aveva bisogno di parlare con qualcuno. Un bisogno che capisco.

Alzo gli occhi, e lui scuote la testa a mo' di scusa. «Guarda, adesso però preferirei che te ne andassi» dice rivolto verso di lei.

«Grazie per i panini, ma in questo momento abbiamo bisogno di stare un po' da soli.»

Nadine annuisce, sorride, si finge comprensiva. «Posso finire almeno il caffè?»

«Se proprio devi.»

Ora sembra ferita. «Be', ieri mi eri sembrato diverso, ma capisco perché la mia presenza non sia gradita.» E squadra la metà destra del mio viso, apertamente.

Io quasi non posso fare a meno di ghignare. «Ti sbagli.»

Lei ha capito benissimo cosa intendo, ma fa l'ingenua. «Mi sbaglio?»

«Erik non ha niente a che fare con i miei lividi. Perché è questo che stai pensando, non è vero?»

«Be', ma è così, più o meno, no?» replica dopo qualche attimo di esitazione. «Mi ha chiamato completamente fuori di sé e il giorno dopo passo a trovarvi e...» Accenna con un movimento della mano al mio viso. «Quando stavamo insieme Erik non è mai stato violento» aggiunge con un filo di voce.

Con questo ha oltrepassato il segno; lui si avvicina, si mette dietro di me e mi poggia una mano sulla spalla. «Sì, Nadine, in questo hai proprio ragione» dice, fin troppo piano. «Non lo sono mai stato, e non lo sarei mai. Figuriamoci con Jo, per la quale provo sentimenti che per te non ho mai provato.»

Lei ha un sussulto, come un colpo di frusta. «Ah sì?» risponde dopo un paio di secondi. «Be', allora lasciami almeno dire che il tuo buon gusto è decisamente colato a picco, non sapevo che ti piacessero le donne insulse, pallide e trasandate.»

Errore. Se ne rende conto mentre sta ancora parlando, glielo leggo negli occhi.

«Okay, okay, ho detto una stupidaggine» cerca subito di rimediare, per poi sorridermi in segno di scusa. «So che sei appena tornata a casa dall'ospedale, ma è davvero strano, proprio non sei il suo tipo.»

La stretta di Erik sulla mia spalla aumenta. «Te lo devo ripetere un'altra volta? Sì, forse è il caso. Io amo Jo, e la trovo bellissima. Te l'ho già detto ieri, e potrei ripetertelo all'infinito.»

«E io ti ho detto che insieme non ci azzeccate un accidenti» sbotta allora Nadine passando al contrattacco. «Sei stato tu stesso a dire che lei si dimentica cose che vi riguardano. Che razza di relazione è?» Mi sfiora con lo sguardo, stavolta senza un briciolo di compassione. «Tu la picchi e lei nega, è questo quello che succede nei rapporti di dipendenza stretta. E guarda come la stai tenendo adesso, o meglio come la stai spingendo giù, annientando...»

Erik scoppia a ridere, ma lei non demorde. «Sei venuta per dirmi che io la maltratto e poi spiegarmi che tu saresti la scelta giusta? Sei pazza? Ma sentiamo, come ti eri immaginata la scena...? Pensavi che ci avrei riflettuto un paio di minuti e poi l'avrei piantata per venir via con te? Davvero credevi che sarebbe andata così?»

Su questo non può dire nulla, e infatti resta zitta. «No, sono venuta per ricordarti che una relazione può essere diversa dal caos totale che stai vivendo in questo periodo. Se non volevi il mio aiuto, perché mi hai telefonato, ieri?»

«In tutta sincerità, è quello che mi sto chiedendo anch'io» replica Erik. «È stato un errore, è chiaro. Lo avevo capito già ieri, mentre parlavamo. Adesso, per favore, vattene.»

Lei fa finta di non aver sentito, beve un sorso di caffè, forse pensa a una nuova strategia.

Io la osservo in silenzio, un po' stranita. Poi d'un tratto lei mi squadra con gli occhi stretti. «Erik dice che tu hai dei vuoti di memoria... che riguardano proprio lui. Sai, io credo che sia molto significativo. Forse lui ti ama, ma tu?»

Ecco, con questa domanda mi manda in crisi. Le parole che mi ritrovo sulla punta della lingua, *nemmeno lo conosco*, non vanno bene, no, non posso pronunciarle. Inoltre, data la situazione, rispondere no sarebbe crudele e sleale nei confronti di Erik. E... di fatto lui sta iniziando a piacermi. Forse è poco saggio, un rischio, se non proprio una pazzia, soprattutto dopo il suo ultimo ascesso di rabbia... Lui intanto è sempre dietro di me, il calore delle sue mani si diffonde in tutto il mio corpo. Sta aspettando una risposta, proprio come Nadine.

«Sai, io non credo di essere tenuta a render conto a te dei miei sentimenti» rispondo con una buona dose di durezza. «Nemmeno ci conosciamo. Quello che provo per Erik non sono affari tuoi.»

Lei scoppia a ridere. «Be', se è così, allora buon divertimento! Però ecco, io lo conosco da più tempo di te, e lui non sta bene, si vede, e se il motivo sei tu quel che è certo è che non resterai nella sua vita ancora per molto.»

Erik molla la mia spalla e fa un passo verso Nadine. «Mi conosci molto meno di quel che pensi, altrimenti sapresti quanto mi stai sembrando ridicola ora. Sei stata tu a insistere che restassimo amici, dico bene?» Si china verso di lei, poggiando entrambe le mani sul tavolo. «Be', direi che la nostra amicizia finisce qui. E te lo ripeto ancora una volta, sillaba per sillaba: Io a-mo Jo-an-na. E tu sei l'ultimo essere sulla faccia della terra che potrebbe cambiare questo stato di cose.»

Adesso sembra così ferita da farmi quasi pena. «Okay» sussurra. «Io ero venuta con buone intenzioni, sul serio... volevo...» Si alza, prende la borsa. «Non fa niente, è stato un errore.»

Sulla porta si gira un'ultima volta, guarda Erik e se ne va senza aggiungere altro.

20

La visita di Nadine ha avuto qualche effetto. Forse anche su Jo, di sicuro su di me. Dentro di me.

Il calore che percepivo quando ero vicino a Joanna, quando ci siamo guardati e parlati... Ieri non riuscivo a sentirlo. L'ho cercato, ho sperato che ci fosse ancora, temuto che potesse essere svanito per sempre... Era questa la cosa per cui ero più disperato.

Adesso invece quel calore è tornato. Lo sento di nuovo, senza ombra di dubbio.

«Mi spiace» dico, ed è vero. «Chiamarla è stato un errore, ma mi sentivo così...»

«Capisco, non ti devi preoccupare.» La sua voce, il suo sguardo: come ho potuto pensare anche soltanto per un istante di rinunciare a una donna simile? Qualunque cosa le sia successa, non è colpa sua. E in questa fase difficile ha bisogno di me, più che mai.

Davvero avevo pensato di abbandonarla?

«Lei ti ama ancora.» Non è un rimprovero, è una semplice constatazione.

No, non voglio parlare di Nadine. È solo un fattore di disturbo in questo momento.

«Non è importante, adesso. Lei non è importante, e da tanto ormai. Jo, lei non è mai stata quello che tu sei per me. Nessuna donna lo è mai stata, e mai potrà esserlo. Quanto vorrei che potessi non solo credermi, ma saperlo di nuovo. Come lo sapevi fino a qualche giorno fa.»

«Sì, anch'io lo vorrei.» Fa un passo verso di me, negli ultimi giorni non l'aveva mai fatto: ogni suo movimento era stato per allontanarsi.

I nostri sguardi sono come uniti da un ponte immaginario, attraverso il quale questo calore meraviglioso dal suo corpo fluisce direttamente al mio.

«Erik, io ti credo. Non riesco ancora a ricordarmi nulla di quello che mi hai raccontato di noi... ma ti credo. Sento una specie di fiducia, forse è l'inizio di un ricordo.»

«Oh, sarebbe bello.»

Un altro passo. Ormai siamo divisi da appena mezzo metro.

«È solo che ho paura. Lo capisci, questo?»

Penso alla sua situazione: non sa se le stanno rifilando l'inganno del secolo, se sta perdendo il senno, o se lo ha già perso.

«Sì, Jo, lo capisco benissimo.»

«Io ti credo, ma ho una paura terribile a mettermi nelle tue mani. Perché se lo faccio, e poi viene fuori che...»

Sta cercando le parole giuste per descrivere quello che sente senza ferirmi.

«...Se venisse fuori che ti sto mentendo?»

«Be', sì... che tu, qualunque possa essere il motivo, mi stai ingannando. Perché non lo sopporterei. Per me è già tutto così difficile. L'incertezza, i dubbi, la paura di impazzire.»

L'ultimo passo che ci divide lo faccio io. Cerco le sue mani, le sfioro una coscia. Lei non si tira indietro. Le nostre dita si toccano, s'intrecciano. Il cuore mi rimbalza in gola, le vene del collo si gonfiano. Quante volte siamo già stati in questa posizione, quante volte ci siamo guardati, accarezzati? Eppure oggi è diverso.

Oggi c'è qualcosa che ricorda l'eccitazione dei primi contatti, la trepidazione di quando uno non sa se il suo impacciato tentativo di avvicinamento verrà ricambiato. Ma anche la consapevolezza di conoscere già la sensazione delle mani che osano, seppur prudenti, e ti accarezzano tutto il corpo. È una situazione paradossale, un mix folle che non avevo mai provato prima.

Il cuore sta per saltarmi fuori dal petto, il viso di Jo è a pochissimi centimetri dal mio. Posso sentire il suo respiro, assorbirlo attraverso le sue labbra dischiuse. Si posa, come un unguento, su tutto ciò che ha causato sofferenza.

Qualcosa mi attira verso di lei, una specie di risucchio dal quale non riesco e non voglio sottrarmi. A questa distanza i suoi occhi sono enormi, due mari azzurri sfumati in cui mi lascio precipitare.

Le nostre labbra si sfiorano, esitanti, quasi timide. Respiriamo l'uno nella bocca dell'altra, scandiamo il tempo con un ritmo nuovo. Non più dettato dallo scorrere dei secondi, ma dai nostri respiri. La sua mano si scioglie dalla mia, due battiti dopo me la sento sul collo. La punta della sua lingua percorre giocosa il contorno della mia bocca, ma si tira subito indietro, come un animale spaventato, proprio quando sto per andarle incontro. Poi ritorna, come per stuzzicarmi.

Tutto mi spinge verso Joanna, con un'intensità mai provata prima, il più vicino possibile a lei. Eppure assecondo i suoi teneri movimenti. Un prudente assaggio dell'altro, poi, il primo bacio.

I fatti degli ultimi giorni, il dolore, la disperazione, la rabbia... D'un tratto si dissolvono. Restiamo così per alcuni istanti, forse minuti, prima che lei finalmente permetta alle nostre lingue di incontrarsi. Il tempo si azzera, ogni cosa intorno a noi perde significato nell'attimo in cui questo gioco titubante si trasforma in un bacio vero, e ci immergiamo l'uno nell'altra.

Le mie mani cingono la sua vita, si spostano verso la schiena, la tirano verso di me. Sento il suo corpo contro il mio, il respiro che accelera. Il bacio diventa più passionale, le mani iniziano a scivolare incontrollate. Accarezzano, toccano, esplorano. Il mio ventre preme contro il suo, i fianchi iniziano a muoversi, strofinarsi, non posso fare niente per bloccarli, e nemmeno voglio. Sento che lei mi asseconda, che si abbandona al mio ritmo, si lascia guidare da me come in una danza. Sospira. Sento i suoi gemiti. Li sento con le orecchie, e sulle mie labbra. Il bacio diventa ancora più intenso, più esigente.

E poi basta, finito.

Di scatto la bocca di Joanna si stacca dalla mia. Le sue mani si posano sul mio petto e mi allontanano.

«Jo» dico in un sussurro, rifiutandomi di aprire le braccia che ancora le cingono la vita.

Lei scuote la testa e fa un respiro profondo.

«Era tutto bellissimo, ma io...»

Stavolta non completo la sua frase, aspetto che sia lei a trovare le parole che sta cercando. Io sono ancora così agitato che non ho la più pallida idea di cosa stia pensando.

Che questo bacio abbia risvegliato in lei un ricordo? Forse pensa che sia stato un errore? Davvero, non lo so.

«È che sono così confusa... ho paura.»

«Di me? Ancora?»

«No, Erik, non di te, di me stessa.»

«Non capisco.»

Lei abbassa gli occhi e si tocca la metà del viso violacea. «Nemmeno io, in alcuni momenti mi sento estranea perfino a me stessa... Quanto lo sei tu.»

«Ancora nessun ricordo? Niente di niente?»

Scuote la testa.

«Però adesso riesco a immaginarmelo... di essermi innamorata di te.»

Be', perlomeno non mi respinge più. Forse sente che c'è qualcosa che ci unisce, che... all'improvviso si riavvicina, sento di nuovo le sue labbra. Stavolta non timidamente, come un gioco, ma come ci siamo sempre baciati. Con passione, una passione tenera.

Poi tira indietro la testa e sorride.

«Ma è stato bello comunque.»

A volte basta così poco per trasformare l'angoscia in sollievo. Non mi sento liberato dalle preoccupazioni che mi attanagliano, ma inaspettatamente percepisco una sorta di eccitazione, quella che si prova davanti a un nuovo inizio. La speranza che tutto si chiarirà e volgerà per il meglio, che succederà davvero.

«Sì» dico ricambiando il suo sorriso. «È stato bellissimo.»

«Ho voglia di uscire, di prendere una boccata d'aria. Facciamo una passeggiata?»

Vedo subito l'immagine di noi due nel parchetto, abbracciati, le teste vicinissime.

«Volentieri.»

Diventa una camminata lunga. Non parliamo molto, camminiamo e non siamo avvinghiati, ma le nostre mani continuano a cercarsi. Si sfiorano, quasi per caso, liberando un brivido di dolcezza in tutto il corpo.

Siamo di nuovo davanti a casa quando Joanna d'un tratto si ferma e mi guarda. «Per favore, potresti darmi il tuo numero di cellulare?»

Per un momento resto disorientato. «Sì, certo... pensavo lo avessi... ma sì, certo.»

«No, non ce l'ho. Ma dovrei, non credi?»

Poco dopo siamo seduti insieme nel salotto, sul divano. Joanna mi guarda in tutt'altro modo rispetto agli ultimi giorni.

«Ti andrebbe di raccontarmi ancora qualcosa di noi?»

«Cosa vuoi sapere?»

«Tutto» risponde. «Voglio sapere tutto.»

21

Quando smettiamo di parlare è già buio. Mi accorgo che dalla colazione non ho messo nulla sotto i denti: il mio stomaco brontola, delicato ma insistente. «Ti va di cucinare qualcosa insieme?» Mi giro verso Erik e con un dito seguo i tratti del suo viso. Familiari ed estranei allo stesso tempo. Sempre più familiari, però, a poco a poco. «Era quello che volevi fare ieri, no?»

Sorride. Il modo in cui mi guarda quando lo tocco... c'è così tanto sentimento, un sentimento contagioso... Da quando non lo vedo più come una minaccia ho iniziato ad accorgermi di quanto sia attraente. E, cavolo, sta sempre al mio fianco, giorno e notte. Come bacia poi...

«Che ti ridi?» Mi prende il viso tra le mani, attento a non sfiorare i miei lividi.

«Non te lo dico.»

Di nuovo la sua bocca sulla mia, la sua lingua, prima dolce poi più passionale, urgente. Gli mordo un labbro. «Fame.»

«Sì, lo vedo.» Sorride, mi prende per mano e mi spinge verso la cucina. «Niente scampi, direi... Che ne dici degli spiedini di pollo? Magari con la tua super insalata di pomodori? C'è tutto ciò che serve.»

Solo il pensiero raddoppia la mia fame. «Mi sembra un piano fantastico.»

Tira fuori il necessario dal frigo. «Allora, io la carne, tu le verdure. È una cosa che facciamo spesso, hai presente?» Per le ultime due parole, già mentre le sta pronunciando, è visibilmente dispiaciuto.

Scuoto il capo. «No, purtroppo. Ma mi pare una buona divisione dei compiti.»

Punta lo sguardo verso il piano di lavoro, alle sue spalle il frigo è ancora aperto. «Spesso è così, ma non sempre. Per esempio delle bistecche ti occupi tu, hai la mano migliore.»

Riesco a vedere con quanta disperazione vorrebbe poter condividere con me questi ricordi, ma per quanto mi sforzi le immagini non riappaiono, vuoto totale.

«Probabilmente perché è da quando sono piccola che le preparo con mio padre, per le grigliate...» *Questo* ricordo c'è, limpido come il vetro. Papà e le sue enormi, adorate bistecche di scamone.

«Be', allora dai... al lavoro!» Erik tira fuori dal cassetto gli stecchi per gli spiedini e inizia a tagliare la carne.

Lavo le verdure sotto l'acqua calda perché per me non c'è niente di peggio di un'insalata di pomodori gelata.

Erik si mette a canticchiare, una melodia che lì per lì non riconosco. Con un po' di immaginazione potrebbe trattarsi di *Strangers in the Night*. Inizio a cantare anch'io e tiro fuori il coltello dal ceppo. Quasi non devo fare forza, taglia i pomodori come se fossero fatti di burro. Fettine perfette, ognuna larga mezzo centimetro, rosse e succose.

Something in your eyes was so inviting,
something in your smile was so exciting,
something in my heart told me I must have you.

Andiamo avanti come in automatico, è divertente. Nel giro di pochi minuti ho tagliato cinque pomodori e li ho messi nell'insalatiera, senza perdere neanche una goccia di polpa.

Olio d'oliva e aceto sono già pronti, ma... le cipolle, mancano le cipolle. Spero di averne ancora in frigo, ne basterebbe anche solo una. Devo solo aprire lo sportello e controllare... Ma niente, resto come bloccata. Non riesco a scollare gli occhi dai pomodori, da questo rosso...

Dentro di me mi sento così leggera. Ho voglia di cantare, quasi di mettermi a ballare. Il peso dei giorni passati non c'è più, è svanito.

E poi all'improvviso un arco argentato, meraviglioso, come un lampo tondeggiante che guizza verso l'alto... L'ho appena creato io con un unico movimento fluido.

Un blocco, della durata di mezzo respiro. E poi... la caduta a piombo e il colpo. Come un falco che si lancia in picchiata su una preda che non vuole lasciarsi sfuggire per niente al mondo.

Quel punto della schiena vicino alla spina dorsale, sotto la scapola. Finalmente.

Il tempo rallenta, quasi si ferma. Vedo scendere il coltello, lo seguo con lo sguardo, con una gioia che ho provato raramente, e una paura che mi manda in tilt.

Una piccola parte di me vorrebbe arrestare questo movimento, ma il resto è più forte. Il resto vuole vedere la lama conficcarsi nella schiena di Erik... E non una volta sola, ma ancora e ancora.

In questo esatto momento lui gira la testa... sgrana gli occhi, si scansa... alza un braccio per difendersi e blocca il coltello.

Rosso, fiumi di rosso luccicante.

Per alcuni secondi osservo affascinata la macchia che si allarga sulla manica della camicia di Erik, poi inizio a capire cos'è appena successo.

Cosa ho fatto.

No, per favore, no...

Sono io che strillo, non lui. Lascio cadere il coltello sul piano da lavoro, la lama che mi ossessiona da giorni e con cui ho appena colpito Erik. Così, di punto in bianco.

«Oh, mio Dio!» Faccio un passo verso di lui, ma lui si sposta. Con un'espressione negli occhi che non gli avevo mai visto. Stupito, deluso, scioccato... Mi si stringe il cuore.

Poi passa, si trasforma nella percezione opposta. E vado di nuovo verso di lui.

«Non ti muovere, resta dove sei.» Nella sua voce, fino a qualche attimo prima piena di affetto, adesso c'è solo gelo. E lo capisco, eccome se lo capisco, però...

La prima cosa che mi viene in mente è prendere un rotolo di carta da cucina, uno di quelli nuovi. Per premerglielo contro il braccio e bloccare l'emorragia. Stavolta, però, è lui a gridare. «Ti avevo detto di non muoverti! Un altro passo e non rispondo più delle mie azioni!»

Il sangue ha già inzuppato la manica e gocciola sul pavimento. Erik si tocca la ferita, sembra sentirla solo adesso.

«Mi spiace» ripeto, e inizio a piangere, a odiarmi. Per il fatto che non riesco a spiccicare nient'altro a parte queste ridicole, insignificanti scuse. Come se potessero davvero rimettere a posto le cose.

E non capisco. Non *mi* riconosco. Perché? Era tutto così perfetto...

«Tu sei completamente pazza.» A ogni parola Erik scuote la testa. «Pazza e pericolosa. No, stammi lontana.» Alla sua freddezza si è aggiunto qualcosa di nuovo. Disprezzo?

Comprensibile, ovvio. Se adesso dicessi quello che ho sulla punta della lingua, cioè che non so perché ho fatto una cosa del genere, visto che mi stavo innamorando di lui, non farei altro che peggiorare le cose.

Pazza e pericolosa.

Ha ragione. Devo farmi ricoverare. Il prima possibile.

Ma adesso Erik ha bisogno del mio aiuto. «Vado a prendere la cassetta del pronto soccorso. Dobbiamo fermare l'emorragia e...»

«*Noi* non dobbiamo fare un bel niente.» Continua a fissarmi. «Tu... tu volevi piantarmi il coltello nella schiena, dico bene? Se non mi fossi girato in tempo adesso sarei morto. Tu... mi avresti ucciso! Così su due piedi.»

Quello che dice è la verità. È una tragedia di dimensioni apocalittiche, ma è la pura verità. E come minimo ha il diritto di saperlo.

Annuisco.

«Jo, perché?» Adesso nei suoi occhi vedo una specie di dispiacere. Per tutto quello che c'era un tempo tra noi, forse, anche se io non lo ricordo. Per tutto quello che ancora sarebbe potuto esserci.

«Non lo so.» I singhiozzi coprono le mie parole. «Davvero. È successo e quasi non me ne sono resa conto neanch'io. Sono la prima a capire quanto possa sembrare assurdo quello che sto dicendo, ma è andata esattamente così. Come se stessi solo assistendo a quello che facevo. Non avevo intenzione di farti del male, giuro, eppure ti ho quasi ammazzato. Hai ragione, sono pazza.»

Lui non replica nulla, ma non rincara la dose. Tutta la sua attenzione adesso è rivolta al suo braccio; l'emorragia è più lenta, ma non si è ancora bloccata.

Indico esitante il rotolo di carta da cucina, poi supero Erik, vado verso l'ingresso e le scale. Mi tremano le gambe, e quasi non riesco a salire i gradini.

In bagno guardo il pannello del boiler che non è stato ancora risistemato. Sì, sono stata io. Non c'è altra spiegazione, se si vuole trovare un minimo di logica in questi ultimi giorni così assurdi.

Se lui non si fosse girato in tempo...

Adesso sarei accanto al suo cadavere, seduta in una pozza di sangue a stringere ancora in mano il coltello. E senza avere la più pallida idea di come possa essere successo.

Ci è mancato pochissimo.

Con le dita irrigidite tiro fuori la cassetta del pronto soccorso dall'armadietto, trovo il disinfettante e le garze sterili. Porto tutto di sotto.

Erik si è seduto su uno sgabello e si è tolto la camicia, se la sta premendo contro il braccio. È pallido. Poggio la cassetta sul bancone, vorrei medicarlo, ma lui scuote la testa. «Non ci pensare nemmeno. Non provare a toccarmi.»

«Ma tu da solo non puoi...»

«Posso eccome.» Con il mento mi fa cenno di allontanarmi, poi inizia a pulirsi la ferita.

Un taglio netto, profondo, da cui continua a sgorgare sangue. Ci vogliono dei punti.

A fatica Erik ci mette sopra una fasciatura e poi cerca di fermarla con una garza elastica, ma con una mano sola è impossibile.

«Ti aiuto... ti prego, lascia che ti aiuti.»

Non risponde, ma raddoppia lo sforzo.

Mi avvicino, gli prendo il rotolo di garza dalla mano e lui non si oppone. Lui regge la fasciatura, io la fermo.

«Lascia che ti porti in ospedale.»

Scoppia a ridere. «Scordatelo.»

«Ma hai bisogno dei punti.»

Si passa una mano sulla fasciatura. Regge. «Certo che ho bisogno dei punti, ma l'ultima cosa che voglio, adesso, è mettermi in macchina con te alla guida.»

Guarda a terra la camicia strappata e piena di sangue. «Mi cambio e poi vado. Da solo.»

Si alza, barcolla, ma riprende subito il controllo.

Mi piazzo davanti a lui.

«Lascia che ti accompagni.»

«No.»

«Guidi tu. Ma non posso lasciarti andare da solo, non in questo stato.» Mi rendo conto di quanto debbano sembrargli illogiche le mie preoccupazioni, eppure voglio fare qualcosa; se potessi, tornerei indietro nel tempo e cancellerei quello che è appena successo, ma non posso. Ora però vorrei... Sì, vorrei essergli d'aiuto.

«No, vado da solo. Non voglio averti accanto e avere paura che tu da un momento all'altro possa prendere il volante e farci schiantare contro un muro. O che tu possa estrarre dalla tasca un altro coltello, o prendere e saltare fuori dall'auto a centocinquanta all'ora.» Mi guarda. «Joanna, è finita. Spero che ti farai aiutare, lo spero per il tuo bene. Non posso stare con una persona alla quale non posso voltare le spalle senza avere paura che mi accoltelli.»

Va verso le scale, lentamente. «Domani passo a prendere le mie cose. Quel poco che è rimasto.»

Lo seguo, cerco di prendergli una mano, ma lui la scaccia. «Dico sul serio.» La sua voce è tagliente come una lama. «Non mi toccare. Stammi lontana.»

Lo lascio andare. Mi ritiro in un angolino dell'ingresso e mi chiedo perché questa separazione mi stia facendo così male. Non troverò mai una risposta, lo so. Dovrei solo rassegnarmi e mettere la mia vita nelle mani di medici esperti.

Dopo pochi minuti lui è di nuovo di sotto. La camicia pulita che ha appena indossato è già macchiata di sangue.

Io non dico nulla.

Lui non dice nulla.

Se ne va, senza nemmeno girarsi un'ultima volta.

22

Entro in macchina, piano. Dal braccio la ferita irradia fitte di dolore per tutto il torace. Ma la delusione, la consapevolezza... sono altrettanto dolorose, se non di più. Sapere che Joanna ha perso la testa, in maniera definitiva. Che lei sia persa. Per se stessa e per me.

Voleva uccidermi.

Questo miscuglio di dolore del corpo e dello spirito inizia ad annebbiarmi la mente. Sbatto le palpebre, scuoto la testa, sgrano gli occhi. No, non devo svenire. No, anche se l'oscurità totale renderebbe tutto più sopportabile non posso concedermelo. Devo prima farmi curare la ferita.

Accendo il motore e rivolgo un ultimo sguardo alla porta di casa. È chiusa. Chissà cosa sta combinando Joanna. Forse, per cambiare, ora sta riprovando ad ammazzare se stessa. È da pazzi, ma l'idea che possa farsi del male mi fa venire voglia di scendere e andare a controllare, poi scuoto la testa. No, masochista fino a questo punto no.

Così la casa si allontana, ondeggiando in maniera strana, una visione surreale del mondo che finora avevo sperimentato solo negli incubi. Ma non mi trovo in un sogno, quando uno sogna mica passa le pene dell'inferno.

Un colpo sordo. Una voce dai meandri più remoti del mio cervello mi dice che facendo marcia indietro sono andato a sbattere contro la siepe che divide il nostro giardino dalla strada. Non importa. In questo momento non c'è più niente che conti qualcosa.

Mano sul volante, sterzare, inserire la marcia, gas.

Cosa racconterò in ospedale? La verità? Un clacson mi strappa da questi pensieri, mi sa che mi sono dimenticato una precedenza. Forse.

Cazzo, Erik, concentrati.

Devo girare a sinistra. Dov'ero rimasto? Ah, sì, l'ospedale. Allora cosa gli dico? La verità? E qual è la verità?

Joanna ha cercato di uccidermi. Sul serio. Intenzionalmente. Non voleva solo ferirmi, ma proprio cancellarmi dalla faccia della terra.

Maledizione, non vedo più niente. È tutto sfocato. Inchiodo, poi sterzo tutto a destra. Un botto. Il marciapiede. E la macchina si ferma. Di nuovo i clacson, a catena.

Cerco di asciugarmi le lacrime, sospiro, ho fatto un movimento troppo brusco. Questo dolore di merda quasi mi fa perdere i sensi.

La manica della camicia è diventata quasi tutta rossa. Ospedale. Punti. Devo ripartire.

Mi ricordo addirittura di controllare lo specchietto retrovisore, scendo dal marciapiede e riparto. Bene. Devo fare attenzione. Ci manca solo un incidente.

Joanna. Io ti odio. E ti amo. Io...

Ma dove diavolo sono? Com'è che si arriva in ospedale? Ah, sì, qui a sinistra, credo, devo uscire dal nostro quartiere. Sì, è la strada giusta.

Ho le vertigini, non è un buon segno. Affatto. Devo tenere la mente occupata, devo pensare. Se è indaffarato, il cervello resta sveglio.

Perché? Cosa può essere successo di così terribile da spingere Joanna a cercare di ammazzarmi? Cosa le è capitato? E con chi? Con me?

Le ultime case del quartiere sfilano fuori dal finestrino. Le vedo, è già qualcosa.

Provinciale. Senza lampioni, né vetrine illuminate. I fari strappano dall'oscurità solo una striscia di strada davanti a me. Una brevissima pista di atterraggio che percorro senza arrivare mai alla fine, senza mai decollare. Una specie di corridoio di un paio di metri su entrambi i lati.

Che mi fa bene agli occhi.

Eppure c'è qualcosa che mi disturba. Una macchina, da dietro. Mi ha fatto i fari, i suoi abbaglianti sono così forti che mi danno fastidio anche nello specchietto. Cerco di sistemarlo, urlo. Ho usato il braccio sbagliato.

Una frazione di secondo e mi sale la nausea. La macchina sbanda, perdo il controllo. Tolgo il piede dall'acceleratore, cerco di limitare i sobbalzi laterali. Cazzo se è difficile con un braccio solo. Devo concentrarmi per non vomitare.

Finalmente riacquisto il controllo del mezzo, accelero. Le fitte al braccio sono diventate pulsazioni, sorde e calde. Non saprei dire cosa è peggio.

E queste maledette luci dietro di me... sempre più vicine. Quello sta correndo come un matto. Che coglione.

Joanna... È sempre lì che torno. Si insinua tra i miei pensieri come la lama di un coltello. Che bel paragone.

Ma cosa devo... Cazzo, ma questo qui dietro è pazzo! Cosa ha intenzione di fare? I suoi abbaglianti s'ingrandiscono nello specchietto a una velocità vertiginosa. Stronzo, se vuoi superarmi, superami! Vai, va' a quel paese!

Poi arriva il botto. Da dietro. Prima vengo sbalzato in avanti, poi sbatto contro lo schienale, la nuca cozza contro il poggiatesta, perdo di vista la strada. Ma solo per un attimo, torno subito concentrato. Grazie a Dio l'Audi resta in carreggiata. Dei due fari che mi hanno accecato ne è rimasto solo uno. L'auto rallenta, ma mi resta attaccata.

Devo accostare? Se mi fermo si fermerà anche lui e magari si scusa? No. Probabilmente è ubriaco marcio. Se adesso inchiodo quell'idiota mi finisce di nuovo addosso.

Devo continuare a guidare, perlomeno fino a una zona abitata. Poi magari posso cercare di vedere che tipo di macchina è, il colore. La targa.

Non manca molto. Un chilometro, massimo due.

Con la coda dell'occhio percepisco un cambiamento e guardo di nuovo nello specchietto. L'auto monocola alle mie spalle sta per sorpassarmi. Bene. Così presto vedrò tutto quello che mi serve. Uno sguardo allo specchietto laterale. Ora è proprio di fianco a me e finalmente vedrò la faccia del guidatore. Invece all'improvviso il faro schizza di lato e arriva un altro, violento botto.

Sento la fiancata dell'Audi andare in pezzi e, in contemporanea, un dolore lancinante al braccio. Mi sfugge il volante, inizia a ruotare, vengo sbalzato contro la portiera, poi il caos totale, si capovolge tutto... la sinistra diventa la destra, il sopra il sotto, le dimensioni si accavallano con una serie di tuoni, scossoni, schianti.

Faccio appena in tempo a pensare che non riuscirò a rimanere sveglio dopo un attacco così massiccio quando vengo agguantato da un'enorme mano nera.

Riemergo dal nulla e mi ritrovo in un limbo, l'oscurità ha cancellato i contorni del mondo. Cerco di muovermi. Dolore, dappertutto. Il braccio... si accendono i primi ricordi. Un incidente. Il caos. Il faro alle mie spalle. Il botto. Ogni cosa ha iniziato a girare...

Lo sguardo si rischiara, gli occhi si abituano al nuovo contesto. Davanti a me riconosco una superficie, anch'essa priva di contorni ma più chiara: l'airbag. Si è aperto e adesso penzola floscio sopra il volante e il cruscotto. Il parabrezza non c'è più, un vento gelido si porta via le ultime tracce di stordimento. Giro la testa. È tutto storto, deforme, accartocciato. Come in un quadro di Dalí.

Provo a muovere il braccio destro, piano. Ci riesco, ma mi fa un male cane.

Ci vuole un po' prima che abbia controllato tutte le articolazioni e constatato che non ho ferite gravi. La mia portiera non si apre, devo scivolare verso quella del passeggero. Quest'operazione mi costa un certo sforzo e ulteriori dolori, ma riesco a rotolare fuori dall'auto e a sedermi sul terreno bagnato, sabbioso. Sono stato fortunato.

Non ho nemmeno terminato il pensiero che mi ritrovo a ridere in un modo che potrei definire solo folle. C'è forse da stupirsi, con tutto quello che ho passato e sto continuando a passare?

La mia fidanzata ha tentato di uccidermi, sono vivo per miracolo. Sulla strada per l'ospedale sono stato buttato fuori strada da uno stronzo ubriaco, un incidente grave. E il mio maledetto cervello non trova niente di meglio da dirmi a parte che sono stato fortunato?

Cerco di alzarmi, mi fermo. Vedo qualcosa. Una macchina sta parcheggiando, tra poco forse scenderà qualcuno. La vettura dista più o meno una decina di metri, il motore gira ancora, i fari sono accesi... e sono due, constato con un sospiro di sollievo.

Il mio sguardo perlustra i dintorni in cerca di altre auto. Quella che mi ha buttato fuori strada, per esempio. Ma niente. È scomparsa.

Qualcuno sta venendo verso di me, la luce alle spalle lo fa sembrare scuro e piatto come una sagoma ritagliata. Mi si piazza davanti, ma non riesco a vedergli il volto.

«Ehi, ma cos'è successo?» Una voce maschile, ancora giovane, sembra spaventato. «È ferito?»

«Sì» rispondo. «Ma non gravemente, credo.»

«Ehi ma qui... qui è un casino! Bisogna chiamare un'ambulanza! E la polizia! Aspetti, non si muova.» Solleva una mano, come per calmarmi. «Torno un attimo alla macchina, il mio telefono è lì. Solo un secondo...» Si volta di scatto, inizia a correre.

Il mio braccio torna a farsi sentire, pulsa. Il mio braccio. Ambulanza. Polizia. Cosa gli dirò riguardo alla ferita? Sto ancora cercando di formulare le parole quando trovo la risposta. Semplicissima.

Ho appena avuto un incidente.

Mi tasto il braccio. La camicia è zuppa di sangue. La afferro più saldamente che posso all'altezza della spalla, ci pianto dentro le unghie e con un colpo secco la strappo. Un'altra volta, e la stoffa è rotta, il braccio libero. C'è ancora la fasciatura, però. Inizio a scioglierla. Altre fitte incandescenti. L'operazione richiede tutte le mie forze, ma ce la faccio. Guardo verso la macchina dall'altra parte della strada. L'uomo è ancora lì, sta telefonando.

Mi rendo conto che sto cercando di cancellare le prove del tentato omicidio di Joanna. Così la questione è risolta una volta per tutte. Adesso però cosa me ne faccio di questa maledetta fasciatura? Se la lascio qui la troveranno. Okay, per il momento la infilo nella tasca dei pantaloni, ci penserò più tardi. Mi devo sforzare un po', ma alla fine entra tutta.

Perché stia cercando di coprirla dopo che ha provato ad ammazzarmi non lo capisco nemmeno io. Forse è un istinto. Ho ancora l'istinto di proteggerla.

«La polizia e l'ambulanza saranno qui a momenti.»

Il ragazzo è tornato, non me ne ero nemmeno accorto.

«Grazie» dico in preda all'ansia, nella speranza che abbia ragione. Ho bisogno di un antidolorifico. Una pasticca. Qualunque cosa.

Meno di dieci minuti dopo arrivano insieme la polizia e l'ambulanza. Mi stanno ancora caricando su una barella quando uno dei due uomini in uniforme mi chiede cosa sia successo. Gli racconto dell'auto alle mie spalle, del primo botto, che sono riuscito ad ammortizzare, del secondo, che mi ha fatto uscire di strada.

No, della macchina non sono riuscito a vedere né la casa di produzione né il colore. Figuriamoci la targa.

«Forse era ubriaco» dico.

«Forse. Negli ultimi tempi ha avuto problemi con qualcuno? Qualche litigio?»

«Scusi, in che senso... non capisco.» È la verità, non capisco.

L'uomo inclina la testa. «È possibile che qualcuno abbia cercato di buttarla fuori strada intenzionalmente?»

Una fitta al braccio. Penso a Joanna. Joanna?

Riesco a malapena a sopprimere un *Sì* e ripiombo nel buio più totale.

23

Vorrei non rimettere mai più piede in cucina, ma so che è impossibile. Erik è andato via da dieci minuti e finora sono rimasta accovacciata nell'ingresso con le mani premute sugli occhi. Ho pianto. Riflettuto. Ma non mi ha aiutato, neanche un po'.

Volevo ucciderlo. Con questo coltello che è al centro dei miei pensieri dalla sera in cui lui è apparso nella mia vita. Oggi è stato come se la sua lama si fosse animata e avesse sviluppato una propria volontà, prefiggendosi uno scopo che prescindeva dalla mia.

No, Joanna, adesso non fare la codarda. Non inventarti teorie ridicole. Sono stata io: ho fissato quel punto nella schiena di Erik, quello più vulnerabile, quello in cui il coltello sarebbe affondato di più.

La responsabilità è solo mia. Mi alzo, uno sfarfallio nero davanti agli occhi, per un attimo ne sono contenta. Sì, svenire, non dover più pensare, mai più. Magari.

Ma non succede. Non sono il tipo che perde i sensi con tanta facilità. Entro in cucina trattenendo il respiro.

Sembra un campo di battaglia: schizzi di sangue sul piano e alle pareti, una strisciata perfino sul frigo, dove si è appoggiato Erik. La maggior parte, però, è a terra.

Il coltello è ancora dove l'ho lasciato cadere, sul piano da lavoro, vicino all'insalatiera con i pomodori.

Vedo tutto questo e non lo capisco, l'unica cosa che so per certo è che non posso più fidarmi di me stessa. Chissà, magari la prossima volta faccio fuori un bambino per strada, così di punto in bianco, senza motivo. Oppure prendo la macchina e invado la zona pedonale. Capisco perché Erik non abbia voluto che lo portassi in ospedale. È meglio così.

Tiro fuori dall'armadio dei detersivi straccio e secchio, lo riempio d'acqua calda e inizio a pulire. Raschio con una spazzola il pavimento, lo pulisco più a fondo di quanto nessuno abbia mai fatto.

Non nella speranza di nascondere qualcosa, anzi. Appena si sarà fatto curare Erik mi denuncerà, lo do per scontato, e in un certo senso ne sono anche felice. Se mi arrestano non dovrò più portare da sola il peso della responsabilità delle mie azioni. Mi sbatteranno in una cella, potrò respirare profondamente e non avrò più paura di far male a qualcuno. Compresa me stessa.

Pulisco tutte le superfici, sfrego fin quando non mi fanno male le braccia e sul pavimento non c'è più nemmeno una sola goccia di sangue. Vorrei continuare, è un'occupazione che mi distrae, mi salva dalle immagini raccapriccianti, dai sensi di colpa, dalla paura di questa... di questa cosa, che s'annida dentro di me.

Il coltello. Ecco, il coltello non l'ho ancora pulito. È nel lavandino e ha lasciato una striscia rossa sul fondo argentato, dalla lama si vede esattamente con quanta profondità è entrato...

Riesco ad arrivare in bagno per un pelo. Vomito, fino a quando non ho più nulla in corpo, la stanchezza mi ottenebra i sensi. Adesso posso pulire il coltello, posso sopportare la sensazione di averlo in mano. La paura che all'improvviso possa girarlo verso di me e conficcarmelo nella pancia o nella gola mi contrae le viscere solo per un attimo, poi passa.

Lo lucido fino a farlo luccicare, lo rimetto nel ceppo.

Erik sarà arrivato in ospedale da un pezzo. Forse gli hanno già suturato la ferita e lo terranno lì per la notte, attaccato alla flebo di antibiotici.

Il mio cellulare è ancora sul tavolino del salotto, vicino al divano su cui abbiamo trascorso il pomeriggio a ridere e a baciarci.

Digito il numero che ho memorizzato prima. Probabilmente non risponderà, ma allora come minimo gli lascio un messaggio in segreteria. Gli chiederò se ha bisogno che gli porti le sue cose. Gli dirò che mi dispiace. Tanto.

Il numero da lei chiamato non è al momento raggiungibile.

Niente segreteria, strano. Se solo lo conoscessi meglio, o mi ricordassi qualcosa, saprei se è uno che non la inserisce mai o è un'eccezione. Forse sta parlando al telefono con qualcuno? O in ospedale non c'è campo?

Riprovo dopo cinque minuti, poi dopo dieci. Il risultato non cambia.

E se l'emorragia fosse peggiorata? Se fosse svenuto mentre guidava? Se...

Salgo le scale, fino allo studio, apro il portatile. In quale ospedale sarà andato?

Provo in quello più vicino, anche se non c'è nessun pronto soccorso.

«Buonasera, mi chiamo Joanna Berrigan e sto cercando Ben...»

Mio Dio, ma cosa diavolo sto dicendo? Ben? Perché questo nome continua a spuntarmi nella testa?

«Mi scusi, sto cercando Erik...» Sono così nervosa che non mi viene in mente il cognome. Che del resto ho sentito pochissime volte. Inizia con la «T»... Thaler? Thanner?

«Insomma, con chi è che vuole parlare?» La donna all'altro capo del telefono si è già innervosita, so che potrei fregarmene ma è la famosa goccia che fa traboccare il vaso.

«Sto cercando Erik... Thieben. Erik Thieben! Aveva una ferita al braccio e doveva andare in ospedale. È lì? Al cellulare non risponde e... per favore mi dica se è da voi.»

La donna all'altro capo della linea si schiarisce la voce. «Per telefono non posso dirle nulla.»

«E perché?» Ormai sto quasi strillando. «Per favore! È il mio fidanzato!» Sembra una bugia. Ma se lo fosse, sarebbe la bugia di Erik, la *sua*.

«Se vuole avere notizie deve venire qui di persona, con un documento.»

Riattacco. Altro ospedale, altro numero, cerco di sembrare meno agitata. Ma il risultato non cambia.

Il terzo ospedale della lista è quello in cui lavora Ela. Già. Lei mi dirà qualcosa, ne sono sicura. Anche se prima la dovrei aggiornare, confessarle quello che ho fatto... e mi vergogno. Soprattutto dopo che lei mi ha consigliato di farmi ricoverare. Se le avessi dato retta tutto questo non sarebbe successo.

Mi faccio forza. Tanto lo verrà a sapere comunque, allora meglio che sia io a dirglielo. Senza indorare la pillola, senza girarci intorno.

Risponde al terzo squillo. Cerco di non agitarmi, ma lei mi interrompe dopo appena mezza frase.

«Santo cielo, Jo, cosa c'è che non va? Hai una voce terribile! È successo qualcos'altro?»

Le mie dita stringono il cellulare così forte che gli angoli mi si conficcano nel palmo della mano. «Sì, Erik è ferito. È andato in ospedale e non riesco a contattarlo.»

«Ospedale? Quale...»

«Non lo so.»

Fa un respiro profondo. «Non lo sai? Okay. Calma, raccontami tutto.»

È come se mi buttassi giù da una finestra o saltassi in un baratro.

Nell'attimo in cui rinuncio ad avere un terreno solido sotto i miei piedi tutto esce da solo, sempre più rapidamente.

Le confesso ogni cosa, dal momento in cui siamo entrati in cucina a quello in cui Erik è uscito di casa.

Finisco, e per lunghi secondi dall'altro capo della linea c'è solo silenzio. «Jo... lo hai aggredito con un coltello...» commenta Ela in un sussurro, così piano che quasi non la capisco.

«Sì... anche se non ne avevo alcun motivo, stavamo andando d'accordo, a me inizia a piacermi, sul serio... Ela, ma cos'ho? Cosa c'è che non va in me?»

Non risponde, e quando torna a parlare lo fa con una voce gelida. «A te ci penseremo dopo, adesso devo provare a scoprire dov'è Erik, ti faccio sapere. Nel frattempo, potresti cercare di non fare altri danni?»

Nelle sue parole sento tutto il disprezzo che provo per me stessa. Mormoro un breve saluto, poi mi raggomitolo sul divano e chiudo gli occhi.

Non voglio più vedere, sentire, percepire niente. Per un po' trovo rifugio in un clemente stato di trance, da cui mi strappa il telefono. Ela.

«L'ho trovato. Ha avuto un incidente mentre andava in ospedale. Macchina distrutta, dice.»

«Santo cielo!» E io l'ho lasciato andare da solo! In quello stato! Invece di chiamare un'ambulanza. «È ferito gravemente?»

Di nuovo quella voce gelida. «La cosa più grave è ancora la tua coltellata» risponde, «alla quale adesso si sono aggiunte un paio di escoriazioni e contusioni. Ma niente di drammatico, per fortuna. Comunque lo trattengono per la notte.» Esita. «E non ti vuole vedere. Mi ha proibito di dirti dove si trova.»

Lo capisco, fin troppo bene, ma fa comunque male. Non ha senso.

Il pomeriggio di oggi all'improvviso è così vivido. Le sue labbra, le sue mani, il modo in cui mi guardava...

«In compenso, mi ha chiesto di occuparmi di te» prosegue Ela, niente affatto entusiasta.

«Ma non devi, io...»

«Lo faccio per amore di Erik» m'interrompe. «Sai che ti sta coprendo? Che ha detto che la ferita è stata per l'incidente?»

«No» sussurro. «Come facevo a saperlo?»

Ela sospira. «Vengo a prenderti. Erik è preoccupato, non vuole che passi la notte a casa da sola. È un idiota, è evidente, ma resta pur sempre il mio migliore amico. Ti avverto, è possibile che ti molli un ceffone, per il fatto che lo hai quasi ucciso.»

«Fai pure» dico io. «Anche due.»

Ride, è già qualcosa. «Okay, Jo. Allora prepara la borsa con quello che ti serve per la notte. Poi, quando siamo da me, parliamo, okay? Ti devi far curare, adesso lo capisci, vero?»

«Sì. A fra poco.»

Trascorro la serata rannicchiata su una delle poltrone di Ela, le gambe strette al petto. Come se questa posizione bastasse a impedirmi di fare qualcosa di inconsulto. Ela mi porge una lista di specialisti che ha preparato per me. E dei resoconti riguardo a due casi di amnesia sistematizzata le cui storie a tratti assomigliano alla mia, ma in altri sono diversissime. Nessuna di queste persone, infatti, è diventata violenta.

La ascolto con un orecchio solo, i miei pensieri sono tutti per Erik. Non mi ha denunciata. Avrò mai l'occasione di dirgli grazie?

24

Nel tardo pomeriggio mi lasciano andare. Gli accertamenti non hanno rilevato nessun problema, né dalle lastre né dalle ecografie.

«Ha avuto fortuna» dice il dottore indicando la nuova fasciatura al braccio. «Deve essere stato qualcosa di molto affilato, con spigoli aguzzi. Se durante l'incidente ci fosse finito contro con il petto o la gola...» La frase resta in sospeso.

Sì, mi è chiaro cosa sarebbe successo se Joanna avesse puntato al petto o alla gola. Ma lui, grazie a Dio, non sa nulla.

È vero, ho avuto fortuna, se mi dicono che sarebbe potuta andare peggio. C'è sempre di peggio.

Sto per andarmene quando spuntano due uomini: polizia criminale. Iniziano con le domande. Non dico niente di più di quanto non abbia già riferito ai loro colleghi subito dopo l'incidente. Arriviamo alla conclusione che deve essere stato un ubriaco.

Mi spiegano che cercheranno testimoni, con un annuncio sulle pagine di cronaca del quotidiano locale. Poi prendono nota dei miei dati e se ne vanno.

Davanti all'ospedale salto su un taxi e mi faccio portare a casa.

A casa.

Pago, scendo dalla macchina, poi resto fermo davanti al vialetto, a osservare la facciata bianca. Ho sempre visto questa abitazione come una soluzione temporanea, fino a quando io e Joanna non avessimo comprato o costruito qualcosa insieme. Eppure era il nostro rifugio, dove non vedevo l'ora di rientrare, la sera dopo l'ufficio o di ritorno da un viaggio d'affari.

Adesso, però, è diverso. Non solo la casa in sé, ma anche il fatto che io sia qui. Il pensiero di quello che è successo poche ore fa si sovrappone a tutto ciò che è stata la mia esistenza negli ultimi mesi. La mia vita con Joanna, ormai, mi sembra lontana anni luce.

Prima di inserire la chiave ho un attimo di esitazione. Ci sarà? Magari appostata per concludere ciò in cui ieri ha fallito?

Che idiozie. Ha chiesto a Ela di occuparsi di lei. L'avrà portata a casa sua? Oppure sono entrambe qui?

Il *clac* della serratura, terribilmente forte. Entro nell'ingresso, tendo le orecchie senza respirare. Niente.

Alcuni minuti dopo ne ho la certezza assoluta: Joanna non c'è. Vado in salotto, apro l'anta della credenza in basso a destra, quella degli alcolici. Non ho idea di quando sia stata aperta l'ultima volta.

Mi decido per la vodka, dal ripiano sopra le bottiglie prendo uno dei bicchieri pesanti, quelli da whisky, e lo riempio. L'alcol mi lascia una scia di bruciore lungo la gola. Così presto al mattino ha un sapore terribile, ma mi fa bene comunque.

Lo sguardo va verso il corridoio che porta in cucina, si pianta lì. Mi muovo, ancora col bicchiere in mano.

Quando vedo il piano da lavoro così pulito che quasi luccica per un momento sgrano gli occhi. Mi avvicino, osservo bene il punto in cui Joanna mi ha aggredito.

Forse pensavo che fosse ancora tutto pieno di sangue. Non so se mi fossi davvero immaginato qualcosa, ma la pulizia maniacale di questa stanza adesso mi stranisce. Prima prova ad ammazzarmi, e poi si mette a pulire come se niente fosse...

Basta, ordino a me stesso. Joanna sta male, e le sue azioni non sono spiegabili in base alla logica. Forse è stata Ela a pulire, o lo hanno fatto insieme.

Decido di accantonare il pensiero che Joanna possa aver tirato tutto a lucido per nascondere le tracce di quello che ha fatto.

Torno in salotto, sprofondo nel divano e bevo un altro sorso. Mi chino in avanti per rimettere giù il bicchiere e una fitta lancinante mi trafigge una gamba. Effetti collaterali dell'incidente. Sempre che sia stato un incidente. Davvero si è trattato di un ubriaco che ha perso il controllo dell'auto? E prima mi è venuto addosso da dietro e poi mi ha arpionato di lato? È plausibile?

Oppure è stato qualcuno che voleva farmi fuori... intenzionalmente? Dopo che poco prima già Joanna... Un attimo. C'è un nesso tra quello che è capitato in cucina e l'incidente? Era il suo piano B?

Questo vorrebbe dire che la sua aggressione non è stata un colpo di testa, il frutto di una mente confusa, ma un piano premeditato con tanto di soluzione di emergenza.

Respingo l'ipotesi, cerco un argomento in grado di smentirla, ma il mio cervello mi spiattella davanti agli occhi tutta la logica di questo ragionamento.

Vorrei mettermi a gridare. Restare qui seduto e tirare fuori tutta la mia disperazione, rabbia, delusione.

Rivoglio indietro la mia vita. Adesso. Ho bisogno di un punto fermo, almeno uno, santo cielo.

Il lavoro. Gabor. Prima o poi dovrò farmi vivo comunque. Sto per allungarmi a prendere il telefono, ma mi blocco.

È la mossa giusta? Anche in azienda le cose sono cambiate. C'è questo benedetto progetto, il primo in cui Gabor ha deciso di non coinvolgermi, con l'evidente avallo di diversi miei colleghi. Davvero il lavoro in questo momento potrebbe aiutarmi?

È anche domenica, quindi dovrei chiamare Gabor a casa. Non che sarebbe un problema, come tutti gli altri responsabili di settore ho il suo numero privato per le emergenze.

Mi do una scossa. Non me ne frega un cazzo che è domenica, se questa palude in cui sono finito non è un'emergenza, allora cosa lo è? Ecco, e se c'è qualcuno che mi deve delle spiegazioni, quello è lui. Gli dirò chiaro e tondo cosa penso dei suoi affari segreti e del grande contratto. Adesso o mai più.

Gabor risponde dopo un solo squillo. Cerco di salutarlo nella maniera più normale possibile.

«Signor Thieben!» esclama lui dall'altro capo della linea. «Che piacere sentirla.»

Perché secondo te io ci credo...

«Come sta? Si è un po' ripreso dalla brutta vicenda? Mio Dio, se l'è vista proprio brutta... Il boiler in tilt... così di punto in bianco. E la sua compagna come sta? Bartsch mi ha raccontato che è stato un po'... diciamo brusco, quando è venuto a farvi visita.»

Sono così concentrato sul progetto che mi ci vuole un attimo per mettere a fuoco quest'altro argomento. Poi la scena torna vivida: lo psicologo aziendale, qui sul nostro divano. Che strano, l'avevo quasi rimosso.

«Be', anche lui si è comportato male» replico stringato, perché adesso non ho voglia di parlare di Bartsch. «Non è per questo che le ho telefonato.»

«Okay, ma ancora non ha risposto alla mia domanda... Come sta?»

Faccio un respiro profondo. «Non bene. Ieri ho avuto un incidente in macchina. Qualcuno mi ha buttato fuori strada.»

«Oh, santo cielo. Che periodaccio, le sta capitando di tutto! Mi spiace, è ferito gravemente? Era solo?»

«Sì, ero solo.» M'innervosisco. «Un ubriaco, credo. La polizia lo sta cercando, io me la sono cavata.»

«Ma per lei non è un buon momento, mi sembra evidente.»

«Sì, così pare. Ed è anche il motivo per cui l'ho chiamata.»

«Ah... le serve una vacanza più lunga? Non c'è problema, si prenda tutto il tempo che...»

«Si tratta del contratto» lo interrompo. «Vorrei sapere perché mi ha tagliato fuori.»

Gabor esita... Uno, due secondi. «In che senso, scusi, tagliato fuori? È normale che lei non possa essere coinvolto in tutte le nuove commesse...»

«No, non è normale. Finora in quanto responsabile del reparto IT ho partecipato a ogni progetto, fin dall'inizio.»

«Non sempre. Solo in quelli in cui era necessario un sostegno informatico.» Il suo tono ha perso entusiasmo.

«E in questo non è necessario? Da quel che ho capito è il pesce più grosso mai finito nella rete della GEE. Qualcuno del mio settore dovrà pure occuparsene...»

Gabor esita. «Io credo che lei adesso dovrebbe pensare solo a riprendersi, è questa la cosa più importante. Tra due, tre settimane, quando si sarà rimesso, vedremo. Fino ad allora le concedo ferie pagate illimitate. Che gliene pare?»

Ti piacerebbe.

«Sto bene, cioè abbastanza da essere in grado di lavorare. Starmene a casa a girarmi i pollici mi rende solo nervoso.»

Gabor sembra riflettere, lo lascio fare. La prossima mossa sta a lui. Ci vuole un bel po', poi sento un grosso sospiro.

«Va bene, signor Thieben. Se vuole tornare al lavoro a tutti i costi... Io l'avevo detto con buone intenzioni.»

Una pausa. Forse sta aspettando che dica qualcosa, ma me ne frego e resto zitto.

«Sarà della partita. Tanto per cominciare, domani può andare a prendere due dei nostri partner alla stazione centrale di Monaco. In realtà avrei voluto esserci io, visto che si tratta di pezzi grossi, ma può farlo lei, come mio vice.»

Domani è il mio compleanno. La data sulla mail. Ma okay... si balla.

«Scusi, ma da dove vengono... per arrivare in treno?»

Gabor si schiarisce la voce. «Sono stati a Stoccarda per un altro affare e hanno insistito per prendere l'alta velocità, insomma preferiscono l'ICE alla limousine.» Una breve risata. «Non si dimentichi che è gente che investe nella salvaguardia dell'ambiente.»

«E il progetto... di cosa si tratta?»

«Una cosa grossa.»

«Questo lo avevo capito... Qualche dettaglio?»

«Domattina, prima di andare a Monaco. Faccia in modo di essere in azienda per le nove. Loro arriveranno verso l'una, e non devono aspettare, per nessun motivo al mondo.»

«D'accordo, ci sarò... Grazie per aver cambiato idea, insomma, per aver deciso di coinvolgermi.»

«Adesso mi ascolti bene, signor Thieben. Non è questione di cambiare idea... Non avevo mai avuto intenzione di tagliarla fuori. Semplicemente, non avevo capito che ci tenesse tanto a essere coinvolto in tutti i progetti. Proprio adesso che a casa sta avendo...»

«È proprio adesso che per me è importante» controbatto.

«Benissimo, allora a domattina. Sia puntuale.»

Fine della conversazione.

Lascio cadere il telefono sul divano, prendo il bicchiere e lo vuoto in un solo sorso. I miei pensieri tornano subito a Joanna. Contro la mia volontà e al di là di ogni ragionevolezza, è più forte di me.

È perché ho parlato con Gabor? Per la vodka? Chissà, l'unica cosa che so è che voglio sapere come sta Joanna. Adesso. Subito.

A differenza di Gabor, Ela ci mette un bel po' a rispondere.

«Sono io» esordisco. «Sono a casa. Come sta Jo?»

Lei non risponde, la mia mano si stringe intorno al telefono. «Ela? Le è successo qualcosa? Tutto okay?»

«Be', non direi proprio, dopo tutto quello che ha combinato... Ma è decisa a farsi ricoverare. Credo che abbia una paura matta di se stessa.»

25

Passo la notte sul divano di Ela, la peggiore della mia vita. Persino di quella trascorsa nel ripostiglio, peggio di quella in ospedale attaccata all'ossigeno. È come se dormissi solo per manciate di secondi. Appena il mio cervello si spegne, rivedo Erik, con il braccio alzato per proteggersi, lo sguardo scioccato, l'arco argenteo del coltello... A volte finisce che non lo colpisco al braccio, ma al petto o alla pancia. Una volta perfino in faccia. Mi sveglio, scatto in piedi, il cuore in tachicardia e la sensazione di star perdendo la ragione.

Almeno riesco a non gridare, altrimenti Ela, nella stanza a fianco, si sarebbe svegliata da un pezzo. È un terrore silenzioso.

La luce blu del dispositivo Blu-ray indica le 3.16 quando decido di rinunciare a dormire. Mi tiro su seduta per bene, mi stringo la coperta intorno alle spalle e cerco di mettere a punto un piano per la giornata di domani.

Il problema è che è domenica. Non posso contattare la dottoressa Schattauer o altri specialisti. Le rassicurazioni di Ela sul reparto psichiatrico dell'ospedale dove lavora, a suo dire particolarmente buono, non mi convincono. Se mi faccio ricoverare, allora voglio i migliori esperti di amnesie del Paese.

E comunque prima voglio rivedere Erik. Scusarmi. Essere certa che stia bene, per quanto possibile.

Se solo sapessi dov'è.

Alla fine però mi addormento e quando riapro gli occhi fuori è già chiaro. Non sono più seduta, ma distesa sul divano, aggrappata al cuscino come a un amuleto. Sento profumo di caffè.

Poco dopo arriva Ela, che poggia un vassoio sul tavolo: un cesto di pane, marmellata, formaggi.

Senza volerlo, dentro di me scatta subito il ricordo della colazione del giorno prima. La visita a sorpresa di Nadine, il modo in cui Erik si è piazzato dietro di me senza un attimo di esitazione.

Il bacio. Il pomeriggio meraviglioso.

E poi...

I passi per raggiungere il tavolo mi costano una fatica incredibile. L'idea di mangiare mi è quasi insopportabile, ma il caffè mi fa bene. Nero, caldo, forte.

«Ela, poi mi riporti a casa?»

Mi guarda sconfortata. «Ah, pensavo volessi farti ricoverare. Me l'hai detto tu, ieri, che è l'unica cosa giusta da fare.»

La sua durezza risveglia il mio spirito di contraddizione. «Sì, è vero, e lo penso ancora. Ma oggi vorrei preparare la valigia, con calma, e fare un paio di telefonate. Poi domani mi faccio ricoverare, e per allora spero di sapere anche dove.»

Ela mescola il suo caffè forse con un po' troppa veemenza. «Mmm... non mi pare una buona idea. In questo momento mi sembra che tu stia di nuovo bene... Ma quanto durerà? Tornando nel posto in cui è successo quello che è successo...»

Suona come un pretesto. E il fatto che eviti il mio sguardo me ne dà la conferma. Un momento dopo, capisco.

«Lo dici per via di Erik, vero? Lui non vuole che torni, non ha intenzione di incontrarmi.»

All'inizio Ela nega, io insisto, lei fa un'alzata di spalle. «Adesso mica ci resterai male... Hai idea di quello che ha passato nell'ultima settimana? Jo, Erik sta proprio di merda, ha bisogno di pace, di riposo.» Mi scruta con aria ammonitoria. «Non certo di averti tra i piedi. Con o senza coltello.»

Gli smiley della mia tazza mi fanno un ghigno. Non fosse di Ela, la prenderei e la sbatterei a terra, tanto ormai nella mia vita un coccio in più o in meno cosa cambia... «Ti ha chiamato?»

«No. Ma lo conosco da più tempo di te.» Beve un sorso di caffè e allunga una mano verso lo zucchero. «Se oggi lo dimettono, avrà bisogno di un po' di pace, non credi? Non dell'ennesimo confronto con una donna che prima lo ama, poi non lo riconosce più, poi si gli riavvicina per accoltellarlo.»

Abbasso gli occhi sui maledetti smiley.

«Se hai bisogno di prendere qualcosa, posso passare io. E le chiamate puoi farle anche da qui, ti lascerò tutta la privacy di cui hai bisogno.»

Le do ragione su tutto, finisco il mio caffè e mi raggomitolo di nuovo sul divano. Faccio finta di dormire. Il cellulare di Ela squilla tre, quattro volte, nella mattinata e, ogni volta, per rispondere esce dalla stanza. Erik? Vorrei tanto chiederglielo, ma non ne ho il coraggio. Fino alle due resto sul divano, poi non ce la faccio più.

Doccia, cambio di vestiti, poi sbatto tutto in una sacca. Chiamo un taxi dal bagno. «Ela, mi spiace, dirò a Erik che hai fatto del tuo meglio, ma io lo devo vedere, gli devo chiedere scusa prima di farmi ricoverare.»

Lei scuote la testa, ma non mi trattiene. Probabilmente lo chiamerà appena sarò uscita.

Più il tassista si avvicina alla meta, più io divento nervosa. Erik... sarà contento di vedermi? Che senso ha volersi scusare per una cosa che non ammette giustificazioni? Qualunque cosa io faccia, non cancellerà mai ciò che è accaduto.

Temo un rifiuto, il disprezzo nei suoi occhi... Lo capisco poco prima che la macchina svolti nel nostro vialetto. Ho paura di leggere sul suo viso quello che provo per me stessa.

Lascio al tassista una mancia esagerata, come scusa per il mio cattivo umore e nella speranza di rendere la giornata più felice almeno a una persona.

Fuori c'è solo la mia auto. Certo, perché Erik con l'Audi ha avuto l'incidente. *Macchina distrutta.*

Quando tiro fuori le chiavi dalla tasca mi trema la mano, faccio fatica a centrare la serratura.

Forse non è neanche in casa. Forse lo dimetteranno solo domani. Poi entro e vedo le sue scarpe, la sua giacca.

La porta del salotto è socchiusa, prima che il coraggio mi abbandoni e possa fare dietro front la spalanco.

Lui è sul divano, ha gli occhi sbarrati a guardare fisso davanti a sé, verso la veranda. Quando entro non gira la testa, è come se non mi avesse nemmeno sentita arrivare. Sul tavolino c'è un bicchiere da whisky vuoto.

«Ciao.» Due sillabe, pronunciate in tono patetico. Come se stessi per scoppiare a piangere.

Non risponde. Resta immobile, continua a fissare il vuoto, fuori ha appena iniziato a piovigginare.

Bene. Adesso gli dirò quello che ho da dirgli e poi scomparirò di sopra, in camera da letto. Mi toglierò dai piedi e dalla sua vista.

«So che non vuoi vedermi, e lo capisco, ma dovevo dirti ancora una volta quanto mi dispiace per ciò che è successo.»

No, non per quello che è *successo.*

«Per quello che ho fatto» mi correggo. «Ho cercato di capire cosa mi sia passato per la testa, ma non ci sono riuscita. Ho bisogno d'aiuto, questo mi è chiaro. Domani mi farò ricoverare e uscirò solo quando i medici lo riterranno opportuno.»

«Mi spiace» ripeto impotente. «È tutto.»

Sto per voltarmi e andare di sopra quando si gira. «È tutto?»

Non è una semplice richiesta di spiegazioni, e nemmeno una proposta di pace. Dal modo in cui mi scruta capisco che ha in mente qualcosa di preciso.

«Sì.» Deglutisco per cercare di allargare la stretta che sento alla gola.

«Se è così, allora sii gentile e dimmi chi c'era al volante, ieri sera, nella macchina dietro di me...»

Non capisco cosa intenda. «Che macchina?»

«Quella che mi ha buttato fuori strada.» Si tira su e si volta nella mia direzione. Sotto la manica destra della maglietta s'intravede la fasciatura.

«Sì, Joanna, perché non è stato un incidente. Ma un altro tentativo di farmi fuori. L'auto prima mi ha tamponato da dietro, poi da sinistra, e sono uscito di strada.»

Serra gli occhi. «Un po' troppe coincidenze, non trovi? Prima tu cerchi di accoltellarmi; poi, visto che non ci sei riuscita, qualcuno mi fa cappottare. Appena mezz'ora dopo.»

Vorrei rispondere, ma non ho idea di cosa dire, è assurdo, pensavo che l'incidente fosse stato una conseguenza delle sue condizioni...

«Cosa? Ti hanno buttato fuori strada? Ela non...»

«Risparmiami questo teatrino» mi interrompe con un sorriso cattivo. «Qualunque idiota capirebbe che le due cose sono collegate. E io forse sono stato ingenuo, ma ora basta... Neanche fosse un problema di soldi...»

Io ho dei rimorsi terribili, ci mancherebbe, ma adesso lui è ingiusto. «Io non c'entro! Te lo giuro! Non ne so niente dei pazzi che potrebbero averti buttato fuori strada!»

Lui scoppia a ridere. «Tanto, anche se lo sapessi... cosa cambierebbe? Dimmi, cos'è che sai, ancora, con assoluta certezza?»

Ha proprio ragione, e questo rende tutto ancora più difficile. Quello che dice è terribile, ma è la verità. Non mi ricordo di lui, ho perso il controllo delle mie azioni... Chissà cos'altro mi aspetta.

All'improvviso vorrei che fosse già domani, vorrei essere già distesa su un letto con le lenzuola pulite, gli occhi chiusi, in completa balia dei medici.

Mi sento così stanca. «Se davvero la pensi così... allora perché non mi denunci? Perché non l'hai fatto già ieri?»

Adesso lui abbassa gli occhi e per un attimo sembra così vulnerabile che vorrei tanto avvicinarmi e accoccolarmi su di lui. Per alcune ore siamo stati così vicini.

Ma io ho aperto una voragine tra noi, e non è possibile colmarla. Se adesso seguissi l'istinto e andassi ad abbracciarlo lui mi respingerebbe. E avrebbe ragione.

E infatti lo fa, a parole. «Non ti ho denunciato perché sento ancora questo assurdo bisogno di proteggerti. Ma credimi, sono il primo a trovarlo più ridicolo ogni istante che passa.»

Mi guarda con occhi pieni di un gelo che non gli ho mai visto. «Ma forse lo farò. Più ripenso a quello che è successo, più capisco che è me che devo proteggere.»

26

Vedo gli occhi di Joanna che s'inumidiscono, mentre si sforza di mantenere un contegno. Immobile. Ammutolita da ciò che ho appena detto.

Perché l'ho fatto? Non la denuncerò, è ovvio. Volevo solo ferirla, vedere se e quanto le avrebbero fatto male le mie parole. Perché ho ragione, in tutto e per tutto. Sì, io... io volevo vendicarmi.

Ho sbagliato, lo so. Eppure, scorgere del dolore nei suoi occhi mi ha fatto bene. Per un attimo. Adesso non più, adesso mi sento solo uno stronzo.

Una voce interiore mi suggerisce di alzarmi e andare ad abbracciarla. Dirle che... che... Insomma, consolarla. La donna che ho davanti è pur sempre la mia Joanna, non l'ho mai vista soffrire tanto.

Un'altra voce invece mi dice che prima dovrei perquisirla, accertarmi che non nasconda un coltello dietro la schiena, con cui aggredirmi appena sono abbastanza vicino. Mi dice che devo smetterla di guardarla con gli stessi occhi di prima. Questa che ho davanti è un'altra persona rispetto a una settimana fa, non è la mia Joanna. È ora che me lo ficchi bene in testa.

«Capisco» dice lei con una voce che sembra quella di una persona estranea, per poi ripeterlo ancora, piano: «Sì, lo capisco, davvero».

Non rispondo, non mi viene niente. Forse ho paura di dire altre cose orribili.

Il tempo sembra essersi congelato nel silenzio che c'è tra noi, poi lei finalmente si muove. «Vado su, mi metto a letto.»

Si gira ed esce dalla stanza silenziosa come un fantasma. Per un po' continuo a scrutare l'angolo dietro cui è scomparsa, poi mi sdraio e reclino la testa. Fisso il soffitto, anche se non c'è niente da fissare. Perfino le fitte al braccio sono meno dolorose della consapevolezza che tra me e Joanna è finita.

Una separazione... Solo l'idea nella mia anima sembra un corpo estraneo, eppure è la realtà. Da giorni conduco un'esistenza che mi sembra quella di un altro, questa vita è una specie di morte. Non so come farò ad andare avanti senza Joanna.

A un certo punto avverto una specie di formicolio all'orecchio. Quanto tempo è passato dall'ultima volta che ho pianto? Un giorno? Due? Di sicuro è stato per lo stesso motivo.

E prima? Prima erano anni che non piangevo.

Mi si chiudono gli occhi, sono distrutto. Mi sento scivolare lentamente nel sonno, un pezzettino per volta. Poi un pensiero mi fa scattare all'improvviso.

E se tentasse di uccidermi mentre dormo? Se mi addormentassi sarei nelle sue mani. Mi guardo intorno, il salotto si può chiudere a chiave, ma l'entrata dalla cucina no. In compenso posso sprangare la porta tra la cucina e l'ingresso.

Poi mi viene in mente che se chiudo Joanna non potrà andare in cucina, per bere o mangiare. Supero ogni remora, ne va della mia vita. Vuol dire che berrà l'acqua del bagno, la colpa è sua.

Ecco, che stronzo.

Malgrado tutto mi barrico in salotto, mi rimetto sul divano e tiro su la coperta piegata sul bracciolo. Il relitto di una vita normale.

E il sonno fa capolino, si avvicina insinuandosi come un ladro tra le tortuose mura del mio cervello.

Mi ha quasi raggiunto, ormai non striscia più. Mi assale.

È notte, e mi ci vuole un po' per fare ordine nella testa e capire dove mi trovo. Sono in salotto: gli oggetti che ho intorno li riconosco appena, come attraverso un velo che ne offusca i contorni. Tavolo, armadio, poltrona... Una lama di luce filtra dalla veranda, attraversando le vetrate.

Bene, so *dove* sono, adesso devo capire *quando*. Ho dormito per diverse ore, questo è certo. Mi sento sospirare, mi tiro su e cerco l'orario sulla parabola. Le 6.13.

Quando mi sono addormentato? Più o meno alle quattro del pomeriggio, credo. Quattordici ore. Pazzesco. O forse no, ripensando a tutto quello che ho...

Joanna.

Sarà scesa? Magari ha cercato di svegliarmi bussando alla porta.

Accendo la lampada a stelo e vado verso la porta del salotto. Prima di girare la chiave trattengo il respiro e poggio l'orecchio contro il legno in cerca di rumori dall'altra parte. Apro, il cuore batte all'impazzata. Con la mano ancora sulla maniglia perlustro l'ingresso, è vuoto, e tiro un sospiro di sollievo. Cosa mi aspettavo? Che Joanna mi aggredisse non appena avessi aperto la porta? È folle. No?

Valuto l'ipotesi di salire al piano superiore e controllare se dorme, ma la scarto subito. Adesso non ho proprio bisogno di un altro confronto con lei. Alle nove devo essere in ufficio, Gabor ci conta. Almeno questa parte della mia vita deve tornare normale.

Alle sette e mezza sono in taxi, camicia pulita, giacca e cravatta. Per fortuna le cose le avevo appese nel guardaroba di sotto. Di Joanna nessuna traccia. Meglio così, mi dico. Devo imparare a resistere all'istinto di volermi occupare di lei.

Entro alla GEE, ci sono poche persone in giro. La maggior parte dei miei colleghi arriva tra le otto e mezza e le nove e mezza. Abbiamo l'orario flessibile.

Mi fermo davanti all'ingresso dell'ufficio e mi guardo intorno. La scrivania, i due monitor, una pila di documenti, l'armadio... mi sembra un'oasi di normalità, come se la mia vita non fosse deragliata del tutto.

Bene, adesso ci vuole professionalità.

Mi siedo e accendo il pc. Forse sul server troverò qualcosa sul nuovo progetto. Di solito in questi casi viene subito creata una cartella di informazioni a cui possono accedere tutti i reparti.

Non trovo nulla: non c'è ancora niente o non sono autorizzato a entrarci. Cosa, quest'ultima, alquanto improbabile, visto che in qualità di responsabile dell'IT ho accesso a tutte...

«*Toc-toc.*»

Ho un sussulto, poi alzo gli occhi e vedo la quintessenza della rabbia sotto un viso sorridente. Nadine.

«Buongiorno» dice con voce flautata, come se fossimo due innamorati.

«Sì, fino a questo momento lo era.» Guardo di nuovo il monitor, apposta. «Che cosa vuoi? Non abbiamo niente di cui discutere.»

«Tranquillo, volevo solo dirti che mi dispiace, mi dispiace per quello che è accaduto a casa vostra. Io...»

«Guarda, dopo quella scenata tu per me non esisti più» la aggredisco, cercando con estrema fatica di non alzare troppo la voce.

Fa un paio di passi verso di me, prudente, massaggiandosi le dita. «Erik te l'ho detto, mi dispiace. Non possiamo semplicemente cancellarlo, fare finta che non sia successo niente? Se vuoi telefonerò a Joanna, mi scuserò anche con lei.»

Faccio leva sulla scrivania e mi tiro su per metà, lei indietreggia. «Non osare chiamare a casa mia, o farti vedere ancora da quelle parti. È chiaro?»

«Va bene, va bene, ho capito.» Una breve pausa. «Ma non potremmo avere un rapporto normale, almeno qui? In fondo lavoriamo insieme.»

Almeno su questo ha ragione, anche se solo l'idea mi ributta. Tuttavia lei è l'assistente di Geiger, abbiamo spesso a che fare. E poi...

Annuisco controvoglia e mi risiedo. «Mmm... okay, fin tanto che si tratta di lavoro. A proposito, tu sai qualcosa del nuovo, grande progetto?»

Nadine inarca un sopracciglio. «Quale nuovo progetto?»

«Phoenix, una cosa del genere. Gabor dice che è un grosso affare. Tra poco vado a Monaco a prendere i partner. Non puoi non saperne nulla.»

«Invece... davvero, non ne so nulla. Phoenix, hai detto?»

Osservo con attenzione la sua faccia e decido di crederle. La questione si fa sempre più nebulosa. Preparare le bozze dei nuovi contratti e occuparsi di tutto il necessario rientra nelle sue mansioni: dalla prenotazione della sala conferenze al catering, agli hotel per i potenziali soci in affari. Se non ne è al corrente lei...

«Che strano» dico più a me stesso che a lei. Nadine si stringe nelle spalle.

«Be', così importante non può essere, altrimenti ne sarei stata informata.»

Su questo la vedo diversamente. Se cento software non sono un grande progetto, allora cosa lo è? Forse l'accordo non è ancora sicuro, ragion per cui Gabor non lo ha ancora strombazzato ai quattro venti? È per questo che all'inizio mi aveva tagliato fuori? Sì, avrebbe senso. Aver trovato una spiegazione plausibile mi tranquillizza. A questo punto, però, parlarne con Nadine è stata una mossa stupida.

«Vabbè, non fa niente» cerco di sminuire la cosa, e per evitare che continui a insistere aggiungo: «Ad ogni modo, sono d'accordo sull'avere qui in ufficio un rapporto normale, anche se in privato...».

Il resto lo lascio in sospeso.

«Bene... allora adesso torno di là.» Ha un attimo di esitazione, come se si aspettasse che io aggiungessi qualcosa. Ma continuo a fissare lo schermo. Alla fine si gira ed esce dal mio ufficio. Tiro un sospiro di sollievo e ringrazio il cielo che si sia dimenticata che oggi è il mio compleanno. Che, in questa giornata, del resto, è l'ultimo dei miei pensieri. Alle nove meno cinque sono nell'anticamera di Gabor, sto osservando la Schultheiß che riordina chissà quali scartoffie. Alle nove in punto entro.

Gabor è alla finestra e si gira verso di me. A differenza dell'ultima volta non sorride, sembra affaticato. Sento una stretta allo stomaco, cerco di ignorarla.

«Buongiorno, Erik. Prego, si sieda.» Gabor annuisce in direzione del tavolo al centro. Scelgo lo stesso posto della nostra ultima conversazione.

«Le ho fatto prenotare un'auto da un'agenzia qui vicino. Extralusso. Le persone che andrà a prendere non possono certo accomodarsi in uno dei nostri macinini aziendali. Può tenerla finché non avrà sostituito la sua. Per quanto riguarda il noleggio e la benzina, conservi le ricevute che ci pensiamo noi, ovvio.»

Si siede di fronte a me e accavalla le gambe.

Gabor mi mette a disposizione una macchina extralusso fin quando non ne avrò una nuova? E si fa carico di tutte le spese? Si sente forse in colpa e sta cercando di riparare? All'improvviso mi viene in mente una cosa, e mi stupisco di pensarci soltanto adesso. «Se posso permettermi, perché non manda il suo autista?»

Lui mi guarda sbalordito. «Il mio autista? Ma che dice? Ci sarei andato di persona se non si fosse offerto lei in qualità di rappresentante del consiglio d'amministrazione dell'azienda. Tutto il resto sarebbe un'offesa, per questi signori.»

«Certo che sono strani, questi signori.»

«Eccome se lo sono. Mi permetta di ripeterle che è di fondamentale importanza che arrivi in stazione puntuale. Loro ne fanno una questione di principio: un solo minuto di ritardo li infastidirebbe. Calcoli quindi un'ora per arrivare a Monaco e un'altra mezz'ora per raggiungere la stazione. Dunque, per avere un certo margine, le consiglio di partire intorno alle dieci e mezza.»

«Come li riconoscerò?»

«Saranno loro a riconoscere *lei*. Le forniremo un cartello con i loro nomi, e anche le indicazioni riguardo al binario e l'orario di arrivo preciso.»

Gabor si alza e inizia a camminare per la stanza. Sembra molto nervoso, un'ulteriore conferma che si tratta di una cosa davvero importante.

«Mentre sarà per strada la dottoressa Schultheiß le preparerà un fascicolo con tutte le informazioni riguardo al progetto. Le trattative inizieranno solo domattina, quindi avrà il resto della giornata per farsi un'idea. La prima riunione è fissata per domani dopo pranzo.»

Gabor smette di vagare per l'ufficio e si siede dietro la sua scrivania. «Credo sia tutto.»

Le parole d'ordine per l'uscita di scena.

Alla porta mi giro un'ultima volta verso di lui. «Ah, signor Gabor... grazie.»

«E di cosa?»

«Per avermi incluso nel team. Mi ero preoccupato...»

«Adesso vada, mi fido di lei.»

«Ah, scusi, per arrivare al noleggio... prendo un'auto aziendale?»

«No, la porterà lì la dottoressa Balke.»

Proprio Nadine? Cavolo. Ma è normale. È lei a occuparsi di viaggi aziendali, rimborsi spese e noleggio macchine.

Durante il tragitto parliamo poco, e solo di lavoro. Grazie a Dio.

Alle dieci e mezza salgo sulla limousine nera.

Nadine mi ha portato il cartello con i nomi e il foglio con l'orario e il binario.

13.10, binario 16. I due nomi sul cartoncino formato A4 non riesco nemmeno a pronunciarli, sembrano arabi... cosa che spiegherebbe, per esempio, come possano permettersi l'acquisto di cento nostri software a energia solare, considerato che solo uno costa diversi milioni, e anche perché Gabor non abbia voluto sbandierare la trattativa.

Penso a quanto debba tornargli difficile mettersi in affari con loro, e non posso fare a meno di sghignazzare. Alla GEE perfino le donne delle pulizie sono tedesche. Tutti sappiamo quanto sia razzista il nostro capo: mi sono indignato più volte per questo motivo e, in alcune occasioni, *non* sono riuscito a star zitto, anche a rischio di perdere il lavoro. Però, per affari di una certa entità, è disposto a passare sopra alle sue convinzioni... interessante.

A circa venti chilometri da Monaco resto imbottigliato in coda. Un incidente di camion, dicono alla radio. Blocco totale. Proprio adesso, cavolo.

Controllo l'ora: 11.15. Il mio cellulare è nella console tra i due sedili davanti. Così, se tutto va storto, posso chiamare Gabor senza farmi saltare i punti al braccio. Ma lo farò solo in caso di vera necessità. C'è ancora tempo.

A mezzogiorno inizio a innervosirmi. Non sono avanzato di un solo metro. Per l'ennesima volta prendo il telefono, mi accerto che ci sia campo per una chiamata d'emergenza. Lo rimetto giù, e l'apparecchio suona.

Joanna, vedo sul display. Non so cosa fare. Tre squilli, decido di rispondere.

«Sì?»

Tre, quattro secondi, in cui percepisco solo dei rumori di sottofondo.

«Non c'eri più.» La sua voce è flebile, sulla difensiva. Combatto per rimandare giù ciò che sento affiorare dentro di me.

«Sì.» La mia risposta secca.

«Come... Insomma, come stai? Il braccio?»

«Sta come deve stare.» Vorrei chiudere la conversazione il prima possibile, mi rende nervoso, e in questo momento non posso, né voglio, pensare al suo stato d'animo.

«Ma dove sei? Me lo dici?»

Sospiro. Sembrando più snervato di quello che vorrei. «Sono in macchina per lavoro e sto andando alla stazione centrale di Monaco a prendere delle persone importanti. Sempre che riesca a venir fuori in tempo da questo ingorgo di merda.»

«Okay.» Adesso ha un tono pragmatico, non è più impaurita. Davanti al mio cattivo umore non è mai stata accondiscendente. «Allora non voglio trattenerti oltre. Buon viaggio.»

A proposito del viaggio: ormai alcune persone hanno lasciato le vetture e camminano lungo l'autostrada. Scendo anch'io con il telefono in mano.

12.20. Cazzo, devo chiamare Gabor e dirgli che non farò in tempo. Andrà in escandescenza e mi taglierà di nuovo fuori dal progetto. Fine dei giochi. Okay, ancora un paio di minuti...

Inizio a sudare, anche se non fa affatto caldo. Se per gli arabi la mancanza di puntualità è davvero un'offesa magari salterà tutto, e sarà colpa mia. Gabor ha insistito tanto sull'importanza dell'orario.

Rimonto in macchina e scivolo sul sedile. Maledizione, *devo* chiamarlo. Seleziono il suo contatto dalla rubrica, ho già il dito sul simbolo della chiamata... poi mi fermo.

Alle 12.26 ci muoviamo. Alleluia.

Posso ancora farcela, se non ci sono altri imprevisti. No, non devono essercene, punto e basta. Direi che negli ultimi giorni me ne sono già capitati a sufficienza.

E invece, alla periferia di Monaco siamo di nuovo bloccati. Ancora ventuno minuti. Impreco, picchio una mano contro il volante, vorrei quasi arrampicarmi sui semafori per far scattare il verde. Perché questi idioti non si muovono? Tutti gli incapaci hanno deciso di mettersi in macchina proprio oggi? Finalmente s'inizia di nuovo a scorrere. Almeno fino al rosso successivo.

13.01. Sono proprio al limite. Insomma, non sarà mica una tragedia se arrivo con tre, quattro minuti di ritardo. Sempre ammesso che il treno sia puntuale. Infatti... quand'è stata l'ultima volta che un convoglio delle ferrovie tedesche ha spaccato il secondo? Tutti nel mondo pensano che siano sempre in orario, ma non è vero.

13.10. Svolto nella strada della stazione. L'ultima curva, ecco, la vedo. Duecento metri, trecento al massimo... m'infilo in un posteggio a due passi dall'ingresso. Afferro il cartello con i nomi, schizzo fuori dalla macchina. Le 13.12, corro dentro l'edificio. Quasi puntuale.

Dentro di me sento farsi largo una specie di felicità...

Poi il mondo crolla.

27

Un'altra notte in cui dormo malissimo. Mi sveglio di soprassalto, ci vuole un secolo prima che il mio cuore torni a battere normalmente.

Erik? Starà dormendo? Ci sarà ancora?

Forse ha chiamato Nadine chiedendole se può passare a prenderlo, visto che la sua macchina è fuori uso. Nadine... nella sua ex troverebbe un'alleata sempre pronta a sostenerlo e a dirgli volentieri che farebbe bene a uscire dalla mia vita, il prima possibile.

Potrei scendere e vedere se c'è ancora.

Alzarmi e muovermi mi fa bene. Prima vado nello studio che a volte adibisco a camera degli ospiti, vedo se si è spostato sul divano di sopra. Ma la stanza è vuota.

Allora deve essere in salotto oppure è uscito.

Il senso di disagio con cui scendo le scale mi riporta alla sera di *nemmeno una settimana fa*, quando ho visto Erik per la prima volta. Almeno a giudicare dai miei ricordi.

Vado verso la porta del salotto. È chiusa a chiave, come pure quella della cucina. C'è ancora, quindi, ed è anche abbastanza lucido da barricarsi contro la pazza branditrice di coltelli.

Be', almeno lui riuscirà a dormire. Mi ritrovo ad accarezzare il legno della porta del salotto, a desiderare di essere dall'altra parte, tra le braccia di Erik, o di qualcuno cui importi qualcosa di me e che mi dica che tutto si sistemerà.

Domani, forse. Lui comunque c'è ancora, forse faremo colazione insieme, parleremo. Sempre che riesca a guardarlo negli occhi, non mi sono mai vergognata tanto.

Lunedì scorso avrei dato qualsiasi cosa pur di scacciare quest'estraneo da casa mia. Adesso il solo pensiero che se ne possa andare mi fa male.

Certo, se tutto dovesse rivelarsi una messinscena, allora, chiunque ci sia dietro ha realizzato un capolavoro, complimenti.

Torno a letto, ma non chiudo occhio, mi preparo delle frasi per domani, cose che potrei dirgli per avviare una conversazione sensata. Nel farlo mi riaddormento, visto che quando torno in me fuori è chiaro. Do un'occhiata alla sveglia, sono quasi le otto.

Scendo di nuovo al piano di sotto, spero che Erik si sia già alzato e abbia aperto le porte.

Sì, sono spalancate... ma Erik non si è solo svegliato, è anche già andato via.

Non so perché non lo avessi messo in conto. Non avevo dubbi sul fatto che oggi si sarebbe riguardato, riposato. Ma a quanto pare per lui era più importante lasciare questa casa.

Forse è andato dalla polizia e mi sta denunciando.

Accendo la macchina del caffè quasi senza accorgermene, la riempio d'acqua e tiro fuori una tazza dalla credenza. Il mio corpo fa tutto da solo, la mia testa è altrove. È quello che è successo anche con il coltello?

No. In quel caso una parte di me era come paralizzata, confinata nel suo posto di osservazione, mentre l'altra era più che mai attiva. Era una sensazione diversa, non questa... distrazione totale.

Cercare cliniche specializzate. È questa oggi la priorità. Prendo la mia tazza e vado nello studio. Accendo il computer e digito su Google SPECIALISTI AMNESIA GERMANIA.

Le occorrenze più numerose riguardano un certo professor

Hendrik Luttges di Amburgo, a quanto pare sono decenni che fa ricerca sulla memoria.

Amburgo. Lì nessuno potrebbe venirmi a trovare... né Ela né Darja, la mia collega dello studio, né... Erik. Tutti gli altri rapporti che ho stretto qui in Germania sono troppo superficiali per poter confidare loro anche solo la metà dei miei problemi.

Però... potrei far venire il professor Luttges a Monaco. Lo pagherei, è ovvio. Potrei dirgli che finanzierò il suo nuovo progetto di ricerca, se riuscirà a scoprire cosa c'è che non va in me.

Un momento. Calma. Mi sembra di sentir parlare mio padre: con i soldi si risolve tutto, sempre. Soldi, ne abbiamo a palate, più di qualunque altra cosa. Uno dei motivi per cui sono venuta in Germania è proprio perché questo modo di ragionare mi fa rivoltare lo stomaco.

Però, nelle condizioni in cui mi trovo, sarebbe stupido non attingere a tutte le proprie risorse, no?

Cerco su internet altri esperti... ecco, un altro a Bielefeld, ma anche questa città non è proprio dietro l'angolo.

Mi devo mettere nelle mani del primo neurologo o psichiatra che capita? Devo seguire il consiglio di Ela e farmi ricoverare nel suo ospedale?

Punto i gomiti sul tavolo, appoggio la fronte sulle mani e chiudo gli occhi. Sono stati sempre gli altri a tirarmi fuori dai guai, e questa è la vendetta del destino.

Ma sono in grado di cavarmela anche da sola. Ho solo bisogno di tempo. Se Erik se n'è andato, in fondo, posso farlo con più calma.

Le ricerche e la lettura di un paio di articoli piuttosto complicati mi portano via più di un'ora; il caffè l'ho appena sfiorato, e nel frattempo è diventato freddo.

Torno in cucina per prepararne dell'altro. Non riesco a scollare gli occhi dal cellulare.

Vorrei tanto poter parlare con qualcuno, adesso, subito. Forse esiste un numero di emergenza per i malati di amnesia?

Con il caffè e il telefono sprofondo nel divano del salotto, ma è un errore: me ne accorgo subito. Basta questo a riportarmi alla mente la scena di ieri. Erik che mi vomita in faccia tutta la sua rabbia, comprensibilissima. Che mi rinfaccia di aver assoldato un killer. *Neanche fosse un problema di soldi...* Le sue accuse aleggiano ancora nell'aria.

Abbiamo parlato spesso di denaro, prima? Di questo patrimonio immenso per il quale non ho mosso un dito, che è troppo per una sola persona? Il conto del ristorante chi lo pagava, io o lui? Dividevamo? Sempre ammesso che sia mai esistito un *prima*.

Accendo la tv, ne ho fin sopra i capelli di questi vicoli ciechi. Sul primo canale ci sono dei cartoni animati, sul secondo la solita intervista politica, in piena campagna elettorale non può mancare. Faccio zapping finché non trovo un documentario sui cuccioli di lontra.

Dover solo guardare, senza pensare, mi fa bene. Dopo le lontre si passa ai pinguini. Ma la mia mente inizia a divagare.

È quasi mezzogiorno e mezzo. Che Erik sia di nuovo in ospedale per cambiare la fasciatura? Il cellulare è sotto i miei occhi, sul tavolino, e senza rifletterci troppo cerco il numero di Erik. Se non mi vuole parlare non risponderà, pazienza.

Libero. Uno, due, tre squilli. Risponde.

«Sì?»

«Non c'eri più.» Cerco di non farlo sembrare un rimprovero, in compenso mi esce un tono intimorito. Santo cielo.

«Sì.»

«Come... Insomma, come stai? Il braccio?»

«Sta come deve stare.»

Okay, chiamarlo è stata una pessima idea. Cerco delle cose da dire, ma lui non ha voglia di parlarmi, è evidente. Forse sta tornando, presto sarà a casa.

«Ma dove sei? Me lo dici?»

Sospira, come se fosse l'ultima domanda che sperava gli ponessi. «Sono in macchina per lavoro, sto andando alla stazione centrale di Monaco a prendere delle persone importanti. Sempre che riesca a venir fuori in tempo da questo ingorgo di merda.»

Ci mancavi solo tu a snervarmi, è il messaggio sottinteso.

«Okay.» Perlomeno adesso non ho più sensi di colpa. «Allora non voglio trattenerti oltre. Buon viaggio.»

La conversazione non ha migliorato le cose, tutt'altro, ma in fondo è colpa mia. Cosa mi aspettavo? Sprofondo di nuovo nel divano, pronta a passare la giornata in compagnia degli animali. Senza pensare. Senza prendere decisioni.

È appena iniziato un nuovo documentario, che inaspettatamente mi tocca in modo particolare. Parla dei dingo del Nuovo Galles del Sud.

Casa...

Le immagini delle montagne australiane e dello Sturt National Park mi fanno venire una terribile nostalgia, erano mesi che non mi succedeva. Forse ha ragione mio padre? Sono lì le mie radici?

Il paesaggio che scorre sullo schermo lo conosco appena, eppure mi risulta così familiare.

Qui, in tutta sincerità, continuo a sentirmi un'estranea. Figuriamoci ora...

All'improvviso so con chi voglio parlare davvero.

A Melbourne adesso sono circa le dieci e mezza di sera. È tardi, ma voglio provarci lo stesso. Se esiste una sola persona al mondo sulla quale posso contare in qualunque momento, è lei.

Tre, quattro squilli, poi arriva la connessione.

«*Hello*?»

«Mamma.» Sono così sollevata che quasi inizio a piangere. No, pessima idea, la farei solo preoccupare a morte.

«Ehi, tesoro! Che bello sentirti!» Ha qualche difficoltà a passare dall'inglese al tedesco, fa delle piccole pause e parla con un leggero accento, più morbido. Forse è per l'ora, o forse perché ormai la sua lingua madre la usa raramente.

«Come stai?» Cerco di sembrare divertita. «Tutto a posto lì da voi?»

«Sì, sì. Certo. Ci manchi, moltissimo, a dir la verità... ma per il resto tutto bene. *Daddy* ha fatto le analisi del sangue e finalmente i suoi valori sono rientrati nella norma. Io, invece, a breve terrò una conferenza sull'alimentazione a Sidney. Non è... *fabulous*?»

«Sì, mamma, è grandioso.»

«Ma adesso dimmi di te. Come va? Ci sono novità?»

L'altro ieri ho quasi ammazzato una persona. L'idea di come reagirebbe mia madre a una simile rivelazione mi fa quasi scoppiare in una risata isterica.

«Mah, bene. Di salute al momento non proprio alla grande, tuttavia...»

«Oh, povera... Be', l'autunno tedesco.» Sospira, sembra nostalgica. «Devi solo metterti uno strato in più, tesoro, comprati un paio di giacche pesanti.»

«Sì, lo farò.» Se non arrivo subito al dunque finiremo presto a parlare del più e del meno e non riuscirò più a chiederle nulla. «Mamma, senti, posso farti una domanda?»

«Ma certo.»

«Io ho mai avuto problemi di memoria? Come dei vuoti?»

Tra noi ci sono migliaia di chilometri, ma so benissimo che espressione ha la sua faccia in questi tre, quattro secondi di silenzio: la fronte segnata da rughe di riflessione, le labbra leggermente dischiuse, mentre cerca di trovare una risposta e una spiegazione alla mia domanda.

«No, Joanna. Anzi, tra noi sei sempre stata quella con la memoria migliore. Per esempio, quella volta in cui *Dad* si era dimenticato il codice della nuova *pool house* sei stata l'unica a ricordarselo, malgrado lo avessi digitato due, al massimo tre volte... ed erano ben sei cifre! O quella volta, a Sidney...»

La lascio parlare e snocciolare un aneddoto dopo l'altro. Presto non si tratta più della memoria, ma dei nostri ricordi, di un mondo in cui credevo di essere invulnerabile.

Mamma è contenta, lo so. Papà non tirerebbe mai fuori così tante cose, non gli piace parlare.

A un certo punto però la interrompo comunque. «Senti, ma negli ultimi mesi ti ho mai raccontato di un certo Erik?»

«No.» Mi risponde decisa, senza riflettere nemmeno un secondo. «Perché me lo chiedi? Chi sarebbe questo Erik?»

«Non importa. Non più.»

«Ah.» Raramente qualcuno ha dato tanto peso a un'unica sillaba. Si crea una breve pausa.

«Jo, sarebbe così bello... se tornassi» dice poi esitante. Sa benissimo che non mi piace che metta bocca su queste cose. «La Germania può sempre restare per te una seconda patria, puoi trascorrere lì un paio di mesi all'anno, magari una volta ti accompagno.»

Io non dico nulla, così lei prosegue con quello che avevo temuto. «Senza di te non siamo completi... Soprattutto *Dad* sta soffrendo...»

Non posso fare a meno di sbuffare. Lui al massimo soffre del fatto di non potermi avere sotto la sua ala. Del fatto che potrei prendere delle decisioni che vanno contro i suoi interessi.

«Io... non voglio cercare di convincerti.» Adesso parla con un filo di voce e mi fa un po' pena. «Ma sai quanto saremmo felici se tu tornassi a vivere qui...»

Ormai ascolto con un solo orecchio, lo sguardo per caso mi è finito sullo schermo. C'è un annuncio: tra pochi minuti ci sarà un'edizione straordinaria.

«... Appena parlato con Jasper e Ashley, che ti salutano...»

«Scusa mamma.» Leggo il seguito dell'annuncio che continua a scorrere a ripetizione in sovrimpressione. Non posso crederci. Non voglio. «Devo riattaccare. Scusa.»

Metto giù senza aggiungere altro, il cellulare mi sfugge di mano. Non lo raccolgo. Mi avvicino allo schermo e mi inginocchio.

L'annuncio c'è ancora. Poi arrivano le immagini.

28

Un'esplosione mi fa saltare i timpani, mi scaglia a terra, mi schiaccia i polmoni, m'impedisce di respirare. Aria, ho bisogno d'aria. Sento solo dolore, un dolore lancinante. Alla schiena, al braccio, dappertutto. Vengo travolto da una strana pioggia, una pioggia di distruzione. Mi raggomitolo, proteggo la testa con le braccia. All'improvviso è tutto finito. Un attimo di silenzio sordo, poi il caos. Grida, urla, scricchiolii, tuoni. Una nuvola scura avvolge ogni cosa. Schegge di vetro, pezzi di oggetti e polvere, polvere dappertutto. S'infila nel naso e nella gola, il bisogno di tossire è insopprimibile e tossisco. Giaccio a terra ansimante, respiro a fatica e cerco di capire cos'è successo. Un'esplosione, forse gas... una bomba?

Devo uscire da qui. Fuori dall'edificio. E se ci fossero altre esplosioni? Sollevo la testa, piano. Il mondo è ridotto a polvere, grigiore e foschia. Nel mezzo, scene da incubo. Figure sfocate spuntano dal nulla, si arrampicano con movimenti goffi sulle macerie. Alcune incespicano, altre scappano, altre ricadono, piangono... E queste grida. In tutte le direzioni. Alcune vicinissime.

Qualcuno inciampa nel mio piede e mi cade vicino. Un uomo. Pieno di polvere. Sospira, si rimette in piedi, continua a zoppicare.

Mi accovaccio e provo a muovere le braccia. Ho un unico pensiero che mi monopolizza la testa: *Devo uscire di qui.* Mi tiro su, piano, finalmente sono in piedi, barcollo in questa montagna di vetri infranti, calcinacci, cemento, legno... Vicino a me, un uomo.

Un manto di polvere grigia sui capelli, il viso pieno di macchioline nere. Fissa le macerie con occhi sgranati. Paralizzato. Scioccato.

Su tutto, però, le urla, urla disumane. Vicinissimo a me, una donna. «Oddio! Oh, mio Dio!»

Dalla montagna di macerie emerge sempre più gente.

Sangue: mani, braccia, gambe. Un'altra donna mi finisce addosso, il suo volto è un'unica macchia grigia. Ha i vestiti strappati, e l'avambraccio squarciato da una lunga ferita scura. Tutto, qui, è nero e grigio. L'esplosione ha cancellato i colori del mondo.

Le gambe della donna cedono. Faccio un passo verso di lei per cercare di sorreggerla, ma resto incastrato in qualcosa e precipito giù con lei. Il dolore quasi mi toglie i sensi. La ferita al braccio...

La donna mi atterra sopra. «Tutto okay?» le chiedo, una domanda folle, cerco di liberarmi.

«Gerhard. Mio... mio marito.» La voce fioca. «L'avevo accompagnato al treno.»

Riesco a rimettermi in piedi. Lo sguardo mi cade sul suo braccio pieno di sangue. Lei guarda oltre le mie spalle, verso l'uscita. L'unica macchia di chiarore in questo inferno di polvere. «Voglio uscire, per favore.» La aiuto a rialzarsi. Appena è in piedi schizza via senza dire una parola, pochi secondi e la perdo di vista.

Dovrei seguirla. Fuori da qui.

Adesso l'atrio è pieno di urla disperate... Un'eco, un rimbombo continuo.

A dieci metri da me vedo un uomo a terra che si contorce dal dolore. Si afferra una coscia, il resto della gamba non si vede, si è perso nel caos. Una figura gli passa accanto, si china, prosegue oltre. Nessuno si cura di lui.

A pochi passi da quell'uomo ci sono pezzi dei tabelloni degli annunci. Dietro, tra le macerie dei muri crollati, fiamme. E lì, da qualche parte, iniziano i binari. Ed è sempre lì che pare sia avvenuta l'esplosione. Vado verso l'uomo a terra, mi arrampico su una trave di legno, scivolo e cado, ovviamente sul braccio già ferito.

Ma cosa diavolo sto facendo ancora qui? C'è stata un'esplosione, stanno scappando tutti. Forse ci sono addirittura perdite di gas, da un momento all'altro potrebbe saltare tutto in aria. Dovrei solo pensare a uscire da questo inferno il più in fretta possibile.

Ma l'uomo... sta gridando come un ossesso, l'anima pare uscirgli dal corpo. Sembra che abbia la gamba incastrata, devo aiutarlo, almeno un tentativo. Pochi metri e devo riarrampicarmi su macerie e travi spezzate. Il mio corpo è scosso da un violento attacco di tosse, che mi mette fuori gioco per diversi minuti. Finalmente lo raggiungo, e scopro che il resto della sua gamba è a circa due metri da lui, il piede ancora infilato in una scarpa marrone.

Non ho mai visto un arto mozzato, ma non devo vomitare, non adesso. L'uomo sembra non accorgersi della mia presenza. Le mani avvinghiate intorno al moncone, sotto l'orrenda ferita le macerie luccicano scure. La vita scorre fuori dal suo corpo, morirà dissanguato. Bisogna fermare l'emorragia, l'ho visto fare in un sacco di film. Mi sfilo la cintura dai pantaloni e mi inginocchio vicino all'uomo, che ora piagnucola e basta. Si è reso conto che voglio aiutarlo. Sollevo la mano con la cintura, ma non so dove attaccarla. Perché, cazzo, questo non è un film.

«Adesso la aiuto io» riesco a farfugliare. «Ma deve mollare la gamba, in modo che possa legarla.» Nessun segno di comprensione. Continua a premere ossessivamente le mani intorno alla coscia. E adesso come faccio? Come posso aiutarlo se...

Una mano si posa sulla mia spalla, me la stringe. «Lei è un medico?»

«No» rispondo, prima ancora di verificare chi ho dietro. Poi mi giro e vedo la giacca arancione-argentata di un soccorritore.

«Allora per favore si faccia da parte, ci penso io.» È solo un ragazzo, vedo l'orrore sul suo viso, lo sento nella sua voce. Ma si sforza di sembrare abituato a queste cose.

«Lei è ferito?»

Lo sono? «No, niente di grave, io...»

«Allora esca dall'edificio. Presto fuori arriveranno dei miei colleghi, si occuperanno di lei. Per favore adesso vada.»

«Ma che cosa è successo?» domando, senza riuscire a credere fino in fondo che questo ragazzino sia in grado di darmi una risposta.

«Non ne ho idea. C'è stata un'esplosione, non so altro. Adesso però vada, la prego.»

Provo ad alzarmi, ma non ci riesco. Il ragazzo mi afferra con una presa salda, proprio il braccio ferito. Caccio un grido disumano, lui toglie la mano. «Allora anche lei è ferito...»

«No, cioè sì... ma non per questo.»

Mentre cerco ancora di rimettermi in piedi, il paramedico s'inginocchia vicino all'uomo, osserva il moncone insanguinato e inizia ad armeggiare con la borsa.

Guardo i binari. La polvere si è posata, la visibilità è migliore. Un chiosco distrutto, circondato da diversi corpi immobili, alcuni incastrati in posizioni innaturali.

Ancora oltre iniziano i binari... o quel che ne resta. Ne vedo solo una parte, ma l'immagine è a dir poco macabra. La testa di un Intercity-Express, ammaccata e nera di fuliggine, è di traverso sulle rotaie, le fiamme schizzano fuori dall'abitacolo del capotreno.

Un'asse di acciaio ha sfondato la locomotrice, piegandola come una lattina. La carrozzeria è tutta ammaccata, cavi e materiali da terrapieno che spuntano come vene e organi interni. Il lugubre scenario è completato da pezzi di bagagli e oggetti impossibili da identificare. E da corpi umani. Alcuni dei quali, pochi, si muovono, ma la maggior parte è immobile. Sono morti. Vorrei voltarmi e abbandonare l'edificio, come mi ha detto di fare il soccorritore, ma non ci riesco. Solo quando qualcuno mi spunta accanto gridandomi che devo uscire subito, riesco a scollare gli occhi da questa scena dell'orrore. L'uomo indossa l'uniforme della polizia ferroviaria e mi ha superato di corsa.

Mi guardo intorno un'ultima volta, vedo il giovane paramedico rimettere tutto nella borsa, in fretta. L'uomo che si contorceva, ancora a terra, non si muove più. Ha gli occhi chiusi. Non ho bisogno di chiedere nulla. Lo so già. È morto.

Un attimo dopo la montagna di macerie che ho intorno inizia a oscillare. Anche la sagoma del ragazzo perde i suoi contorni netti, tutti i rumori diventano sordi. D'un tratto, è solo buio.

«Signore, riesce a sentirmi?»

«Sì» vorrei dire, ma resta nei miei pensieri. Apro gli occhi, è tutto sfocato. Li strizzo e dopo qualche tentativo la scena diventa più nitida, ma anche più confusa. Per esempio, il viso che è proprio sopra di me sembra enorme. Le prospettive sono strane. Gli occhi che mi stanno guardando tanto preoccupati, sono del paramedico. Sì, la testa appartiene a lui.

Appena provo a muovere il braccio tutto ricomincia a oscillare. Chiudo subito gli occhi, aspetto un momento e li riapro. Va meglio.

«È svenuto» mi dice il soccorritore, come se ci fosse stato bisogno di spiegazioni. «Adesso come si sente?»

Mi aiuta a tirarmi su. Cerco l'uomo che si contorceva. Anzi, l'uomo morto. È a due metri da me. Il ragazzo capisce. «Non ho potuto fare più nulla» spiega raddrizzandosi. «Aveva perso troppo sangue. E adesso... adesso mi scusi, ma devo andare.»

«Sì» rispondo secco. Si carica la borsa in spalla e si avvia verso i binari.

Gli infermieri, i vigili del fuoco e i poliziotti si moltiplicano, sciamano di corsa nell'atrio. Dalla modalità rallentatore del dopo esplosione si è passati all'iperattività organizzata post-catastrofe degli aiuti e delle squadre di soccorso.

Intorno a me, un sacco di persone stanno cercando di raggiungere l'uscita. Hanno facce sconvolte, sporche, piene di sangue. Un ragazzino mi supera correndo in lacrime, un pompiere paonazzo per il nervosismo mi si avvicina per dirmi di sbrigarmi.

Arrivato all'ingresso devo aspettare, degli uomini in uniforme stanno trascinando all'interno una specie di enorme cesta. Alla fine ce la faccio, sono fuori. Prendo un respiro profondo, mi brucia la gola, ma sono certo di non aver mai inspirato niente di più delizioso. Qualcuno mi poggia una coperta sulle spalle e mi porta via con sé, mi parla. Non capisco cosa dice, il mio cervello non è nelle condizioni di recepire parole. Poi vengo spinto a sedere su un muretto. Una mano mi porge un bicchiere di plastica.

Lo prendo e alzo la testa, è una donna. «Come sta? Ha dolore? È ferito?»

È carina, il camice bianco candido risplende contro il grigiore della stazione: un angelo nel cuore dell'inferno.

«Adesso sto bene, grazie. Sa cosa è successo lì dentro?»

«Nessuno lo sa con certezza. Posso lasciarla solo un momento? Siamo ancora troppo pochi.»

«Sì, certo, me la caverò.»

Annuisce e si volta.

Cerco di ricostruire cosa è accaduto, di capire. L'uomo che si contorceva... non riesco a togliermelo dalla testa. Lo rivedo gridare per il dolore con le mani aggrappate al moncone. Mai avrei immaginato che un essere umano potesse emettere delle urla simili.

All'improvviso penso a Gabor, al motivo per cui sono venuto: i due arabi. E loro che fine hanno fatto? Sono arrivato con un paio di minuti di ritardo...

Sono arrivato con un paio di minuti di ritardo.

Se fossi stato puntuale mi sarei ritrovato nel punto esatto in cui è avvenuta l'esplosione... almeno se avessi spaccato il minuto, come Gabor si era tanto raccomandato di fare.

Ho la nausea. Il presentimento è peggio di quanto possa esprimere a parole, è da lì che viene la nausea.

Sono scampato a morte certa per un pelo, perché al momento dell'esplosione non ero dove Gabor voleva a tutti i costi che fossi.

Mi alzo, la coperta mi scivola dalle spalle. Non m'interessa. Nei miei pensieri si è insinuato qualcosa di sordo che li rallenta.

Obbedisco alla voce interiore che mi ordina di andarmene subito da questo posto. Di lasciare qui l'auto che mi ha dato Gabor. Una voce estranea, che però è chiarissima e autoritaria. Il parcheggio, dove continuano ad arrivare persone e veicoli di soccorso, è già alle mie spalle. Nessuno si accorge di me. In questo momento non è di chi riesce a camminare sulle proprie gambe che bisogna occuparsi.

La voce continua a parlarmi, mi ricorda il boiler guasto e l'incidente in macchina. E poi il contenuto della mail scoperta per caso sul portatile di Gabor:

Stazione centrale di Monaco di Baviera, 18 ottobre, ore 13.10.
Maggiori dettagli a seguire.

Neanche un accenno a presunti partner di affari in arrivo. Solo un orario. Quello esatto dell'esplosione.

29

È Monaco. La stazione...

Sono inginocchiata davanti al televisore come davanti a un altare, fisso le immagini, incapace di capire che cosa sta succedendo.

La telecamera inquadra individui barcollanti ricoperti di polvere, personale medico che corre dentro un edificio semidistrutto. Una luce bluastra avvolge ogni cosa. Il giornalista, in piedi davanti all'ingresso, è costretto a gridare per farsi sentire con le sirene in sottofondo.

«Ancora non abbiamo notizie precise, l'unica cosa certa è che si sono verificate almeno due esplosioni, che hanno colpito e in parte distrutto la stazione centrale di Monaco. Ci sarebbero diversi feriti, e purtroppo gli ultimi aggiornamenti parlano anche di vittime.»

L'uomo schiva due infermieri che passano con una barella a pochi centimetri dalle sue spalle. Deve attingere a tutta la sua professionalità per non guardare, per continuare a rivolgere gli occhi verso la telecamera, si vede.

Vittime. Mi manca il respiro. Erik stava andando alla stazione di Monaco, e aveva una gran fretta...

Il mio telefono è ancora a terra e quasi non riesco a raccoglierlo da quanto mi stanno tremando le mani. Al secondo tentativo lo afferro e seleziono la lista delle ultime chiamate. Clicco su Erik.

Ti prego.

Ti prego.

Ti prego, rispondi.

Ci metto un po' a far partire la chiamata. Nessuna connessione.

Il numero da lei chiamato non è al momento raggiungibile.

No, non è possibile, non può essere vero. Ma forse è solo un problema di sovraccarico di rete, tutte le persone che sono lì staranno cercando di parlare con famigliari e amici, per rassicurarli delle loro condizioni. E allo stesso tempo, tutti gli altri staranno cercando di mettersi in contatto con famigliari e amici che credevano fossero in stazione. Come me.

Prova ancora. Aspetta, Joanna, non pensare, non permettere che nella tua testa si formino immagini che...

Il numero da lei chiamato non è al momento raggiungibile.

Forse non è la rete, ma proprio il cellulare. Magari giace a pezzi sotto un muro crollato, insieme al suo proprietario.

No. Non devo pensarlo. Perché non è vero. Non può essere vero.

Riprovo. Stesso risultato.

Mentre continuo a provare a chiamare Erik, in tv va avanti la diretta, con gli aggiornamenti che scorrono in sovrimpressione, in rosso: *Edizione straordinaria: esplosione alla stazione di Monaco +++ Numero delle vittime ancora ignoto +++ Non si esclude un attentato terroristico.*

Provo per dieci, quindici volte, poi rinuncio. Striscio ancora più vicino al televisore, cerco di individuare Erik tra le persone che camminano o zoppicano. Molti si reggono l'uno all'altro, quasi tutti in lacrime, ma sono troppo lontani per riconoscere le facce. Da qualche parte, sullo sfondo, si levano grida strazianti: «Mamma! Voglio la mia mammaaaa!».

Poi inquadrano di nuovo il giornalista, il suo volto è sempre più pallido.

«Sono appena arrivati nuovi aggiornamenti. A quanto pare una delle detonazioni è avvenuta proprio sui binari, nelle immediate vicinanze dell'Intercity-Express 701009 arrivato pochi istanti prima da Amburgo. Secondo alcuni testimoni, l'esplosione sarebbe stata molto violenta, e avrebbe distrutto non solo il treno, ma anche ampie parti dell'edificio.»

Adesso sullo sfondo sta passando un uomo che per corporatura potrebbe essere Erik, ma non si vede bene, è tutto grigino per la polvere, a parte la fronte segnata da una striscia rossa, sangue.

No. Adesso che è più vicino si vede, non è lui.

«Abbiamo qui un testimone che ha assistito all'esplosione» dice adesso il reporter. La telecamera inquadra un signore anziano che respira a fatica.

«Potrebbe descriverci quel che ha vissuto?»

L'uomo tossisce. «Non si può descrivere» risponde con voce gracchiante. «Ero all'ingresso e all'improvviso c'è stato un botto, un botto incredibile. E poi fuoco, e fumo. Sono tornato subito indietro, ma l'ho visto, ho visto un pezzo di soffitto crollare... giù, sopra la gente.» Volta la testa di lato, si passa una mano sul viso per pulirselo. «Se fossi entrato pochi istanti prima ci sarei stato anch'io con loro. Poveracci...»

«Grazie» dice il giornalista, la telecamera si sposta di lato, su un medico che sta salendo su un'ambulanza. Poi di nuovo l'edificio, che ancora sputa fuori uno strano miscuglio di fumo e polvere.

Dentro non possono riprendere, lo so. O perlomeno poi non potrebbero trasmettere le immagini. Per fortuna.

La linea ritorna allo studio, dove il presentatore dà un numero di emergenza per i parenti, di cui prendo nota tremando così tanto che quasi non riesco a leggere quello che ho scritto.

Prima però devo richiamare Erik, non c'è niente che desideri di più del sentire la sua voce, per non dover continuare a immaginare il suo cadavere sotto le macerie.

Niente. Ancora il messaggio registrato: *il numero da lei chiamato non è al momento raggiungibile.*

Provo a comporre quello di emergenza. La prima volta dà occupato, la seconda mi mettono in attesa.

Attesa, in una situazione in cui si è condannati all'inconsapevolezza e all'impotenza... So che non reggerò ancora per molto, e allo stesso tempo mi chiedo da dove mi venga questa reazione così forte.

Quest'estraneo, si tratta di lui, per me è... No, non è più un estraneo, ma non mi è nemmeno così familiare da giustificare una tale paura all'idea che possa essergli capitato qualcosa.

Se si fosse trattato di Darja, sarebbe stato altrettanto brutto? Ela? Entrambe le conosco da più tempo di Erik, e a loro mi lega qualcosa di simile a un'amicizia. Eppure... No, sarebbe diverso, un panico nemmeno lontanamente paragonabile a quello che sto provando in questo momento. Sarei preoccupata a morte, certo, cercherei di capire se stanno bene, ma non con questa urgenza disperata.

Ela. Pensare a lei rimette in piedi un pezzettino della mia anima. È con lei che devo parlare, lei è meglio di qualunque numero di emergenza. Può cercare di ottenere notizie attivando i suoi amici che lavorano in altri ospedali... e lo farà. Vuole bene a Erik, smuoverà mari e monti per scoprire come sta.

Ma non risponde nemmeno lei. Avrei dovuto immaginarlo, in tutti gli ospedali dei dintorni di Monaco, e anche in quelli non proprio vicinissimi, deve essere già scattato il piano di emergenza: anche nel suo laboratorio sarà un inferno.

Perlomeno, su quello di Ela, dopo il quarto squillo parte la segreteria.

«Erik» balbetto. «Era alla stazione di Monaco, e non riesco a chiamarlo. Per caso lo hai sentito?» Un altro barlume di speranza. Forse, data la situazione, Erik telefonerebbe prima a Ela che a me.

«Per favore, cerca di scoprire qualcosa e poi richiamami, okay? Ti prego, fa' presto.»

Mezz'ora, un'ora. Lo speciale ripropone sempre le stesse immagini, riassunti per i nuovi spettatori, interviste in studio a vari esperti. Esperti di esplosivi. Esperti di terrorismo. Nessuno si sbilancia, aspettano che qualcuno si faccia vivo con un messaggio di rivendicazione.

Sul fatto che sia stato un attentato, però, sono tutti d'accordo.

Ela non richiama.

Il mio cellulare invece dice che ho provato a telefonare a Erik per ben quarantasette volte. Sempre con lo stesso risultato.

Se potesse risponderebbe, ne sono sicura. Nonostante la mia aggressione. Nonostante tutto. Non mi farebbe mai una cosa del genere.

Nel frattempo la tv parla di almeno trentadue vittime. Sottolineano «almeno», il che significa che si tratta solo dei corpi che sono stati tirati fuori fino a questo momento...

Ormai seguo l'arrivo delle notizie in uno stato quasi catatonico. Una specie di meccanismo di difesa che cerca di arginare il panico, impedendomi di collassare. Quanto alla domanda sul perché d'un tratto mi senta così vicina a Erik non ho risposte, so solo che è così. Senza alcun dubbio.

Nel tardo pomeriggio squilla il cellulare, e io scoppio a piangere. Ela, dice il display.

Per la durata di un battito cardiaco valuto di non rispondere. E se avesse scoperto che Erik è morto? Se all'inconsapevolezza stesse per subentrare una verità che non riuscirò a gestire?

Alla fine rispondo, gli occhi pieni di lacrime ancora prima che Ela dica una sola parola.

Non sa nulla, questa cosa si chiarisce nel giro di pochi secondi. Ha appena sentito il mio messaggio in segreteria.

«Perché Erik era alla stazione?» Dal ricevitore esce una voce stridula. «Si è fatto vivo? Sai qualcosa?»

«No.» La mia risposta è appena un soffio, la mia voce è scarica, come me. «Sto provando a chiamarlo da ore, ma...»

«Oh, merda. Merda!» Ela sta per scoppiare a piangere. «Inizio subito con il giro di telefonate. Lo troverò. Ti faccio sapere.» Riattacca prima ancora che possa rispondere.

Torno a raggomitolarmi davanti al televisore. Le braccia poggiate sulle ginocchia, la fronte sopra le braccia. Ormai quasi non guardo più, tanto le immagini le conosco già tutte, o quasi, le rimandano in onda ogni mezz'ora, raramente salta fuori qualcosa di nuovo. Una luce blu nell'oscurità quasi assoluta. Interviste a testimoni oculari che hanno assistito dal parcheggio, dagli edifici vicini o da una macchina.

Poi mostrano il filmato di un cellulare, qualcuno è riuscito a riprendere il momento dell'esplosione, da fuori.

Lampi arancioni, poi finestre che saltano, macerie che volano, muri che crollano.

Lo ripetono, al rallentatore, e io mi immagino Erik che si accascia nell'atrio, si protegge il viso con le mani, che viene spazzato via, sbatte contro una parete o contro un vagone. Poi un pezzo di soffitto che gli precipita addosso e lo seppellisce.

Sono immagini irreali, ma perforano come un trapano lo scudo protettivo che ho cercato di parare davanti a me. Il dolore mi contorce le budella, mi sento singhiozzare, vorrei farmi forza, ma non ce la faccio.

Non ha senso continuare a illudersi. Se Erik stesse bene, se non fosse stato alla stazione, si sarebbe fatto vivo da un pezzo. Ormai sono passate più di sei ore. Le più terribili e tormentose che abbia mai vissuto.

Ma lui non ha dato alcun segno di vita. Perché non poteva, perché lui...

No, mi proibisco ancora di pensare a quella parola, come se il solo pensarla potesse rendere tutto vero, reale.

Verso le otto richiamo Ela, ma ha di nuovo la segreteria. Lascio un messaggio che è appena un balbettio disperato.

Non ho idea di come sopravvivrò alla notte. Telefono di nuovo a mia madre? No, pessima idea. Alla fine sono sempre io che devo consolare lei, tranquillizzarla, rassicurarla che non mi accadrà nulla di male.

Poi è lei a farsi viva, ha sentito dell'attentato al primo notiziario del mattino, non era molto lontano da me, giusto?

No, non lo era. Ma io sto bene. Tutto a posto, mamma, non ti preoccupare.

Alle nove non è ancora arrivato nessun messaggio o video di rivendicazione degli attentatori. Strano, anche su questo gli esperti sono d'accordo. Soprattutto dopo un attacco così violento. Il numero delle vittime continua a salire, è arrivato a settantuno.

I politici annunciano misure speciali, pur non sapendo ancora contro chi. Viene indetto il lutto nazionale.

Alle nove e mezza riesco finalmente ad alzarmi. Devo bere qualcosa, ma non riesco a mandare giù più di due sorsi d'acqua, il mio stomaco non ne vuole sapere, è completamente chiuso. Riprovo, va meglio.

Mi appoggio con le mani al lavandino. Se sono fortunata, di là dovrebbe esserci ancora della vodka. Un bicchiere dovrebbe bastare per concedermi quattro o cinque ore di clemente incoscienza.

Ho appena aperto il frigo quando sento girare una chiave nella toppa della porta di casa.

Il mio corpo si muove in automatico, senza il mio consenso. Fuori dalla cucina, verso l'ingresso.

È lui, è Erik. Immobile, la porta che gli si richiude alle spalle.

Ha il completo a brandelli, lo zigomo sinistro graffiato, la polvere e lo sporco puliti dal viso alla bell'e meglio.

Non riesco a emettere alcun suono. Le mie gambe mi obbediscono titubanti, mi portano verso di lui, troppo lentamente, poi gli sono davanti, sollevo le braccia intorno al suo collo, lo stringo, troppo forte. Voglio sentire, sapere che è davvero lui, che è vivo. Voglio sentire il battito del suo cuore, ma sento solo i miei singhiozzi, che prorompono, non posso farci nulla. Invece di abbracciarlo, mi aggrappo a lui, nascondo il mio viso sul suo petto, che sa di fumo e metallo. Solo dopo un po' mi accorgo che non sta ricambiando il mio abbraccio.

Cerco di ricompormi. Respiro profondamente, fino a quando non smetto di singhiozzare. Poi mi stacco da lui, non molto, quel poco che basta per vedergli la faccia.

Uno sguardo duro, e allo stesso tempo così ferito che quasi mi spezza il cuore.

Gli escono solo due parole.

«Va' via.»

30

A quel punto Joanna fa un passo indietro, al rallentatore, e ristabilisce una distanza, salutare e dolorosa allo stesso tempo. Poi resta lì e mi guarda. La fronte e il naso sono striati di grigio. La polvere è passata dalla mia giacca alla sua pelle.

«Sono così felice che tu sia vivo.» Sono queste le sue prime parole.

La osservo con attenzione, cerco invano sul suo viso un indizio che la tradisca.

«Ah sì?» La mia voce suona troppo gelida e tagliente perfino a me stesso. «Ne sei proprio sicura?»

«Erik...» Si blocca, cerca di ricominciare con un tono più deciso. «Credi che non sappia cos'è successo a Monaco? La televisione non parla d'altro. Ho immaginato il peggio, messo in conto di tutto, compresi gli scenari più macabri. E all'improvviso tu sei qui, davanti a me, vivo e vegeto. Sì, diavolo, sono sicura di essere felice!»

Per un attimo tutto dentro di me mi spinge verso di lei, nel bruciante desiderio di stringerla e dimenticare ogni cosa. Ma poi tornano quelle immagini inquietanti: un coltello che cala sulla mia spalla, la stazione, la gente che urla, i corpi martoriati.

«Jo, vorrei tanto crederti, ma non posso. Non più.»

Il suo sguardo si abbassa, fissa un punto sulle mattonelle del pavimento, sembra aggrapparcisi. Passano diversi secondi, poi si riscuote e si allontana.

Aspetto che sia arrivata in cima alle scale e crollo, esattamente dove mi trovo. Non voglio andare né in salotto né in cucina, non voglio essere qui, non voglio essere da nessuna parte. Voglio... non voglio nulla. Si può? Si può non pensare a niente? Semplicemente esistere... vegetare?

Ma cosa diavolo sto dicendo? Ho perso il senno del tutto? Ma... una persona che sta perdendo la ragione ne è consapevole? Lo capisce?

Sento le ultime energie abbandonare il mio corpo, mi appoggio al mobiletto, mi accascio, sono la copia inanimata di me stesso.

Lo sguardo vaga. Riconosco ciò che vedo, eppure mi sembra estraneo: il piccolo acquerello alla parete vicino all'ingresso della cucina, il vaso di vetro azzurro con le foglie di palma e le piante delle pampas, il portaombrelli di lattine riciclate sull'altro lato... sono tutte cose familiari, ma che all'improvviso non vogliono più appartenermi.

Ma del resto, in generale, che cosa è rimasto di ciò che fino a qualche giorno fa costituiva la mia vita, di quello che *era* la mia via?

Cosa ha a che fare la donna che ha appena salito le scale con la mia Joanna? O questa casa con me? Perfino il mio capo...

Chiudo gli occhi, ma dopo un attimo li apro di nuovo, rivedo l'uomo che si contorceva, la parte inferiore della sua gamba a quasi due metri di distanza da quella superiore, in mezzo allo schifo. Scuoto la testa per far scomparire la scena, ma so che tornerà. È da quando sono uscito dalla stazione che non mi dà tregua.

In compenso, di come sia tornato a casa non ricordo quasi nulla. So solo che a un certo punto ho preso e me ne sono andato, in una direzione a caso, semplicemente ho dato le spalle a quel caos terribile. Ho lasciato lì la macchina, perché... già, perché? Perché comunque non sarei riuscito a passare, in quel viavai di ambulanze e camionette dei vigili del fuoco? Sì, forse. E anche perché qualcosa dentro di me mi ha detto che era meglio così.

Le persone mi correvano incontro a frotte. Puntavano tutti alla stazione, invece io volevo andarmene. Lontano, il più lontano possibile. Molte volte mi sono dovuto fermare per appoggiarmi, quando il mondo intorno ricominciava a ondeggiare, o quando sentivo un rumore che mi gelava le ossa. E di nuovo quelle immagini davanti agli occhi. L'uomo che si contorceva...

Ho cercato un taxi, ma invano.

È stato in quel momento che mi sono ricordato del cellulare.

Assurdo. Siamo abituati ad averlo sempre con noi, eppure, quando lo si potrebbe utilizzare in maniera sensata ci si dimentica della sua esistenza.

Lo avevo in tasca, ma il display era a pezzi. L'ho rimesso via. Fine del tentativo. Poi all'improvviso mi sono ritrovato in un cortile. In un angolo c'era una panchina di legno, vecchia e malandata, appena visibile nel buio. Mi ci sono lasciato cadere sopra e ho chiuso gli occhi. Che però, anche chiusi, hanno continuato a vedere... l'esplosione, le grida, l'uomo che si contorceva.

Poi, a un certo punto, un signore mi ha chiesto se poteva aiutarmi, era già sera inoltrata. Mi ha chiamato un taxi.

Chiudo di nuovo gli occhi. In un meandro nascosto del mio cervello c'è qualcosa che aspetta di essere formulato a parole, lo so.

Gabor.

Davvero mi ha spedito a Monaco perché l'esplosione mi togliesse di mezzo? Adesso, su queste mattonelle, mi sembra un'idea assurda. Ma tutta la giornata che mi sto lasciando alle spalle mi sembra assurda, surreale. L'esplosione e le macerie, il fuoco, le persone che gridano, il sangue... Eppure mi basta guardare le mie mani e i miei vestiti per sapere che è successo veramente.

Ma Gabor? Mi ha mandato alla stazione solo perché non gli stavo dando pace e volevo essere coinvolto nel progetto a tutti i costi. Mi ha perfino messo a disposizione una limousine pagata dall'azienda. Anche se mi chiedo come mai il noleggio del mezzo sia stato fatto a mio nome, se è comunque tutto pagato dalla GEE. Ecco, questo è strano.

Ma ce ne sono, di cose strane. Ne sono capitate parecchie negli ultimi giorni, troppe.

No, non può più essere un caso, non possono essere solo coincidenze. Non capisco il senso, ma qualunque siano i retroscena dell'intera vicenda... Joanna ci è dentro fino al collo. E se sia Joanna sia Gabor hanno a che fare con questi eventi assurdi, allora sono complici, è evidente.

Il mio stomaco si ribella, e di fatto ho ancora energie sufficienti per alzarmi e raggiungere a passo svelto il bagno degli ospiti.

La sensazione di soffocamento passa, mi do una sciacquata alla faccia. Vado in salotto e sprofondo nel divano. Non riesco più a pensare... basta. Vorrei scappare via da tutto, ma anche se fosse possibile non lo farei, lo so. Mi sento così stanco, chiudo gli occhi, pronto a riaprirli non appena riaffioreranno quelle immagini agghiaccianti. Eppure tutto ciò che percepisco oltre all'indulgente oscurità è il chiarore di un filo di luce che penetra attraverso le palpebre chiuse.

Per il momento accantono il pensiero che le porte sono tutte aperte e che da un momento all'altro Joanna potrebbe scendere con un coltello in mano.

Mi viene in mente mia madre. Come se fosse qui davanti a me e mi stesse carezzando con il suo sguardo dolce. Non l'ho mai vista arrabbiata. Non ha mai perso il sorriso, nemmeno quando ne avrebbe avuto motivo.

L'immagine mi tocca con un'intensità tale che riesce perfino a scaldare lo strano gelo che mi attanaglia. È bello sentirla così vicina. Negli ultimi tempi avevo sempre avuto difficoltà a ricordare il suo viso. Col passare degli anni era diventato sempre più sfocato, quasi astratto. Ogni volta più lontano.

Adesso è diverso. Lo vedo con chiarezza, le piccole rughe che le si formano intorno alla bocca quando ride, il verde dei suoi occhi e perfino la piccola cicatrice sulla fronte che si era fatta da bambina. Sento il bisogno di stringerla, no anzi, di essere abbracciato da lei. Di farmi consolare, come quando ero piccolo.

Emergono altre immagini, in cui mi rintano volentieri. Scene dell'infanzia, cose belle che ho vissuto con i miei genitori. Le gite dei fine settimana, le giornate sulla neve d'inverno, il campeggio... Mi ci hanno portato perché io insistevo, ma loro non avevano la minima voglia di passare la notte in una scomodissima tenda.

Certo, non è stato sempre tutto rose e fiori. Ogni tanto litigavamo, ma anche nei momenti difficili non ci siamo mai tenuti il broncio per troppo tempo.

Apro gli occhi e fisso il soffitto.

I miei genitori adesso non ci sono più. La mia famiglia è Joanna. Lo era. E adesso? Adesso è un'estranea.

L'azienda, Gabor, Bernhard... Il mio mondo. Estraneo.

Mi tiro su e mi rendo conto che non c'è un solo punto del corpo che non mi faccia male. Punto i gomiti sulle cosce, abbasso la testa e affondo le dita nei capelli. Cosa devo fare?

«Ti devo parlare.»

Scatto in piedi. Joanna si è piazzata in mezzo alla stanza. Non l'avevo sentita arrivare.

«Cosa vuoi?»

«Te l'ho appena detto: parlare.»

C'è qualcosa di diverso, in lei. La sua voce non è la stessa di prima. È più decisa. Senza ritrosie e sensi di colpa.

«Non so proprio di cosa dovremmo parlare» le rispondo brusco.

Lei si avvicina. «Dici davvero? Ci capita una catastrofe dopo l'altra e tu non sai di cosa dovremmo parlare?»

«No, infatti, ho sbagliato. Non so davvero di cosa dovrei parlare *con te.*»

Lei si lascia cadere sulla poltrona vicino al divano, senza togliermi gli occhi di dosso. «Senti, ero di sopra a rimuginare su quello che è successo... Per favore adesso accendi il cervello, di solito funziona molto bene. Allora forse ti sarà chiaro che qui c'è qualcuno che sta cercando di farci fuori. Non solo te, entrambi.»

Mi scappa una risata. «Qui l'unica cosa certa è che *tu* vuoi far fuori me.»

Joanna si china in avanti e appoggia le mani sul tavolino. Lo sguardo intenso, privo di qualunque insicurezza, paura o disperazione.

«Era proprio questo che intendevo, prima, dicendoti di accendere il cervello. Erik, se davvero avessi voluto farti fuori, saresti morto da un pezzo.»

31

Morto. La parola resta sospesa nell'aria, gli occhi di Erik si assottigliano, come se stesse provando dolore, e io immagino anche il motivo. Oggi ha avuto così tanta morte intorno, è evidentemente sull'orlo di un esaurimento. La sua visione del mondo di certo non è la stessa di stamattina. Niente per lui potrà più essere come prima.

«Erik, ascolta, se avessi voluto ammazzarti, avrei avuto un sacco di occasioni per farlo.» Vorrei tanto accarezzargli una mano, ma non è una buona idea. «Hai passato un'intera notte accanto a me, eravamo così...»

«Il fatto che tu non ci sia riuscita non vuol dire che tu non ci abbia provato seriamente» mi interrompe. «E comunque, come sappiamo bene entrambi, ci sei andata vicinissima.»

Mi siedo sul divano, ma lontano da lui. «Quindi tu sei convinto che sono così ossessionata dall'idea di ucciderti da mettere a rischio perfino la mia, di vita? Perché se la tua teoria è corretta, allora anche la storia del boiler sarebbe opera mia, non è vero?»

Chiude gli occhi. «Non ho mai detto che quello che fai sia logico, quindi adesso non cercare di convincermi con argomenti razionali. Tu ferisci anche te stessa... O te lo sei dimenticato?» Le dita della sua mano destra hanno arpionato un cuscino. Dubito che se ne stia rendendo conto.

«La cosa peggiore» continua in un tono quasi impercettibile, «è il fatto che tu probabilmente c'entri anche con quello che è successo oggi. Il mio capo mi ha spedito all'orario preciso dell'esplosione nel punto esatto in cui è avvenuta. Ma io sono arrivato tardi... Che peccato, eh? Per lui, per voi. E prima l'incidente in macchina, la tua aggressione, il boiler otturato.» Deglutisce, scuote la testa. «Non so come sia riuscito a coinvolgerti in questa pazzia. Di sicuro non con i soldi, di quelli ne hai molti più di lui.»

Mi ero ripromessa di non interromperlo, ma proprio non ce la faccio. «Io il tuo capo neanche lo conosco! Santo Dio, io non ti conosco bene, ma puoi star certo che io non potrei mai...»

Non potrei mai prendere parte a un crimine così raccapricciante, volevo dire.

La verità, tuttavia, è che posso solo sperare di avere ragione. Senza volerlo con la mano mi tocco la tempia destra... non mi fa più tanto male, nemmeno quando premo, ma quel che sento basta a ricordarmi di quanto poco possa fidarmi di quello che credo di sapere di me.

Lo guardo dritto negli occhi. «Io non ho niente a che fare con l'attentato di Monaco. Te lo giuro su quello che ti pare.»

Lui ricambia il mio sguardo. Non dice nulla, mi scruta. Poi gli si inumidiscono gli occhi, e si gira.

«Se solo sapessi... com'è stato. Cosa ho visto. Un uomo è morto dissanguato quasi sotto i miei occhi, e poco oltre, vicino ai binari...»

Si ferma, fa un respiro profondo, sta tremando. «Non ho visto bene, l'aria era piena di polvere, ma tra le macerie c'erano delle vittime... corpi dilaniati, impossibili da identificare. Erano solo... grumi umani. Che fino a un minuto prima respiravano, avevano una vita normale, magari erano andati in stazione a prendere un amico, o il padre...»

Sul suo viso iniziano a scorrere lacrime: rigoli luccicanti sulla pelle.

È come se lui non se ne rendesse conto, tiene lo sguardo fisso contro la parete, ma sono sicura che non vede nemmeno quella: è ancora in stazione, in mezzo a quell'inferno di distruzione, grida e morte. Un posto in cui passerà ancora molto tempo, purtroppo.

Il tremore parte dalla mano ancora aggrappata al cuscino, da lì si estende a tutto il corpo. Cerca di dire qualcosa, ma non ci riesce, tenta di alzarsi, ma lo trattengo, lo cingo con le braccia, preparata al fatto che mi respingerà di nuovo. Cosa che infatti fa, ma con poca convinzione. Prova a sciogliersi dal mio abbraccio, scuote la testa, ma io continuo a stringerlo.

Dopo qualche secondo rinuncia, abbandona la fronte sulla mia spalla. Io non mi muovo, continuo a tenerlo, sento il suo tremore aumentare, poi pian piano diminuisce fino a cessare del tutto.

Gli accarezzo i capelli, il viso bagnato, vorrei dire qualcosa ma non trovo le parole.

Lui invece sì, dopo un po', ma solo una sillaba.

«No.»

Mi allontana, e io stavolta lascio che succeda.

«Jo, non mi venire più così vicino, mai più. Non posso sopportare il pensiero di essere toccato da una persona che ha aiutato quegli assassini. Anche se sei tu. Anzi, forse proprio per questo.»

«Ma io non...»

«Io sono certo che tu lo creda. Ma entrambi sappiamo com'è messa, al momento, la tua testa, e chissà cosa... forse lo hai rimosso, l'attentato, proprio come il mio ruolo nella tua vita.»

Ogni fibra del mio corpo insorge contro questa teoria. No, non è vero, non può essere. Quelle immagini alla tv mi hanno scosso troppo, se in qualche modo fossi stata coinvolta nell'attentato sarebbe stato diverso. Se lo avessi saputo...

Ma... Cos'è che so ancora, con assoluta certezza?

«Se davvero credi che sia coinvolta, allora denunciami.» Nonostante il tumulto che sento dentro, la mia voce è calma. «Dico sul serio. Fallo, magari ci aiuterà a fare chiarezza. Racconta alla polizia della mia aggressione, della macchina che ti ha buttato fuori strada, del tuo capo che ti ha spedito alla stazione proprio in quel momento, racconta tutte le cose che ti sembrano rilevanti. Io non negherò, confermerò tutto. Tutto quello che mi ricordo.»

Si china in avanti, si prende la testa tra le mani. Quando la rialza sembra ancora più confuso di prima. «Non posso.» La voce ormai svuotata di ogni forza. «Jo, sai cosa ti farebbero... la polizia, i media... sai quanto ci metterebbero a buttare lì l'idea che tu, ricca sfondata come sei, finanzi organizzazioni terroristiche? E chissà cos'altro tirerebbero fuori.» Si schiarisce la voce, tossisce, scuote di nuovo la testa. «Diventeresti subito il volto dell'attentato: la miliardaria australiana terrorista.» Adesso mi guarda con un'espressione più morbida. «Se sapessi con certezza che sei implicata, non esiterei nemmeno un secondo. Ma così... no, non posso. Tu sei...»

Il mio cellulare squilla proprio nel bel mezzo della frase. Ma non è nessuna delle suonerie che ho dato alle persone che mi sono più vicine. Do uno sguardo al display. Numero sconosciuto.

«Non rispondi?»

Scuoto la testa. «No, non potrà mai essere così importante come il nostro discorso.»

«Ah.» Il volto di Erik si illumina di un mezzo sorriso. «Se vuoi vado in un'altra stanza.»

Nel momento in cui capisco dove voglia andare a parare, il telefono si zittisce. «Certo, tu pensi che siano i miei complici, dico bene? Che vogliono complimentarsi per il grande botto.»

«Questo lo hai detto tu. Trovo solo interessante che...»

Il cellulare riprende a squillare. Ancora un numero sconosciuto. Stavolta non esito nemmeno un secondo, rispondo e inserisco il vivavoce.

«Sì?» La mia voce è agitata, nervosa.

All'altro capo della linea si sente solo un respiro affannato. Poi una voce, prostrata, come se fosse sotto torchio. «Joanna? Lei è Joanna?» Un uomo.

Gli occhi di Erik d'un tratto si sono ingigantiti, con le labbra sta dicendo qualcosa, in silenzio, che non capisco.

«Sì, sono io. Chi parla?»

«È da sola?»

Dovrei rispondere di no, che intorno a me ci sono orde di amici, ma qualcosa mi dice che l'uomo riattaccherebbe.

«Sì, adesso mi dice chi è lei?»

«Sono... Bernhard, un collega di Erik, ci siamo visti di sfuggita circa una settimana fa.»

Certo, il visitatore inatteso con la borsa per pc. «Sì, mi ricordo. Chi le ha dato il mio numero?»

«Non importa. Mi dica solo se... ha sentito Erik? Sa se sta bene?»

Sollevo la testa, vedo Erik che fa cenno di no e capisco che è la sua grande occasione per scoprire qualcosa.

«No.» Cerco di mettere nella mia voce maggiore disperazione possibile. Cosa che mi torna incredibilmente facile. «No, non riesco a contattarlo. Sto provando da ore, di continuo...»

«Allora è vero.» Anche Bernhard sembra far fatica a non scoppiare in lacrime. «Io non volevo, la prego, mi deve credere! Io non sapevo cosa sarebbe successo, non di preciso. Mi hanno mentito.»

«Ma chi... chi le ha mentito?» Deve continuare a parlare. Non può fermarsi adesso.

Silenzio.

È ancora in linea? Se adesso l'ho fatto riattaccare con la mia stupida domanda, troppo diretta, allora ho distrutto la prima vera opportunità per fare un po' di luce sul buio che ci circonda.

Ma lui è ancora lì. Sembra più calmo. «Tanto adesso non conta più. Per Erik ormai è troppo tardi, ma per lei non ancora. Joanna, lei deve sparire, il più in fretta possibile. Per favore, mi creda. Non è uno scherzo, deve mettersi in salvo.»

La paura mi artiglia il cuore in tutta la sua freddezza, ancor prima che la testa capisca. «Ma... ma chi è che mi vuole fare del male? E perché?»

Di nuovo silenzio, lancio una rapida occhiata a Erik, che a stento sta cercando di dominarsi per non tradire la sua presenza.

«Mi spieghi!» Mi cede la voce, è più forte di me. «Per favore.»

Bernhard non risponde, ma sento che il contesto da cui parla nel frattempo è cambiato. Rumori di strada, un clacson, una sirena in lontananza.

«È troppo complicato, e non ho tutto questo tempo. Posso solo dirle che lei in quello che è successo gioca un ruolo importante, enorme, troppo perché la lascino in pace.» Un rumore sordo, come di una portiera sbattuta. «Posso darle tutte le informazioni che vuole, e se vivrà abbastanza a lungo le avrà, ma per il momento mi deve credere sulla fiducia. Si metta in salvo, altrimenti presto sarà morta, proprio come Erik.»

32

Joanna fatica a mantenere la calma, lo vedo. Poggia il telefono di lato, io intanto cerco di capire quello che ho appena sentito dalla voce di Bernhard.

«Ma... cosa voleva dire?»

E io come cazzo faccio a saperlo?, penso. «A me lo chiedi?»

«Ha detto che io gioco un grosso ruolo. Lo so adesso che cosa pensi. Ma io non ne ho la più pallida idea, non so nulla, mi devi credere.» Si passa una mano sul viso. «Davvero, non so nulla.»

Mi ascolto e mi accorgo che il mio cervello, nonostante la situazione sia sempre più surreale, quasi una farsa, funziona di nuovo. O *sia* Bernhard *sia* Joanna sono in combutta con Gabor, e questo è stato un folle tentativo di convincermi della sua innocenza, oppure Joanna si trova davvero in pericolo. La trapasso con lo sguardo. «Perché Bernhard ha il tuo numero?»

Lei si stringe nelle spalle e scuote la testa, sembra disperata. «Non lo so.»

Rifletto qualche secondo, poi annuisco. «Va bene, ti credo.»

Lei sembra sorpresa. «Mi credi? Perché proprio adesso, dopo questa telefonata? Pensavo che ora tu saresti stato ancora meno disposto a...»

«Perché se fosse stata una cosa preparata, allora tu avresti avuto pronta una spiegazione del perché Bernhard abbia il tuo numero.»

Inarca un sopracciglio, sulla sua fronte si formano delle rughe. «È *per questo*, adesso, che mi credi?»

Sì, penso, e forse anche perché desidero fidarmi. Nonostante tutto.

«Bernhard ha detto che sei in pericolo» dico aggirando la sua domanda. «Quindi lui sa che porcata stanno combinando.»

«Sì, ma ha anche detto che non sapeva di preciso cosa sarebbe successo, e che qualcuno gli ha mentito.»

«Vero, e pensa che io sia morto. Quindi qualcosa deve sapere, forse aveva messo in conto che sarei andato a Monaco. Ma tanto, presto chiarirò tutto.»

In un nanosecondo mi alzo e prendo il cellulare di Joanna. Il movimento improvviso diffonde fitte di dolore lancinanti per tutto il corpo, che però ignoro. Finalmente ho un appiglio per scoprire chi ha gettato nel panico la nostra vita, ed è un'occasione che non voglio perdere per niente al mondo. E quel bastardo vigliacco di Bernhard è meglio che si prepari al peggio. «Adesso lo chiamo. E lui mi dirà quello che sa, non importa quanto tempo ci vorrà. Se lo prenderà, se non vuole che vada dritto dritto alla polizia.»

«No, aspetta, non farlo!» sbotta subito Joanna facendomi quasi prendere un colpo. «Lui crede che tu sia morto.»

Io annuisco stizzito. «Meglio. Così quando sentirà la mia voce sarà ancora più sorpreso.»

«No, Erik, non capisci? Qualunque cosa stia capitando, se ti credono morto non ti cercheranno più.»

«Ma cercheranno te, su questo Bernhard è stato chiaro. Sei in pericolo, che differenza fa se inseguono te o se ambiscono a prenderci entrambi?»

«Io... non lo so. È solo che qualcosa mi dice che è meglio se pensano che sei morto. E comunque non sappiamo se possiamo credergli.»

Joanna non ha torto. Il fatto che mi credano morto potrebbe essere davvero un vantaggio.

«Okay, forse hai ragione. Ma Bernhard ha detto che devi scomparire. Se è vero, significa che potrebbero arrivare a momenti...» Il telefono che ho in mano inizia a vibrare. Numero sconosciuto... ma io, io lo riconosco. Joanna non lo ha tra i suoi contatti, ovvio, ma... «È Nadine» dico fissando la sequenza delle cifre. «Che diavolo vuole a quest'ora?»

«Non rispondere» dice Joanna in tono da cospirazione.

Annuisco e appoggio il cellulare sul tavolino, con calma, come se Nadine potesse percepire dal suo telefono un movimento troppo rapido. So a cosa sta pensando Joanna. «Credi che sia coinvolta anche lei?»

Lei serra le labbra. «Be', quanto meno trovo strano che chiami proprio adesso. E anche lei... come fa ad avere il mio numero?»

«Quando Nadine vuole un numero, lo trova» rispondo con un'alzata di spalle. «Probabilmente lo ha da mesi.»

Il cellulare si è zittito. Prima Bernhard, adesso Nadine... come se si fossero messi d'accordo. Comunque stiano le cose, prenderò sul serio l'ammonimento di Bernhard. «Dobbiamo andare via subito da questa casa.»

Joanna annuisce senza esitare e lascia vagare lo sguardo per il salotto, come se stesse prendendo congedo dal posto che per me è il nido in cui abbiamo trascorso un periodo meraviglioso, per lei una semplice abitazione. Il pensiero ancora mi disturba. Forse ancor più del resto delle cose assurde che stanno accadendo.

Devo assolutamente scoprire cosa si nasconde dietro l'intera faccenda. Perché Gabor mi ha spedito a Monaco e cosa hanno a che fare lui e Bernhard con la bomba. E forse anche Nadine.

In un angolo del mio cervello una voce mi dice che non posso essere ancora del tutto certo che Joanna non sia in combutta con Gabor. Una voce flebile, ma insistente. Decido di ignorarla.

«Dovresti chiamare Gabor.»

«Cosa? E perché?»

«Darà per scontato che tu sapessi del mio viaggio a Monaco, e che lì dovevo andare a prendere qualcuno. Ormai tutti sapranno cos'è successo. Tu quindi sai che io ero alla stazione, e lui che sono saltato in aria. E io non sono ancora tornato a casa e non rispondo al telefono. In quanto mia fidanzata, non sarebbe normale che iniziassi a smuovere mari e monti preoccupatissima, provando a chiamare chiunque? Soprattutto in azienda? Ma a quest'ora lì non c'è più nessuno. Quindi ti faresti venire in mente qualcos'altro.»

«Sì, lo farei. *Ero* in questa situazione fino a poco fa, dopo che ho acceso il televisore. Sono quasi impazzita dalla preoccupazione.»

Se ripenso al momento in cui sono tornato a casa, alla sua reazione, il suo sollievo... Sì, forse dovrei crederle.

«Che tipo è questo Gabor?» mi domanda prendendo in mano il telefono.

«Più gli sembrerai impotente, più lui sarà disponibile.»

«Ah, okay... ho afferrato il concetto.»

Il numero di Gabor lo conosco a memoria. Lo digito per Joanna. «Ah, un'altra cosa. Mentre parlate, *immagina* che siamo fidanzati e che mi ami.»

Mi guarda con un'espressione indecifrabile. «Metto di nuovo in vivavoce, okay?»

«Sì, però tieni il telefono attaccato all'orecchio, così lui non sentirà nulla.»

Solo due squilli, poi risponde.

«Salve, sono Joanna Berrigan.» Attacca a parlare a macchinetta, sembra davvero preoccupata, quasi isterica. «Lei probabilmente non mi conosce, sono la fidanzata di Erik. Erik Thieben, che oggi doveva andare alla stazione di Monaco a prendere della gente per lei. Ma c'è stata quest'esplosione... sono ore che cerco di chiamarlo, ma lui non risponde. Ecco. Io sono... preoccupata a morte. Per caso lei lo ha sentito?»

Per diversi secondi cala il silenzio, poi lui parla, è calmo. «Buonasera signorina Berrigan. È vero, doveva andare a prendere due nostri partner d'affari. No, con me non si è fatto vivo. Abbiamo già chiamato la polizia, ma non sono stati in grado di dirci nulla. Signorina Berrigan...»

Una pausa ancora più lunga, poi parla, con voce velata. «Questo però non significa che gli sia per forza successo qualcosa.»

Stronzo ipocrita, penso, sentendo una voglia selvaggia di staccargli i denti a mani nude.

«Mi aveva detto che doveva essere lì poco dopo l'una. Che è proprio quando è avvenuta l'esplosione.» Joanna sta andando benissimo, la sua disperazione sembra autentica.

«Sì, è vero, ma le ripeto, non significa nulla. La polizia ha detto che i feriti non sono stati ancora identificati tutti, come quelli che hanno riportato lesioni superficiali e quindi sono andati in ospedale solo per un controllo. Bisogna attendere almeno fino a domani. E comunque potrebbe anche essere sotto shock, se era davvero lì al momento dell'esplosione. Lo so che per lei è difficile, ma non ci resta che aspettare.»

«Aspettare? Mica posso restarmene qui seduta come se niente fosse... io, io...»

«Signorina Berrigan, è a casa?»

Scuoto la testa e inizio a fare cenno di no con la mano.

«No... non ce la facevo a stare a casa da sola e sono andata da un'amica.»

Ottimo. Questo ci fa guadagnare tempo.

«Buona idea. Dov'è? Lì vicino?»

Joanna mi guarda con aria interrogativa, ma prima che possa

darle indicazioni dice: «Adesso ha il mio numero, per favore mi telefoni appena sa qualcosa. Io la richiamerò domattina presto». Fa un respiro profondo e riattacca.

«Sei stata bravissima» le dico. «Sembrava vero.»

Lei mi guarda con aria di sfida. «Mi è bastato ripensare a questo pomeriggio. Quando *era* tutto vero.»

33

Abbassare le serrande, tirare le tende, spegnere tutte le luci: da fuori deve sembrare che in casa non ci sia nessuno. La cosa migliore sarebbe andare a bussare a tutti i vicini per sincerarsi che nessuno abbia visto Erik, ma sarebbe troppo.

In compenso, ci sono altre cose che posso fare: chiamare il numero di emergenza, per esempio, e implorare la persona all'altro capo della linea di dirmi se ci sono novità sul mio fidanzato. Sì, ne sono sicura, al momento dell'attentato era in stazione. No, non si è ancora fatto vivo, con nessuno. Certo, ecco qui i miei contatti: nome, indirizzo e numero di telefono.

«Per favore, appena sa qualcosa mi chiami, anche se è tardi» sussurro nella cornetta con la voce soffocata.

Erik mi osserva pensieroso. «Non sapevo che fossi così brava a recitare. Incredibile... e anche un po' inquietante, a dirla tutta.»

Ho già dischiuso le labbra per rispondere, ma all'ultimo momento decido di tacere. La mia giornata non è stata terribile come la sua, ma insomma... ho i nervi a fior di pelle, da un momento all'altro potrei sfoderare l'intera gamma di reazioni emotive che si hanno in questi casi: risata isterica, pianto convulso, o anche un bell'accesso d'ira.

Non me la sento nemmeno di spiegarglielo, preferisco restare calma.

La telefonata successiva è a uno dei più grandi ospedali di Monaco, dove al terzo tentativo riesco a parlare con il centralino e scoppio di nuovo in lacrime. Anche qui prendono nota dei miei dati.

Più spesso comparirà il suo nome tra le liste dei dispersi e il mio tra quelle delle persone che cercano informazioni, meglio sarà. Se anche Gabor denuncia Erik come scomparso, forse scoprirà che pure la sua fidanzata lo ha fatto. Più volte e ovunque. Al momento non c'è strategia migliore di una pubblica esibizione della preoccupazione.

Un nuovo ospedale e poi ancora un altro. Erik nel frattempo si è alzato, è andato in cucina e ha preso una bottiglia di vino. La apre e mi passa un bicchiere pieno per metà, ma io rifiuto. Ho bisogno di restare lucida, è già mezzanotte passata e il fatto che stia ignorando la stanchezza non vuol dire che non la avverta.

Così Erik beve da solo. Medita mentre io chiamo l'ospedale numero quattro e resto in attesa. Quando riesco ad avere la linea devo sforzarmi per non sembrare snervata, anziché disperata.

Metto giù e lui ha chiuso gli occhi, in mano il bicchiere vuoto, ha bevuto anche quello che aveva riempito per me.

«Sai qual è la cosa veramente interessante?» dice senza guardarmi.

«Cosa?»

«Questa tua improvvisa iperattività... la si potrebbe interpretare in due modi. Che vuoi simulare la mia morte per proteggermi, oppure...»

«Oppure?» Mi esce irritato. *Controllati*, ordino a me stessa.

«Oppure stai preparando tutto per la mia vera morte. Se avevi davvero intenzione di uccidermi, un'occasione così ghiotta non ti ricapiterà mai. Ufficialmente nessuno sa che sono ancora vivo, quindi se dovessi sparire la polizia non avvierebbe nemmeno le indagini.» Adesso riapre gli occhi e si china in avanti per prendere la bottiglia e versarsi il resto del vino. «Certo, il mio cadavere in stazione non lo troveranno, e questa sarebbe, forse, l'unica pecca. Ma alla fine, se ero così vicino alla bomba, il mio corpo potrebbe essersi semplicemente polverizzato... no?»

Lo osservo per diversi secondi senza parole. Se non ci fosse stata la vicenda del coltello, adesso avrei tutte le ragioni per essere indignata. Invece... il suo ragionamento fila. Questo non significa che sia vero, ma ha senso, e non so se riuscirò a convincerlo.

Mi alzo dal divano, vado in cucina e tiro fuori il libro delle tapas. Tra le pagine in fondo c'è una busta, la prendo e torno in salotto. La getto sul tavolino.

«Ecco, qui dentro ci sono ventimila euro, con cui dovresti cavartela per un bel po' senza attingere al tuo conto. Se davvero pensi che ti voglia uccidere, prendili e vai in aeroporto, sali sul primo volo che ti porti fuori dalla Germania e sparisci.»

Erik non degna la busta di un solo sguardo, i suoi occhi si sono assottigliati. «Davvero pensi che accetterei soldi da te?»

«Il punto non sono i soldi, ma il fatto che devi sentirti al sicuro. I soldi non sono la soluzione, non lo sono mai, ma a volte aiutano.»

Quasi gli vedo le rotelle del cervello mettersi in moto dietro la fronte, si sta chiedendo se la mia proposta possa in qualche modo avvalorare la teoria del mio presunto accordo con Gabor.

«Non partirò. Né ora né mai» dice alla fine. «Bernhard ha detto che sei in pericolo... davvero credi che possa prendere e levare le tende?»

Afferro la busta e la rimetto nel libro. «Be', dipende... se ti fidi o meno di me nonostante la vicenda del coltello. Non riesco ancora a spiegarmela, dico sul serio, e per questo non posso nemmeno assicurarti che non riaccadrà. Di una cosa però sono sicura: io *non voglio* farti nulla. Almeno non in maniera consapevole.»

Erik si strofina il viso con entrambe le mani. È pallido, non dice nulla, si limita ad annuire.

Non posso dimenticare cosa ha alle spalle. Non solo oggi, penso anche agli ultimi giorni in cui si è occupato di me quasi a tempo pieno. È giusto che adesso sia io a prendere in mano la situazione.

A prescindere da questo, è una bella sensazione... Corrisponde alla versione di Joanna che avevo sempre creduto di essere.

«Tu dormi su, in camera, così puoi chiudere. Io salgo un attimo a prendere le mie cose e poi mi metto qui sul divano.»

Accenna un tentativo di ribellione, ma io non lo ascolto. «È l'unica soluzione ragionevole. Così siamo sicuri che non succederà nulla.»

Non ne è convinto, ma la stanchezza ha la meglio. «Jo, tu però non apri a nessuno, intesi? E appena senti dei rumori all'esterno vieni subito di sopra.»

Lo prometto. Mi preparo a trascorrere la notte sul divano e cerco di mettere a tacere l'ansia che sento crescere in me.

E se Gabor non si è bevuto la storia che dormirò da un'amica? Se manda qui qualcuno a controllare?

Il sonno non ne vuole sapere di arrivare. Sussulto a ogni minimo scricchiolio. Tengo le orecchie tese per captare eventuali rumori, passi, macchine – stanno rallentando? –, i battiti del mio cuore.

Sono le due passate quando decido di rinunciare e accendo il televisore. A un volume così basso che perfino io, a due passi, stento a sentirlo.

Ancora speciali sull'attentato di Monaco, c'è stata una dichiarazione ufficiale del governo: il sistema di sicurezza sta funzionando in maniera impeccabile, la popolazione non deve temere attacchi a catena. Ma il portavoce di un partito populista di destra la pensa diversamente, sostiene che tutto questo era prevedibile da tempo e che la Germania è già in guerra. Nel frattempo vanno in onda altre immagini in diretta dalla stazione, alternate ai filmati della giornata precedente. Si andrà avanti così per tutta la notte. Ormai le immagini le ho viste così tante volte da conoscerle quasi a memoria. Tanto che a un certo punto, davanti a tutto questo orrore, mi si chiudono gli occhi.

L'impressione è che non abbia dormito più di tre, quattro ore, invece quando mi sveglio sono quasi le dieci. Il televisore è ancora acceso, scorrono nuove immagini delle macerie, stavolta l'atrio della stazione visto dall'interno. Le guardo impietrita per un paio di minuti, solo adesso forse mi rendo pienamente conto di quello che ha passato Erik. E all'improvviso mi è anche chiarissimo quale debba essere il passo successivo.

Non possiamo mettere la testa sotto la sabbia: Erik non sa se Gabor è coinvolto nell'attentato, ma è convinto che ne fosse a conoscenza. La telefonata di Bernhard, in pratica, è stata una confessione di connivenza.

Non possiamo non dire nulla alla polizia.

O meglio, non posso io. Fino a quando non saremo al sicuro, tutti devono continuare a credere che Erik sia morto.

Due minuti dopo busso alla sua porta. Silenzio, sento il cuore accelerare i battiti. Ma come può essere successo qualcosa di grave quassù mentre io stavo dormendo di sotto?

Busso ancora. Più decisa. Più forte.

«Sono sveglio.»

Bugia... la sua voce è assonnata. «Scusa se ti ho svegliato, ma dobbiamo parlare, decidere come muoverci. Preparo il caffè, okay?»

Un quarto d'ora dopo siamo in cucina, ognuno con la sua tazza fumante davanti. Ho spento il televisore, chissà cosa potrebbero scatenare in Erik quelle immagini. E adesso io ho bisogno di tutta la sua attenzione e concentrazione.

«Dobbiamo dirlo alla polizia.» Vorrebbe interrompermi, ma io scuoto la testa e lui mi fa continuare. «Da soli non ce la possiamo fare, e se ce ne restiamo qui seduti a girarci i pollici finirà male, molto male. Dubito che Gabor aspetterà molto prima di architettare un nuovo tentativo per liberarsi di noi. O meglio, di me.»

Erik mescola il suo caffè, per qualche secondo l'unico rumore è il tintinnio del cucchiaino contro l'interno della tazza. Poco dopo, però, si aggiunge il rombo del motore di una macchina, fuori. In folle. Non parte.

Mi immagino già degli uomini con occhiali scuri che fotografano la casa, forse qualcuno scenderà dall'auto per spiare dietro gli avvolgibili...

Vorrei alzarmi e andare a controllare, ma sarebbe la cosa più stupida e sbagliata che potrei fare...

Ho appena finito di formulare questo pensiero quando sento riaccendersi il motore. Che poi si smorza, e scompare del tutto.

Erik non ha ancora aperto bocca.

«Data la situazione, con la polizia ci parlerò io, da sola.» La sicurezza della mia voce sorprende perfino me stessa. «Ma se tu potessi raccontarmi di nuovo tutto, nel dettaglio, mi saresti di grande aiuto... dei tuoi sospetti riguardo a Gabor e ai suoi complici.»

Per la chiamata al commissariato di competenza mi sono presa degli appunti, così non corro il rischio di dimenticare nulla. Do per scontato che la telefonata verrà registrata, quindi devo sembrare convincente, soprattutto per quanto riguarda la mia preoccupazione per Erik.

«Il mio fidanzato ieri mattina si trovava alla stazione centrale di Monaco» inizio tra i singhiozzi quando finalmente mi passano la persona giusta. «Da allora non si è più fatto vivo, non riesco a contattarlo, e nessuno sa cosa gli sia successo...»

L'impiegato cerca di tranquillizzarmi, e io lo lascio fare. Proseguo con un tono di voce più debole, ma più calmo. «Ieri sono successe un sacco di cose strane. Sa... io credo che Erik sentisse che qualcosa non andava. Negli ultimi giorni c'erano stati un paio di tentativi di... toglierlo di mezzo. E a posteriori la mia impressione è che la sua azienda possa essere implicata nell'attentato. Ieri, per esempio, ho ricevuto una strana telefonata da parte di un suo collega. Come se volesse mettermi in guardia...»

«Davvero?» L'impiegato adesso ha teso le orecchie, ma sempre con una certa prudenza. Probabilmente riceve almeno dieci telefonate all'ora, ognuna con qualcuno che ha una sua teoria del complotto. «Potrebbe venire da noi e mettere a verbale i suoi sospetti?»

Proprio quello che temevo. «No, mi dispiace, non me la sento di uscire. Perché non sono sicura che arriverei da voi viva.»

«Va bene, allora manderemo qualcuno da lei. Oggi pomeriggio, verso le due, per favore resti raggiungibile, anche telefonicamente.»

Gli do l'indirizzo e riattacco.

Le tre ore che mancano all'arrivo dei poliziotti mi sembrano tre giorni. Poco prima di mezzogiorno chiama Ela, a pezzi, vuole sapere se Erik si è fatto vivo, il suo nome non compare su nessuna lista... Né in quella dei superstiti, né in quella delle vittime.

Mi piange il cuore a doverle mentire, ma non ho alternative se voglio che la copertura di Erik regga. «No, nessun segno di vita» sussurro nel ricevitore. «Non so più dove sbattere la testa.»

«Passo da te.»

«No, no... Non ci provare nemmeno.» Cavolo, mi è uscito un po' troppo brusco. «Per favore, no» cerco subito di rimediare. «Stanotte non ho chiuso occhio e ho appena preso un sonnifero. Magari domani, okay? Sperando che per allora...» Lascio la frase in sospeso, ma lei capisce lo stesso.

«Oh, mio Dio. Sì, speriamo...» Sento che esita, vorrebbe aggiungere qualcosa, ma non sa come. «Ehm... dalla voce mi sembri tornata quella di un tempo. Come se avessi a cuore Erik. Sbaglio? Adesso te lo ricordi?»

Lui mi è seduto di fronte, si accorge che lo sto guardando e alza gli occhi. Cerca di sorridere.

«No» rispondo. «Affatto... ma sono comunque quasi impazzita dalla paura, per lui. E no, neanch'io capisco perché.»

Ci promettiamo di chiamarci per eventuali aggiornamenti, poi Ela riattacca.

Qualche minuto dopo le due suonano alla porta, e andare ad aprire mi costa uno sforzo quasi sovrumano. I due individui che vedo attraverso lo spioncino potrebbero anche essere uomini di Gabor. Giacca e pantaloni scuri. Poi uno mostra il distintivo, e io apro.

Ci sediamo in salotto. Avrei preferito che Erik aspettasse di sopra fino a quando non se ne fossero andati, ma lui ha insistito per riuscire ad ascoltare il più possibile della nostra conversazione. Così adesso è nel ripostiglio, spero solo che non gli venga da starnutire.

Mi sono preparata. Per esempio, ho coperto il livido che avevo ancora sulla fronte con del fondotinta così non mi faranno le domande sbagliate.

Ma loro non me ne pongono quasi nessuna, lasciano parlare me, e io svuoto il sacco. Racconto del boiler otturato che ha quasi ammazzato entrambi e dell'auto che ha speronato la macchina di Erik. «Su entrambe le vicende, troverete i rapporti della polizia e i documenti dei ricoveri in ospedale. Proprio l'altro ieri Erik mi ha detto che forse dietro tutto questo c'era la Gabor Energy Engineering, ma lunedì è comunque andato alla stazione di Monaco a prendere questi partner d'affari. Il suo capo si è molto raccomandato che arrivasse puntuale, alle 13.10.» Squadro prima un poliziotto, poi l'altro, e vedo i loro volti che si sfocano. Le lacrime arrivano al momento giusto. «Ecco, è tutto.»

L'uomo seduto davanti a me a sinistra ha preso appunti. Adesso mette via la penna. «Se è vero, signorina...» Dà un'occhiata al blocchetto. «Signorina Berrigan, perché ha aspettato tanto per comunicarci i suoi sospetti? Perché non lo ha fatto il signor Thieben in persona?»

«Non ne avevamo le prove.» Mi asciugo il viso con il palmo, cercando di non togliere il fondotinta. «Quanto ci avrebbero messo a licenziarlo? E comunque non eravamo sicuri, magari ci stavamo sbagliando, era tutto così inimmaginabile... E Gabor non aveva nessun motivo per volersi liberare di Erik.»

I due poliziotti si guardano.

«Al telefono ha detto che ieri ha chiamato un collega del suo fidanzato per... metterla in guardia?»

«Sì.» Prendo il mio cellulare dal tavolino e apro la lista delle chiamate. I due poliziotti vedono anche i miei quarantasette tentativi di contattare Erik, che male non può fare.

«Ecco, vede questa telefonata? Era Bernhard Morbach, un collega di Erik. Non mi aveva mai chiamata prima, non so come abbia avuto il mio numero. Si voleva scusare, di tutto. Ha detto che non sapeva di preciso cosa sarebbe successo, che avrebbe dovuto avvertire Erik e che gli dispiaceva. E poi ha detto che io dovevo sparire, il più in fretta possibile, altrimenti presto avrei fatto la sua stessa fine.»

I due poliziotti si guardano di nuovo.

Quello a destra annuisce. «Grazie signorina Berrigan, nella situazione in cui ci troviamo quello che ci ha detto potrebbe rivelarsi estremamente utile. La cosa migliore, forse, sarebbe che la portassimo in un posto sicuro, ancor prima di aver verificato le sue informazioni. In modo che non le succeda nulla... non crede?»

Ho un attimo di esitazione, poi scuoto la testa. «Al momento preferirei restare qui. Sa, nel caso tornasse...»

L'uomo si stringe nelle spalle con aria dispiaciuta. «Guardi, mi piacerebbe poterle mettere a disposizione qualcuno, ma al momento abbiamo tutti gli uomini impegnati. Però lei non apra a nessuno e appena nota qualcosa di strano ci chiami immediatamente. Forse ha qualche amico che potrebbe trasferirsi qui da lei per un paio di giorni?»

Un'alzata di spalle, non rispondo nulla.

«Bene, e se dovesse cambiare idea...» Mi porge il suo biglietto da visita, io lo prendo sorridendo.

Nessun posto che mi possa offrire la polizia è più sicuro di quello in cui ho appena deciso che andremo.

Ancora un giorno, e sarà tutto finito.

34

Finalmente esco dal ripostiglio, mi sembrava di essere una specie di delinquente.

Il fatto che Joanna abbia intenzionalmente mentito ai poliziotti mi ha creato un certo disagio. Perché in fondo si tratta delle persone che, speriamo, potranno aiutarci. Ma ha ragione lei, non c'erano alternative.

Passa ancora un minuto, poi mi chiama dal corridoio. «Puoi uscire, la macchina è andata via.» Io mi siedo al tavolo della cucina, lei non entra, resta dov'è.

«Sei andata alla grande.»

Alla fine prende posto davanti a me. «Cosa è rimasto...»

Il campanello, di nuovo. Ci guardiamo. Come se l'uno cercasse la risposta negli occhi dell'altro.

«I poliziotti...» dice Joanna, e si alza. Anch'io mi tiro su. «Sì, forse si sono dimenticati qualcosa. Vai a vedere chi è, piano, e se non sono loro non aprire.»

Joanna annuisce. Vedo la paura nei suoi occhi... Lei vedrà la stessa cosa nei miei? Va in corridoio e io mi apposto all'ingresso del ripostiglio, pronto a rinfilarmici dentro.

Per un bel po' non succede nulla, poi Joanna dice qualcosa. Allora è vero, i poliziotti sono tornati. Entro di nuovo nel mio nascondiglio, lasciando aperto solo uno spiraglio.

Ancora la voce di Joanna, non capisco cosa dice. Ora è più

debole... No, non è Jo. Viene dall'esterno, è un'altra donna che continua a parlare velocemente, sembra agitata. A un certo punto mi sembra di intercettare il mio nome, all'improvviso capisco tutto quello che viene detto.

Joanna l'ha lasciata entrare.

Riconosco la voce di Nadine. Serro i denti così forte da sentire dolore. No, non può essere vero. Proprio Nadine. E se fosse stato Gabor a mandarla? Dopo la sua ultima scenata la reputo capace di tutto. La porta si chiude.

«Grazie per avermi fatto entrare» dice, «nonostante il mio comportamento idiota dell'altro giorno.»

«Se volevi parlarmi potevi chiamare. Come hai già fatto.» Joanna è tutt'altro che entusiasta della visita a sorpresa, si capisce subito.

«Già, ma tu non rispondevi. Così... devo sapere che fine ha fatto Erik. E poi...» Una pausa. Riattacca a parlare. «Sono qui da un po', quei due uomini sono arrivati quasi nel mio stesso momento. Mi sono nascosta e ho aspettato che se ne andassero. Perlomeno ero sicura di trovarti in casa. Chi erano?» La voce di Nadine è ancora agitata.

«Perché lo vuoi sapere?»

«Perché... Era qualcuno dell'azienda?»

Si crea una lunga pausa. Probabilmente in questo momento i pensieri di Joanna staranno viaggiando alla mia stessa, vertiginosa velocità. Cosa sta tramando Nadine? E... se lei adesso sa dov'è Joanna, presto lo saprà anche Gabor?

«No, non erano della GEE. Vieni.»

Passi che si allontanano, per poi tornare ad avvicinarsi da un'altra direzione. Sono in salotto.

«Siediti.»

«Grazie. Allora, chi erano?»

Pausa.

Poi la voce di Joanna: «La cosa non ti riguarda. Adesso ho ben altri problemi, davvero non ho la testa per i giochetti. Quindi smettila di fare domande e dimmi una volta per tutte perché sei venuta».

Attenta, Joanna, non essere così sfacciata. Tu dovresti angosciarti a morte per me. Nadine non è mica stupida.

Dopo un po', qualcuno tira su col naso. Poi di nuovo la voce di Nadine in lacrime, interrotta ogni tanto da singhiozzi.

«È solo che è così terribile che ancora nessuno ci dica che fine abbia fatto... E io, io gli ho anche preso a noleggio la macchina con cui è andato a Monaco...»

Altri singhiozzi, interrotti da Joanna.

«Si sa già che ne è stato delle persone che doveva andare a prendere Erik?»

«Non ne ho la più pallida idea. Negli ultimi tempi in azienda sembra essere cambiato tutto.» Nadine pian piano si sta riprendendo. «Erik mi ha parlato di un nuovo progetto di cui io non sapevo nulla. Non era mai successo... sono anni che dirigo la segreteria dell'IT, e all'improvviso salta fuori un progetto di cui non sono al corrente? Allora ne ho parlato con Geiger, il mio capo, e anche quello di Erik. Ha reagito in modo strano: ha detto che non ne sapeva nulla neanche lui, ma mentiva, l'ho capito subito.»

«E da cosa te ne sei accorta?»

«Appena sono uscita dal suo ufficio ha subito chiamato qualcuno, lo vedo dal mio telefono. Così mi sono messa dietro la porta e ho origliato. Non ho capito molto perché parlava pianissimo, ma ha detto il mio nome, e anche la parola *Phoenix*, due volte.»

Phoenix. Ancora questo stramaledetto nome. Faccio una fatica immane a mantenere la calma, a non spalancare la porta e precipitarmi in salotto. Io...

«Phoenix» dice Joanna spezzando la pausa creata da Nadine. «Mai sentito. Che vuol dire?»

Brava Joanna.

«Non lo so, me l'ha detto Erik. Stamattina mi ha chiamato Bernhard Morbach. Lo conosci, no? Era nervosissimo, come se avesse una fretta incredibile. Voleva incontrarmi, ma fuori, non in azienda, e voleva che gli portassi una chiavetta usb, quella che aveva attaccato con lo scotch sotto il cassetto della sua scrivania. Prima gli ho detto di no, mi sembrava una cosa assurda, ma poi lui ha insistito, ha ripetuto che era una questione di vita o di morte, e ho ceduto.»

Un'altra pausa.

«E poi?» Adesso il tono di Joanna è più morbido.

«Ci siamo incontrati nel parcheggio. Lui aveva un aspetto terribile. Pallido, spettinato, sembrava l'ombra di se stesso. Mi fissava con uno sguardo folle. Ha detto che Erik...» Riattacca con i singhiozzi. «Ha detto che secondo lui Erik è morto. E che loro gli stavano col fiato sul collo.»

«Loro?» la incalza Joanna visto che Nadine non continua.

«E io che ne so. Probabilmente questi islamici.»

«Islamici?» ripete Joanna a voce alta.

«Be', sì, quelli che hanno fatto saltare in aria la stazione. Non hai visto il filmato? Quello in cui dicono che sono stati loro. Non lo sapevi? È una notizia di stamattina, radio, giornali... di sicuro è passata anche in tv.»

Un video di rivendicazione, dunque. La cosa si fa sempre più complicata. Cosa c'entra Gabor con gli islamici? Proprio lui che si rifiuta di salire su un taxi guidato da uno straniero?

Devo vedere questo video.

«No... Oggi la tv non l'ho accesa» spiega Joanna.

«Comunque, a quanto pare, Bernhard c'entra qualcosa in questa storia. Ha detto che non sapeva fino a che punto si sarebbero spinti. E che anch'io sono in pericolo, visto che ho chiesto del progetto e loro sono convinti che Erik mi abbia raccontato qualcosa.»

«E cosa avrebbe dovuto raccontarti?»

«Non lo so.» All'improvviso la voce di Nadine si ricompone. «Pensavo potessi dirmelo tu.»

«No, io non so nulla. Mi spiace, Nadine, ma proprio non posso aiutarti.»

«Sicura?» Conosco questo suo tono nel porre domande. Non mollerà il colpo tanto facilmente. «L'attentato... Sono stati i terroristi islamici, a loro delle nostre vite non importa un bel niente. Quindi adesso tu *devi* dirmi cosa sai. Tutto.»

Joanna sospira. «Non ho nulla da raccontarti. A parte il fatto che ieri sera Bernhard mi ha chiamata... e mi ha detto più o meno la stessa cosa.» Pausa. «Gli ultimi tempi non sono stati facili, per me ed Erik. Io, come sai, ho avuto dei problemi. Erano settimane che non parlavamo del suo lavoro, perché c'erano altre cose di cui discutere, più importanti. C'era in ballo la nostra relazione, quindi non avevamo proprio il tempo di blaterare su chissà quale progetto dell'azienda.»

Joanna sta andando proprio alla grande. Forse Nadine sta dicendo la verità e ha davvero paura, ma potrebbe anche darsi che sia in combutta con loro. Potrebbe essere stato Gabor a mandarla per capire cosa sa Joanna. È questa per me l'ipotesi più probabile, e anche Jo sembra pensarla nel mio stesso modo.

«Adesso, per favore, potresti andare via? Quello che avevamo da dirci ce lo siamo dette, e ora vorrei restare sola.»

«Ma...» Vedo davanti ai miei occhi Nadine che cerca disperatamente un motivo per restare. «Joanna, siamo sulla stessa barca, entrambe preoccupate per Erik, e...»

«È qui che ti sbagli» replica Joanna gelida. «Non siamo sulla stessa barca.»

«Speravo magari di poter restare qui...»

«No, adesso vai. Per favore.»

Appena si chiude la porta esco dal ripostiglio e in pochi passi raggiungo il salotto. Accendo il televisore e faccio zapping tra i canali. Serie, telenovela, e ancora speciali sull'attentato. Si parla del video di rivendicazione, ma nessuno lo mostra.

«Secondo te ha detto la verità?» mi chiede Joanna alle mie spalle. Mi giro.

«Non lo so. Stavo cercando di trovare il filmato. Gli islamici e Gabor. Non ci capisco più nulla. Lui la odia, quella gente, la disprezza nel profondo. Se davvero sta facendo affari con loro, vuol dire che per lui deve essere saltato fuori qualcosa di davvero ghiotto.»

Joanna annuisce. «Nessuno è incorruttibile, è solo una questione di prezzo. Se c'è una cosa che ho imparato da mio padre è questa...» Un cenno della testa verso la porta. «Aspetta, vado a prendere il mio portatile, vedrai che lo troviamo.»

Torna e ci sediamo sul divano, vicini. La osservo mentre naviga in rete. «Io non mi fido di Nadine, forse è stato Gabor a mandarla.»

Ha trovato il video su una piattaforma di notizie. Alza gli occhi verso di me e poi clicca play.

Parole arabe, in rosso su uno sfondo nero. Incorniciate da fiamme. La scena si sfoca, poi compare una figura tutta bardata di nero, solo gli occhi rimangono scoperti. Alle sue spalle c'è una bandiera, anch'essa nera. L'uomo inizia a parlare e io non credo alle mie orecchie: è un tedesco perfetto, senza ombra di accento.

Parla di un gesto forte in difesa dei fratelli arabi, per la liberazione della patria. Di un atto di vendetta.

«Voi avete appoggiato i macellai americani, quando ci sono piombati addosso come avvoltoi. E avete ucciso le nostre famiglie. Avete bombardato le nostre città e fatto calare su di noi un velo di paura e miseria. Vi siete sentiti al sicuro dalla morte. Adesso anche voi vedrete morire le vostre donne e i vostri bambini. Il terrore vi seguirà come un'ombra ovunque andrete. Perché anche le vostre città bruceranno, le stazioni esploderanno, e pure gli aeroporti. E non potrete fare nulla per fermare tutto questo, perché i miei fratelli invaderanno il vostro Paese. Vi porteremo l'unica vera fede. Abbracciatela, o morirete tutti.»

Seguono altre frasi, ma ne percepisco solo la metà. I miei pensieri iniziano a vorticare a vuoto, cerco di capire come possa Gabor aver appoggiato la follia che ho appena sentito.

Dal primo momento in cui ho pensato che potesse essere coinvolto la mia rabbia nei suoi confronti ha continuato a crescere. Solo l'idea di quello che ha fatto a me, a noi, negli ultimi giorni, le volte in cui ha tentato di farci fuori...

Ma se davvero si è messo con questi tizi, il motivo può essere uno solo: soldi e potere, entrambi a palate. Non credo di aver mai provato nella mia vita un tale disprezzo per qualcuno come quello che sento in questo momento per Gabor.

Il video è finito. Joanna si tira indietro, appoggia la schiena, allibita. «No, non è possibile.»

«Invece sì. E Gabor ci è dentro fino al collo. La cosa che però non mi spiego è: perché ha cercato di ucciderci? Cosa c'entriamo noi con tutta questa merda? Non ha senso.»

Restiamo in silenzio per un po', ognuno immerso nei propri pensieri. Poi all'improvviso Joanna si sporge in avanti, chiude il pc e mi guarda.

«Io, invece, c'è una cosa che mi spiego ancora meno. Perché non riesco a ricordarmi di te?»

35

A Melbourne sono le due di notte passate, ma non fa niente. Faccio squillare il telefono, all'infinito, senza pietà. Fin quando non si sente il *clic*, un fruscio e poi la voce addormentata di mio padre.

«Jo? Sei tu?»

Potrei mettermi a urlare per il sollievo, e allo stesso tempo provo vergogna. Tra poco ricadrò nei modelli di comportamento che hanno sempre caratterizzato la mia vita. Quando le cose si mettono male... *Just call Daddy*. Una cosa che avrei tanto voluto superare. Ma adesso c'è un desiderio ben più forte: sopravvivere.

«*Dad*, torno a casa. Per favore manda qualcuno a prendermi, il prima possibile.»

«Cosa?» D'un tratto mio padre è vispo come un grillo. «Oh, Jo, tesoro... Finalmente! Che bella notizia. Ma certo, ti riportiamo a casa, domattina presto ti mando Gavin e...»

«No, non domattina, subito.» Sto parlando come lui, con lo stesso tono imperioso. Poco dopo aggiungo un «per favore», ma è troppo tardi per sembrare paziente.

«Ma che è successo?» Mio padre non è stupido, era ovvio che mi avrebbe fatto questa domanda. Rifletto qualche secondo e alla fine mi decido per una mezza verità. Lo conosco, appena saprà che qualcuno potrebbe torcere anche un solo capello alla sua amata figlia non esiterà nemmeno un attimo.

«Hai presente l'attentato di Monaco... no? Ecco, qui è un inferno... e tutti temono sia solo l'inizio.» Cosa che non basta a giustificare la mia improvvisa fretta, ma tutta la verità non posso certo spiattellargliela adesso al telefono. «Stamattina ho visto delle persone strane, qui davanti casa. Forse è solo una coincidenza ma... Insomma, io me ne voglio andare da questo Paese il prima possibile. Meglio subito.»

Papà tace per alcuni secondi, ma sento una specie di scricchiolio, poi dei passi e una porta che si chiude.

«Certo, l'attentato di Monaco, abbiamo sentito. Va bene, adesso ascoltami. Gavin partirà tra due ore al massimo, te lo mando insieme a un team di sicurezza. Tu tieniti pronta, ti faccio sapere quando arrivano.»

«Okay.» Più in fretta non è possibile, lo so... eppure dentro di me si fa largo la paura che il nostro jet potrebbe non arrivare in tempo. Il volo dura circa ventidue ore, almeno una sosta devono farla, probabilmente a Dubai. D'un tratto mi sembra troppo. Come se escludessi a priori che resteremo incolumi per un'altra giornata.

Ah, già, resteremo...

«*Dad*? Mi porto una persona, sappilo.»

Lui prende un respiro profondo. «Il ragazzo di cui parlavi l'altra volta?»

«Sì, Erik.»

Una breve pausa. «Su questo non sono d'accordo.»

Se adesso mostrerò un minimo segno di debolezza, avrò già perso. Conosco mio padre: le persone le prende sul serio solo quando si ostinano e non si lasciano impressionare da lui. Così mi preparo a mettere nella mia voce la maggiore determinazione possibile.

«Lui viene con me. Se non sei d'accordo, allora non lo mandare proprio, il tuo jet.»

Schiarimento di voce. «E Matthew?»

«È finita.» L'ho detto nel tono giusto, quello che non ammette discussioni. «Matthew ormai è acqua passata, e di certo non si butterà sotto un treno.» Come se adesso fosse questa, la sopravvivenza di Matthew, la prima preoccupazione di mio padre.

Diversi secondi di silenzio. Mi preparo al contrattacco, invece papà mi sorprende.

«Ci tieni molto, a questo Erik?»

«Sì.» Mi ascolto mentre pronuncio questo «sì», e mi rendo conto che è la verità. Chiudo gli occhi, prima di osare il grande salto nel vuoto, senza nemmeno sapere se quello che sto per dire è vero. «Siamo fidanzati.»

Papà emette un violento colpo di tosse. Tra me e lui ci sono sedicimila chilometri di distanza, ma io immagino la sua reazione, la vedo. Le sopracciglia che si uniscono all'attaccatura del naso, il labbro inferiore teso come una corda di violino.

«E tu hai preso una decisione così importante senza prima discuterne con me?»

«Sì.» No, non mi lascerò intimidire. «Perché è una decisione personale.»

«Ah, personale dici.»

«Proprio così.» Sono perfettamente consapevole che questa conversazione potrebbe avere un seguito molto spiacevole non appena avrò rimesso piede in Australia. Mio padre ricorrerà a ogni arma in suo possesso per dissuadermi dalla decisione di sposare un Signor Nessuno.

Ma non è importante, saremo al sicuro, lontani da Gabor e dai suoi scagnozzi.

«Va bene.» Sta faticando per non sbottare, si sente. «Allora non vedo l'ora di conoscere questo Erik. Domani ti chiamo per dirti a che ora atterrerà il jet, e Gavin vi verrà a prendere a casa con una limousine. Tutto chiaro?»

«Sì, *Daddy*. Grazie.»

Riattacco e torno in salotto, dove Erik è seduto sul divano e continua a rigirarsi la tazza di caffè tra le mani. Non so quanto abbia sentito della mia telefonata.

Mi siedo vicino a lui. Aspetto che mi guardi, ma non lo fa, gira la testa verso di me solo dopo che ho iniziato a parlare.

«Domani» attacco, «mio padre mi manda il jet, con un po' di fortuna sarà qui nel giro di ventiquattro ore... e saremo salvi. Dall'Australia potrai contattare la polizia senza alcun rischio, i tentacoli di Gabor non possono arrivare fin lì.» Gli sorrido, ma il suo viso resta impietrito. «E se anche fosse» continuo, «i suoi contatti non sono nulla in confronto a quelli della mia famiglia.»

«Fantastico.» Scuote la testa. «Io ti ho sempre detto che in Australia non ci volevo andare, ma tu ovviamente non te lo ricordi, ne abbiamo parlato un sacco di volte. La pensavi al mio stesso modo, allora, dicevi che la tua famiglia avrebbe distrutto la nostra relazione in meno di due settimane. E adesso non l'abbiamo neppure più una relazione. Secondo te quante chance abbiamo di ricominciare, laggiù?»

Vorrei replicare qualcosa, ma lui mi blocca continuando a scuotere la testa. «Lo so che in questo momento è la soluzione migliore. Non sono stupido. Ma lì... Jo, io lì ti perderei per sempre.»

D'istinto vorrei obiettare subito qualcosa, ma non trovo le parole giuste.

I miei sentimenti per lui hanno a malapena una settimana, i suoi per me quasi un anno.

Erik si rigira dall'altra parte, come se il mio silenzio fosse una prova che i suoi timori sono fondati. «Prima hai nominato Matthew...»

«Sì, ho detto a mio padre che tra me e lui è finita.»

«Quindi lui te lo ricordi?»

Ah, quindi è questo il punto: Erik non sopporta il fatto di essere l'unica persona che, per motivi imperscrutabili, ho rimosso dalla mia memoria. Memoria in cui a tutti gli altri, a quanto pare, è stato concesso di conservare il loro posto.

Cosa non darei per conoscerne il motivo. La miccia. Un episodio molto stressante, un trauma che può essere ricollegato alla cosa o alla persona.

Ecco, appunto. Quello che ha detto la dottoressa Schattauer, per esempio, me lo ricordo parola per parola. Tuttavia, al momento proprio non riesco a immaginarmi un Erik violento. In compenso so che può esserci una Joanna aggressiva, di cui finora avevo ignorato l'esistenza.

«Sì, Matthew me lo ricordo» dico con un filo di voce. «Ma non è un bel ricordo.»

Per il resto della giornata in casa aleggia un'atmosfera tesa. Erik ogni tanto borbotta qualcosa tra sé e sé, continua a riguardare il video sul mio computer. Io gli ricordo che domani, a questa stessa ora, saremo seduti nel jet di mio padre e ci saremo lasciati alle spalle tutta questa follia, ma lui mi liquida con un sorrisino stanco.

Forse è per il fatto che le mie parole sono poco convinte, infatti gran parte della mia attenzione è rivolta ai rumori che arrivano dalla strada. A ogni macchina che rallenta, il mio cuore accelera i battiti. A un certo punto sento delle voci maschili e mi rendo conto di aver smesso di respirare, ho le vertigini. Anche se gli uomini si sono allontanati da un pezzo, e le voci sono sparite.

Scende la sera ed Erik si barrica sempre di più in se stesso. Le immagini della stazione continuano a perseguitarlo, mentre la sua vita sta andando in mille pezzi: del suo mondo non è rimasto un solo punto di riferimento, e ora sta per perdere anche il lavoro e la casa.

Il salotto è buio, nonostante sia calata l'oscurità non ho acceso le luci. A un certo punto mi siedo di nuovo accanto a Erik sul divano e lo abbraccio. I suoi muscoli si contraggono, lo sento. Scuote la testa, si scansa. «No.»

Cerco di nascondere il mio irrazionale dispiacere. «A Melbourne sarà molto meglio di quanto immagini» dico in un sussurro. «Non dobbiamo stare per forza dai miei, ci sono altre soluzioni. E poi...»

Vengo interrotta dallo squillo del mio cellulare. Un numero che mi sembra di conoscere, ma non è di Nadine.

«Gabor.» Erik ha preso il telefono, il display che gli illumina il viso e lo fa apparire ancora più pallido di quanto già non sia.

Allungo una mano. Dopo qualche attimo di esitazione Erik mi passa il telefono e annuisce.

«Signorina Berrigan!» Gabor sembra sollevato di sentirmi. «Come sta?»

«Be'... non molto bene» balbetto, e aziono il vivavoce.

«Mi spiace, davvero. Quindi immagino non abbia avuto ancora notizie di Erik...»

«No.» Inizio a piangere, non riesco a controllarmi, e questo probabilmente dice già tutto. «Lei ha novità?» riesco a dire tra i singhiozzi. «Di qualunque tipo?»

«No, purtroppo nemmeno io. Ma non dobbiamo perdere la speranza.» Si schiarisce la voce. «Ma dica, signorina Berrigan, per caso da lei è venuta la polizia?»

Un rapido scambio di occhiate con Erik. Devo mentire? O dire la verità? Se fa sorvegliare la casa sa benissimo che oggi ho ricevuto due visite.

Erik scuote la testa.

«No» rispondo in un sussurro. «Del resto non sono in casa. Ma ci ho parlato al telefono, volevo sapere se c'erano novità.»

«Capisco.» Gabor sembra pensieroso. «E dov'è, adesso? Ha qualcuno che si occupa di lei?»

«Sono da amici» rispondo, forse un po' troppo rapidamente. Ma il plurale è giusto. «Sì, si stanno prendendo cura di me in maniera meravigliosa, non mi manca niente.»

«Bene, sono contento.» Ha abbassato la voce di un tono. «Ma prima o poi la polizia si farà viva, si prepari. Oggi pomeriggio sono venuti da me, perché non so chi gli ha messo in testa che la mia azienda potrebbe essere coinvolta nell'attentato.» Una breve risata. «Quanto mi piacerebbe sapere come diavolo gli è venuto in mente. Comunque, credo di averli convinti che è una follia. Incredibile, non trova, fino a che punto possa arrivare certa gente per danneggiare gli altri...»

Non commento, non mi fido della mia voce. Lo sa? Ha dei sospetti? Indirettamente mi sta chiedendo se sono stata io?

«Ad ogni modo, tireranno in ballo anche lei, quindi si aspetti una loro visita. Del resto Erik lavorava... volevo dire, lavora per me.»

Si è corretto in fretta, ma il suo lapsus non mi è certo sfuggito, ed è senz'altro il dettaglio più interessante dell'intera conversazione. Per Gabor Erik è passato, lo considera morto.

«Sì» dico. «Grazie.»

«E se ha bisogno di qualcosa mi chiami, a qualunque ora. Me lo promette? In fondo sono stato io a spedire Erik a Monaco...» Sospira. «Mi creda, è un pensiero che non mi dà pace.»

Vedo i muscoli della mascella di Erik che si tendono, si sporgono in avanti. «Sì, lo immagino» rispondo. «Grazie ancora per la sua offerta d'aiuto, la apprezzo molto.»

Riattacco. Erik schizza in piedi come una freccia. «Ma tu guarda che stronzo! Fa di tutto per scoprire dove sei!» Si volta verso di me. «Jo, dobbiamo fare attenzione. Gabor ritiene perlomeno possibile che sia stata tu a mettergli la polizia alle costole, e quindi darà anche per scontato che sai più di quanto gli sia gradito. Forse non crede nemmeno al fatto che tu sia da amici e manderà qualcuno qui a controllare.»

Trattengo il respiro. Tendo le orecchie, ma fuori c'è silenzio. «Quindi... cosa devo fare?»

36

Quante volte mi sono posto questa domanda, negli ultimi giorni? Quindi... cosa devo fare? Cosa *posso* fare? Ma prima riguardava quasi sempre il fatto che Joanna non si ricordasse più di me. Adesso in ballo c'è la nostra sopravvivenza.

La *nostra*. Non mi ero mai reso conto di quante conseguenze implicasse questa parola. Solo adesso che questo *noi*, un tempo ovvio, si è diviso in un *lei* e in un *io* capisco appieno il suo significato. Quanto sia elementare la sensazione di essere amati.

«Forse stanotte dovremmo nasconderci... da qualche parte qui in casa. Chissà cosa potrebbe venire in mente a Gabor.»

Joanna si scosta una ciocca di capelli dalla fronte. «Davvero pensi che manderà qualcuno?»

«Jo, non lo so, non riesco più a fare previsioni su niente, a questo punto Gabor potrebbe essere capace di tutto. L'unica certezza che abbiamo è che dobbiamo resistere fino a domani sera, e fino ad allora è meglio evitare qualunque rischio.»

«Ma se avesse voluto andare fino in fondo, non avrebbe già...» Il campanello le impedisce di concludere la frase. Ci guardiamo, anche stavolta cercando risposte l'uno negli occhi dell'altro. Joanna sta per voltarsi, ma le metto una mano sul braccio. «Aspetta» dico piano. «Non andare, vado a controllare chi è da sopra.»

Mi muovo verso le scale, le salgo con prudenza, ma due gradini per volta. Sono alla finestra del bagno quando suonano di nuovo.

Sposto la tendina di lato, quel tanto che basta per vedere il giardino di sotto.

Due uomini, in jeans e giacchetta corta. Non li ho mai visti, ne sono sicuro.

«Chi è?» mi chiede Joanna, alle mie spalle. «Non ne ho idea. Forse i poliziotti? Guarda...»

Si avvicina, dà un'occhiata e poi scuote la testa. «No, mai visti.»

«Potrebbero essere uomini di Gabor. Nadine avrà fatto la spia, saranno venuti a verificare se sei ancora in casa.»

«E cosa faranno... se non apro?»

Guardo di sotto e li vedo scomparire dietro l'angolo. «Se ne vanno.»

«Dio sia lodato.» Joanna si lascia cadere sul water chiuso. Mi giro verso di lei. «Che però non significa che siano spariti veramente, forse torneranno più tardi e... non si accontenteranno di suonare il campanello. Sì, è meglio se ci nascondiamo.»

Joanna si guarda intorno, come aspettandosi di trovare qui un rifugio adatto. «Ma dove? Se entrano con la forza ci cercheranno dappertutto... Anzi, *mi* cercheranno. E poi...» Mi guarda dritto negli occhi, già so a cosa sta pensando. «Non hai paura che potrei tentare di nuovo di farti del male?»

Dovrei?, mi verrebbe da replicare, ma la sua risposta sarebbe la solita: che non mi farebbe mai male intenzionalmente, ma non può garantire per se stessa.

«Te l'ho detto... nei limiti del possibile dobbiamo evitare rischi» dico invece. «Quello che dici tu non è prevedibile, è un rischio inevitabile.»

Nessuna risposta. Del resto, cosa ci sarebbe da dire? Voleva uccidermi, e né io né lei sappiamo se ci proverà di nuovo.

Quel che è certo è che mi aspetta una notte in bianco.

«Bene, allora dai scendiamo e vediamo di organizzarci.»

Al contrario della cantina, lo sgabuzzino è caldo e asciutto, potrebbe essere un buon nascondiglio. Certo, cercheranno anche qui, ma con qualche spostamento di mobili forse potrebbe funzionare.

Apro la porta della stanza lunga e stretta e accendo la luce. Il congelatore in fondo... forse ho un'idea.

«Qui dentro... sei sicuro?» dice Joanna alle mie spalle. «È il primo posto in cui guarderanno.»

«Sì, ma se giriamo il congelatore verso la porta e ci mettiamo uno scaffale di fianco, forse dietro riusciamo a creare un'intercapedine. Non sarà il massimo della comodità, ma se si limitano a guardare lo sgabuzzino senza entrare non si accorgeranno che dietro i mobili c'è ancora spazio...»

Joanna va a dare un'occhiata. «Sì, hai ragione.»

«Dai, diamoci da fare.»

Nel giro di una decina di minuti abbiamo spostato i mobili in modo da creare alle spalle del congelatore e dello scaffale con le provviste un vuoto di circa un metro e mezzo. La stanza è larga circa due metri, quasi tutti occupati dalla nostra barriera, tranne pochi centimetri. Sistemiamo nella dispensa provviste e casse così che restino meno buchi possibili, e lo mettiamo un po' di traverso. In modo che di profilo si riesca a passare. Dico a Joanna di provare a infilarsi, poi rimettiamo lo scaffale dritto. Tutto pronto, spengo la luce e mi apposto all'ingresso del ripostiglio.

Perfetto. Sembra che il congelatore e la dispensa siano appoggiati contro la parete di fondo della stanza. Nessuno capirebbe che dietro c'è ancora spazio.

«È ancora meglio di quanto avessi immaginato. Due coperte, e staremo quasi comodi.»

«Spero solo che tutto questo non sia stato un lavoro inutile» dice Joanna da dietro lo scaffale.

Poco dopo mezzanotte ci accucciamo nel nostro nascondiglio.

All'inizio avevo pensato di portarmi dietro un qualche tipo di arma, ma poi ci ho rinunciato. Perché comunque devo dividere questo spazio minuscolo con Joanna, ed è meglio non sfidare troppo il destino.

La porta dello sgabuzzino l'ho lasciata aperta, in modo che non sembri un nascondiglio. Intorno a noi buio totale. Gli avvolgibili della cucina e del salotto sono abbassati, non passa nemmeno un filo di luce, e il ripostiglio è ancora più buio.

Anche se siamo entrambi distrutti, nella prima ora dormire è impossibile. Non parliamo molto. Ogni tanto un accenno di conversazione, che però dopo poche frasi s'insabbia. Per un bel po' non affrontiamo il motivo per cui ci stiamo nascondendo nell'angolo più remoto dello sgabuzzino di casa nostra, facciamo finta di ignorarlo.

Poi Joanna cerca la mia mano e si avvicina. Da quando mi ha aggredito ogni volta che mi sfiora scatena in me sentimenti contrastanti, mi allontano quasi in automatico.

«Erik, non so per quanto ancora riuscirò a sopportare questa situazione.»

Mi chiedo a che cosa si riferisca di preciso e decido che intende la paura, la paura in generale.

«Idem.»

«Solo stanotte, e poi un'altra giornata, un'altra giornata scarsa... possiamo farcela, no? Da quando arriverà il jet, un paio d'ore e saremo al sicuro. Le persone che verranno a prenderci sono dei professionisti. È già capitato che mio padre gli affidasse... la mia vita. Anche quando ero solo una bambina.»

«Buono a sapersi» dico io, e la sento cambiare posizione. Un fruscio. Vorrei tanto poter vedere se sta cercando di prendere qualcosa, per esempio una bottiglia, o una lattina. Lo scaffale che abbiamo davanti ne è pieno.

Tendo le orecchie per carpire ogni minimo rumore che possa darmi indizi sui suoi movimenti, ma adesso è tutto di nuovo calmo.

Un paio di minuti e il suo respiro torna regolare. Si è addormentata. Appoggio la schiena dolorante alla parete. Dopo un po' Joanna scivola indietro e mi posa la testa su una coscia. Chiudo gli occhi. Non cambia nulla, sempre lo stesso buio.

Arrivano poco prima delle tre.

Li sento entrare in cucina e parlare a voce bassissima. Come hanno fatto a forzare la porta senza far rumore?

La pressione della testa di Joanna sulla mia gamba scompare. Anche lei li ha sentiti. La cerco, con prudenza, trovo il suo braccio, lo stringo piano per farle capire che sono sveglio.

Un fruscio indefinito, poi di nuovo sussurri.

Nel ripostiglio spunta un chiarore nervoso, danza qua e là fermandosi sullo scaffale, dove si divide in fasci più stretti che penetrano attraverso gli scatoloni, le casse e le confezioni creando un disegno nell'oscurità.

Il mio cuore batte così forte che temo possano sentirlo anche dalla cucina. La mano di Joanna cerca la mia, si aggrappa così forte che trattengo a stento un gemito di dolore. Senza volerlo vado in apnea. Due secondi, tre... poi il cono di luce si allontana dallo scaffale. Svuoto i polmoni, piano, vorrei fare un enorme respiro di sollievo, ma all'improvviso il bagliore torna. La torcia non è più puntata verso la dispensa, ma continua a muoversi per il ripostiglio.

Passi quasi impercettibili in avvicinamento. Inizio a sudare. Se ci hanno scoperto, per noi è la fine. Sono venuti per uccidere Joanna... su questo non c'è alcun dubbio. Certo, saranno sorpresi di trovarmi accucciato accanto a lei, ma per loro sarà l'occasione di chiudere la faccenda una volta per tutte, dopo tanti tentativi andati a vuoto.

Il fatto che non immaginino di trovare anche me, però, potrebbe essere un vantaggio. Perché io di certo non gli dirò: «Benvenuti, prego, da questa parte». Dovranno spostare lo scaffale di lato, e mentre ci proveranno io salterò su e mi butterò contro il mobile, spingerò con tutta la forza che ho in corpo... Con un po' di fortuna la dispensa si rovescerà addosso a questi bastardi e li seppellirà. Sì, sfrutterò il fattore sorpresa per aggredirli. Forse... Altri passi, più pesanti, meno prudenti. Il secondo uomo. Si avvicina più rapido. Si ferma proprio davanti a noi.

Ho appena concluso il coraggioso pensiero di scagliarmi contro di loro... eppure adesso sono paralizzato dalla paura.

«Qui sotto non c'è niente.» Una voce sibilante. «Che fai ancora lì dentro? Dai, saliamo.»

«Oh, stai calmo. Stavo solo guardando se hanno qualcosa di buono.»

«Su, muoviti.»

Diventa più buio, la torcia evidentemente puntata verso la porta. Passi che si allontanano, si affievoliscono, spariscono del tutto. Insieme agli ultimi bagliori di luce.

Oscurità totale. La presa di Joanna si allenta, è una bella sensazione. La sento arrancare per prendere aria, poi la sua mano si stacca dal mio braccio.

Non ci hanno scoperto. Sono ancora qui, ovvio, ma erano proprio di fronte a noi e non ci hanno visto. Che sollievo... un sollievo che non avevo mai provato in vita mia. Ma c'è anche dell'altro: qualcosa di cui devo assolutamente parlare con Joanna quando se ne saranno andati. Se non ci avranno ancora scoperto.

Stavo solo guardando se hanno qualcosa di buono, ha detto uno dei tizi. Non ha usato il singolare, ma il plurale: *hanno*. Quindi sanno che Joanna qui non viveva sola. Non capisco perché per me sia ancora così importante dirglielo, al punto da sembrarmi urgente perfino nella situazione in cui ci troviamo. Visto che ormai sa benissimo che io e lei dobbiamo *per forza* conoscerci da tempo. Eppure ci sono ancora così tante cose che non tornano. Le mie cose scomparse, per esempio.

Non osiamo aprire bocca, saranno ancora qui. Poi però sento il rumore sordo della porta che si richiude.

Se ne sono andati.

«Per un pelo.»

Joanna ritrova il mio braccio, stavolta lo afferra con tenerezza. «Secondo te se ne sono andati definitivamente?»

«Sì. Non ti hanno trovato, cosa restavano a fare? Forse sono ancora fuori, appostati in macchina, in attesa che torni.» Qualche secondo di pausa. «Hai sentito cos'ha detto il tizio, quando era proprio qui davanti? Che voleva vedere se *avevamo* qualcosa di buono...»

«No, non ci ho fatto caso.» La sua mano mi carezza il braccio. «Ma ho capito dove vuoi arrivare.»

Si appoggia a me, probabilmente certa che da un momento all'altro la scaccerò. «Restiamo qui tutta la notte?»

«Sì... non credo ritorneranno, ma chissà...»

«Giusto, chissà...» Un respiro profondo. «Erik? Io davvero ancora non mi ricordo di te, però, ecco... al tuo fianco mi sento sempre più a mio agio.»

«Adesso cerca di dormire» dico, e chiudo gli occhi.

37

Mi sveglio perché Erik si muove, o forse per il dolore al collo.

Non ho dormito profondamente, e mi serve qualche secondo per avere di nuovo presente la nostra situazione. Stanotte sono entrati in casa degli estranei. Non ci hanno scoperto per un pelo.

Mi tiro su, a fatica; non mi fa male solo il collo, coperte o no, tutto il corpo si sta ribellando alla notte passata sul pavimento.

Che ore saranno? Da quando le finestre sono tutte oscurate abbiamo perso il senso del tempo. Le sei e mezza, dice il mio cellulare, meno dodici ore all'arrivo del jet, alla telefonata liberatoria.

Grazie alla fioca luce del display vedo che Erik è già sveglio. Ha dormito almeno un po'? Ha corso questo rischio, nonostante avesse me vicino?

Lo vedo strofinarsi gli occhi, poi lo schermo si spegne. Tendo le orecchie nell'oscurità. Da fuori entrano i rumori della giornata che comincia. Auto che passano, vento. I rumori di un'apparente normalità.

«Che ore sono?» Ha la voce impastata, quindi almeno un po' è riuscito a riposare.

«Quasi le sei e mezza. Forse adesso possiamo...»

Vengo interrotta dalle vibrazioni del mio cellulare. Lo tengo ancora in mano, e per un irragionevole momento spero che mio padre sia riuscito ad abolire le leggi della natura. Che il suo jet sia arrivato in Germania nella metà del tempo previsto.

Ma non è il suo nome a lampeggiare. È Ela.

Rifiuto la chiamata, prima di poter fingere di non sapere ancora nulla riguardo a Erik devo essere sveglia. E poi voglio essere certa che in casa non ci sia più nessuno. Se non se ne sono andati, lo scopriranno al più tardi quando sposteremo lo scaffale per uscire.

Ma resta tutto tranquillo. Nessun passo, nessuna voce.

«Tu aspetta in cucina» fa Erik sottovoce mentre dà un'occhiata in salotto. «Vado a controllare di sopra.»

Torna in meno di cinque minuti e mi trova accucciata sul divano. «Campo libero. Ho guardato dappertutto.» Mi sorride, la stanchezza ormai profondamente incisa in ogni lineamento del suo viso. «Preparo una bella colazione, ti va?»

Prima che possa rispondere il mio cellulare ricomincia a vibrare. Di nuovo Ela, stavolta rispondo.

«Buongiorno... Scusami, prima non ho sentito il telefono...»

«Jo!» Una sola sillaba, anche quella a malapena comprensibile. Sta piangendo, e anche singhiozzando, sembra che le manchi l'aria.

Il mio primo pensiero, che possa aver avuto la conferma che Erik è tra le vittime dell'attentato, è pura follia. Lui è qui, davanti a me, che aggrotta la fronte indicando il cellulare.

Ci metto un po' a capire. Vivavoce acceso.

Adesso la disperazione di Ela riempie tutto il salotto. «Ma che cosa è successo?» esordisco io con prudenza, per poi aggiungere, anche se mi sento uno schifo: «È per via di Erik? Hai novità?».

Pian piano lei si ricompone. «No, su Erik ancora nulla, ma...» Il suo respiro è affannato. «Nadine è morta. L'ho appena saputo, mi ha chiamato la madre.»

Vedo Erik che cerca un appiglio, la mano sinistra tenta di afferrare lo schienale di uno sgabello, la destra invece se la porta alla bocca per essere sicuro che non gli scappino rumori.

«Oh, mio Dio.» Non devo fingere di essere sconvolta. Nadine

non mi era particolarmente simpatica, la conoscevo appena... questo mi fa chiedere come potessero conoscersi lei ed Ela. Ma basta un attimo e la risposta si formula da sola: Ela ed Erik sono amici da una vita, lui e Nadine sono stati insieme per anni... è ovvio che si conoscano.

«Ma com'è successo?» Boiler, incidente d'auto?

«Si è suicidata.» Ela attacca a piangere ancora più forte. «Si è buttata dalla finestra. Dal nono piano. I medici hanno detto che è morta sul colpo.»

Non riesco a scollare gli occhi da Erik, costretto ad attingere a tutte le sue forze per mantenere la calma. Forse sta pensando a come l'ha cacciata di casa? È stata quella l'ultima volta che si sono visti? Si sono salutati così? Spero di no.

«Ma è... impossibile...» balbetto. «È passata qui ieri, voleva sapere se c'erano novità su Erik.»

All'altro capo della linea Ela prende aria tremando. «Sua madre pensa che sia per questo che l'ha fatto. Perché pensava che Erik fosse morto. A quanto pare negli ultimi tempi si era rifatta delle illusioni...»

Vorrei spegnere il vivavoce, perché è impossibile non vedere quant'effetto stiano facendo queste parole su Erik.

«Io ci ho parlato ieri al telefono» prosegue «ed era... disperata, come noi del resto, ma peggio. Forse stanotte ha saputo qualcosa? Può essere che conoscesse qualche dettaglio in più?»

Oh, può essere eccome, anche se non nel senso in cui intende Ela. Anzi, potrei scommetterci. «Ha lasciato scritto qualcosa?»

«No, la polizia non ha trovato nulla.»

Ovvio. Come avrebbe potuto. Che i nostri visitatori notturni dopo abbiano fatto un salto anche da Nadine? Forse ci erano già passati.

Cerco di ricordarmi la nostra conversazione di ieri: Nadine

aveva paura dei terroristi islamici e ha parlato di un certo progetto Phoenix... Ma ero troppo impegnata a cercare di liberarmi di lei per ascoltarla con attenzione.

«Se ci hai parlato per telefono di recente» dice Ela interrompendo i miei pensieri, «può essere che la madre chiami anche te. Sta sentendo tutte le persone con cui ha avuto contatti la figlia negli ultimi giorni, vuole capire perché...» La voce di Ela si spezza un'altra volta.

«Certo, capisco.»

Nono piano. Un'altezza considerevole, ha avuto tutto il tempo per rendersi conto di quello che stava per succedere. Per sapere che era finita.

Avverto una stretta allo stomaco. «Adesso però devo andare, okay? Grazie per avermi chiamato.»

Metto via il telefono, la stanza si riempie di un silenzio palpabile. Erik, appoggiato alla parete e con le braccia lungo i fianchi, fissa il nulla. Per la prima volta è come se nemmeno percepisse la mia presenza.

Vorrei consolarlo, ma non so se è la cosa giusta da fare. O la più sbagliata in assoluto.

Perché tu non lo conosci, torna a farsi sentire una voce familiare nella mia testa. Al contrario di Nadine, che invece non solo non lo ha mai dimenticato, ma gli è rimasta attaccata fino all'ultimo, e adesso è morta.

Erik starà pensando più o meno le stesse cose?

Non gli farò domande, mi dico, e mi alzo per andare ad accendere la macchina del caffè: dobbiamo mantenere i nervi saldi, concentrarci sulla giornata di oggi. Non possiamo permetterci di commettere errori a un passo dal traguardo.

«No.»

Mi giro verso Erik, la sua voce suona sorprendentemente calma.

«Da questo momento in poi faremo solo lo stretto indispensabile. Per esempio, non rischieremo che fuori sentano l'odore del caffè.» Si passa una mano sulla fronte, una mano tremante. «Nadine non si è suicidata. Ne sono sicuro. Se solo avessi...» Chiude gli occhi.

Tutto quello che ho sulla punta della lingua mi sembra troppo banale per pronunciarlo. Non potevi saperlo. Non hai fatto niente di sbagliato. Non avevi la possibilità di cambiare nulla.

Di scatto Erik si allontana dalla parete. «Non ti muovere, torno subito.» Sale le scale di corsa, sento la porta della camera da letto che si apre.

Torna, e il suo viso ha assunto un'ulteriore sfumatura di pallore. Si siede vicino a me sul divano, mi cinge le spalle. «Sono ancora qui. Ho guardato dalla finestra... sull'altro lato della strada c'è una macchina con i vetri oscurati che non ho mai visto da queste parti.»

«Ma non significa per forza che...»

«Invece sì.» La presa di Erik diventa più forte. «È logico: non ti hanno trovata, ma prima o poi dovrai rientrare. Quindi sono lì che aspettano. Scommetto ciò che vuoi che presto Gabor ti chiamerà per dirti di tornare a casa, con qualche scusa. E quando arriveranno gli uomini di tuo padre, loro li vedranno e... faranno di tutto per non farci partire.»

Questa in realtà è l'ultima delle mie preoccupazioni. Appena arriveranno Gavin e il suo team avremo già vinto. Fino ad allora, però...

«Non aspetteremo.» Il tono di Erik è irremovibile. «Usciremo dal retro, dalla veranda, passeremo dal giardino e dal vicolo laterale. Dalla strada non possono vederci, e comunque non se lo aspettano.» Molla la mia spalla. «Se resto qui seduto esco di testa.»

Annuisco, ma poco convinta. Sì, posso chiamare papà e dirgli del cambiamento, possiamo spostare il punto di ritrovo, ma... ma qui mi sento più sicura che lì fuori, per strada.

Eppure acconsento al piano di Erik, anche solo vedendo quanta fatica gli costi non tornare a spiare tra gli avvolgibili per controllare se la macchina è ancora lì.

«Okay» dico posandogli una mano sul braccio. «Però subito.»

Non dobbiamo portarci dietro molto. I passaporti, il cellulare, un po' di soldi. Entra tutto nella mia borsa a tracolla.

Quanto abbia ragione Erik mi diventa chiaro pochi minuti dopo, mentre mi sto allacciando le scarpe. Lui sta aspettando sulla porta della veranda, aperta, quindi non sente i graffi e i raschi alla porta.

C'è qualcuno. Qualcuno sta cercando di entrare.

Prendo la borsa, mi precipito in salotto, supero Erik. Sono già fuori.

Lui capisce senza che debba dirgli una sola parola. Richiude la porta alle nostre spalle e mi spinge oltre la recinzione, poi si arrampica lui, siamo passati.

E iniziamo a correre. Senza voltarci. Lungo il vicolo, alla prima occasione giriamo a destra, poi subito a sinistra, superiamo le giostre all'interno del parco.

E lì mi fermo, le mani poggiate sulle ginocchia, arranco in cerca di aria.

Erik mi prende per una manica e mi spinge di lato, all'ombra di un gruppo di alberi, e guarda nella direzione da cui siamo arrivati. Abbiamo preso solo vie pedonali evitando le strade principali, quindi in macchina non poteva inseguirci nessuno.

Nemmeno a piedi, a quanto pare. Aspettiamo qualche minuto, niente.

«Non ci hanno visto» dice Erik. «E comunque non avevano idea che tu fossi in casa. Forse hanno pensato che l'auto in strada era troppo appariscente e hanno deciso di appostarsi dentro per darti un caloroso benvenuto.»

Sì, ha senso. Mi chiedo se si sarebbero dati lo stesso da fare sapendo quanto poco capisco di quello che sta succedendo. Quanto poco so.

Tra le nuvole fa capolino il sole del mattino, le foglie sbrillucciсano. Devono essere quasi le otto. Troppo presto per andare in aeroporto, ma qui di certo non possiamo restare.

Guardo Erik di sottecchi. «E adesso che facciamo?»

Lui alza gli occhi al cielo, poi ricontrolla in tutte le direzioni. Mi prende per mano. «So io dove andare.»

38

Usciamo dal parco e giriamo a destra, a piedi ci vorranno più o meno venti minuti.

Joanna mi segue in silenzio. È tesa almeno quanto me, ne sono sicuro, si strofina le braccia. Il sole continua a fare capolino, ma fa freddo. È così basso da aver perso parte della sua potenza. Ma presto saremo al caldo.

Continuo a guardarmi intorno agitato. Vedo movimenti anche dove non ce ne sono. Perfino l'ombra di un alberello mi fa sussultare.

Sei diventato paranoico, hai le manie di persecuzione, mi sussurra una voce.

Altro che paranoia, questa è una cosa seria, replica un'altra.

Anche Joanna adesso si guarda intorno.

«Cos'è stato?» domanda.

«Niente» rispondo secco.

«Manca molto? Dove stiamo andando?»

«Tu seguimi, ci vorrà solo un altro quarto d'ora.»

Per fortuna non insiste. Se le dico dove siamo diretti inizierà a tempestarmi di domande, e non ho la minima voglia di rispondere. Ne abbiamo già parlato diverse volte, ma tanto lei non se lo ricorda.

Accantono il pensiero per concentrarmi su quello che abbiamo intorno. In cerca di killer appostati dietro un angolo o un muro, pronti a ucciderci. Ucciderci. Mio Dio, non può essere vero, non è possibile. Un attentato alla stazione di Monaco, e io quasi ci resto secco. Uomini che s'introducono di notte in casa nostra per toglierci di mezzo una volta per tutte. No, non è possibile, è un film d'azione, non può essere la mia vita.

E Nadine... non c'è più. Cosa che mi sembra ancora più irreale di tutto il resto. Si è buttata dalla finestra, ha detto Ela, perché non avrebbe retto alla notizia della mia scomparsa.

No. Nadine, no. Non credo, anzi... lo *so*. Mi amava, in un modo tutto suo, mi ha amato tanto, ma niente avrebbe potuto spingerla a una decisione così estrema, nemmeno la mia morte.

Non si è buttata, qualcuno l'ha spinta. All'idea di quanto possa essere spietato e senza scrupoli il genere umano un brivido gelido mi corre lungo la schiena.

E in tutta questa situazione il mio capo, la persona che ho sempre considerato il simbolo della mia quotidianità, c'è dentro fino al collo. Insieme a Joanna. Un destino perverso mi ha strappato alla mia vita e mi ha catapultato in questa sua brutta imitazione. A quanto pare senza possibilità di ritorno.

Un'altra svolta, e siamo arrivati. Ormai solo pochi metri ci dividono dall'imponente costruzione. Mi fermo e alzo la testa verso la facciata malridotta.

«Una chiesa?» dice Joanna sgranando gli occhi. Proprio come mi ero aspettato.

«Sì, è sempre aperta, lì dentro farà più caldo e di sicuro non verrà a cercarci nessuno.»

Mi guarda con la coda dell'occhio. «Ma tu sei credente? Nel senso... credi in Dio?»

Un respiro profondo. «No» rispondo indicando l'entrata. «Dai, andiamo.»

Richiudo il pesante portone alle nostre spalle e mi fermo, lascio che la particolare atmosfera, tipica delle chiese, faccia effetto su di me: la luce del giorno filtra dalle vetrate colorate avvolgendo l'ambiente in una strana semioscurità, il leggero odore di incenso, il silenzio irreale in contrasto con il mondo esterno e tutti i suoi rumori... una spiritualità che si riesce quasi a toccare con mano, che rallenta lo scorrere del tempo, che ci invita a scandagliare i recessi più profondi del nostro io. Anche senza Dio.

Dopo la morte dei miei genitori sono venuto spesso qui. Non per sentirmi vicino a un Dio barbuto inchiodato a una croce, ma proprio per questa atmosfera. Per sentirmi più vicino a loro.

«Ci sediamo?»

Ho un sussulto, la guardo. «Sì, ma davanti.» Senza volerlo sto tremando. «Lì non ci vedranno, qualora qualcuno desse un'occhiata dall'entrata.»

Scegliamo la navata di sinistra, una delle panche vicino all'altare. Joanna si guarda intorno, osserva le figure di santi in pietra sul piedistallo di una delle massicce colonne. «Hai ragione, qui non verrà a cercarci nessuno.»

Non dico nulla, aspetto la domanda che sta per farmi, so già qual è.

«Perché non credi in Dio?»

Cavolo se la conosco bene.

«Credo in qualcosa» rispondo guardando il Cristo in croce quasi a grandezza naturale appeso sopra l'altare. «Ma non in questo tipo di Dio.» Cerco di farla breve, e aggiungo: «Vengo qui volentieri per l'atmosfera, e perché qui trovo un senso di pace. Per questo non serve un Dio. Tu non sei molto religiosa, ma ci credi, lo so. Va bene così, nessun problema».

«Scusa ma se uno non ci crede, le chiese non sono solo grandi sale con un odore strano?»

Proprio non ho voglia di una discussione del genere adesso, anche se sapevo che sarebbe iniziata.

«Joanna, ne abbiamo già parlato un sacco di volte. Semplicemente, a me l'idea di un Dio che si è fatto uomo non dice nulla, però mi piace trascorrere del tempo qui dentro.»

Si volta, mi guarda seria.

«È per il fatto che i tuoi sono morti così presto?»

Ecco, anche questa domanda me l'ha già fatta spesso. E la mia risposta è sempre stata: «No, è così da sempre, non ci credo, punto».

Per un po' restiamo seduti in silenzio l'uno accanto all'altra, ognuno segue il filo dei propri pensieri. Joanna sembra soddisfatta della mia risposta. Poi fruga nella borsa, tira fuori il telefono e lo sblocca. «Chiamo mio padre per avvertirlo che non siamo a casa e che devono venire a prenderci qui.»

Annuisco.

«*Hi Dad*» dice Joanna. «Volevo solo dirti che non siamo più a casa. Abbiamo pensato fosse meglio andarcene...

«No, non sto affatto bene...

«In una chiesa...

«Sì...

«All'aeroporto? Un'ora, più o meno...

«Un taxi? Ma perché non possiamo...

«Perché lì non ci sentivamo più al sicuro...

«No, qui va bene, non ci troveranno...

«Sì, vero...

«Quindi direttamente al GAT?...

«Okay...

«Sì. *Bye, Dad.*»

Joanna abbassa la mano con il telefono. «Mio padre vuole che prendiamo un taxi per l'aeroporto. Dice che nella lounge del GAT, il terminal degli aerei privati, saremo più al sicuro. Ci pensa lui ad avvertirli.»

«Mmm» dico io. Secondo me in questa chiesa stiamo benissimo. D'altra parte, però, anche la prospettiva di aspettare in una lounge con cibo e bevande non mi dispiace. E in taxi ci metteremo meno.

«Per me... Quando?»

«Adesso. Io francamente non vedo l'ora di uscire di qui.»

«Lo chiami tu, il taxi?»

Telefona, si rinfila in tasca il cellulare e si alza. «Okay, andiamo. Sarà qui tra due minuti.»

Aspettiamo dentro la chiesa. Ho socchiuso il portone e controllo fuori se arriva.

Quando Joanna lo ha chiamato il taxi doveva essere già in zona, ma passano ben più di due minuti.

Non appena saliamo a bordo e comunichiamo all'autista la meta, lui scuote la testa. «Dovrò aggiungere un sovrapprezzo.»

Non capisco. «In che senso, scusi? C'è il tassametro, no?»

«Sì, ma devo tornare indietro con la macchina vuota, perché all'aeroporto non posso caricare nessuno. È fuori dalla mia zona. Quindi sono trenta euro in più.»

«Non fa niente. Vada» risponde Joanna innervosita.

Un'ora e cinque minuti dopo siamo davanti alla hall a vetri del GAT, e il tassametro indica 184,60 euro.

Joanna allunga al tassista 220 euro e scende. Aspetta che sgusci fuori anch'io e poi annuisce verso l'edificio. «Lascia parlare me, okay?»

Ci avviamo verso l'entrata fianco a fianco, e all'improvviso mi sento un peso. È come se con l'arrivo in questo terminal di lusso stessimo lasciando in maniera definitiva i miseri resti del nostro mondo comune per entrare in uno che per lei è del tutto normale, mentre per me è un pianeta sconosciuto. Il pianeta dei ricchi.

La hall è inondata di luce, un'atmosfera invitante, in fondo. Joanna si rivolge all'amichevole ragazza dello sportello informazioni, che a sua volta alza il telefono e parla con qualcun altro.

Prima o poi dovrò mostrare il mio documento d'identità, penso. Sperando che il mio nome non compaia su qualche lista legata all'attentato. Chissà cosa potrebbe venire in mente agli investigatori se scoprissero che qualcuno, presente al momento dell'esplosione, è scomparso ma non si trova la salma.

«Vieni?» Joanna mi strappa da questi pensieri e indica un corridoio chiaro con il cartello CONTROLLO PASSAPORTI.

«Mio padre ha già sistemato tutto, ci aspettano di sopra nella VIP-Lounge.»

Evidentemente il mio nome non compare sulle liste, visto che l'uomo grassottello prende il mio passaporto, controlla e me lo riconsegna senza fare una piega. Nessun commento. Via libera.

Joanna si avvia su per una scala con un corrimano bianco e io la seguo. Due minuti e ventisei gradini dopo entriamo in un altro mondo, accolti dall'atmosfera insieme moderna e altolocata della VIP-Lounge. Joanna mostra il passaporto a un ragazzo in divisa, che annuisce con cognizione di causa e ci indica un tavolo bianco oltre un gruppo di poltrone di pelle scura dall'aspetto comodissimo. A quanto pare suo padre ha organizzato per noi anche una tarda colazione. Anche se, guardando cosa ci stanno portando sui due carrelli, mi chiedo per quante persone l'abbia ordinata.

Non faccio commenti, ma vedo che Joanna è a disagio. Si sente imbarazzata nel ruolo della figlia del miliardario che torna a casa, è evidente.

«Vedrai, l'Australia ti piacerà» dice mentre assaggio il mio uovo strapazzato.

«Può essere» rispondo. «Ma che effetto vi farà? Piacerà il fatto che torni con un perfetto sconosciuto... un estraneo... per te e per la tua famiglia?»

Joanna osserva il suo coltello pensierosa, poi lo rimette giù e mi guarda dritto negli occhi. «Erik, in tutta sincerità proprio non so cosa risponderti. Ora come ora ciò che conta davvero è essere al sicuro, non pensi?»

«Sì» rispondo in un sussurro, sentendomi all'improvviso svuotato. Forse è solo per la stanchezza accumulata in questi ultimi, turbolenti giorni. Mi viene da piangere, vorrei rintanarmi in un angolo, nascondermi sotto una coperta e non vedere né sentire più nulla.

«Dopo la colazione, se volete, potete usare l'area riposo qui a fianco» dice il ragazzo, che forse ha intuito come mi sento.

Restiamo seduti un'altra mezz'ora. Joanna ne approfitta per raccontarmi dell'Australia, gran parte delle cose che dice già le so, ma la lascio parlare. Sono contento di giocare il ruolo di quello che ascolta e di non dover pensare a nulla, almeno per un po'.

L'area riposo, si scopre, è una confortevole sala con enormi poltrone in pelle con lo schienale reclinabile, basta abbassarlo perché diventino letti. Un secondo dopo che ci siamo accomodati il ragazzo arriva con coperte e cuscini e ci assicura di restare a disposizione, per qualunque nostro desiderio. Nemmeno dieci minuti e piombo in un sonno profondo.

Quando Joanna mi sveglia ci metto un po' a capire dove sono. Dal suo aspetto arruffato capisco che anche lei ha appena riaperto gli occhi.

«È tardi, sono quasi le sei.»

«Cosa?» Mi tiro su di scatto. «Stai dicendo che abbiamo dormito sette ore?»

«Sì... vuol dire che ne avevamo bisogno, no? E comunque io avrei continuato a dormire... se non mi avessero svegliato. Il jet sta atterrando.»

Ed ecco di nuovo quel senso di estraneità. Presto salirò sull'aereo privato di un individuo a me del tutto sconosciuto. Di un miliardario. Ovvero il padre di Joanna. Come reagirà alla mia presenza?

«Eccoli» dice Joanna, in piedi davanti alla vetrata che dà sulle piste. La raggiungo e osservo il mezzo bianco e slanciato che è appena atterrato e spegne i motori.

«Be', allora...» dico. Altro non mi viene in mente.

Dieci minuti dopo arriva il ragazzo, in compagnia di due tizi dal fisico magro e sportivo, avrebbero l'aspetto di due normalissimi uomini d'affari se non fosse per i capelli rasati a zero e un'espressione serissima in viso.

«Oh, Gavin!» fa Joanna, evidentemente sollevata. «Se solo sapessi quanto sono felice di vederti!»

L'uomo annuisce, senza degnarmi di uno sguardo. «Le condizioni di volo sono ottime, due ore e ripartiamo.»

«Bene. Ah, questo è il mio fidanzato, Erik. Papà ti avrà detto che viene con noi.»

Due occhi scuri si piantano su di me, per un momento sembrano trapassarmi, poi si spostano.

«No, Joanna. Tuo padre è stato chiarissimo. Lui no.»

39

All'inizio penso di aver capito male. Gavin è lì, nella sua solita postura tesa, lo sguardo amichevole, che però non m'inganna. Per me si farebbe ammazzare, ma mai e poi mai potrei convincerlo a disubbidire a mio padre.

Bene, meglio chiarire subito le cose.

«Con *Dad* ci ho parlato ieri al telefono, e anche un paio d'ore fa... È già deciso, Erik viene con me. Forse non hai capito bene.»

Il volto di Gavin resta impassibile, ma nel suo sguardo affiora un velo di compassione. «No, è escluso. Le istruzioni sono di riportarti a casa, da sola. A qualunque costo.»

Gavin lavora per la mia famiglia da quando ho quattordici anni. Ci ha accompagnato in tutti i viaggi, e anche a tutti i miei primi appuntamenti, o quasi. Era una delle due ombre silenziose sedute al tavolo a fianco che tenevano d'occhio l'entrata del locale, mentre io ero lì mano nella mano con il fidanzatino di turno. Non sono mai riuscita a convincerlo a togliersi di torno, nemmeno per dieci minuti.

Ma è successo diversi anni fa.

Prendo la mano di Erik. «Lui viene con me. Sotto la mia responsabilità.»

«Joanna, mi dispiace...» Scuote la testa in modo quasi impercettibile. «Davvero... ma la responsabilità non è tua. E non è nemmeno una tua decisione.»

Nonostante il forte accento australiano dell'inglese di Gavin, Erik capisce tutto, non ho dubbi. Mi basta un rapido sguardo per intuire che ha realizzato perfettamente cosa sta succedendo. Gli stringo la mano più forte.

«Adesso chiamo *Dad*» dico, sperando che Gavin capisca che ne va del suo lavoro. «Così chiariamo la cosa una volta per tutte. E se non riesco a parlarci, fanno fede le mie istruzioni, non le sue. Ancor meno le tue opinioni.»

Lascio andare la mano di Erik e mi allontano di un paio di passi. La connessione ci mette un po'. Premo il telefono contro l'orecchio e ascolto gli squilli, mentre cerco di riacquistare il controllo sulla rabbia indomabile che mi sento dentro. Devo farlo, altrimenti sbaglierò i toni, e sarebbe la fine. Inizio a convincermi che mio padre non risponderà: la questione per lui è già chiusa, adesso tocca al suo sottoposto gestirla, e andrà tutto bene, visto che si fida ciecamente di lui. Come al solito, insomma.

Invece, dopo il terzo squillo risponde.

«*Hi* Jo.» La voce perfetta, nient'affatto assonnata. Era sveglio, forse si aspettava la mia chiamata. Aumento la mia stretta sul cellulare.

«*Hi Dad*, sono in aeroporto.»

«Sì, lo so. E anche il jet, mi ha avvertito il pilota.»

Respiro profondo. «Okay, senti *Dad*, qui a quanto pare c'è stato un equivoco. Gavin si rifiuta di far salire a bordo Erik, anche se io continuo a ripetergli che tu avevi già dato il tuo consenso. Per favore potresti dirgli di fare come dico io?»

Con la coda dell'occhio vedo Erik che si gira dall'altra parte. Forse quello che dice è vero, e mi conosce da quasi un anno... Ma ecco, riguardo a questo lato di me non vale. Ed è evidente che non gli piace, come non piace a me, ma adesso non ha importanza.

Mio padre ancora non ha proferito parola, si è solo schiarito la voce. E questo non è un buon segno.

«È giusto così» dice di punto in bianco.

«Come scusa?»

«Jo, in caso torneremo a prenderlo dopo. Adesso vieni tu, da sola, ho bisogno di parlarti con calma.»

Se non sto attenta presto inizierò a urlare come una pazza. «Avevamo un accordo. E mi aspettavo che lo rispettassi.»

No, questa non è stata una mossa prudente. Sarebbe stato più intelligente fare la parte della figlia che tanto desidererebbe: obbediente, traboccante di ammirazione per suo padre e mai abbastanza matura per mostrare una propria volontà.

«Eccome se avevamo un accordo.» La sua voce ora è priva di qualunque intonazione paterna. «Ed era che saresti andata in Europa a divertirti, e nessuno di noi ti avrebbe fatto domande. Poi, però, saresti tornata e avresti sposato Matthew. Invece tu ieri mi telefoni e te ne esci con un fidanzato tedesco? Che tornerebbe qui con te?» Sbotta a ridere, solo per poi riprendere a sbraitare ancora più arrabbiato. «Jo, non se ne parla, toglitelo dalla testa. Tu non hai rispettato la tua parte dell'accordo, e io non ho la minima intenzione di rispettare la mia. E adesso te ne torni a casa, e se a Gavin venisse la malaugurata idea di far salire a bordo questo tuo amante... Be', che Dio lo protegga.»

Chiudo gli occhi per un attimo. Della rabbia indomabile che sentivo dentro è sparita ogni traccia. C'è solo gelo e una grande chiarezza.

«Mi hai mentito. Di proposito. Ieri, e anche stamattina.»

Mio padre scoppia di nuovo a ridere. «E adesso non cercare di farmi sentire in colpa, perché non ci riuscirai. Purtroppo tu non sai ancora cosa è meglio per te, quindi dipendi dalle persone che sono in grado di giudicarlo.»

Sempre nessuna traccia di rabbia, nonostante le parole vergognose che ha appena pronunciato. In compenso, la paura si riprende il suo spazio. La consapevolezza che non è ancora finita.

«Okay *Dad*, addio.»

Lo sento andare in crisi, annaspare in cerca di una boccata d'aria. Ha capito, ovvio, mi conosce. «No, no, aspetta, tu torni a casa, su questo non transigo. Non ci provare nemmeno a fare ostruzionismo, ti blocco tutte le carte, i conti, se è necessario Gavin ti caricherà sull'aereo con la forza...»

Riattacco. Intercetto la rammaricata alzata di spalle di Gavin, come a dire: *E io che ti avevo detto?*

È solo questione di istanti prima che il suo cellulare inizi a squillare e mio padre gli fornisca le nuove istruzioni. Quindi noi dobbiamo sfruttare il vantaggio che abbiamo. Se Gavin è al telefono, sarà distratto. È la nostra unica occasione, ed è minuscola.

Annuisco. «Avevi ragione, me l'ha fatta sotto gli occhi.»

«Mi spiace» risponde Gavin abbassando la testa.

«Mica è colpa tua.» Raggiungo Erik, che guarda impietrito le piste. Ha capito benissimo cosa è successo, ovvio, e la sua delusione deve essere ancora più cocente della mia. Tra due ore io sarò al sicuro, mentre lui non saprà dove andare a sbattere la testa.

«Gavin?»

«Sì?»

«Dacci solo cinque minuti, lasciaci soli... okay?» Indico la vetrata panoramica all'altro capo della sala. «Per me non sarà facile...»

Lui scruta rapidamente i dintorni, valuta la situazione, poi annuisce. «Va bene, prenditi il tuo tempo.»

Mi avvicino a Erik, gli metto una mano sulla spalla. Lui gira la testa verso di me, lento.

«Vieni, ti prego.» Me lo trascino dietro, e come previsto lui oppone resistenza.

«A che scopo?»

«Per favore, smettila di guardarmi così. Vieni, non abbiamo molto tempo.»

Alla fine, controvoglia, cede e mi segue. «Lo sapevo» dice con un filo di voce. «Lo sapevo già da ieri, ma perlomeno tu sarai fuori da questo maledetto Paese, in fondo è te che stanno cercando.»

Lo porto verso la vetrata panoramica, sotto di noi la hall del terminal. Squilla un cellulare, sento il *Sir?* di Gavin e mi aggrappo al collo di Erik.

Per un attimo restiamo così, come fusi in un unico corpo, poi lui mi spinge via. «Vuoi rendermi le cose ancora più difficili?»

«No.» Non lo mollo. «Lì c'è la porta, l'uscita, la vedi? Io non me ne andrò senza di te. Ma loro cercheranno di portarmi via con la forza, quindi dobbiamo correre, e veloci, più veloci che possiamo. Fuori da questo edificio. Gavin e il suo team sono appena arrivati, non hanno ancora passato i controlli, ci metteranno un po', è la nostra unica chance.»

Erik tace. Mi riabbraccia. «Ma è folle, tu non puoi restare, sarebbe...»

Adesso non c'è tempo per questa discussione. Mi stacco da lui e mi avvio verso la porta con passo rilassato. La apro... e inizio a correre. Esco dalla lounge, sono già sulle scale, salto gli scalini due a due. Erik mi segue a ruota, sento il suo respiro, e anche le imprecazioni di Gavin, ma adesso non conta, lì c'è il controllo passaporti, che qualche ora fa abbiamo passato in direzione opposta.

I due funzionari cercano di trattenerci comunque, perché stiamo correndo. Uno di loro afferra Erik per la giacca, ma lui si libera con uno strattone.

Le grida di Gavin diventano più forti. «Fermati, Joanna, quello che stai facendo non ha senso!»

Venti metri all'uscita, dieci. Per fortuna siamo al GAT e non in uno dei terminal pubblici. Erik mi ha raggiunto, mi prende per un braccio e mi trascina con sé. Le porte si aprono, l'oscurità e l'aria gelida ci schiaffeggiano la faccia. Dal corridoio arrivano le voci concitate dei poliziotti di confine che bloccano Gavin e i suoi uomini, ma noi ormai siamo fuori.

Qui non ci sono taxi, è terra di nessuno, ma continuiamo a correre, tenendoci sulla sinistra. Basta che non sia verso l'aeroporto, dove persone che si comportano come ci stiamo comportando noi risulterebbero sospette. Soprattutto a tre giorni da un attentato.

Così proseguiamo sul ciglio della statale, rallentiamo, alla fine ci fermiamo. A ogni macchina che ci sfreccia vicino ho paura che possa inchiodare e che qualcuno ci acchiappi e ci costringa a salire.

«Lì, c'è la stazione di servizio» dice Erik. Destra.

Annuisco ansimando. Il resto della strada lo facciamo in tempo record, passando per i campi spogli a lato della carreggiata. Mi sento addosso gli occhi di Erik, ma non c'è tempo per le spiegazioni.

Mi chiedo se le cose sarebbero andate diversamente se avessi detto a mio padre tutta la verità: del boiler, della mia coltellata a Erik... del fatto che al momento dell'attentato lui si trovava in stazione... delle nostre vite in serio pericolo.

Cerco di immaginarmi come sarebbe potuta andare.

Probabilmente per lui sarebbe uscito fuori un biglietto aereo per un Paese lontano. Paraguay, o forse Cile.

Ma se devo essere del tutto sincera con me stessa, penso che le cose sarebbero andate nello stesso identico modo, non sarebbe cambiato nulla. Anzi, nel profondo di se stesso George Arthur Berrigan sarebbe stato felicissimo che fosse qualcun altro a togliergli dai piedi il problema Erik, per sempre.

40

Ma cosa diavolo ha in mente Joanna? Per molto tempo ho creduto di conoscerla, questa donna che mi segue verso la stazione di servizio con aria stizzita. Già la sua improvvisa mutazione di qualche giorno fa è stata difficile da sopportare, ma io ho deciso di restare al suo fianco, a ogni costo. Ho deciso di aiutarla. Perché anche se non si ricordava di me restava pur sempre la mia Joanna.

Poi quel coltello che avrebbe dovuto uccidermi ha scavato tra noi un solco così profondo che stavo quasi per rinunciare a lei. Dopo quell'episodio l'ho considerata capace di tutto. Ho pensato addirittura che fosse complice delle persone che volevano farmi fuori.

E adesso, adesso che la sua vita è in pericolo, lei manda all'aria l'unica possibilità di mettersi in salvo. Scappa via perfino dalla sua famiglia perché l'uomo di cui nemmeno si ricorda non può seguirla. D'un tratto è di nuovo la donna che avevo sempre visto in lei. Quella pronta a superare qualunque ostacolo che intralcia la sua strada.

Forse sa di nuovo chi sono?

«E adesso dove andiamo?» dice interrompendo i miei pensieri. Siamo quasi alla stazione di servizio. Io mi fermo, do un'occhiata nella direzione da cui siamo venuti. L'edificio del GAT dista diverse centinaia di metri. Tra il terminal e noi c'è solo buio, non si vede praticamente nulla.

Mi giro verso Joanna, anche lei mi sta guardando. «Perché lo hai fatto?»

Lei strabuzza gli occhi come se avessi posto una domanda senza alcun senso. «Perché senza di te non volevo volare.» Respira ancora a scatti.

Non so come descrivere la confusione che ho in testa. «Sì, ma perché?» Ho bisogno di fare un minimo di chiarezza. «Non capisco. Non ti ricordavi più di me, hai perfino provato a... È cambiato qualcosa? Il nostro passato... ti è tornato in mente?»

«No, purtroppo no.» Scuote la testa e con la mano fa come per scacciarmi. «Adesso non c'è tempo per discutere. Né io né te ce ne andremo dalla Germania, ma dobbiamo sparire da qui, il prima possibile. Gavin arriverà a minuti, uscirà e troverà subito questa maledetta stazione di servizio. Non c'è altro, qui intorno. Quindi ora chiamo un taxi, e tu pensi a dove andare.»

La sua lucidità mi lascia a bocca aperta. Ad ogni modo ha ragione, in questo momento la cosa più importante è levare le tende. Quel Gavin non mi ha dato proprio l'impressione di essere uno che molla l'osso facilmente. «Sì, prima però arriviamo al distributore. Qui è come se fossimo in vetrina.»

Percorriamo gli ultimi metri e restiamo sul retro della stazione. Lei si occupa del taxi, io penso a cosa fare. Tornare a casa è escluso. Per arrivare a Monaco in taxi ci vorrebbe circa mezz'ora. La città sarà ancora nel caos, però...

«Cinque minuti» dice Joanna, per poi rimettersi in tasca il telefono. «Secondo me la cosa migliore è prendere una stanza a Monaco, che ne dici?»

«Sì, conosco un hotel a Isartor, è carino, grande...»

«Bene, allora Isartor.»

«Ah... Jo?»

Ha incrociato le braccia davanti al petto, sta congelando, si vede. «Sì?»

«Spegni il cellulare, anzi, togli proprio la batteria... non credo che tuo padre ci metterà così poco a trovare qualcuno che lo localizzi, ma meglio non correre rischi.»

Lei ha un attimo di esitazione, poi tira fuori lo smartphone e toglie la batteria. «Sì, giusto.»

Facciamo il giro della stazione di servizio e ci mettiamo in attesa in un punto un po' riparato. Dopo circa dieci minuti arriva il taxi.

Saliamo, comunico all'autista la nostra meta. Poi ce ne restiamo zitti, turbati e avviliti dagli ultimi eventi. Tutto quello che abbiamo passato nei giorni scorsi non è niente a confronto della disperazione e dell'impotenza che, almeno io, sto provando in questo momento. Proprio quando credevamo di essere al sicuro siamo stati ricatapultati nel pericolo.

Una oscurità sorda, interrotta ogni tanto da una luce lontana o da un lampione, sfreccia fuori dal finestrino.

Quando imbocchiamo l'autostrada per Monaco poso la mia mano sul braccio di Joanna. «Adesso mi dici perché lo hai fatto, perché sei rimasta?» Parlo così piano che mi sento appena. Con la testa indica l'uomo al volante. «Non ora.»

Mezz'ora dopo Joanna paga i sessantatré euro per la corsa. «Cavolo, le mie riserve di contanti sono agli sgoccioli» dice dopo che siamo scesi e io ho richiuso la portiera. «Non mi sono portata dietro molto. Mio padre al telefono ha detto che mi bloccherà tutte le carte. Credimi, è sempre molto preciso nella messa in pratica delle sue minacce, ma con un po' di fortuna l'albergo riuscirò a pagarlo con la mia MasterCard.»

«No, non mi sembra una buona idea. Non so che mezzi abbia a disposizione tuo padre, ma potrebbe localizzarti grazie alle carte.»

«Hai ragione, non ci avevo pensato. Mio padre dispone di tutti i mezzi possibili, e purtroppo anche di quelli che non dovrebbe avere...»

La mia immagine del padre di Joanna diventa sempre più chiara. E ogni dettaglio aggiunto rafforza la mia convinzione che è meglio se non lo incontro, né ora né mai.

«Ci penso io, a pagare» dico. «Dubito che Gabor possa tracciare i miei pagamenti.»

Cerco il portafoglio. Che non è dove dovrebbe stare. «Cazzo!» Tasto il cappotto per sondare altri possibili posti. Niente. Ci mancava solo questo...

«Il mio portafoglio è sparito. O è rimasto nel taxi, oppure l'ho perso prima.»

«Sei sicuro?»

«Non lo trovo. Forse mi è caduto quando ci siamo messi a correre.»

«Okay, aspetta.» Joanna attacca bottone con il primo passante dall'aria amichevole, che gli presta il cellulare, lei sorride e digita un numero. Due minuti dopo si è chiarito che il mio portafoglio non è nel taxi.

Vengo invaso da un senso di rassegnazione paralizzante che mi prosciuga tutte le energie, mi fa desiderare di accasciarmi a terra nel punto esatto in cui mi trovo. E non muovere più un dito.

«E io che pensavo che peggio di così non potesse andare.»

Joanna assume un'espressione pensierosa. «Dai, entriamo, la stanza la pago io, prima che mio padre mi blocchi tutto. Non ci resta che sperare che non stia monitorando i miei pagamenti.»

Lei sembra in grado di gestire meglio la situazione di merda in cui ci troviamo. Ed è ancora qui, quando in questo preciso momento avrebbe potuto essere seduta bella comoda nel jet extralusso del padre a sorseggiare champagne. È rimasta, è rimasta per me. Mi faccio forza e la seguo all'interno della hall spaziosa e moderna.

Il ragazzo al bancone in legno chiaro della reception ci guarda sorridendo e ci dà il benvenuto. Sono disponibili stanze di diverse categorie. Ne scegliamo una standard. Un'occhiata di lato, dietro: nessun bagaglio.

Chiede gli estremi di una carta di credito, Joanna tira fuori la sua MasterCard e la poggia sul bancone. Il mio cuore accelera. Ecco come deve sentirsi un truffatore che tenta di pagare con una carta rubata.

Il ragazzo striscia la tessera lungo la fessura del POS e preme un pulsante. I secondi iniziano a scorrere lentissimi, è una tortura, poi lui guarda il display con espressione immutata. Ci sta mettendo troppo. Adesso scuoterà la testa e dirà che la carta non va. Mi chiedo se lo schermo indichi anche che è bloccata. E se... «Grazie» fa invece il ragazzo restituendo la MasterCard a Joanna. «Ancora non le è stato addebitato nulla, quello solo al momento del check-out. Ecco, questo è il pass per la stanza.»

Ci sorridiamo. È andata. Il viso di Joanna è la quintessenza del sollievo, e anche il mio, credo.

«La colazione è servita dalle sei alle dieci, nella sala ristorante» ci spiega. «La vostra camera è al terzo piano. Gli ascensori sono lì, sulla sinistra. Vi auguro una buona permanenza.»

La stanza è grande. Joanna dà un'occhiata in giro e poi crolla sul letto king-size.

«Be', perlomeno ci siamo tolti dalla linea del fuoco.»

Prendo una poltrona e la avvicino al letto. Mi siedo e guardo Joanna. Ci sono così tante cose che vorrei dirle, ma non so da dove cominciare.

«Jo, se vuoi puoi ancora salire su quel jet... se adesso...»

«Nemmeno per sogno.»

Sì, lo immaginavo. Eppure... proprio ora che so di nuovo di averla dalla mia parte vorrei che fosse al sicuro. Allo stesso tempo, però, sono contentissimo che sia qui con me.

«Non so proprio come dirti quanto mi renda felice che tu abbia deciso di rimanere al mio fianco. Anche se continuo a non capire...»

«Erik...»

«No, aspetta. Se davvero non ti è tornato in mente nessun ricordo di noi, vuol dire che mi conosci da pochi giorni. Sì, in questi pochi giorni ci è successo di tutto, ma non cambia il fatto che io per te sono quasi un estraneo. E che in casa nostra, per quanto assurdo, non c'è alcuna traccia di me. Per quale motivo, allora, ti sei ribellata a tuo padre, anzi... hai messo a rischio la tua stessa vita? Per un estraneo?»

Joanna continua a guardarmi dritto negli occhi.

«Senti, io non sopporto che sia mio padre a decidere della mia vita. È un patriarca, abituato a comandare tutti a bacchetta. Fino a un certo punto sono stata al gioco, perché è pur sempre mio padre. Ma non posso tollerare che decida della vita delle persone a cui tengo.»

È il momento del disinganno? «Vuol dire che sei rimasta solo per fare un dispetto a tuo padre?»

Joanna non reagisce, mi chiedo se abbia capito la domanda, poi però mi prende la mano.

«Credo che tu non abbia recepito una parte di quello che ho appena detto.» Non usa un tono da rimprovero, ma con dolcezza. «La parte più importante. Fai sempre così? Ma se non hai capito pazienza, te lo ripeto, volentieri. Ho detto che non posso tollerare che mio padre decida della vita delle persone a cui tengo.»

Oh, quanto possono far bene certe parole. Ripenso a tutto quello che Joanna mi ha detto negli ultimi giorni. Alle cose che ha fatto. Alle volte che mi ha respinto quando ho cercato di avvicinarmi. E adesso...

«Tu, a me, ci tieni? Dopo così poco tempo? Dopo tutto ciò che è accaduto?» La mia mano, ancora nella sua, all'improvviso diventa calda come un forno.

«Sì, è così. Ma non c'è molto da stupirsi. Non so cosa mi sia successo, ma qualunque cosa sia, a quanto pare sono rimasta la stessa persona. E se quello che dici tu è vero, è già capitato che mi sia innamorata di te. Quindi non vedo perché non potrebbe accadere di nuovo...»

41

Aspetto che Erik dica qualcosa, ma resta zitto. Lascia che le mie parole aleggino nell'aria e mi squadra in silenzio, con un misto di speranza e diffidenza.

Come dargli torto. Sotto la manica destra della camicia si vedono i segni della fasciatura, secondo me la ferita gli fa ancora male, anche se non lo dà a vedere e non si è mai lamentato.

Però, per la prima volta dopo la storia del coltello, ci tocchiamo, restando mano nella mano senza che lui si tiri indietro o si irrigidisca. Poi io mi alzo per chiudere le tende. Siamo al terzo piano, ma sono comunque più tranquilla se le finestre sono oscurate e la porta è chiusa a chiave. Però a questo ha già pensato Erik.

Per un momento resto alla finestra. Lo guardo, nient'altro.

Quello che ho appena detto è la verità. Io a Erik ci tengo... più di quanto riesca a spiegarmi. La mia decisione di poco fa in aeroporto non è stata né un capriccio né una reazione d'orgoglio. Non ce l'avrei fatta a prendere quel volo senza di lui. Non solo perché lo avrei piantato in asso, ma anche perché solo all'idea di lasciarlo ho provato un dolore insopportabile.

Torno verso di lui, mi siedo sul bracciolo della sua poltrona. In questo momento nessuno dovrebbe poter immaginare dove siamo; anche se papà stesse tracciando i miei pagamenti... il primo sarà quando faremo il check-out, quindi fino ad allora saremo al sicuro. Mi ero quasi dimenticata come ci si sente, quando si è al sicuro.

Erik starà pensando la stessa cosa? Probabilmente no, visto che si trova in una stanza con la donna che ha cercato di accoltellarlo e che potrebbe diventare violenta da un momento all'altro. Con lui, e con se stessa. Una che ha qualche rotella fuori posto. Non c'è da meravigliarsi, quindi, se prima ha preso la mia pseudo-dichiarazione con le pinze.

«Quello che ho detto... è vero.» Gli scosto una ciocca di capelli dalla fronte. Lascio lì la mia mano un po' più del necessario. «Non so dirti quando sia cominciata questa cosa, ma è sempre più forte. Tu per me stai diventando sempre più importante.»

Mentre lo sfioro, Erik per un attimo chiude gli occhi. «Jo, io...» una pausa. «Questa stanza ti ricorda qualcosa?»

Mi guardo intorno. È un hotel a cinque stelle, arredi costosi e di design... ma non di quelli che lasciano il segno. «No, mi spiace.»

Lui annuisce, quasi che se lo aspettasse. «Ovvio, non avrei dovuto nemmeno chiedertelo. È solo che... questo posto ricorda molto il nostro hotel ad Antigua, credo che le luci siano proprio le stesse.» Indica le pareti, le piccole plafoniere a imbuto che avvolgono la tappezzeria color crema di una luce calda. «Tu hai detto che sembravano dei reggi-fiaccola.»

Mi si stringe il cuore. *Reggi-fiaccola*, è stata la prima cosa che mi hanno ricordato queste lampade appena ho messo piede qui dentro, non sapevo di averlo già pensato.

«È stata la vacanza in cui ti ho chiesto di sposarmi. Sotto la palma più bella e pacchiana che fossi riuscito a trovare. Avevamo appena finito un corso di cocktail al bar della spiaggia, tu avevi distrutto cinque bottiglie di rum... volevi assolutamente imparare a farle roteare come il barista. Abbiamo avuto il nostro primo litigio, perché tu, all'improvviso, avevi deciso di andare a esplorare i dintorni, da sola, senza dirmi nulla. Io mi sono preso un colpo per la paura, e tu non hai capito perché.»

Vedo scorrere le immagini ancora vive nella sua memoria, ma dentro di me non suscitano nulla.

«Tutto questo apparteneva a noi due. Era la nostra vita, la nostra storia. A volte eravamo così vicini che bastava guardarsi per capire cosa stesse passando nella testa dell'altro. Se adesso dici che ti stai innamorando di me, be', è meraviglioso, però...»

Stavolta sono io a non lasciarlo finire. Mi fa male vedere quanto sia addolorato, quasi in lutto, per il nostro passato insieme, ma non posso farci nulla: io con lui posso condividere solo il presente... è tutto ciò che abbiamo, e non sappiamo quanto potrà durare.

«La nostra vita» dico poggiando la mia fronte alla sua, «è qui, adesso.» Le nostre labbra si congiungono, come se si fossero mosse da sole. Un contatto leggero come un soffio, ma d'un tratto mi accorgo di quanto lo desiderassi. Quanto desiderassi essergli di nuovo così vicina come in quell'unico, bellissimo pomeriggio.

Per un tempo che mi sembra un'eternità resta un bacio solo mio: la mia lingua che avanza con circospezione, le mie mani che gli accarezzano le spalle, il collo, i capelli. Lui rimane immobile, quasi sospetti che il mio avvicinamento nasconda altre intenzioni. Come se dovesse restare vigile, pronto a ogni evenienza.

Poi, pian piano, si scioglie. Le sue mani scivolano verso la mia vita, la mia schiena... e mi tira a sé con una tale forza che quasi mi mozza il fiato.

Affondo la faccia nel suo collo, inizio ad aprirgli i bottoni della camicia, respiro il suo profumo, la cosa che mi è più familiare di lui.

«Oh, Joanna...» Mi stringe come se dovesse impedirmi di sfuggire alla sua presa. «Mi sei mancata così tanto.»

Gli sfilo la camicia, lui si alza, mi solleva e mi porta verso il letto. Stavolta il nostro bacio non è un avvicinamento giocoso, ma un preludio di ciò che entrambi sappiamo, e vogliamo, sta per succedere.

Sento le sue mani sotto la maglietta, sulla mia pelle. Neanche mi accorgo di come mi spoglia, un pezzo per volta, percepisco soltanto le sue labbra, le mani, la lingua. Ogni carezza mi rende più difficile pensare in modo razionale, ma una cosa è certa: quest'uomo mi conosce, non può non conoscermi. Sa dove e come toccarmi per mandarmi in estasi. Quello che sta succedendo è una cosa nuova solo per me.

Per un po' cerco di non lasciarmi andare del tutto, di essere più forte delle sensazioni che Erik mi sta suscitando. Con le labbra, e poi anche con i denti, che mi mordicchiano teneramente il collo. Con le mani sul mio seno. Il suo corpo preme contro il mio, sento quant'è eccitato, e d'un tratto non desidero altro che averlo sopra di me. Dentro.

Lui si accorge della mia agitazione. Si tira su e mi guarda.

«Vieni» gli sussurro, attirandolo a me, ma lui scuote la testa sorridendo. La mano sul mio seno scivola sulla pancia, indugia un attimo, poi scende tra le gambe.

Sento il suo tocco in tutto il corpo, come una scarica elettrica, i miei respiri diventano gemiti: mi bacia come se volesse acquietarmi, mentre la sua mano fa l'esatto contrario, ancora e ancora, si ferma solo nel momento in cui ogni fibra del mio corpo urla quanto lo desidero. Ormai sono in black-out totale.

«Oh, Joanna... io, io ti amo così tanto» mi sussurra. Mi accarezza il viso. I suoi occhi sono fissi nei miei, mentre si distende sopra di me e mi penetra.

È come volare, salire un po' più in alto a ogni suo movimento. Sento il mio corpo tremare tra le sue braccia, tutto in me ormai è solo aspettativa, una silenziosa supplica perché continui, perché non smetta più.

E poi all'improvviso è come se il mondo esplodesse, e io insieme a esso. Mi sento gridare, mentre Erik mi prende più forte, mi tiene: la prima e la seconda volta.

Soltanto dopo cerca il suo ritmo. Più deciso, veloce. Abbandona ogni cautela e autocontrollo, il suo corpo si tende, le dita che si aggrappano alle mie spalle, e poi pronuncia il mio nome, in un unico sospiro. Lo grida, come se temesse di perderlo di nuovo.

Ma non succederà. Non succederà mai più.

Restiamo distesi abbracciati, poggio la testa sul suo petto. Gli accarezzo il punto in cui gli batte il cuore. E all'improvviso so di averlo già fatto, almeno una volta. Non so né quando né dove. Ma ne sono sicura, sono sicura che è vero, non mi sto sbagliando.

«Erik?»

Lui mi ha affondato una mano tra i capelli e li sta accarezzando, ma gira la testa verso di me. Sorride. «Tesoro, dimmi...»

«Credo di essermi appena ricordata qualcosa. Non proprio in maniera concreta, ma in un certo senso sì. Ecco... di una situazione tipo questa.»

Il suo sorriso si accentua. «Tu non ricordi nulla che abbia a che fare con me... tranne il sesso?» Ride. «Cavolo, devo essere proprio bravo.»

Gli tiro un cazzotto, per gioco. «Scemo, non mi riferivo al sesso. Ma a questo momento. Stare qui distesi insieme e...» Mi interrompo, valuto se pronunciare quello che sento sulla punta della lingua, o se è una cosa stupida. Decido che non me ne importa niente e lo dico: «... accarezzare il tuo cuore».

Lui si allontana. Mi guarda incredulo, e io mi pento subito di aver parlato.

«Ho detto qualcosa di sbagliato?»

Lui scuote la testa. «No, Jo, no. È una cosa che dici sempre... davvero te la sei ricordata?»

Non proprio, no. È stato più come un déjà-vu. Ma è la cosa più vicina a un ricordo che mi sia venuta in mente da quando lo conosco.

«Sì, credo di sì.»

42

Sono disteso sulla schiena, con Joanna tra le braccia. Il suo viso è sul mio petto. Sento il suo respiro calmo, regolare. Non oso muovermi, perché forse si è addormentata e per niente al mondo vorrei rischiare di distruggere questo momento di indescrivibile felicità. Se resto immobile magari riesco a trattenere questa immagine, a fermarla, in modo che duri per sempre.

Guardo il soffitto bianco: le roselline di stucco al centro e le decorazioni ai lati in contrasto con gli arredi moderni della camera. Vecchio e nuovo possono stare bene insieme, anche se a prima vista sono così diversi da sembrare incompatibili.

Vale anche per le persone e per le relazioni?

Non è facile resistere alla tentazione di stringere Joanna ancora più forte, sentire di nuovo la sua pelle nuda sulla mia. Ma forse nemmeno questo mi basterebbe. Adesso che nonostante il pericolo cui è esposta ha deciso di sua volontà di restare con me, adesso che all'improvviso almeno una piccolissima parte della *mia* Joanna è tornata. Insieme alla speranza che tra noi tutto si sistemerà.

Ci vuole poco per essere felici, almeno per un attimo. Ma d'un tratto c'è dell'altro. Non è una sensazione, è una minaccia che rischia di distruggere questo attimo. Mi oppongo, non voglio che diventi un pensiero concreto, ma non posso impedirlo.

E se questo breve baluginio nella memoria di Joanna non fosse l'inizio del ritorno completo dei ricordi ma l'ultimo guizzo prima che il nostro passato scompaia definitivamente in un buco nero?

E se tra meno di un'ora lei mi aggredisse di nuovo, prendesse il primo oggetto appuntito che le capita a portata di mano e senza esitazione me lo infilzasse nello stesso cuore che ha appena accarezzato?

No. Qualunque cosa le sia successa, ora sta migliorando. Adesso è in grande pericolo, e per causa mia. Se non stesse con me, Gabor e i suoi uomini non la degnerebbero di uno sguardo, lei lo sa benissimo. Ciò nonostante, Joanna ha gettato via la sua unica occasione di salvezza.

Che prove mi servono ancora per essere sicuro che la *mia* Jo sta tornando da me?

E il sesso, poco fa... è stato pazzesco, come sempre con lei, ma anche diverso. Perché ho avuto la sensazione che mi esplorasse, con curiosità, pur sapendo cosa mi piace. Che si sia lasciata andare, come si fa solo con le persone di cui ci si fida, ma allo stesso tempo abbia osservato le mie reazioni al suo corpo e ai suoi gesti.

La rivedo sotto di me, con gli occhi chiusi. Il bacino premuto contro di me, le mani strette intorno alla mia vita, che mi guidano.

La reazione del mio corpo a questo pensiero è immediata, e se lei la vedesse proverei un po' di imbarazzo, anche se è una cosa folle. Non voglio che pensi che sono insaziabile. Mi conosce appena. Non deve, non ancora. Ma spero che presto le cose cambino... torneranno come prima?

Joanna ha ancora gli occhi chiusi, non reagisce ai miei movimenti. Allora si è proprio addormentata, nonostante le molte ore di riposo in aeroporto. Oppure sta facendo finta, per poter riflettere in pace, per cercare di ricordare.

Il mio sguardo torna al soffitto, e all'improvviso mi viene in mente Nadine. Non vorrei ma è così, è come se s'infilasse tra me e Joanna in questo momento d'intimità.

Non posso credere che sia morta, ancora non riesco a realizzarlo. Ma mi rende consapevole del fatto che quello che stiamo vivendo non è un film, ma la realtà.

«Anche tu stai provando quello che sto provando io?» chiede all'improvviso Joanna con un filo di voce ricominciando ad accarezzarmi il petto.

«Sì, io...» inizio. «Io sono così felice che tu ti sia ricordata di me, almeno un pochino. Ed ecco, mi sto godendo questo momento.»

I nostri sguardi s'incontrano. E l'amore che sento per questa donna mi sembra un flusso caldo che mi attraversa tutto il corpo. Non posso fare a meno di abbracciarla più stretta, sempre più stretta. Giace su di me, i suoi capelli finiscono sul mio viso, la sua bocca è così vicina che basta un movimento millimetrico per far sì che le nostre labbra dischiuse si trovino di nuovo. Con una tale tenerezza da essere più il presagio di un contatto, che un vero contatto. Bevo il suo respiro, ormai siamo una cosa sola. Le mie mani percorrono la sua schiena, arrivano ai glutei, premono il suo bacino contro i miei lombi. Joanna mi asseconda, ricambia la pressione del mio ventre. L'eccitazione mi dà un senso di vertigine. Inizio a muovermi con un ritmo regolare, quasi naturalmente la penetro, mentre dentro di lei monta l'eccitazione. E i nostri corpi tornano a fondersi l'uno nell'altro...

Joanna si lascia cadere al mio fianco. I nostri respiri arrancano, i corpi luccicano di sudore.

Non voglio più fare né pensare nulla. Voglio solo restare disteso qui con la certezza che lei è di nuovo con me. Rimaniamo così per non so quanto tempo, poi lei fa: «A cosa stai pensando?».

«Stavo cercando di formulare a parole ciò che provo per te» rispondo senza distogliere gli occhi dalle roselline.

«E?»

«E niente... non ci riesco. Tutto quello che mi viene in mente è troppo debole, o troppo banale.» Mi volto verso di lei e lei verso di me.

«Jo, io ti amo. Ma dire che ti amo non basta, perché sono parole che usano tutti, senza pensarci.»

«Sì, capisco cosa intendi.» Solleva una mano, mi accarezza la fronte con la punta delle dita. «È bellissimo. Oh, Erik, mi dispiace così tanto.»

«E di cosa?» le chiedo allo stesso tempo sorpreso e irritato.

«Che non riesca a farti sentire... Ma mi devi credere, è molto più di un...»

Rimane in silenzio, le ho messo un dito sulle labbra.

«Ma cosa stai dicendo? Cos'è che non riusciresti a farmi sentire? Jo, sei appena scappata dalla tua famiglia per restare con me, in un Paese in cui la tua vita è in pericolo. Sentiamo... cos'è che non dovrei sentire?»

«Non è la mia famiglia, è il servizio di sicurezza di mio padre. Non potevo mica mollarti su due piedi, ma...»

«Basta» la interrompo con dolcezza. «Sei qui. Nonostante tutto. Per me.»

Mentre lo dico mi rendo conto pienamente, forse per la prima volta dopo che siamo scappati dal terminal, di come mi sentirei se a Joanna succedesse qualcosa proprio perché è rimasta con me. Una consapevolezza che mi fa preoccupare e vergognare allo stesso tempo: ho accettato senza fare una piega che rimettesse in pericolo la sua vita a causa mia.

Mi tiro su e mi appoggio alla testiera imbottita del letto.

«Jo, quello che hai fatto per me è incredibile, ma...»

«Ma?»

«Preferirei saperti al sicuro.»

«Stai dicendo che vuoi che torni in Australia con Gavin, senza di te?»

«No, voglio che andiamo in Australia insieme, cosa che adesso purtroppo non è possibile. Per questo per me è importante che parta almeno tu.»

Mi sporgo in avanti per accarezzarle una guancia. «Il solo pensiero che possa succederti qualcosa mi è insopportabile.»

Joanna mi prende la mano, se la allontana dal viso e si mette a sedere anche lei. Negli occhi non c'è traccia di dolcezza. «Una cosa deve esserti chiara: se torno a casa adesso, io e te non ci rivedremo mai più. È questo che vuoi?»

«No, certo che no... ma potrei raggiungerti, con un aereo di linea, anche domani.» Spero che le mie parole suonino più convinte di quanto non sembrino a me. Joanna scuote la testa, poi inizia a ridere, ma è una risata amara.

«Tu non conosci mio padre. Appena rimetterò piede in Australia smuoverà mari e monti per farmi sposare Matthew, come lui aveva stabilito. Da noi tutto si svolge sempre secondo i programmi di mio padre, o così o niente.»

«Ma ormai sei adulta, non può mica...»

«Te lo ripeto, tu non lo conosci. Mio padre può tutto quello che vuole. E riesce sempre a tradurre in pratica la sua volontà... o quasi.»

Le parole di Joanna risvegliano in me un certo orgoglio. Mi rifiuto di accettare che quest'uomo dall'altra parte del mondo possa decidere del nostro destino. Della nostra vita.

«Joanna, troveremo un modo. Se dovesse diseredarti, baderemo da soli a noi stessi. Mi cercherò un lavoro, in Australia, da qualche parte, lontano da tuo padre. Insomma, non è certo un Paese piccolo, troveremo una bella casetta e...»

Mi interrompe scuotendo la testa. «No, Erik, è fuori discussione. Io resto qui.»

43

Dormiamo poco. Erik fa qualche altro tentativo per convincermi a tornare in Australia, rinuncia solo quando lo minaccio di prendermi un'altra camera.

Non è stata una decisione molto intelligente, lo so. Già avevo fatto fatica a chiedere aiuto a mio padre quando pensavo che così sarei riuscita a mettere in salvo anche Erik, adesso che è diventato un muro contro muro, da lui non accetterei nemmeno un tozzo di pane.

Le possibilità di cavarcela da soli non sono poche, ma dobbiamo lasciare questa città, se non addirittura il Paese e poi... forse potremmo metterci in contatto con quel Bernhard. *Posso darle tutte le informazioni che vuole*, mi aveva detto la sera dell'attentato, *e se vivrà abbastanza a lungo le avrà.*

Siamo vivi. Per quanto ancora?

Chiamare Bernhard sarà la prima cosa che farò domani, penso verso le quattro, quando la stanchezza pian piano inizia a farsi sentire. E poi ce ne andremo.

Quando riapro gli occhi fuori è già chiaro, Erik è sveglio. Ancora disteso vicino a me, mi guarda e mi accarezza un braccio. Sorride.

Mi accoccolo su di lui. «Che ore sono?»

«Quasi le otto e mezza.» La sua mano scivola sulla mia spalla, poi sulla vita, fino al fianco. E lì si ferma.

«No» faccio io con tutta la determinazione di cui sono capace nello stato di sonnolenza in cui mi trovo. «Adesso no, dobbiamo fare un sacco di cose.»

«Sì, hai ragione.» Erik chiude gli occhi. «Però chissà quando potremo stare di nuovo così. Jo, non voglio smettere di abbracciarti...»

Ci concediamo ancora dieci minuti. Dieci minuti in cui sento come paura e agitazione riconquistino il loro posto dentro di me, nonostante la vicinanza di Erik. La verità è che non abbiamo un secondo da perdere.

Mi costa una gran fatica scendere a far colazione, uscire da questa stanza in cui mi sono sentita così invisibile per il mondo, ma devo.

«Nella hall c'è un computer con la connessione internet» dice Erik mescolando il suo caffè. «Da lì potremmo prenotare un volo, magari per l'Italia o la Spagna... Come prima cosa, poi vediamo.»

«Il passaporto lo hai ancora?

«Sì, era nella tasca interna.» Sorride. «Impossibile da perdere.»

Italia o Spagna... sì, potrebbe funzionare. Dobbiamo comprarci un paio di cose, vestiti, il necessario per lavarci, una valigia... ma poi potremmo prendere subito un taxi per l'aeroporto. Dopo tutte le mie chiamate alla polizia e al numero di emergenza, però, sicuramente il nome di Erik sarà sulla lista dei dispersi. All'aeroporto potrebbe essere diverso che al GAT. Lo lasceranno passare comunque? Be', in fondo mica è un sospettato.

A meno che mio padre non si sia messo in contatto con la polizia tedesca e abbia denunciato la mia fuga facendola passare per un rapimento. Conoscendolo, ne sarebbe capace.

Vabbè, un problema per volta.

Il computer della hall è occupato, un uomo d'affari visibilmente alterato sta cercando di controllare la sua casella di posta. Vedo aumentare l'impazienza di Erik, la fatica che gli costa non immischiarsi. Anch'io mi sto innervosendo sia per le persone che continuano a entrare e uscire, sia per le prime pagine dei giornali sopra il tavolo vicino alla reception. Riguardano tutte l'attentato, ovvio. Trascino Erik verso gli ascensori, uno è già al piano. «Dai, prima facciamo la telefonata.»

«Chi vuoi chiamare?»

«Bernhard. Ricordi cos'ha detto? Lui sa, e anch'io voglio sapere.»

Arrivati in camera mi siedo sul nostro letto sfatto e prendo l'apparecchio sul comodino. «Il numero lo sai a memoria?»

Lui annuisce, chiude gli occhi, poi lo scrive sul blocchetto con il logo dell'hotel, strappa il foglio e me lo passa.

Premo il tasto zero per avere la linea e poi digito. Bernhard non è raggiungibile. Riprovo tre, quattro volte, sempre con lo stesso risultato.

«I cellulari aziendali di solito li spegnevate?»

Erik scuote la testa. «Solo durante le riunioni, ma in realtà mettevamo la vibrazione.»

Mmm... non è un buon segno. Rimetto la cornetta sul ricevitore. Torniamo di sotto, in silenzio, il computer finalmente è libero. Erik va sulla pagina delle prenotazioni della Lufthansa. «Città?»

La prima che mi viene in mente è Roma. Ma mio padre sa che è una vita che vorrei andarci. Idem Barcellona. Allora dico: «Firenze».

Erik inserisce la destinazione nella mascherina di ricerca, sceglie una data di partenza a caso. L'unica cosa che sappiamo per certo è che non possiamo tornare a casa.

«Ci sarebbe un volo alle 15.10. Tra quattro ore e mezza.»

«Ottimo» replico tirando fuori il portafoglio dalla borsa. Quattro carte di credito, tre delle quali legate a conti intestati a me ma pieni dei soldi di papà. A mia disposizione. Sulla quarta, invece, ci sono i miei risparmi: regali e guadagni. L'importo di questo conto non è niente di impressionante, ma ci si potrebbe comunque far campare una famiglia di quattro persone per un annetto.

La porgo a Erik, che inserisce il numero. Clicca su ACQUISTA.

Aspettiamo la conferma, mi guardo intorno alla ricerca di una stampante per i biglietti e le carte di imbarco, ma sullo schermo esce un box rosso. Errore.

Transazione negata.

Sento accelerare il polso. Erik sgrana gli occhi e si porta una mano davanti alla bocca.

Forse ha sbagliato a digitare il numero? Controllo, no, è tutto giusto, ma comunque riprovo, stavolta i dati li inserisco io. Stesso risultato. Provare con le altre tre carte è inutile.

Negli ultimi giorni abbiamo superato momenti molto più difficili, eppure questo è quello in cui mi sento cedere. Non so cosa fare, non ho più nemmeno la forza di ricacciare indietro le lacrime che sento accumularsi negli occhi.

Erik chiude la pagina della compagnia aerea e mi abbraccia, mi trascina fuori dalla hall. Fa bene, una donna in lacrime attirerebbe l'attenzione.

«Siamo in trappola» sussurro dentro l'ascensore. «Non possiamo nemmeno pagare l'hotel, figuriamoci uscire dal Paese. Siamo finiti.»

Erik guarda per terra, serissimo. Le sopracciglia corrugate, come per una fitta di dolore. «Jo, ascolta. Adesso tu chiami tuo padre e gli dici che torni a casa. Un po' di contanti li hai, no? Se non bastano per il taxi, Gavin ti aspetterà davanti al GAT e pagherà lui.» Solleva gli occhi verso di me. «È l'unica cosa ragionevole. Non permetterò che resti in Germania, dove la tua vita è appesa a un filo.»

Dubito che lui se ne renda conto, ma le sue parole mi sono di grande aiuto. In un senso diverso da come le intende lui, ma la sostanza non cambia.

Quando le porte dell'ascensore si riaprono, della mia disperazione non è rimasto quasi nulla, sento solo rabbia, una rabbia che quasi mi toglie il respiro. Appendo alla porta della camera il cartello DO NOT DISTURB, tiro fuori il cellulare e, nonostante le proteste di Erik, reinserisco la batteria. Appena ho campo digito il numero di mio padre. Risponde al secondo squillo.

«Cavolo, Joanna, era anche ora che ti facessi viva! Ma dove diavolo sei finita?»

Faccio un respiro profondo. «La cosa non ti riguarda più. Mi hai bloccato i conti? Anche quelli con i soldi che ho guadagnato da sola?»

«Certo, te l'avevo detto... davvero credi che sprechi fiato in minacce che poi non mantengo?»

«Ma come sei riuscito ad aver accesso al mio conto?»

Ride. «Ragazzina, il conto appartiene comunque alla nostra banca. Davvero credi che possano dirmi di no se chiedo loro un favore? Con il rischio che sposti tutto il mio patrimonio dalla concorrenza?»

Avrei voglia di fare a pezzi qualcosa, e allo stesso tempo non mi ero mai sentita così impotente.

«Bene. E adesso ascoltami...» Il tono non è più quello di un padre divertito, ma di un uomo d'affari. «Ora tu prendi un taxi e vai in aeroporto, dove Gavin ti aspetterà e ti riporterà a casa. Fine della discussione.»

Non ha idea di quello che sta facendo, altrimenti non credo che si giocherebbe la sua ultimissima, minuscola chance di riconquistarmi.

«No, papà.» La mia voce è molto più calma di quanto osassi sperare. «Io resto qui, e per questo probabilmente presto sarò morta. A starci col fiato sul collo, a me ed Erik, sono le stesse persone che hanno fatto saltare in aria la stazione di Monaco, e un paio di volte ci sono quasi riuscite, a farci secchi... e tu adesso, tagliandoci le risorse, gli hai reso le cose ancora più facili. Be', complimenti. Ma sai una cosa? Meglio morire che farmi ricattare tutta la vita da te. *Bye.*»

Riattacco senza aspettare la sua risposta. M'immagino la sua faccia e inizio a ridere, una risata in cui mi sento a un passo dalle lacrime, ma ha comunque un che di liberatorio.

Erik invece non ride. Mi osserva scettico, scuotendo la testa. «Però, meglio di una soap opera.»

Il mio cellulare inizia a squillare, ovviamente è mio padre. Rifiuto la chiamata. «Sì, hai ragione. Ma avrei dovuto farlo quando avevo quattordici anni.»

«Forse adesso che hai spiegato come stanno le cose potrebbe averci ripensato» dice Erik indicando il telefono. «Potrebbe cedere... Joanna, nonostante l'orgoglio, concedigli la possibilità di metterti in salvo. Chissà, magari di portare al sicuro anche me.»

Capisco il ragionamento di Erik, ma lui non capisce quello di mio padre. Cedere è una possibilità per cui proprio non è stato programmato, non c'è prezzo che tenga. «Lo vedremo» dico. «Se avesse paura per me, dovrebbe sbloccarmi i conti, giusto? È ciò che farebbe qualunque altro padre, al suo posto. Ma io ci scommetto quello che ti pare che il mio non lo farà.»

Lascio cadere il cellulare sul letto. La sensazione di trionfo di poco prima, seppure di un trionfo triste, è già scomparsa. «Dobbiamo cavarcela senza soldi. Non ho la più pallida idea di come, ma...»

«Invece no» mi interrompe Erik. «Tu hai dei soldi, ricordi? Me li hai sbattuti in faccia l'altro ieri...»

Mio Dio, ma certo! Il libro delle tapas... con dentro ventimila euro. Quel denaro esiste, è nostro, solo che...

Guardo Erik con la coda dell'occhio. «Sì, ma come facciamo a prenderli?»

44

Già. Bella domanda. Come facciamo a prenderli?

L'ironia della situazione è ormai oltre i limiti dell'assurdo. I ventimila euro, che potrebbero fare la differenza per noi tra la vita e la morte, sono a casa, in cucina. Ma fossero sulla luna sarebbe lo stesso, tanto non abbiamo alcuna possibilità di recuperarli.

Nel frattempo gli uomini di Gabor avranno sicuramente capito che Joanna era in casa, e che è sgattaiolata fuori. E daranno anche per scontato che non tornerà, per la paura. Perché lei sa che è entrato qualcuno. Saranno rimasti lo stesso ancora lì ad aspettare?

Comunque stiano le cose, lei non ci può tornare. È un rischio troppo grande. E io sono morto, e tale devo restare.

«Non lo so» dico frustrato. «Rientrare a casa è escluso.»

Joanna si morde un labbro, lo fa sempre quando c'è da risolvere un problema grosso. Questa sua abitudine mi torna così familiare che per un attimo tutto il resto, intorno a noi, mi sembra irreale.

Poi sgrana gli occhi, vuol dire che le è venuta un'idea. «Hai ragione, *noi* non possiamo mettere piede a casa. Ma se fosse qualcun altro, ad andare a prendere i nostri soldi?»

«Qualcun altro?» ripeto guadagnando un po' di tempo per riflettere. «Sì, forse, ma a chi stai pensando? E comunque c'è il pericolo che gli uomini di Gabor siano ancora lì.»

«Ela.»

Ela. Ma certo. Un attimo dopo, però, la mia euforia si è già smorzata.

«Sì, peccato che lei pensi che io sia morto.»

Un'alzata di spalle. «Be', allora le diremo tutto. Oppure quando viene ti nascondi.»

Su questo non ho bisogno di riflettere. «No, se metterà in pericolo la sua vita per me non possiamo continuare a mentirle. Cosa che comunque già non mi piaceva.»

«Sì, hai ragione. E dopo che le avremo spiegato la situazione lei capirà che non abbiamo alternative. Adesso le telefono e le dico che sei ancora vivo. E poi...»

«No. Chiamala e dille che sei in difficoltà e hai bisogno dei soldi. Quando verrà ci sarò anch'io, e le spiegheremo tutto insieme, okay?»

«Sì, è la cosa migliore.» Joanna si china in avanti e mi bacia sulla bocca. «Vedrai, andrà tutto bene.»

Ha già il telefono in mano pronta a digitare quando mi viene in mente un'altra cosa. «Aspetta.» Lei si blocca a mezz'aria e mi guarda irritata.

«Dobbiamo farci venire in mente qualcosa per impedire che gli uomini di Gabor siano lì ad aspettarla... dubito che siano ancora appostati, ma non si sa mai.»

Joanna riflette. «Mmm... la polizia?»

«Come dici?»

«Poco prima che Ela entri in casa chiamerò la polizia dicendo che ho paura che qualcuno stia cercando di entrare. Ela aspetta che arrivino i poliziotti a dare un'occhiata... al più tardi in quel momento gli uomini di Gabor avranno levato le tende, no?»

Sì, non è male come idea, ma Joanna non ha considerato un piccolo dettaglio. «Mmm... se chiami perché hai paura che qualcuno stia entrando in casa, vuol dire che tu sei dentro. I poliziotti suoneranno il campanello e non aprirà nessuno. Daranno per scontato che ti sia successo qualcosa...»

«Merda.» La delusione le si stampa sul viso. «Sfonderanno la porta e rivolteranno la casa come un calzino. Ci vorrà un sacco prima che lascino il campo libero.»

«Esatto. A meno che...» Mentre Joanna mi dà ragione mi è venuto in mente qualcosa. «A meno che tu non sia in un'altra città, da un'amica, e dici che un conoscente ti ha chiamata perché, passando davanti casa nostra, ha visto strani tizi armeggiare con la porta. E tu ti sei preoccupata, in fondo dall'attentato io risulto ancora disperso, e l'altro giorno hai già detto alla polizia di avere paura.»

Riflette per qualche secondo, poi dice: «Hai ragione, sembra credibile. E anche verificabile».

«E se gli uomini di Gabor sono ancora appostati, vedendo arrivare i poliziotti...»

«Sì, ci siamo. Come prima cosa, però, chiamo Ela.»

«Per favore dille di fare attenzione. Che appena nota qualcosa di strano deve scappare, subito.»

Joanna non aziona il vivavoce, ma in base alle sue reazioni e risposte riesco ad avere un'idea di quello che dice Ela. La conversazione dura pochi minuti. Alla fine Joanna spiega dov'è nascosta la chiave di scorta e riattacca. «Povera, è preoccupatissima per me, ma anche per te. Ha detto che andrà a prendere i soldi, ovvio. Accidenti, quando ti vedrà le prenderà un colpo...»

«Sì, ma capirà perché abbiamo dovuto mentirle» replico cercando di spacciare la mia speranza per convinzione.

Dieci minuti dopo Joanna chiama la polizia. La sua voce è preoccupata, confusa, intimorita, disperata. Si cimenta in una performance attoriale così convincente che i miei pensieri per un attimo deragliano in una direzione per cui nella mia testa, in teoria, non dovrebbe esserci più posto. Pochi secondi, poi passa. So di potermi fidare di lei. Basta.

Jo mette via il telefono, poi sorride. «Partono subito. Mio Dio, il tizio all'altro capo della linea era così preoccupato per me che, se avesse potuto, avrebbe mandato davanti casa mia... cioè *nostra*... un intero plotone.»

«Anch'io sono un po' preoccupato per Ela. Speriamo che vada tutto bene.»

Va tutto bene. Dopo circa un'ora Ela chiama e dice a Joanna che ha i soldi e sta venendo a Monaco. I poliziotti sono rimasti davanti all'abitazione per una decina di minuti e poi se ne sono andati. Per il resto, niente di strano. Circa un'ora e mezza dopo bussa alla porta della nostra stanza.

Annuisco a Joanna, che mi guarda con aria interrogativa, e scompaio nel bagno. Secondo i piani.

Dai rumori che seguono, capisco che si sono gettate l'una tra le braccia dell'altra. La porta si chiude. Poi la voce di Joanna: «Ela, senti... ti devo dire una cosa. Ma tu mi devi promettere che non ti arrabbierai... okay?».

«Che cosa è successo?»

«Si tratta di Erik. È vivo.» La seconda parte l'ha detta così svelta da non lasciare a Ela nemmeno il tempo di fraintendere.

«Cosa? Ma è fantastico! È vivo? Sei sicura? Oddio come sono felice... e sta bene? Dov'è?»

Apro la porta del bagno. «Ela, sono qui.»

Lei resta impietrita, mi guarda come se fossi un fantasma. Poi mi viene incontro di corsa e mi salta al collo. Restiamo così per diversi secondi, abbracciati strettissimi, in silenzio. Poi Ela si stacca, fa un passo indietro e mi squadra dalla testa ai piedi, come per sincerarsi che è vero, e tutto è dove deve stare. Gli occhi indugiano sul braccio, sotto la camicia, sulla fasciatura.

«Ma dove sei stato? E cosa ti è capitato?» La sua voce ora è calma, si è ripresa. Indico una sedia. «Adesso ti spiego tutto.»

Aspetto che si sia messa comoda, poi inizio a raccontare. Parto dalla strana mail scoperta sul computer di Gabor. Non tralascio nulla. Ela m'interrompe un paio di volte per farmi alcune domande, per il resto mi ascolta serissima. Quando arrivo alla fine, alla fuga dal terminal, lei aspetta qualche secondo e poi annuisce. «Capisco. Cavolo, è incredibile. Ma tu credi davvero che dietro l'attentato di Monaco ci sia Gabor?»

«Non so se ne è proprio responsabile, ma in qualche modo c'entra. Adesso capisci perché abbiamo detto a tutti che ero scomparso?»

«Sì certo, anche se almeno a me la verità potevate dirla. Mi sono preoccupata a morte.»

«Non volevamo coinvolgerti» interviene Joanna.

Ela mi rifila un'occhiataccia. «Be', ma lo avete fatto comunque, adesso... Se lo facevate due giorni prima mi risparmiavate queste notti in bianco.»

Mi avvicino e le poso una mano sulla spalla. «Mi dispiace, davvero, ma lo abbiamo fatto per te, per la tua incolumità. Ora starai attenta, vero? Comunque i prossimi giorni è meglio se dormi da Richard.»

Fa un cenno con la mano, come a dire di non preoccuparmi, che adesso non è questo che conta. «E l'amnesia di Joanna? E tutte le altre cose... strane?»

«Non ne ho idea. Su quello ancora buio totale, ma adesso l'unica cosa importante è andarcene da qui al più presto.»

Ela la interpreta come un'esortazione e tira fuori la busta dalla borsa, si alza e la dà a Joanna. «Ecco, e adesso cosa farete?»

Jo mi guarda. Uno sguardo che significa: rispondi tu.

«Via dalla Germania, il prima possibile.»

«E come?»

«In aereo.»

Lei scuote la testa. «Da Monaco? No, è una pessima idea, dopo tutto quello che è successo...»

Capisco dove voglia arrivare, ci ho pensato anch'io, prima, quando abbiamo cercato di comprare i biglietti. «Perché i controlli di sicurezza in aeroporto saranno rigidissimi, intendi dire, vero? Ma non vedo il problema, non siamo mica dei ricercati.»

«E se qualcuno avesse chiamato la polizia dicendo che siete coinvolti nell'attentato?»

A questo non ci ero arrivato. «Gabor, intendi?»

«Be', è possibile...» Un'alzata di spalle. «Se vi vuole morti farà di tutto. Per esempio, potrebbe aver piazzato due dei suoi uomini all'aeroporto, ad aspettarvi al varco. Davvero volete correre questo rischio?»

No, non vogliamo, e sul viso di Joanna leggo la stessa cosa.

«Ela ha ragione» dice. «Forse è meglio uscire dal Paese in macchina. La noleggiamo...»

«Mmm...» intervengo io «e secondo voi alle frontiere di terra i controlli non li avranno rafforzati?»

«Sì.» Ela annuisce. «Forse, ma mai come in aeroporto. Secondo me l'idea di noleggiare una macchina non è male.» Una breve pausa. «Ah, aspettate... hai detto che hai perso il cellulare, in stazione... vuoi il mio? Per ogni evenienza... metti che vi separiate...»

«No, grazie, è gentile da parte tua... ma un telefono lo abbiamo, ci basterà.»

«Un attimo» interviene Joanna. «Ela ha ragione. Non dobbiamo rischiare nulla. Chissà cosa potrebbe succedere al mio cellulare... E se lo perdo? E se si rompe? E se mio padre riesce a bloccarmi anche quello? Senza telefono saremmo nella merda... insomma, credo che dovresti accettare la proposta di Ela. Per ogni evenienza, appunto.»

«Infatti.» Ela fruga nella borsa e mi passa il suo smartphone. Cedo e me lo infilo in tasca. «Però poi te lo restituisco.»

«Ci mancherebbe!»

Un breve abbraccio a me, uno a Joanna, e poi Ela è già sulla soglia, si guarda intorno. «Buona fortuna. E vi prego, datemi notizie.» Prima che possiamo replicare qualcosa, la porta è già chiusa.

Mi avvicino alla finestra e aspetto che esca dall'albergo, percorra un pezzo di strada, salga in macchina e parta. Nessuno la segue.

«Okay» dico, «come facciamo per l'auto? Potrei cercare su internet un'agenzia in questa zona...»

«Ci penso io» m'interrompe Joanna mettendosi la giacca come prova della sua decisione. Tira fuori un paio di banconote dalla busta e mi passa il resto. «Ecco, per favore mettila via. Io scendo e prendo un taxi, mi faccio portare all'autonoleggio più vicino. Insomma, siamo a Monaco, non sarà tanto lontano, l'autista lo saprà.»

«Okay, vengo con te.»

«No, vado da sola.» La sua voce risuona perentoria, diversa dal solito, come un ordine. «Tu sei morto, te lo sei dimenticato? Non dobbiamo correre rischi. Vado a prendere una macchina e poi ti passo a prendere. D'accordo?»

L'idea di mandarla da sola non mi piace neanche un po', ma in fondo ha ragione. Per quanto sia improbabile che incontrerà uno degli uomini di Gabor, è comunque meglio se io aspetto in albergo.

«Okay.»

«Bene. A fra poco.» Mi stampa un bacio sulla bocca, ma prima che possa ricambiarlo è già sulla porta.

Chiudo la busta, con gesti quasi meccanici, e me la infilo nella tasca davanti. Vado verso il letto, mi siedo su un angolo.

Ela, Gabor, Bernhard, Gavin. Il padre di Joanna. Mio Dio, ma in che casino siamo finiti? Quant'era bella e pacifica la nostra vita fino alla settimana scorsa. Quanto davo per scontato di stare con

Joanna. Che fossimo fidanzati. E cosa non darei, in questo momento, per riavere esattamente quella vita. La porterei in palmo di mano, ogni giorno. Io...

D'istinto mi alzo, mi riavvicino alla finestra. Che stupido, voglio vederla salire sull'auto. Nemmeno un minuto e lei spunta sotto di me. I taxi sono dall'altro lato, un po' più avanti. Joanna procede spedita, non si gira nemmeno una volta, non guarda in alto.

A circa cinquanta metri dalla meta, all'improvviso proprio davanti a lei si spalanca la portiera di una macchina parcheggiata. Vedo una gamba in pantalone scuro, un braccio che spunta e l'afferra, la sbatte dentro l'auto con una tale velocità che non fa in tempo a opporsi. La portiera non si è richiusa del tutto quando, sgasando, schizza via.

Nessuno ha visto nulla, è successo troppo in fretta, e la strada era quasi deserta. Nessuno tranne me. Gavin e il suo team sanno il fatto loro.

Il tutto è durato a malapena dieci secondi. Ce ne vogliono almeno il triplo per farmi riprendere dallo shock.

Mi precipito fuori dalla stanza, corro lungo il corridoio, fino agli ascensori. Premo il pulsante, decido che aspettarlo è troppo, spalanco la porta delle scale. Terzo piano. Due gradini alla volta, rischio di volare. Poi, tra il secondo e il primo piano, il mio cervello si accende, e mi dice che mi sto comportando come un pazzo schizzato. Ma dove diavolo sto correndo? Davvero credo di trovare ancora la macchina, partita almeno cinque minuti fa? Come se già non sapessi chi è che l'ha portata via e dove stanno andando?

Riaccendere il cellulare è stato un errore, lo sapevo. Mi sento travolto da una rabbia indomabile, così bruciante che quasi mi corrode.

Arrivo al piano terra. Devo pagare, ci vorrà al massimo un minuto. Ma ci mancano solo grane con la polizia. Bene, il mio cervello è di nuovo attivo.

Raggiungo la reception, comunico alla ragazza un po' in carne il numero della stanza. Osservo impaziente come lo digiti nella tastiera.

Centoventi euro. Tiro fuori la busta e poso sul bancone una banconota da cento e una da cinquanta. «Va bene così» faccio, e me ne vado.

«Aeroporto, GAT» grido a un tassista. Che fa manovra e si avvicina. Salgo e lui inarca un sopracciglio, poi annuisce. Niente domande, niente discussioni. Ha capito.

Durante il tragitto guardo fuori senza percepire nulla di quello che sto vedendo. A ogni chilometro sento crescere la rabbia nei confronti del padre di Joanna. E la mia impotenza. Ma non l'avrà vinta, non così, questo Gavin mi sentirà, se sarà necessario glielo farò capire anche con le cattive. Eppure già so che non servirà a nulla. Sempre che siano ancora lì. Già...

Lascio all'autista una ricca mancia e schizzo fuori dalla macchina. Mi aiuto con il braccio ferito e mi scappa un'imprecazione, dolore e rabbia.

La hall del terminal, il corridoio del controllo passaporti. L'uomo mi scruta sospettoso, ma è impossibile che mi riconosca, è un altro rispetto a ieri. «Ho bisogno di entrare, devo trovare il jet del signor Berrigan, per favore.»

«Come si chiama?» Lo chiede con un tono ben più amichevole rispetto al suo aspetto.

«Thieben. Erik Thieben.»

Lo sguardo dell'uomo si china sulla lista che ha davanti. «Mi spiace, ma non la trovo.»

«Infatti ero sulla lista di ieri, sono venuto qui... ma mi sono dimenticato una cosa.»

Scuote la testa. «Desolato, ma non posso lasciarla passare.»

«Ma io devo passare, è importante.»

«Guardi, proprio non so come aiutarla, non posso farci niente.»

«Maledizione, ma io qui mi sto giocando tutto!» sbotto. «Non lo capisce?»

Vedo gli occhi dell'uomo che mi superano in cerca di qualcosa, e già so cosa significa. Security. Che idiota. Adesso è proprio finita.

«Scusi» sento all'improvviso dire a una voce conosciuta. «Per favore potrebbe farlo passare? È uno dei nostri, il signor Berrigan ha già chiarito la cosa ieri.»

L'uomo squadra Gavin e poi si rigira verso di me. «Passaporto, per favore.»

A quanto pare il nome Berrigan è una parola magica perfino in Germania.

Il tizio mi restituisce il documento, io passo e mi avvio verso le scale insieme a Gavin. Poi mi piazzo davanti a lui e a muso duro faccio: «Dov'è Joanna?».

Il suo sguardo resta impassibile. Mi scruta fino a trapassarmi. «Perché lo sta chiedendo a me? È con lei che è scappata via, ieri.»

«Sì, e voi l'avete appena rapita davanti all'albergo, quindi adesso lei mi dice...»

Non vedo nemmeno arrivare la mano. Me ne accorgo soltanto quando è già stretta intorno al mio collo e quasi non respiro più.

«Com'è che ha detto? Rapita? Dove? E da chi?»

Gracchio un paio di sillabe, prendo la mano di Gavin e cerco di tirarla via. Senza successo. Quando già temo di star per svenire, la presa finalmente si allenta. Tossisco. E inizio a capire che non è come pensavo... ma molto peggio.

«Io... io non lo so. Era una macchina scura, è spuntata all'improvviso davanti all'hotel. Qualcuno l'ha tirata dentro e poi sono spariti.»

Gavin scruta il corridoio alle mie spalle. Quattro, cinque secondi. Poi annuisce. «Lei aspetti qui, due minuti e partiamo.»

45

Vedo solo la stoffa nera del sedile anteriore contro cui qualcuno mi sta premendo la faccia. Il battito del mio cuore è fuori controllo... lo sento rimbombare nelle tempie, sul collo, dappertutto. Mani sconosciute che sembrano tenaglie mi afferrano: una il polso, l'altra la schiena. Dentro di me sono impietrita dallo shock, ma il mio corpo oppone resistenza, scalcia contro il retro del sedile del guidatore, si ribella alla stretta dell'uomo che mi trattiene, lotta con molta più forza di quanto immaginassi di avere.

«Ora basta, signorina, oppure sarò costretto a farle male.» Una voce che non conosco. Eppure, nonostante il tono quasi amichevole non ho il minimo dubbio che l'uomo non esiterà nemmeno un secondo a fare come ha detto.

Così mi calmo. La faccia sempre schiacciata contro lo schienale, ma girata verso il finestrino oscurato. Il volto dell'uomo che mi ha sbattuto dentro l'ho visto solo di sfuggita, senza riconoscerlo. Non ho la più pallida idea di chi possa essere. Proprio non riesco a pensare. So solo una cosa, ed è chiarissima: questa è la fine.

Non mi hanno bendato.

Quindi è escluso che mi lascino viva.

E poi c'è questo odore che mi dà la nausea, un altro pessimo presagio.

Non ho più il controllo del mio corpo. Inizio a tremare in maniera inconsulta, con violenza, come se qualcuno mi stesse scuotendo.

L'uomo allenta un po' la presa. «Questa sta per collassarmi tra le mani» dice a uno dei due complici davanti.

«Non le premere le vene del collo, ci serve senza danni cerebrali» risponde il tizio accanto al guidatore. Questa voce invece la riconosco subito, l'ho già sentita, e la ricollego all'odore nauseante...

Joanna, io sono qui soprattutto per lei e per la sua sicurezza. Lei lo vuole, il mio aiuto?

Lo psicologo aziendale. Quello che si è azzuffato con Erik... Bartsch.

L'uomo vicino a me allenta la presa, piano, come se volesse vedere se ricomincio ad agitarmi. Io resto dove sono, immobile. Ho ancora il respiro affannato, come se avessi corso, come se stessi ancora correndo, e dentro di me in fondo è così.

Gli uomini di Gabor ci hanno trovati. Mi hanno trovata. E la colpa è solo nostra: devono aver seguito Ela, da casa fino all'hotel. Dal quale, mezz'ora dopo, io sono uscita senza nemmeno guardarmi intorno.

Quasi mi prenderei a schiaffi, per quanto sono stata stupida. Siamo stati così attenti, per poi commettere un errore tanto idiota.

«Joanna, come sta? Tutto bene?» Adesso la voce di Bartsch sembra gentile e preoccupata come una settimana fa nel nostro salotto.

Non gli rispondo, mi concentro sul mondo fuori dal finestrino, che è diventato più lento. Adesso è proprio fermo, davanti a un semaforo rosso.

Non pensare, Joanna, agisci. Di colpo mi sollevo, faccio scattare la sicura della portiera: non era nemmeno bloccata, che coglioni, si apre subito, esco...

Con una gamba e metà del busto sono già fuori, ma l'uomo dentro mi riagguanta con un braccio e mi risbatte sul sedile.

Mi sento gridare, come se mi avesse lussato una spalla. Un attimo dopo si solleva su di me e richiude la portiera di colpo.

«Stronzetta, fallo un'altra volta e vedrai.» Mi molla un ceffone in faccia, forte, prima a mano aperta, poi un secondo con il dorso. Sento il sapore del sangue.

«Lambert, la smetta! Subito!» È Bartsch, che si è girato di scatto dal sedile davanti. «L'errore è suo, perché sta lasciando alla ragazza tutta questa libertà?»

«Come potevo sapere che questo coglione si è dimenticato di bloccare le portiere?» sbotta Lambert, che è ancora tutto sopra di me... Quasi non respiro. «Ma non vi preoccupate» dice più calmo. «Non succederà una seconda volta.»

Mi gira le mani dietro la schiena, le lega con una cosa stretta e dura e poi tira, così forte da farmi malissimo. «Chi è causa del suo mal...» dice.

Con la lingua cerco il punto delle labbra che sta sanguinando. Sì, chi è causa del suo mal... ma ne è valsa la pena. Forse qualcuno mi ha vista, magari si è segnato il numero di targa e chiamerà la polizia.

Davanti suona un cellulare. Due squilli, poi Bartsch risponde. «Sì? Sì, l'abbiamo presa. Tutto liscio, meglio di quanto sperassimo.» Si ferma, scuote la testa. «Come scusi? No, ma di questo non avevamo mai parlato...»

La persona con cui sta discutendo deve averlo interrotto. Bartsch cerca di riprendere la parola più volte, ma non c'è verso. «Avrebbe dovuto parlar chiaro» dice infine, come sulla difensiva. «No, io... io... non mi sarei mai preso la libertà per una simile iniziativa.»

A ogni parola diventa più nervoso, e il suo nervosismo mi contagia. L'atmosfera in macchina è già tesissima, se adesso a uno dei tre uomini saltano i nervi...

Le mie mani iniziano a intorpidirsi, cerco di aprire e chiudere i pugni, allungare le dita, perché continui ad arrivare il sangue.

«Capisco» fa Bartsch al telefono. «Sì, credo non ci sia alcun problema. Certo, a fra poco.»

Mette via il cellulare e poi si gira verso di me. «Come si chiama la ragazza che è stata a casa vostra? E poco fa in hotel?»

Avevo ragione. Siamo stati proprio ingenui a credere che Gabor avesse fatto ritirare i suoi uomini. E che la polizia avesse sondato la zona come si deve. «Perché?» rispondo.

«Questo ora non ha nessuna importanza. Mi dica il nome.»

Nella mia testa iniziano ad accavallarsi un milione di pensieri. Che devo fare? Tacere, mentire? Di tradire Ela non se ne parla nemmeno, non potrei neanche metterla in guardia da Gabor, e non posso nemmeno avvertire Erik.

All'improvviso il pensiero di Erik mi divampa dentro come un fuoco. Non ha idea di cosa sia successo, sarà ancora lì in hotel che aspetta. Che non vede l'ora che torni.

Una mano mi afferra per i capelli, quasi mi stacca la testa dalle spalle. Lambert. «Ti ha fatto una domanda!»

«La molli.» L'ordine di Bartsch stavolta è calmissimo. «Non è necessario.»

Lambert mi lascia con un ghigno.

Bartsch non ripete la domanda. Si rigira verso la strada e incrocia le braccia sul petto.

È un po' che non guardo fuori, e solo adesso mi rendo conto che il paesaggio è cambiato. Non siamo più in città, ma in periferia. Capannoni, edifici industriali, quasi tutti i mezzi che incrociamo sono camion.

«Pazienza» dice Bartsch, e io non capisco se ce l'ha con Lambert o con me.

Ci fermiamo vicino a uno dei magazzini. Un deposito enorme, un po' fuori da una zona recintata da un alto muro. Siamo proprio lontani dalla città, isolati: scappare non avrebbe senso.

Dall'altro lato della recinzione vedo uscire un camion, ma è troppo lontano, non riesco nemmeno a sentire il rumore del motore.

Anche gridare non servirebbe.

Lambert sembra aver intuito cosa ho in mente. «Prova a scappare, stronzetta, e ti spezzo le ossa.»

No, è inutile. Le possibilità che qualcuno mi senta sono minime, e Lambert non ci penserebbe due volte a mantenere la parola. Ci gode, a essere in una posizione di potere. E sarebbe disposto a tutto per godere di più.

Saliamo una rampa e arriviamo nella sala interna del magazzino. Lambert più che spingermi mi sta sollevando. Nessuno gli dice niente, nemmeno Bartsch, che è davanti ed entra per primo.

Scaffali che arrivano fino al soffitto. Cassette enormi, alcune rivestite di plastica. Far scomparire una piccoletta come me qui dentro è un gioco da ragazzi.

Nello spazio libero al centro della stanza ci sono due carrelli elevatori. Bartsch si appoggia a uno dei due, con aria rilassata. «Bene, abbiamo ancora un po' di tempo. Vorrei usarlo per ripeterle la mia domanda: come si chiama la ragazza che è venuta in hotel?»

Già faccio fatica a respirare, poi Lambert mi colpisce così forte dietro la schiena che mi accascio a terra. Ho le mani ancora bloccate, quindi non posso attutire la caduta, posso solo voltarmi per proteggere la faccia. La mia spalla destra atterra con una tale violenza da farmi salire le lacrime agli occhi. Lambert ride, e mi colpisce ancora, con un calcio, ma meno forte, più simbolico. «Oh, adesso piange, la stronzetta...»

«Basta.» Bartsch in due passi si è avvicinato, spinge via il mio aguzzino e si abbassa sulle ginocchia. Mi guarda comunque dall'alto.

E nella mia testa sta riaffiorando un'immagine, che potrei vedere, se solo riuscissi a metterla a fuoco un altro po'. Chiudo gli occhi, ma proprio in questo momento Bartsch mi mette una mano sotto il mento e mi gira la testa verso di lui.

«Il nome, Joanna. Mi dica il nome.»

Quest'odore. Il dopobarba. Mi aveva fatto venire un senso di nausea già in salotto, adesso mi fa quasi vomitare.

Un altro calcio, stavolta alla coscia, più forte.

«Ho detto basta!» grida Bartsch a Lambert. Nello stesso istante, si sentono dei passi che si avvicinano.

«Ma che succede?»

Una voce che conosco, anche se l'ho sentita solo al telefono. È Gabor, e non è solo. È affiancato da due uomini, altri quattro dietro, uno di loro si siede su una cassa. «Siete proprio degli incapaci» dice con un filo di voce.

Si guarda indietro, irritato, poi si rivolge a Bartsch. «Che ci fa la signorina Berrigan per terra? E perché è legata?» Un giro di occhiatacce. «Signori, non sarete mica seri...»

Con estrema prudenza mi aiuta a tirarmi su, addirittura mi pulisce la manica destra. «Mi scuso per i miei collaboratori. Se c'è una cosa che proprio non sopporto, è la maleducazione.» Si volta verso Bartsch. «Allora? Immagino abbia scoperto chi era la donna che vi siete lasciati scappare sotto il naso...»

«Era proprio quello che stavamo cercando di scoprire.»

Ela, mio Dio. Abbiamo messo a rischio la sua vita, avremmo dovuto saperlo... e se le fosse successo qualcosa? Come mi sarei sentita?

Quando me lo richiederanno, decido, dirò Susanne Jäger, il nome della mia vicina. E farò finta che tradirla mi faccia stare da schifo...

Ma Gabor non torna sull'argomento, si limita a scrutare di nuovo i suoi uomini con disprezzo, poi si volta verso di me. Mi viene vicinissimo, come se volesse abbracciarmi. O addirittura baciarmi.

Faccio un passo indietro, quasi in automatico, e finisco contro Lambert, che mi afferra per le braccia, non forte come prima, ma comunque in modo che non possa spostarmi quando Gabor inizia a perquisirmi dappertutto. Rapido ed efficiente. Prima la giacca, poi le tasche dei pantaloni. Da quella di destra tira fuori il mio smartphone. Che però è bloccato.

Mi preparo al fatto che Lambert tra pochi secondi cercherà di estorcermi il codice, e mi ripropongo di opporre resistenza, fin quando mi sarà possibile.

Ma Gabor nemmeno lo chiede. «Girala» dice.

Lambert mi prende le mani intorpidite e io capisco che ho perso. Il mio cellulare si sblocca anche con le impronte digitali. Cerco di divincolarmi, ma non ho alcuna possibilità, già lo so. Le mani... quasi non me le sento più, figuriamoci se posso fermare Gabor. Che infatti ci mette qualche secondo.

«Grazie Joanna. Allora, vediamo un po' chi troviamo...»

Mi giro, vorrei tanto strappargli di mano il telefono e iniziare a calpestarlo con tutto il mio peso.

«Dunque... ecco, ultime chiamate. Ah... Manuela. È stata lei a passare, dico bene?»

Non rispondo nulla, mi limito a scuotere la testa contenta di non aver registrato anche il cognome.

«Sentiamo un po' cosa ha da dirci questa Manuela.»

Stavolta Lambert deve tenermi con tutta la forza che ha in corpo per impedirmi di aggredire Gabor. No, non deve chiamare. Non deve sentire la voce che risponderà, impaziente e piena di gioia.

Cerco di divincolarmi. «No, per favore...»

«Come no... sì, sì eccome.» Alza gli occhi. Sorride.

46

Mentre aspetto Gavin mi passano un milione di pensieri per la testa. Se non è stato lui a rapire Joanna, allora resta solo una possibilità: Gabor e i suoi uomini. Ma perché? Semplicemente per farla fuori, indisturbati, in un luogo appartato? Oppure a Gabor serve ancora? Per cosa? In tal caso però, forse significa che almeno per un po' la lascerà viva.

Gavin torna accompagnato da due uomini. Uno lo conosco, era nella lounge ieri. Il secondo è un po' più anziano ma, come gli altri, ha un fisico atletico e un completo scuro. Si fermano, Gavin annuisce. «Andiamo.»

«Ma dove?»

«Fuori c'è una macchina. Cominciamo dal luogo in cui l'hanno rapita.» Qualche passo, poi aggiunge: «Complimenti, davvero un'idea geniale, questa di scappare».

«Ha già parlato con suo padre?» domando mentre ci avviciniamo al controllo passaporti.

«Sì.»

«E... come ha reagito?»

Lo sguardo di Gavin dice già tutto.

Il funzionario ci fa passare con un cenno della mano. Usciamo dall'edificio e saliamo su un suv nero, parcheggiato a pochi metri dall'ingresso. Gavin lo apre con il telecomandino e poi si ferma davanti alla portiera del conducente. «Guidi lei.»

Ha ragione, è molto più facile che spiegargli tutta la strada fino all'albergo. Salgo, mi allaccio la cintura, poi mi squilla il telefono. Oh, no, il cellulare di Ela. O è qualcuno che vuole parlare con lei, o... Cerco il telefono, lo tiro fuori in fretta, fisso il display. «È Jo» dico agitatissimo. Poi schiaccio il tasto verde, accetta, e mi premo l'apparecchio contro l'orecchio. «Oh, Jo, grazie a Dio. Dove sei? Stai bene?»

Silenzio all'altro capo della linea. «Jo? Sono io, Erik. Ti prego, di' qualcosa!»

Perché non risponde? Le hanno tappato la bocca? Forse è legata ed è riuscita a chiamare l'ultimo numero...

«Oh, Erik... che sorpresa.»

Una stretta micidiale mi accartoccia lo stomaco. Questa voce... ma è... «Signor Gabor?»

«In persona... Che bella sorpresa che sia lei a rispondere, proprio al numero della cara Manuela. Forse dovrei essere un po' arrabbiato... insomma, non informare il proprio capo di essere ancora vivi non è proprio segno di attaccamento al lavoro, non trova?»

Gavin mi dà una botta e mi fa un cenno con la mano. Scuoto la testa e mi porto un dito alle labbra per fargli capire di non fiatare.

«Perché ha il telefono di Joanna? Lei dov'è? Sta bene? Se le ha torto un solo capello...»

«Erik, si calmi. Joanna è mia ospite... Anzi, perché non ci raggiunge anche lei? Sarebbe bello, così facciamo due chiacchiere tutti insieme.»

Guardo Gavin, che mi rifila un'occhiata ambigua.

«Voglio parlare con Joanna» dico con voce più ferma possibile. «Se non mi fa sentire la sua voce non faccio proprio niente.»

Invece di una risposta sento una specie di raschio, poi la voce di Joanna, lontana, ma si sta avvicinando. «Pezzo di merda, lasciami andare! Subito!» Le ultime tre parole sono chiarissime, Gabor le sta tenendo il cellulare davanti alla bocca.

«Mio Dio, Jo! Stai bene? Che ti hanno fatto? Dove sei?»

«Erik. Non venire qui. Hai capito? Non venire per nessun...» All'improvviso si zittisce, qualcuno deve averle tappato la bocca. Poi di nuovo la voce di Gabor.

«A quanto pare la sua fidanzata non si vuole trattenere, per il nostro incontro. Io invece sì.» Sembra proprio l'invito per un caffè. «Dove si trova?»

Dentro di me sento montare una piena di rabbia. Questo stronzo ha cercato di uccidermi in diverse occasioni, e adesso ha in pugno Joanna. Per la prima volta nella mia vita sento il desiderio di fare del male a qualcuno. «Non glielo dirò mai, neanche se crepo.»

«Non fa niente, vuol dire che ci organizzeremo indipendentemente da dove si trova. Diciamo che per raggiungerci le do... facciamo un quarto d'ora? Se non arriva in tempo utile, può anche risparmiarsi di venire, per Joanna quanto meno. E adesso mi ascolti, che le spiego dove siamo.»

«No, aspetti. Sono vicino all'aeroporto, un quarto d'ora è troppo poco.»

«Ah, d'accordo. All'aeroporto. E perché?»

«Visto che non tornava, ho pensato che Jo potesse essere qui» mento. «Volevamo andarcene...»

Per un attimo Gabor resta zitto, e a me già vengono i brividi. Poi dice: «Va bene, facciamo mezz'ora. Siamo in un magazzino, in periferia, ce la può fare».

Mi spiega bene la strada, istruzioni lente e chiare. Alla fine mi dà l'indirizzo, che ripeto a mente per tre volte. «Ah, Erik... so che può sembrarle una frase fatta, visto che quegli idioti delle serie tv la ripetono in continuazione, ma non saprei proprio in che altro modo dirglielo: se chiama la polizia, la sua fidanzata morirà.» *Tu-tu-tu-tu-tu...* Ha riattaccato.

«Era... era Gabor» dico come se ce ne fosse bisogno, e abbasso il telefono. «È stato lui a rapire Jo, e adesso vuole che vada da lui. Ho mezz'ora di tempo. Altrimenti la ammazza.»

«Lo farà sul serio?»

Annuisco. «Sì, credo di sì. E ha detto che morirà... anche se chiamo la polizia.»

Gli angoli della bocca che si piegano all'ingiù. «No, niente polizia, non ancora. Ce la vediamo noi. Riesce, in mezz'ora?»

«Sì, penso di sì.»

«Bene.» Gavin tira fuori una penna dalla tasca interna del giubbotto, poi apre il cruscotto ed estrae i documenti della macchina da una fodera in pelle, strappa il primo foglio e me lo porge: un unico movimento, fulmineo. «L'indirizzo, mi scriva l'indirizzo. E il suo numero di telefono. Poi vada, la chiamerò.»

«E lei cosa...»

«Non faccia domande, scriva.»

Obbedisco a Gavin, e lui si gira verso i due uomini alle sue spalle.

«Chiama Riley. Tutti fuori tranne il pilota. Ci servono tre macchine. Cinque minuti e partiamo. Vai, sbrigati.»

Gli uomini scendono, le portiere della macchina si richiudono. Ripasso il foglio a Gavin che gli dà una rapida occhiata. «Adesso lei va e fa tutto quello che dice questo Gabor. Noi arriveremo pochi minuti dopo. La chiamo mentre siamo in viaggio, così mi spiega bene perché l'ha rapita e che tipo di uomo è questo Gabor. Tutto chiaro?»

Sono così confuso che in realtà non ho chiaro un bel niente. È il mio istinto a dirmi che la cosa migliore è obbedire a Gavin, che ha molta più familiarità di me con questo genere di situazioni.

Lui scende dal suv, io accendo il motore e parto. Sull'autostrada per Monaco inserisco l'indirizzo nel navigatore. Impostato in inglese, ovvio.

Ventiquattro minuti, dice il display. Meno male...

Poi Gavin mi chiama, è già in macchina. Gli racconto in poche parole quello che so di Gabor, che è evidentemente molto meno di quanto credessi. Dei suoi tentativi di ucciderci, della strana mail trovata sul suo computer. Della bomba in stazione.

Gavin mi chiede di quanti uomini disponga. E io come faccio a saperlo?

Nel frattempo sono arrivato alla periferia di Monaco. Il navigatore adesso dice che mancano 2,2 chilometri alla destinazione. Entro in una specie di zona industriale. Officine e concessionarie in fila l'una dietro l'altra, una grande azienda metallurgica, una di articoli sanitari. In mezzo, costruzioni di varia grandezza, senza insegne né finestre.

Ottocento metri. Le concessionarie sono finite, adesso ci sono solo magazzini.

Cerco di immaginarmi cosa mi aspetta. Ormai sono in trappola... Cercheranno di mettermi subito k.o.? Più mi avvicino alla meta, più faccio fatica a formulare un solo pensiero coerente. La paura ormai rischia di paralizzarmi anche il cervello. Tutto, tutto dentro di me mi dice di tornare indietro, di mettere tra me e Gabor la maggior distanza possibile nel più breve tempo possibile.

Ma nelle mani di quel pezzo di merda c'è Joanna, completamente impotente, indifesa. No. Non scapperò, è escluso. Riesco a dominare la paura facendo spazio alla rabbia che provo verso Gabor e i suoi complici. Quei bastardi schifosi.

Un centinaio di metri. Uno sguardo all'orologio. Sono in tempo, mancano sei minuti allo scadere della mezz'ora. Mi fermo, tiro fuori il cellulare, richiamo l'ultimo numero.

«Sono arrivato» dico a Gavin, che risponde al primo squillo. «Che devo fare?»

«Quanto tempo ha?»

«Ancora cinque minuti.»

«Okay. Allora aspetti due minuti e poi entri. Noi ci siamo quasi. Le ripeto, faccia tutto quello che dice. Lo assecondi, in qualunque richiesta. Deve guadagnare tempo. E cerchi di stare vicino a Joanna. Quando entreremo noi non sarà piacevole, e lei la dovrà proteggere, mi ha capito bene?»

«Sì, ci provo.»

«Bene. E adesso, appena riattacchiamo, nasconda il telefono in macchina e poi entri.»

«Perché lo devo nascondere?»

«Forse si è dimenticato che Gabor ha chiamato da quello di Joanna? La perquisirà, troverà il cellulare e richiamerà l'ultimo numero. Un numero australiano... se non è proprio cretino, capirà tutto.»

«Ma le chiamate, potrei canc...»

«*Fuck!*» urla Gavin. «È stato lei a ficcare Joanna in questa situazione. Adesso la smetta di blaterare e faccia come le ho detto, altrimenti sono cazzi suoi.»

Vorrei mettermi a urlare, mandarlo a quel paese. Vorrei dirgli che è stata Joanna a decidere di scappare, all'aeroporto, perché lui è stato così testardo. Che le ho ripetuto fino allo sfinimento che doveva partire.

Ma ho bisogno di lui. E anche Jo.

«Okay» dico in tono piatto, e riattacco. Nascondo il telefono sotto il tappetino del sedile del guidatore, un ultimo respiro profondo e scendo. I pochi metri che restano li faccio a piedi. È meglio se non mi sentono arrivare.

Ho le ginocchia molli. Ma di scappare non se ne parla.

Da qualche parte, lì dentro, c'è la mia Joanna.

47

La mano con cui Lambert mi sta tappando la bocca puzza di fumo. Provo a morderla, scalcio all'indietro, ma lui non si scompone. Anzi, ride. «Tu aspetta solo che Gabor mi dia mano libera» mi sussurra all'orecchio.

Gabor ha appena finito di parlare con Erik e si rimette in tasca il mio cellulare. «Accidenti, molto meglio di quanto potessi sperare» dice rivolto a me.

Il tizio che prima era seduto sulla cassa si alza e viene verso di noi. Alto, vestito come un uomo d'affari, i capelli scuri rasati a zero.

«Gabor, ho capito bene? Questo Thieben, che ci aveva assicurato che finalmente era morto... è ancora vivo?»

Gabor si stringe nelle spalle, cercando di dare l'impressione che la situazione sia sotto controllo. «Sì, ma ancora per poco più di mezz'ora. Sta venendo qui.»

Allora Erik non mi ha dato retta! Anche lui finirà nelle mani di questa gente, probabilmente nella speranza di salvarmi. Come se Gabor potesse correre il rischio di lasciarci in vita.

«È stato un errore affidare a questi incapaci un compito così importante» constata l'uomo rasato. «E adesso non sarà facile rimediare... spero che le sia chiaro...»

«Basta così.» La voce viene dall'ingresso. Non mi ero accorta che le porte del magazzino si fossero riaperte, ma a quanto pare non sono l'unica.

L'uomo che è appena entrato e che si sta avvicinando sembra non avere la benché minima fretta. Ha detto solo due parole, ma sono bastate per lasciare impietriti tutti i presenti, compreso Gabor. La stretta di Lambert diventa sempre più spietata. Probabilmente vuole essere sicuro che non gli scappi proprio sotto il naso del nuovo arrivato.

È un uomo anziano, di sicuro ha passato l'ottantina. Con una postura dritta, quasi militare, ha un bastone per camminare ma non lo usa; se lo trascina dietro come per scandire il ritmo dei suoi passi.

Il completo che indossa mi ricorda quelli su misura che mio padre si fa fare a Londra. Questo è un uomo ricco. E potente, molto più di Gabor. Di gente del genere ne ho incontrata parecchia, ma a nessuno è bastato l'aspetto per provocare tutta questa soggezione. Mentre li supera, gli uomini di Gabor indietreggiano. Non fisicamente. Ma sembrano scolaretti che non vogliono farsi notare dal maestro.

«Gabor, trovo veramente disdicevole che sia dovuto venire qui di persona.» La sua voce è bassa ma risoluta, come se alzarla per farsi capire dai suoi interlocutori fosse un insulto alla sua dignità. «Aveva detto di essere pronto, ma a quanto pare crederle è stato un errore.» Si ferma e poggia entrambe le mani sul pomello del bastone. «Sta mettendo a rischio la riuscita del progetto. Tra due settimane ci sono le elezioni, e alla luce degli ultimi eventi festeggeremo la nostra più grande vittoria da settant'anni a questa parte... Sempre che i suoi errori non ci facciano...»

Elezioni? E adesso cosa c'entrano le elezioni? Non capisco dove voglia andare a parare quest'uomo, ma vedo Gabor agitarsi. Si schiarisce la voce più volte, ma quando apre bocca ha comunque un tono stentato.

«Signor Von Ritteck, le assicuro che è tutto sotto controllo. C'è stato solo un piccolo imprevisto che...»

«Imprevisto?» L'uomo fa tre passi verso Gabor. «Lei ha permesso che un suo sottoposto trovasse un messaggio della nostra corrispondenza segreta. Se per imprevisto intende stupidità non posso che essere d'accordo con lei. Poi, non solo non ha rimediato subito al suo errore, ma ha addirittura lasciato andare l'uomo in questione.»

Gabor continua a scuotere la testa. «Ho preso provvedimenti. Il piano per eliminare Thieben era pressoché perfetto, qualora si fosse reso necessario...»

Von Ritteck fa un altro passo verso Gabor, che fa fatica a non scansarsi, si vede benissimo. «Qualora? Lei avrebbe dovuto evitare qualunque rischio, anche minimo, o perlomeno informarmi subito del suo fallimento, della sua incapacità di obbedire ai miei ordini. Che erano stati molto chiari.»

Gabor vorrebbe obiettare qualcosa, ma Von Ritteck lo blocca con un movimento della mano. «E da quello che ho capito Thieben non è l'unico problema. Che mi dice di quegli altri due suoi collaboratori?»

«Sono morti, entrambi» risponde subito Gabor. «Quanto a Nadine Balke, sono tutti certi che si sia trattato di suicidio, e il cadavere di Morbach non lo troveranno mai, perlomeno non per i prossimi dieci anni...»

Per un momento sono quasi felice che Lambert mi stia tenendo così stretta. Bernhard Morbach. L'uomo con la borsa per pc. Quello che mi ha messo in guardia. *Joanna, lei deve sparire, il più in fretta possibile. Per favore, mi creda. Non è uno scherzo, deve mettersi in salvo.*

A quanto pare lui non ci è riuscito.

«Ah, Morbach.» Lo sguardo di Von Ritteck sembra dispiaciuto. «Che uomo promettente. Molto dedito alla causa tedesca, mi piaceva. Ancora qualche anno e avrebbe avuto la durezza necessaria per non formalizzarsi davanti a un paio di corpi morti, quando c'è in ballo il bene del Paese. Avrebbe capito che sono caduti per la patria, eroi nazionali, come i soldati. Vittime di una guerra necessaria contro questi mostri, armati di velo e tappetini, che credono di poter godere dei nostri stessi diritti, sul nostro territorio!» Un colpo di bastone per terra. «Che osano minacciarci! Incutere paura alle nostre donne e ai nostri bambini! Ma stavolta finalmente coglieranno i frutti di ciò che hanno seminato.»

Lentamente, molto lentamente, inizio a capire. Il progetto, ma certo, il progetto Phoenix. È di questo che sta parlando. Più di cento morti per aizzare l'odio della popolazione... soprattutto contro i musulmani, in generale contro tutto ciò che è estraneo alla Germania, straniero.

Che follia. E sì, tra due settimane ci sono le elezioni...

Negli ultimi giorni non ho letto i giornali, nemmeno su internet... Il desiderio di sopravvivere non ha lasciato spazio a nient'altro. Ma posso immaginare quanto sia montata l'onda dell'intolleranza sui media e sui social; quanto sia diventato fertile il terreno, già a poche ore dall'attentato, per i politici della destra populista e le loro facili soluzioni.

Caduti per la patria, eroi nazionali, come i soldati. Ripenso alle immagini che ho visto in tv e alle cose che mi ha raccontato Erik, e spero che questo Von Ritteck salti in aria insieme a tutti i suoi scagnozzi, si copra di ridicolo e paghi per quello che ha fatto. All'improvviso è la cosa che spero più di ogni altra al mondo.

No, sopravvivere... Questo lo voglio con ancora più forza. Tuttavia, alla luce di ciò che so adesso mi appare persino più improbabile che negli ultimi giorni.

«Ho a cuore la causa quanto lei» spiega Gabor, sembra essersi ricomposto. «Per questo mi sono offerto di aiutarla nella sua missione. Per quale altro motivo avrei dovuto farlo, se i nostri obiettivi non contassero più del mio stesso bene?»

«Manie di protagonismo, forse?» replica in tono secco Von Ritteck squadrandolo dalla testa ai piedi. «E ovviamente sa benissimo quanto siano influenti le persone da cui si farà benvolere...»

Adesso Gabor sembra proprio ferito. «È questo che pensa di me? Glielo giuro, io per questa causa darei la vita, mi sacrificherei anche subito. E lo farò. Se Phoenix fallirà per colpa mia, offrirò la mia testa al ceppo per proteggere tutti gli altri.»

Difficile dire se Von Ritteck gli creda. Resta lì, in silenzio. Poi gira la testa, piano.

Finora non mi aveva degnata di un solo sguardo, adesso invece mi fissa. A lungo. Impassibile.

Sostengo il suo sguardo, del resto ormai non ho più niente da perdere. «Phoenix non può fallire» dice, per poi girarsi di nuovo verso Gabor. «Solo per curiosità: sa chi è questa ragazzina che tiene prigioniera?» Mi indica con il bastone.

«Certo, è la fidanzata di Erik Thieben. Si chiama Joanna.»

«Mmm...» Pian piano Von Ritteck sposta il peso dalla gamba destra a quella sinistra. «Joanna... e poi?»

Gabor la considera una domanda inutile, una tortura gratuita, è evidente. Vorrebbe ribattere: «Tanto adesso cosa conta?», ce l'ha sulla punta della lingua, non lo fa solo per rispetto... e per paura. «Joanna Berrigan» dice invece, «australiana, fotografa, vive qui da circa un anno.»

«Giusto... peccato però che le sia sfuggito il dettaglio più importante» lo interrompe Von Ritteck. «Bene, allora completerò il suo quadro... Berrigan... Rifletta, Gabor, da bravo.» Una pausa di un paio di secondi. «Non le dice niente, questo nome? Proprio come sospettavo... E adesso non è certo il momento per tenerle una lezione sull'influenza e il patrimonio del padre di questa signorina, ma una cosa è certa... non è una che si può far sparire senza sollevare valanghe di dimensioni inimmaginabili.»

Lo ha colto in fallo. Gabor mi guarda, poi si volta verso Von Ritteck, che ha appena tirato fuori il suo orologio da taschino. «Le pare possibile che io ne fossi al corrente e lei no?»

«No.» Gabor è tesissimo. «Mi assumo la piena responsabilità di questa disattenzione. Ma se il piano cui stavo lavorando da mesi avesse funzionato, anche questo problema sarebbe risolto.»

Von Ritteck sospira. «Ecco, invece adesso devo risolverlo io al posto suo. Gabor, lei è un incapace, non è degno di far parte della Squadriglia 444.»

All'improvviso sul viso di Gabor affiora tutta la rabbia che ha cercato di reprimere fino a questo momento. «Sì, ho fallito, ma non solo io. Lei mi ha mandato Bartsch assicurandomi che fosse un esperto impeccabile, un luminare della psiche umana, ha detto proprio così. Ma se lui avesse fatto bene il suo lavoro...»

Bartsch, che finora si era tenuto in disparte, viene fuori come un'ombra e affianca Von Ritteck. «Io ho fatto tutto secondo le sue istruzioni, ma è stata una sua idea, signor Gabor. Una buona idea, su questo non discuto, ma non infallibile, e lo sapeva...»

Gabor, che all'improvviso si è ritrovato davanti due controparti invece di una, prorompe in una risata di scherno. «Ah, ora dice che non era infallibile? Be', due mesi fa non la pensava esattamente così, quando non vedeva l'ora di salire su quell'aereo...»

Bartsch scuote la testa. «La smetta, non riuscirà a fare a scaricabarile con me. Se in questo gioco c'è qualcuno che ha sbagliato, non sono stato io.»

«Ah, no? Allora adesso perché non abbiamo di fronte a noi un'assassina?» Gabor allunga un braccio: sta indicando me.

48

Al telefono Gabor ha parlato di un alto muro, dietro al quale dovrebbe esserci la sala interna. Ecco, deve essere questo qui davanti. Lo raggiungo e finalmente ho la visuale libera, si vede una limousine scura, parcheggiata proprio davanti all'ingresso. D'istinto faccio un paio di passi di lato e mi nascondo dietro una pila di pallet.

Le persone dentro la limousine... sono uomini di Gabor?

Guardo l'orologio. Due minuti e scadrà la famosa mezz'ora, mi devo dare una mossa.

Poco dopo sono davanti all'ingresso, sarà largo almeno tre metri.

La sala è ancora più avanti. Ci sono diverse entrate e rampe di colori diversi, a quanto pare divise tra più aziende. A destra, in fondo, vedo un paio di camion. Secondo le indicazioni di Gabor dovrei andare proprio lì.

Una porta blu, ha detto. Eccola, è vicino all'auto scura.

Arrivo a destinazione con sessanta secondi di ritardo. La porta è chiusa. Mi guardo intorno, non so cosa fare. Gabor non ha detto nulla, e io non gliel'ho chiesto.

Il tempo passa, minuti preziosi. Chiudo una mano a pugno e batto contro la porta, più volte. Con risultati quasi impercettibili, il rumore dei miei colpi viene attutito in gran parte dal materiale, e mi fa anche male la mano. Provo con il piede, ma il risultato non cambia.

«La smetta.»

E questo da dove è spuntato? È al mio fianco, e l'arma che tiene in mano non mi lascia il minimo dubbio sul suo schieramento.

«Sono Erik Thieben... cerco il signor Gabor.»

«Tenga la bocca chiusa e mi segua.»

Dalla porta mi guida dietro un angolo del magazzino. Un'altra porta, con un altro uomo. Alto, massiccio, faccia dura. Fa un passo di lato e apre.

Percorro uno stretto corridoio, che termina con una porta basculante a due ante. Più o meno a metà, a destra, si apre un tunnel ancora più angusto.

«Dritto» ordina l'uomo alle mie spalle.

La porta si apre subito su un ambiente separato della sala interna. Guardo in giro e cerco di farmi una rapida idea della situazione.

Lo spazio è lungo un centinaio di metri e largo altrettanto. I lucernari e le finestrelle, in alto, immergono la costruzione in cemento e acciaio in una luce triste, incolore. C'è puzza di benzina, il pavimento in pietra è pieno di macchie scure. Su entrambi i lati incombono scaffali altissimi, davanti, casse di legno e pallet stracarichi, forse macchinari o componenti di macchinari più grandi. La zona centrale è vuota, fino alla parete opposta, dove c'è una saracinesca di dimensioni sufficienti per far entrare un camion, di quelli grandi.

Al centro ci sono anche due carrelli elevatori. Davanti a uno di essi scorgo un po' di persone che, all'improvviso, si voltano tutte verso di noi. Credo di riconoscere i visi di Gabor e Bartsch. Ma dov'è Jo?

Senza aspettare altri ordini da parte dell'uomo alle mie spalle, entro in azione e accelero il passo. Cosa hanno fatto a Joanna? Vorrei scagliarmi contro qualcuno, ormai sto quasi correndo... «Ehi, piano» dice il mio accompagnatore... ma che si fotta.

Finalmente la vedo. Era dietro uno degli uomini di Gabor, un po' nascosta. Qualcuno la sta tenendo da dietro, ha la bocca tappata.

Il sollievo dura una frazione di secondo. Poi vedo le armi puntate contro di me.

Se solo arrivasse Gavin con la sua squadra! Cosa devo fare? E soprattutto: come reagiranno questi tizi? Appena entreranno gli australiani cominceranno a sparare a raffica?

«Ah, Erik... finalmente è arrivato.» Gabor solleva un braccio e guarda l'orologio. «Quasi puntuale, fantastico. Spero che sia stato abbastanza saggio da non aver avvertito la polizia. Sa, i miei uomini sorvegliano il magazzino su tutti i lati, insomma se ne accorgerebbero subito... e noi vi uccideremmo entrambi, all'istante.»

Ormai ci dividono solo dieci metri. Ero così concentrato su Gabor e Joanna che solo adesso mi accorgo dell'anziano. In piedi vicino a Gabor, appoggiato a un bastone. Ma lui è dritto, non curvo, privo di qualsiasi segno di fragilità. Dalla sua postura perfetta, il bastone sembra solo un accessorio superfluo, un modo per simulare debolezza.

È da questo particolare che lo riconosco: è l'uomo che ho incrociato nell'anticamera di Gabor, in azienda. Quel giorno gli avevo prestato pochissima attenzione, e lui a me ancora meno. Invece adesso mi sta scrutando, forse anche lui mi ha riconosciuto, ma ha uno sguardo privo di vero interesse umano. Gelido da far accapponare la pelle.

È avvolto da un'aura di potere che probabilmente conserverebbe anche vestito di stracci.

Mi fermo. Mi giro verso Joanna. Vedo la paura nei suoi occhi. Poi guardo Gabor.

«Potrebbe spiegarmi, una buona volta, cosa significa tutto questo? Non ho idea di cosa stiate combinando qui, ma mi piacerebbe tanto sapere perché volevate farmi fuori. E perché avete rapito Joanna. Cosa c'entriamo noi con i vostri sporchi affari? Cosa vi abbiamo fatto di male? O meglio, cosa vi ho fatto io?»

«Dunque...» esordisce Gabor, che però viene subito interrotto dall'anziano.

«Stia zitto.» Lo dice con un tono senza emozione, analogo allo sguardo di prima. Sembra perfettamente calmo, quasi fosse qui per caso, eppure nella sua voce c'è qualcosa che mi fa più paura delle armi che mi stanno puntando contro.

«Ragazzo, mi lasci portare un po' di luce nella sua ignoranza. Mettiamola così... diciamo che lei si è trovato al posto sbagliato nel momento sbagliato. Un caso del destino, di cui lei non ha nessuna colpa. Ancora più ingiusto, per lei e la signorina Berrigan, è il fatto che siate rimasti coinvolti per la negligenza di qualcun altro.»

L'occhiata che rifila a Gabor dura solo due secondi, ma contiene più disprezzo di qualunque parola.

L'anziano fa due passi verso di me, resta a una distanza di un paio di metri. Ma riesco a sentire il suo odore: sa di vecchio.

«Signor Thieben, quello che invece io adesso vorrei sapere da lei è il nome della donna che ha fatto visita alla sua fidanzata in hotel. Ma probabilmente c'era anche lei, sebbene tutti la dessimo per morto.» Di nuovo quell'occhiata in direzione di Gabor.

Io invece guardo Joanna, che nonostante la bocca tappata riesce a scuotere la testa con occhi sgranati. *Faccia tutto quello che dice. Lo assecondi*, ha detto Gavin. Ma anche che devo guadagnare tempo. Così mi limito a un'alzata di spalle. «Non ne ho la più pallida idea. E comunque non dirò nulla fin quando quel tizio non toglierà la mano dalla bocca di Joanna.»

Un movimento quasi impercettibile dell'anziano, e la mano del tizio si abbassa. Non ha nemmeno bisogno di guardarlo.

«Erik, perché sei venuto?» sbotta subito Joanna. «Ci ammazzeranno entrambi, non lo hai ancora capito?»

«Sì, signor Thieben, purtroppo la sua fidanzata ha ragione. Dovremo uccidervi entrambi, in qualunque caso. Quello che però lei ancora non sa è questo, mi ascolti bene: io adesso le chiederò ancora una volta chi è quella donna. Se lei non mi risponde, o mente, farò tagliare un dito alla sua fidanzata, poi le ripeterò la domanda, e così via. In quanto esperto di informatica sarà un asso, in matematica, quindi avrà già calcolato che nel giro di quindici minuti le dita a disposizione saranno finite. Facciamo pure una ventina, visto che almeno un paio di volte dovremo intervenire per farle riprendere i sensi.»

Sto per vomitare.

«Poi le toglieremo le scarpe, e avremo un'altra ventina di minuti per ripetere dieci volte sempre la stessa domanda. La conclusione della procedura gliela dirò al termine dei quaranta minuti, meglio.»

L'anziano non attende la mia reazione e si volta verso tre uomini, che aspettano in disparte appoggiati a delle casse. Il terzetto si alza e si muove verso la valigetta poggiata per terra a pochi metri di distanza.

«Allora cominciamo. Primo tentativo: signor Thieben, come si chiama la donna che è passata da voi in hotel?»

«Manuela» rispondo senza esitazioni. «Si chiama Manuela Reinhard, è una mia vecchia amica.»

Gabor aveva menzionato Manuela al telefono, perché aveva letto il suo nome sul display del cellulare di Joanna. Il cognome però no. Quindi nessuno capirà che Reinhard è falso. Ad ogni modo... qualcosa dovevo rispondere.

«Erik!» grida Joanna. «Ma che fai?» Incredibile, in una situazione del genere ha ancora i nervi saldi per recitare...

L'anziano mi guarda e annuisce. «Indirizzo?»

Gli dico una strada a caso, in cui abita un mio conoscente, e spero con tutto me stesso che Gavin arrivi il prima possibile. Questi bastardi non ci metteranno molto a verificare. Ma se controllano l'elenco telefonico su internet posso sempre dire che Ela non ha un numero fisso.

Insomma, dovranno andare lì di persona. E per questo ci vorranno almeno venti minuti. Poi sapranno che ho mentito. E se Gavin non sarà arrivato, le cose si metteranno molto male. Per carità, non che adesso siano messe bene.

Gabor è ancora in piedi vicino all'anziano, muto, lo sguardo traboccante d'odio.

«E adesso che facciamo?» domando guardando proprio lui.

«Aspetti, glielo dico io, solo due minuti» risponde l'anziano al suo posto. Non capisco.

«Perché due minuti?»

Silenzio, ma una risposta non è necessaria.

So di aver sbagliato quando spunta un secondo tizio con i capelli rasati che viene verso di noi. Sta parlando al telefono, se lo tiene sull'orecchio. «Capisco» dice sottovoce. «Ed è sicuro, giusto...? Okay.»

Abbassa la mano con il cellulare e scuote la testa, dopodiché l'anziano inarca un sopracciglio. «Be', signor Thieben, si è appena giocato un dito della sua fidanzata. Come un vecchio amico della polizia ci ha appena confermato, all'indirizzo da lei indicato non abita nessuna Manuela Reinhard. Da cui deduco che anche il cognome è falso.»

«No... non è vero! È solo...» Inizio a protestare, senza sapere bene come. Ma tanto non ha importanza, visto che uno degli uomini è già addosso a Joanna. Con una cesoia...

«No, per favore, aspetti! Glielo dirò! Le dirò...»

Non vado oltre. In questo secondo esatto, infatti, la saracinesca esplode.

49

All'inizio, dallo schianto, penso che qualcuno abbia fatto saltare in aria tutta la sala. Solo dopo vedo il camion.

È entrato sfondando la saracinesca come un enorme animale inferocito, l'ha fatta a brandelli, e adesso si muove verso di noi, il motore romba.

Combatto contro la stretta di Lambert, che involontariamente si è allentata. Via, fuori da qui. Non capisco più nulla, il mio istinto ha preso il sopravvento, il panico mi dà sufficiente energia per liberarmi.

Schizzo via, ma lo spostamento d'aria mi fa cadere dopo un passo. Un secondo botto riempie la sala, qualcuno cade a terra, quasi mi travolge.

Lambert. Gli occhi semichiusi e inespressivi. Da un buco alla tempia destra zampilla sangue.

Dovrei essere felice che sia morto, e di fatto lo sono, ma non sopporto questo suo sguardo privo di vita quasi appiccicato alla mia faccia. Cerco di liberarmi, invano. Ho ancora le mani legate dietro la schiena, fuori uso, da qua sotto non mi muovo, adesso mi metto a strillare.

La sala è già piena di altre grida, alcune di paura, altre... di comando. Ma questa è la mia lingua...

Lentamente inizio a capire... il camion... forse è Gavin con la sua squadra, forse Erik è riuscito ad avvertirli...

Sì, è così. Il primo colpo di Gavin non poteva che essere contro la persona che rappresentava il pericolo più immediato alla mia incolumità. Lo ha eliminato subito, appena non c'era più il rischio che prendesse me.

Gabor ha sollevato le braccia, sta cercando di spiegare in un inglese stentato che lui non ha niente a che fare con quello che sta succedendo, ma Gavin lo ignora, corre verso di me... e un attimo dopo capisco.

Qualcuno mi tira la testa all'indietro. Mi poggia qualcosa di freddo e duro sulla gola. «Si fermi» muggisce l'uomo, inginocchiato al mio fianco. Non lo vedo, ma credo sia quello che aveva tirato fuori la cesoia. «Un solo passo e le taglio la gola.»

Il suo inglese è quasi perfetto, e Gavin reagisce all'istante. Come se restasse congelato a metà movimento. Solleva entrambe le mani, in una aveva la sua pistola.

«Ben fatto, Becker, ottimo lavoro.» Von Ritteck si avvicina lentamente, e io mi odio perché sono il motivo per cui Gavin si è dovuto fermare, e adesso deve vedere come il vecchio tiri fuori la sua, di pistola. Che punta contro Gavin... ancora immobile.

Von Ritteck china la testa, in segno di rispetto. «Signori, vi prego guardatelo bene» dice rivolto ai suoi uomini. «Questa si chiama lealtà. Quest'uomo non ha esitato neanche un attimo a rischiare la sua vita per portare a termine il suo compito. Chapeau, quanto vorrei gente come lei tra le mie fila.»

Non so quanto stia capendo Gavin del bel discorsetto, ma sono certa che non ha ancora mollato: né per la mia vita né per la sua.

A ogni respiro sento la lama che preme sulla mia gola. Cerco di non pensare a cosa si prova quando ti penetra nella carne, poi nelle vene e nelle arterie...

In un modo o nell'altro, comunque, succederà. Ci ammazzeranno entrambi, Von Ritteck ce l'ha assicurato. E la stessa sorte toccherà a Gavin e ai suoi uomini.

Due li vedo. Uno è poco dietro Gavin, l'altro è vicino al camion.

Sali e travolgi tutti con il camion, penso. Senza badare a me o a Erik, pazienza.

Sempre che Erik sia ancora vivo. È sparito, forse giace a terra dietro uno dei carrelli elevatori. O tra le cataste di pallet che non sono cadute.

Devo ancora finire di formulare il pensiero che la sala all'improvviso viene invasa da un altro boato. Uno degli scaffali più pieni inizia a vacillare, sta cadendo dritto sopra di noi, ma soprattutto su Von Ritteck, che se n'è accorto con qualche secondo di ritardo rispetto a me.

L'anziano fa un balzo di lato con un'agilità che non avrei mai immaginato, Gavin invece schizza nella direzione opposta, punta verso di me... e la lama scivola via dal mio collo. La mano dell'uomo che mi teneva si affloscia, lui stesso si affloscia sul pavimento, la testa piegata verso sinistra... la cesoia gli cade a terra.

So che adesso dovrei scappare via e nascondermi, ma non ce la faccio. È come se il mio corpo fosse un blocco di cemento, e il tempo piombo liquido... Le cose intorno a me accadono a velocità vertiginosa, ne registro ogni dettaglio, ma io non riesco a muovermi.

Lo scaffale travolge e seppellisce Christoph Bartsch, l'uomo che secondo Gabor con me ha fallito. *Allora adesso perché non abbiamo di fronte a noi un'assassina?*

Due degli uomini di Gavin sparano contro quelli che cercano di proteggere Von Ritteck, mentre l'anziano, ancora calmissimo, sposta il bastone e controlla il caricatore.

Poi mi sento una mano sulla spalla. Qualcuno mi afferra sotto l'ascella, cerca di sollevarmi. «Vieni, Jo, muoviti.» Erik, è Erik! Mi giro, è pallidissimo. Nella mano destra ha qualcosa, una specie di cric con dei capelli appiccicati.

«Dai.» Abbassa il cric e mi solleva ancora di più. «Dai, dobbiamo trovare un riparo, veloce.»

La cesoia, voglio portarmi dietro la cesoia, è meglio se abbiamo un'arma, ma ho ancora le mani legate.

La prende Erik, come se mi avesse letto nel pensiero, poi mi rimette in piedi e mi trascina verso la pila di casse più alta.

Ancora spari, stavolta seguiti da grida. Qualcuno di fuori avrà sentito? Qualcuno deve aver sentito!

«Ferma.» Erik mi afferra le mani, che all'improvviso sono di nuovo libere. Non le sento, chiaramente, però posso vederle. Violacee e gonfie. I polsi pieni di ferite e di sangue.

Erik fa cadere il cavo metallico con cui erano legate. «Bastardi.»

Altri spari. Stavolta nessun grido.

In compenso... un cigolio. Non è davanti, ma dietro di noi. Una delle porte delle rampe lentamente si alza, ma solo per metà.

Una via di fuga. Se riusciamo a uscire possiamo telefonare, cercare aiuto...

Gli uomini di Von Ritteck... se ne sono accorti anche loro?

Poi un'ombra scura passa davanti alla porta semiaperta. Forse i rinforzi di questa maledetta Squadriglia, paramilitari... Contro cui perfino il team di Gavin non avrebbe alcuna possibilità.

Se riescono a entrare, ci vedranno subito.

«No, dobbiamo nasconderci da un'altra parte.» Senza aspettare una risposta m'infilo tra le casse, tra le cataste ci sono delle specie di viuzze... Da qui riesco a vedere di nuovo Gavin. Si è messo da una parte insieme ai suoi uomini, stanno confabulando... Che abbiano finito le munizioni? E se ne hanno ancora, quanto ci metteranno gli altri a neutralizzarli?

Nel frattempo Bartsch è ancora sepolto dallo scaffale, nessuno lo ha tirato fuori. La parte inferiore del corpo è schiacciata da una pesantissima cassa, ha la bocca piena di sangue, ma è ancora vivo. Cerca di spostare con movimenti debolissimi le tonnellate che stanno per soffocarlo.

E poi all'improvviso entrano. Nessun segnale, nessun preallarme.

«Avanti!» grida qualcuno, e i poliziotti dell'unità speciale invadono la stanza come una colonia di formiche impazzite.

Senza trovare alcuna resistenza, o quasi. Gavin e i suoi uomini si buttano subito a terra tenendo le mani dietro la nuca. Dopo qualche attimo di esitazione Gabor fa lo stesso. Solo un uomo di Von Ritteck tenta di fuggire attraverso lo squarcio creato dal camion. Tre poliziotti scattano fuori per inseguirlo.

In questo caos totale, l'unica oasi di tranquillità è l'anziano, che accoglie i poliziotti con un sorriso, la pistola ancora in mano, i mitra puntati contro di lui che sembrano non fargli né caldo né freddo.

«Pistola a terra! Pistola a terra!» grida un uomo dell'unità speciale.

«Subito» dice Von Ritteck. «Solo un attimo, per favore.»

Dà un'occhiata al cadavere di Lambert, poi a quello dell'uomo ucciso da Erik. Il corpo è scosso da un fremito, come se stesse per mettersi sull'attenti per il saluto. «Ciò che ho seminato darà comunque i suoi frutti» dice. «Per la Germania.»

Un unico movimento, fulmineo: solleva la pistola, se la infila in bocca e spara... Nello stesso istante, la polizia apre il fuoco su di lui.

Mi giro. *Ciò che ho seminato darà comunque i suoi frutti*. Cavolo quante cose avremo da spiegare, io ed Erik.

D'un tratto la battaglia è terminata, con la stessa rapidità con cui è scoppiata. Gli agenti hanno immobilizzato tutte le persone presenti nella sala. Un uomo dell'unità speciale viene verso di noi. «Joanna Berrigan, Erik Thieben?»

«Sì.» Erik mostra le mani. «Siamo entrambi disarmati.»

L'agente ci perquisisce e poi indica la porta semiaperta. «Uscite, fuori troverete dei colleghi che penseranno a voi.»

Prima però io devo occuparmi di Gavin e della sua squadra. Sono tutti incolumi? Avranno dei problemi per avermi salvata? Non ho idea di quanto fosse legale il loro intervento.

E prima ancora...

«Devo parlare con l'uomo sotto lo scaffale» dico. In tono amichevole, senza minacce né arroganza. «Per favore, è importante.»

L'uomo dell'unità speciale scuote la testa. «Impossibile, abbiamo l'ordine di evacuare subito lo stabile.»

«La scongiuro.» In queste due parole metto tutta la disperazione che provo da giorni. «Devo capire perché mi è successo quello che mi è successo, e io credo che lui lo sappia. Per favore mi dia la possibilità di parlarci.»

Il poliziotto guarda oltre le mie spalle, verso un collega, che annuisce.

«Okay. Tanto ci metteremo un po' a trovare una gru per sollevare queste casse... dubito che ce la farà.» Esita. «Ci parli pure, ma solo con me presente.»

Intanto, proprio sotto i nostri occhi, portano via Gabor, che ci sfiora con lo sguardo. Sa cosa lo aspetta. Io ed Erik siamo vivi, e sappiamo come sono andate le cose alla stazione di Monaco: saremo anche in grado di dimostrarlo? Molto di ciò che è accaduto è spiegabile anche in altri modi. Neutralizzare la nostra versione per gli avvocati di Gabor sarà un gioco da ragazzi, ci faranno a pezzi facendo emergere ogni minima contraddizione.

E poi?

Tornare verso il centro della sala mi torna più difficile di quanto pensassi. Tra i quattro cadaveri che vedo, però, non c'è nessuno degli uomini di mio padre.

M'inginocchio vicino a Bartsch, mentre fuori rimbombano le sirene di ambulanze e volanti della polizia.

Ha la faccia cerea, e le guance infossate. Il respiro debole e a singhiozzi. Però mi riconosce.

L'idea di esigere spiegazioni da un uomo in fin di vita mi disgusta, ma non ho altra scelta. «Dottor Bartsch?» Aspetto che il suo sguardo trovi il mio. «Per favore, la scongiuro, mi dica cos'è successo, cos'ha che non va la mia testa. Perché lei lo sa, non è vero?»

Lì per lì non ha nessuna reazione, poi fa un minuscolo, quasi impercettibile, cenno di assenso. Mi chino per avvicinarmi ancora di più.

«È arrivata l'ambulanza» dice il poliziotto alle mie spalle. «Venga.»

«Sì, arrivo subito.»

Le labbra di Bartsch si muovono, la voce è solo un alito. «Se lo dimentichi» dice. Quasi sorride, come se fosse una battuta. «Si è dimenticata così tante cose. Dimentichi anche questo.»

«La supplico» insisto, forse un po' troppo forte. «Non può farmi questo...»

Il suo respiro è diventato umido. Come se assorbisse insieme sia aria sia acqua. «Peccato solo che io non ci sarò...» sussurra «quando lo ucciderà.»

50

Sono davanti a una volante della polizia, Joanna è seduta a un paio di metri di distanza all'interno di un'ambulanza. Una donna con la giacca arancione le ha messo una coperta sulle spalle e le sta parlando con voce calma.

Il viso di Joanna è pieno di strisce e macchie scure. Sporco e sangue, misti a lacrime, ben distribuiti su mento e fronte, probabilmente anche toccandosi con le mani. I capelli crespi e arruffati. Avverto un fortissimo desiderio di correre da lei e abbracciarla. Stringerla così forte da sentirla con ogni fibra del mio corpo. Chiudere gli occhi e abbandonarmi con lei alla certezza liberatoria che ce l'abbiamo fatta, che siamo sopravvissuti.

«Prego, signor Thieben.» Uno dei due agenti della polizia criminale che mi hanno portato verso la macchina mi invita a salire. Commissario capo König, è così che ha detto. «Dobbiamo andare.»

«E la mia fidanzata?» domando indicando Joanna. Il poliziotto segue il mio dito.

«Come vede la stanno ancora visitando, la vedrà dopo in centrale.»

Faccio un eloquente passo indietro e scuoto la testa. «No, aspetto lei.»

L'altro uomo, sempre un commissario capo ma più in carne e un po' pelato di cui ho dimenticato il nome, mi poggia una mano sulla spalla. Con troppa decisione perché sia un gesto amichevole.

«Anche se il mio collega glielo ha detto con gentilezza, non era una richiesta facoltativa. Salga in macchina. La signorina Berrigan verrà portata in centrale tra poco.»

Vorrei tanto rispondergli che ne ho abbastanza di gente che mi tratta di merda. Che ripensasse a tutto quello che ci è capitato negli ultimi giorni e che le sue richieste non facoltative se le infilasse pure dove meglio crede. Un attimo dopo, però, mi rendo conto che siamo coinvolti in una sparatoria con diverse vittime e che questi uomini probabilmente ci hanno salvato la vita.

Tuttavia, i miei occhi restano incollati a Joanna. «Va bene, ma vorrei andare un attimo da lei.»

Prima che il commissario più in carne possa obiettare qualcosa, König dice: «Faccia in fretta».

Mi avvicino, e Joanna si alza. La coperta le scivola giù dalle spalle, ma lei pare non accorgersene. È lì in piedi e mi guarda, nient'altro. Ci abbracciamo. Ci teniamo stretti, senza dire una sola parola. Che tanto a volte non serve.

Joanna si stacca e mi accarezza una guancia. Sul suo viso affiora un sorriso. *Adesso vai, tranquillo*, significa. *È tutto a posto.*

Arrivati in centrale, i due agenti mi portano in una stanza triste e mi offrono del caffè. Un ragazzo mi poggia davanti una tazza fumante e se ne va, e io devo raccontare cos'è successo, dall'inizio. Soprattutto, cosa so dell'attentato di Monaco.

Comincio dalla sera in cui Joanna, all'improvviso, non mi ha più riconosciuto. La faccio molto meno tragica di quanto non fosse, perché ho ancora paura che possano ricoverarla in una clinica psichiatrica.

Loro continuano a interrompermi con un sacco di domande. Insistono perché mi sforzi di ricordare, chiedono se non posso fornire qualche dettaglio in più su questa o quell'altra cosa. Che ruolo ha avuto secondo me Gabor in tutta la faccenda e se ho idea di chi sia questo Von Ritteck. Cosa ho capito della sparatoria nel magazzino, se sono stati Gavin e la sua squadra ad aprire il fuoco per primi o se hanno solo risposto. Ogni tanto i due commissari si guardano, ma le loro occhiate sono indecifrabili.

Finisco il mio racconto e loro riattaccano con le domande, a turno. Per esempio, perché non sono andato prima alla polizia e perché mi sono spacciato per morto.

Spiego loro tutte le nostre motivazioni, e a un certo punto la porta si apre ed entra Joanna, seguita da una donna dai capelli neri che posa un raccoglitore sul tavolo e poi esce.

Le devono aver dato modo di darsi una rinfrescata. Il viso ha un aspetto migliore di prima.

L'agente mezzo pelato inizia a sfogliare il raccoglitore con un certo interesse. Ah, ecco, si chiama Pullmann.

Dopo un po' lo chiude e guarda Joanna, la scruta. «Ci racconti di nuovo di quando ha trovato il signor Thieben nel suo salotto e non lo ha più riconosciuto.»

Le mie mani si attorcigliano l'una nell'altra sotto il tavolo. Spero soltanto che la sua versione non risulti troppo diversa dalla mia.

«Non me lo ricordo più bene» risponde lei alzando gli occhi verso di me. «È stato stranissimo, ma poi è passato.» Meno male.

Altre domande, anche a me, poi si passa agli australiani.

«Signorina Berrigan, in che rapporti è con il signor Porter?» vuole sapere König. Solo quando lei risponde capisco chi è.

«Gavin è il capo della sicurezza di mio padre.»

«In Australia?»

«Sì.»

«E che ci faceva qui in Germania?»

«È qui perché io ho chiamato mio padre e gli ho detto che avevo paura che la mia vita fosse in pericolo.»

Pullmann si sporge in avanti e tira una manata contro il tavolo. «E perché, diavolo, se ha paura che la sua vita sia in pericolo non va alla polizia?»

«Ma io l'ho fatto» risponde Joanna calma. «Ma non è servito a niente.»

Il commissario scuote la testa sdegnato, ma non dice nulla.

«Cosa succederà a Gavin?» intervengo io. «A lui e alla squadra? Sono stati loro ad avvertirvi, ci hanno salvato la vita.»

«Questo è ancora tutto da appurare. Gli interrogatori sono ancora in corso, i vostri come anche quelli di tutte le persone coinvolte.» König si tira indietro con la sedia e guarda il collega. «Credo che per il momento abbiamo finito.» Si alza, prende il raccoglitore e rimette tutto dentro.

«Adesso vi riporteranno a casa. Ma siete pregati di restare a disposizione. Perché vi interrogheremo ancora, dopo che avremo sentito anche gli altri.»

Annuiamo in segno di riconoscenza. Quando ci alziamo e ci ritroviamo in piedi, uno accanto all'altra, sento la mano di Joanna che cerca la mia. La prendo e la stringo.

Durante il tragitto ce ne stiamo vicini sul sedile di dietro, in silenzio. Forse per via della giovane poliziotta e del suo collega davanti che parlano di cose che non c'interessano. Forse invece è il pensiero della nostra casa, la paura che la guarderemo con occhi diversi dopo tutto ciò che è successo in questi giorni. Quella che un tempo era la nostra piccola oasi di felicità, dopo l'incursione degli uomini di Gabor, è stata profanata per sempre.

Appena svoltiamo nel vialetto, però, è diverso. Sento come un pugno allo stomaco.

Il maledetto cacatua...

Il simbolo degli ultimi segreti rimasti tra me e Joanna: la sua amnesia riguardo ai nostri ricordi, il suo tentativo di uccidermi, la sparizione di qualunque traccia della mia esistenza in questa casa.

Ringraziamo gli agenti e scendiamo. Aspettiamo che la macchina sia ripartita. Ma ancora non abbiamo il coraggio di toccarci.

«È strano, non è vero?» domando senza distogliere lo sguardo dal vuoto accanto al rododendro.

«Sì, per te probabilmente ancora di più che per me.» Si avvicina, mi cinge i fianchi con un braccio. Io faccio altrettanto. «Vabbè, dai, vediamo che succede.»

Non sono in grado di dire se e cosa mi aspettassi, ma quando entro, e constato che non è cambiato quasi nulla, resto un po' di stucco: armadi intatti, cassetti al loro posto, nessun oggetto sparpagliato per terra... insomma, tutto come al solito. Del resto, per quale motivo avrebbero dovuto devastare l'appartamento? Non cercavano cose di valore, cercavano noi, anzi Joanna.

Sprofondo sul divano con il telefono in mano. Per oggi manca una sola cosa da fare: chiamare Ela, dirle che stiamo bene. La faccio breve, non ho i nervi per spiegarle tutto nei dettagli, ma le prometto di richiamarla l'indomani. Di Joanna, durante la conversazione, nessuna traccia. Mi guardo intorno, la cerco, ma non la vedo da nessuna parte. Il mio polso accelera all'istante, esco dal salotto, attraverso la cucina e sulla porta dell'ingresso di colpo mi blocco. La porta di casa è aperta, Joanna in piedi sull'uscio. In una mano ha la chiave della cassetta della posta, nell'altra una lettera... sembra terrorizzata, come se non avesse il coraggio di aprirla.

51

Sulla busta c'è il mio nome, scritto di fretta, quasi illeggibile. È così leggera che sembra vuota. Prima di aprirla vorrei toccarla per controllarne il contenuto, ma non oso. Chissà, magari è l'ennesimo, ultimo, tentativo di Gabor di farmi fuori. Magari con l'antrace.

Erik capisce e mi toglie di mano la busta, lentamente. «Dentro c'è qualcosa, di sicuro non è esplosivo.»

Prima che possa protestare, va in cucina e tira fuori un coltello dal ceppo. No, non un coltello a caso... *quel* coltello.

Vede che lo sto fissando e scuote la testa. «Tu vai in salotto, e chiudi la porta.»

Sono così stanca che obbedisco senza fare una piega. Solo quando sono già sul divano mi rendo conto che Erik mi ha mandato via come precauzione.

Ad ogni modo, le nostre preoccupazioni si rivelano infondate. Mezzo minuto dopo Erik entra e poggia sul tavolino la busta e il suo contenuto: una usb, piccola e nera. «È una marca che usiamo spesso, al lavoro» dice.

Ci guardiamo, annuiamo in silenzio. Dovremo consegnarla alla polizia, ma non prima di aver visto cosa c'è sopra.

Erik prende il suo portatile e lo mette sul tavolino, apre e inserisce la chiavetta.

Cinque file. Tre immagini in formato JPEG, un file audio e un documento di Word che si chiama *PerJoanna.doc*. Lo indico. «Prima quello, per favore.»

Un secondo ed Erik lo apre.

Non è lungo, non più di mezza pagina. È pieno di errori di battitura.

> Mi spiace cosi tanto. Erik è morto e parte anche volpa mia. Ho accettato come sacrificio per una causa in cui crefo e i cui obbiettivi per il nostro paese sono ance i miei, i modi per raggiungerli pero no. Non pensavo che la mia organizzazione fosse capaxe di una cosa come l'attentato alla stazione di monaco, non lo sapevo, mi deve credere. ma almeno lei posso ancora metterla inguardia, joanna. Abbiamo parlato al telefono cirxa due ore fa, e forse lei si sta gia nascondendo, lo spero davvero. Probabilmente loro non leggeranno mai quello che scrivendo qui, ma ione ho bisogno: devo dirle quello che so. Quella sera io non sono passato per problemi con il computer, ma per vedere cosa non aveva funzionato. Ascolti anche la registrazione che le ho mandato, e capirà. Buona fortuna. Io st partendo. Vado all'estero. Mi dispiace davvero tanto.
>
> Bernhard Morbach

Erik mi ha poggiato una mano sulla spalla. Ci guardiamo. «Prima le foto» chiedo. Non so perché, ma il pensiero della registrazione mi fa venire la pelle d'oca. *E capirà...* Da un lato lo voglio tantissimo, devo ascoltarla, dall'altro ho una paura fottuta. E se venisse fuori che io ero davvero in combutta con Von Ritteck, Gabor e gli altri, e me lo sono dimenticato? Proprio come ho dimenticato Erik?

La prima foto. C'è molto verde. Vegetazione rigogliosa, una spiaggia. Palme. Due figure in lontananza, una sono io, o una persona che mi somiglia moltissimo. L'altra è un uomo, un ragazzo, con la pelle color caffellatte.

Dove, quando... non ne ho idea.

«Da noi le spiagge sono diverse» dico con un filo di voce.

Erik mi guarda con la coda dell'occhio. «Lì è Antigua.» Apre la foto successiva. Sempre il ragazzo e io... In questa è chiarissimo: lui ride e indica il mare. Io ho le mani infilate in tasca, guardo quello che lui sta indicando.

«Le hai fatte tu?» chiedo a Erik. «Per questo non ci sei?»

«No.» Ingrandisce la foto. «No, in questa caletta non ci sono mai stato...»

Dentro di me sento come un ronzio, una vibrazione muta. Un nome. Ma nessun ricordo.

Nel terzo scatto io sono in mare, con l'acqua fino alle caviglie, e a destra dell'immagine c'è qualcosa, forse la prua di uno yacht. E un braccio allungato verso di me.

«Be', un pomeriggio è successo che sei sparita.» Mi mette una mano sul ginocchio, io sussulto, ma non mi scanso.

Il fatto che sia così tesa non è colpa di Erik, ma della foto, che in me non sta risvegliando nulla. Antigua per me è un posto sconosciuto, fino a qualche secondo fa avrei potuto giurare di non averci mai messo piede. Compresa questa spiaggia, in cui sono in acqua e rido.

«Dai, adesso ascoltiamo il file audio.»

Un *clic* di Erik e si apre. Abbasso lo sguardo, il cuore mi martella nel petto così forte che non riesco più né a vedere né a sentire. Chiudo gli occhi.

Prima un fruscio, solo fruscii. Che crescono e poi si smorzano. Poi una specie di raschio e una voce, che mentre parla si avvicina. «Ecco, cinquanta milligrammi di scopolamina, non dovrebbe addormentarsi.» Bartsch, insieme a un rumore di trascinamento, come se qualcuno stesse avvicinando una sedia. «La registrazione è partita?»

«Sì, sì.»

Accanto a me Erik fa un respiro profondo, clicca su stop. «Questo è Bernhard. Non ci posso credere... lui e Bartsch erano ad Antigua? Nel nostro stesso periodo?»

«A quanto pare...» Mi torna in mente una cosa che ha detto Gabor, nel magazzino. *Quando non vedeva l'ora di salire su quell'aereo...* «Vai avanti.»

Erik clicca su play, e la voce torna. Per un attimo mi sembra di sentire l'odore del suo dopobarba.

«Bene, è importante che sia tutto documentato.» Una breve pausa, poi riattacca a parlare, in un tono diverso, più affabile. «Salve Joanna, sono molto felice di averla qui con noi a bordo.»

«Oh. Be', sono molto felice anch'io.»

Sì, è la mia voce. Senza alcun dubbio. Il leggero accento, che penso sempre di essere riuscita a perdere fino a quando non sento una mia registrazione. Mi appoggio a Erik, lui mi abbraccia: sto tremando, non me n'ero accorta.

«Bene, Joanna... è comoda? Sì? Fantastico. Mi sembra rilassata, a suo agio. Per favore adesso guardi dentro questa lucina...»

«Okay.»

«La segua con gli occhi. Ecco, brava, sta andando benissimo.»

Mi aggrappo a Erik, con una tale forza che all'improvviso mi sembra di perdere il contatto con ciò che mi circonda. Come se la forza di gravità si fosse annullata, solo per me.

«Stia calma, allontani ogni pensiero, si concentri solo su questa luce e sulla mia voce.»

Erik mi accarezza il viso, sfiora il mio labbro ferito. «Jo... Jo, resta qui, guarda me, okay? Va tutto bene?»

Annuisco rigidissima, aumento la presa sul suo braccio e il senso di vertigine diminuisce.

«E adesso, Joanna, ascoltami bene.» Bartsch passa a darmi del tu. La sua voce assume un tono che è sempre amichevole, ma non ammette repliche. «Sarà un mattino presto, squillerà il telefono. Sentirai la mia voce, che dirà solo due parole: "luce morta". Tu rimetterai giù la cornetta. Starai bene, a tuo agio. Passerai una giornata piacevole, intensa. Farai...»

Qualcosa lo interrompe. Rumori, forti. Poi delle voci che non parlano tedesco, ma inglese. Due uomini, uno giovane e uno più vecchio, a una certa distanza da Bartsch. Forse tra noi e loro c'è una parete, o una distanza più consistente. Ad ogni modo, sono voci a me del tutto estranee.

«Ben? Dov'è Ben?»

«Fuori! Andatevene subito!»

«Ma non lo trovo, è come...»

«Dimenticatelo. Hai capito? Dimenticati di averlo incontrato, dimentica che esiste. E butta via le sue cose, tutto. Sbrigati.»

«Ma...»

«È importante, fa' come ti dico, adesso!»

Altri rumori. Grida di protesta, poi uno *splash*, come se qualcosa, o qualcuno, fosse caduto in acqua.

Il tutto dura al massimo dieci secondi, poi c'è di nuovo calma, interrotta da un raschio e dalla voce di Bartsch, vicinissima. «Joanna, stai bene?»

«*Yes, I'm fine.*»

«Per favore, parla in tedesco con me.»

«Ah, già.»

«Bene. Allora, stavamo dicendo... verso le cinque andrai in cucina. Ti ferirai. Inizierai a sbattere la testa contro la porta, ti ci butterai contro con la spalla. Ti farai male, molto male. Sanguinerai. Come se avessi combattuto. Quando sentirai Erik che torna a casa, prenderai il coltello da cucina più lungo e affilato che avete. Lo vedi? Riesci a vederlo?»

Mi sono portata entrambe le mani alla bocca, e sì, posso vederlo, il coltello, è un'immagine viva, e vedo anche come penetra nel braccio di Erik, torna l'odore del dopobarba di Bartsch, mi viene da vomitare.

«Sì, lo vedo» sussurra la Joanna che era ad Antigua.

«Erik verrà verso di te, e tu gli pianterai il coltello prima nella pancia e poi nel petto. A fondo. Sarai calmissima, sicura di quello che fai, come se lo avessi già fatto.

«Aspetterai cinque minuti, poi prenderai il telefono e chiamerai la polizia. E dirai: ho ucciso il mio fidanzato, ma è stato per difendermi.»

Una breve pausa. «Per difendermi» ripeto io.

«Giusto. E adesso che torni in hotel dici a Erik che hai incontrato una persona del posto, che ti ha portato a vedere i nidi delle fregate. E poi continuerai la tua vacanza come prima.»

Un leggero *clic*, probabilmente la luce su cui mi dovevo concentrare che si spegne. Poi di nuovo rumori, passi, una porta che si apre.

«È andata bene, no?» chiede Bernhard.

«Sì» risponde Bartsch. «Non ha creato alcun problema, è diventata subito assente. Cosa che ovviamente dipende dalla scopolamina, che amplifica gli effetti.»

«Okay, allora adesso spengo» dice Bernhard, e la registrazione finisce.

Vorrei muovermi, girarmi verso Erik, ma non ci riesco. Resto lì, seduta, continuo a fissare lo schermo del computer.

«Ti hanno ipnotizzato» dice Erik con un filo di voce. «E drogato. Mio Dio.»

Mi prendo la testa tra le mani.

Mi domando se avrò mai di nuovo accesso a tutto quello che c'è dentro di essa.

«Vuoi riascoltarlo?»

Scuoto la testa, piano, ed Erik chiude l'audio player. Sotto spunta la terza foto di prima: io nell'acqua, il ragazzo a fianco, la prua dello yacht a destra e una mano con la pelle chiara che si allunga.

Il ragazzo. Ben. Sì, Ben, ne sono sicura.

«Lo hanno ammazzato» dico.

«Cosa? Ma chi?» Non serve che giri la testa, Erik mi ha preso il mento, con dolcezza, mi sta guardando.

«La mia guida, il ragazzo della fotografia. Non hai sentito, quando sono arrivati quei due tizi? I due che litigavano in sottofondo?» Ripeto le parole, stavolta in inglese, è così che devono essersi impresse nel mio inconscio. «*Forget him. Do you understand me? Forget all about him, forget that you ever met him. Get rid of his stuff. All of it. Quickly.*»

«Era troppo piano. Non si capiva bene...» dice Erik.

Abbozzo un sorriso. «Sì, ma era inglese, la mia lingua. Il ragazzo, lo hanno eliminato per non correre rischi... È per questo che il piano di Bartsch non ha funzionato. Due ordini che si sono mischiati nella mia testa. Per questo non ti ho ucciso, ma ti ho solo dimenticato.» Chiudo gli occhi. Il mondo oscilla, come in alto mare. «Per il resto era un piano perfetto. Prima mi sarei ferita, e poi ti avrei accoltellato. L'ennesimo caso di violenza domestica e legittima difesa. Gabor e la sua azienda ne sarebbero usciti puliti, immacolati.»

Davanti ai miei occhi spunta Bartsch, sepolto dai pesanti scaffali di metallo, sanguinante, ai suoi ultimi respiri. *Peccato solo che io non ci sarò... quando lo ucciderà.*

«Mi farò curare comunque» dico. «Adesso che sappiamo cos'è

successo sarà più facile, no?» Cerco lo sguardo di Erik, il suo sorriso incoraggiante. Annuisce, ma ovviamente non può sapere se sarà davvero così. E nemmeno io.

«Faccio una copia dei file prima di passare la chiavetta alla polizia» dice trascinando le icone in una nuova cartella. «Perlomeno adesso sappiamo anche cosa ne è stato della mia roba... *Get rid of his stuff.*» Un ghigno. «Per caso hai un vago sospetto di dove l'hai messa? Nel cassonetto? In un deposito? L'hai spedita da qualche parte?»

«Purtroppo non ne ho la più pallida idea» rispondo con un'alzata di spalle.

Il suo ghigno si accentua. «Be', va detto che hai fatto proprio un lavoro certosino, complimenti.»

Niente, in questo momento, è meglio di una battuta stupida per cercare di non prendere così sul serio tutta questa follia. Che è serissima, non c'è dubbio. Do un cazzotto a Erik, sulla spalla. «Eh lo so. Purtroppo sono fatta così. Quando faccio una cosa, la faccio bene.»

Tira fuori la chiavetta dal computer, la tappa e la poggia sul tavolino. Poi si gira verso di me e mi abbraccia. «Vero, in questo non sei cambiata, non cambierai mai.»

Mi bacia, un bacio familiare, come il suo profumo. Affondo la testa tra le sue spalle. Potrei piangere per il fatto che mi hanno portato via quasi un anno trascorso con quest'uomo, le nostre storie, i ricordi, le prime volte.

Lui sembra capire che il mio umore è di nuovo peggiorato. Mi allontana e mi guarda con aria di rimprovero. «Ah, ci sarebbe un'altra cosa... che devo sapere.»

«Cioè?»

«E voglio che tu mi dica la verità.»

La fronte corrugata, la faccia serissima, mi viene da ridere. «Spara.»

«Ti ricordi il gioco che abbiamo fatto quando eri convinta che fossi un rapinatore?»

«Certo.»

«Ecco, adesso io voglio sapere almeno una delle risposte. Il tuo secondo nome... dimmelo.»

«Scordatelo.»

«Senti, siamo fidanzati, avrò pure il sacrosanto diritto di sapere una cosa così importante, no?»

«No, tu hai il sacrosanto dovere di indovinarlo.» Lo bacio sulla punta del naso. «Dai, prova.»

Un sorriso complice. «Un nome che ti si addica?»

«Be', in un certo senso sì.»

«Wilda» replica lui all'istante.

«Wilda? Selvaggia? Ma senti questo... guarda che vado a riprendere il coltello!»

«Oh... Okay, no no, aspetta. Probabilmente uno di quei nomi inglesi assurdi tipo Tiffany o Amnesia...»

Non posso fare a meno di ridere. «Non male, entrambi. Ma no, sbagliato. Rifletti. Com'è che mio padre ha fatto i soldi?»

Erik mi prende una mano «Con i diamanti.»

«Esatto. Ma non è Diamond. Perché oltre a questo io sono anche...?»

Erik aggrotta di nuovo la fronte. «Difficile? Faticosa? Pericolosa per la comunità?»

«Cretino! Unica, io sono unica.»

Mi tira verso di lui, mi accarezza la schiena. Non lo vedo, ma sento che sta annuendo. E so che adesso indovinerà.

«Solitaire.»

Epilogo

L'uomo si alza, e la sala si zittisce. Sono tutti riuniti, non manca quasi nessuno. Come si era aspettato, del resto. A parte due dei più anziani: Zedwitz, che ormai va per i novanta, e Habeck, che li ha già superati da un pezzo e a cui la demenza senile ha portato via tutto, compreso l'amore per la patria.

Aspetta di avere tutti gli occhi puntati addosso, di avere la completa attenzione dei presenti. Solo in quel momento inizia a parlare.

«Camerati, io vi ringrazio per la fiducia che mi avete dimostrato. Sono molto onorato, davvero, apprezzo il fatto che in tempi così difficili abbiate deciso di affidare a me la guida della Squadriglia 444. Di cui mi faccio carico nonostante la pesante eredità... Tutti sappiamo quanto si sia speso Heinrich von Ritteck per la nostra causa. La Squadriglia 444 è stata la sua vita, alla quale lui ha posto fine per il nostro bene. Ha scelto una morte d'onore per evitare di essere arrestato da un corpo di polizia ingrato e corrotto. Sapete anche quanto fango gli abbiano gettato addosso i giornali nelle ultime settimane... Per questo noi terremo ancora più viva la sua memoria.» Prende un calice e lo solleva. Gli altri si alzano: i giovani di scatto, i vecchi lentamente, a fatica. Lui aspetta di nuovo che tutti siano pronti, poi brinda: «A Heinrich von Ritteck!».

«A Heinrich von Ritteck!»

Bevono. Si risiedono solo quando lui abbassa il calice.

«Colgo l'occasione per presentare a tutti voi tre nuovi camerati. Ulrich Herfurth, Max Jauner, Albert Puch... ben arrivati!»

I nominati annuiscono. Tutti personaggi di spicco, ognuno nel suo campo.

«Hanno l'onore di entrare in una comunità che vanta una grande tradizione.» Ricordarlo ancora una volta non può guastare. «È una grande madre, la Gladio, l'organizzazione paramilitare che si è formata dopo la guerra per fermare l'avanzata del comunismo in Europa. Cosa che oggi non dobbiamo più temere. Ma la Squadriglia 444 non ha abbassato la guardia, non ha rinunciato a combattere contro questa Europa malata di cui siamo, ahi noi, prigionieri. Noi lottiamo per la Germania, contro i nemici che minacciano la nostra patria, dentro e fuori.»

Lascia scorrere lo sguardo sui presenti, lento e penetrante. «Nel 1980, l'attentato attribuito alla Gladio ha fatto saltare in aria la stazione di Bologna, provocando ottantacinque vittime. La nostra azione alla stazione di Monaco ne ha sortite il doppio, visto che abbiamo ampiamente superato l'obiettivo che ci eravamo prefissati di cento. E, a differenza dei nostri illustri predecessori, adesso la rabbia del popolo si indirizzerà verso le stesse persone che è nostro dovere combattere. Per questo Heinrich von Ritteck ha sacrificato la sua vita, e la sua dipartita non sarà stata vana.»

Si concede un sorriso, il primo negli ultimi giorni. «Nonostante questa dolorosissima perdita, abbiamo dunque motivo di gioire» prosegue. «Il popolo tedesco ha risposto. Nelle elezioni di due settimane fa ha dimostrato cosa pensa di questo atteggiamento da deboli, della tolleranza e dell'accoglienza nei confronti dei mostri che stanno invadendo il nostro amato Paese. Dalle ceneri delle nostre bombe, lo spirito del popolo tedesco rinascerà in qualcosa di più alto, in una nuova Phoenix, una nuova fenice.»

I presenti acclamano battendo con le nocche sul tavolo. Lui annuisce, aspetta che ci sia di nuovo silenzio.

«Un grosso passo è compiuto, ma la strada che ci aspetta è

ancora lunga. Ieri ho saputo che Hans Gabor si prenderà tutta la responsabilità di quello che è successo, che altrimenti rischierebbe di ricadere sulle nostre spalle, per colpa dei testimoni che non è riuscito a eliminare. Gabor ha fallito, ma è pronto a pagare e a far cadere tutte le accuse nei confronti degli altri arrestati.»

Bisbigli, fronti aggrottate. L'uomo torna a parlare, con voce più decisa. «Non c'è motivo di preoccuparsi. Qualora Gabor dovesse cambiare idea, abbiamo già dei camerati pronti ad agire.»

Solleva di nuovo il calice. «Il prossimo progetto sarà un successo, su questo vi do la mia parola. La Germania ha un futuro, un grande futuro, ed è nelle nostre mani.»

MISTO
Carta da fonti gestite in maniera responsabile
FSC® C005461
FSC www.fsc.org

Stampato presso Rotolito S.p.A.
Seggiano di Pioltello (MI)